Tobias O. Meißner

Barbarendämmerung

Roman

Piper München Zürich

Entdecke die Welt der Piper Fantasy:

Piper-Fantasy.de

Von Tobias O. Meißner liegen bei Piper vor:

Die dunkle Quelle. Im Zeichen des Mammuts 1
Die letzten Worte des Wolfs. Im Zeichen des Mammuts 2
Das vergessene Zepter. Im Zeichen des Mammuts 3
Brücke der brennenden Blumen. Im Zeichen des Mammuts 4
Der Mann, der nicht geboren wurde. Im Zeichen des Mammuts 5
Die Vergangenheit des Regens. Im Zeichen des Mammuts 6

Die Dämonen
Die Dämonen. Freiheit oder Finsternis
Die Dämonen. Am Ende der Zeiten

Die Soldaten

Barbarendämmerung

MIX
Papier aus verantwortungsvollen Quellen
FSC® C083411
www.fsc.org

ISBN 978-3-492-70231-7

Satz: Satz für Satz. Barbara Reischmann, Leutkirch
Druck und Bindung: CPI – Clausen & Bosse, Leck
Printed in Germany

*»Zivilisation ist unnatürlich.
Sie ist eine Laune des Zufalls.
Aber die Barbarei wird letztlich immer
die Oberhand behalten.«*

(Robert E. Howard: Jenseits des Schwarzen Flusses)

üBeRSCHReiTeN

Um den Tod zu begehen, waren die Menschen gekommen.

Zuerst zerstreuten sie sich noch anderweitig.

Doch dann blies der Henker in sein Horn.

Die Menschen auf dem Festmarktplatz setzten sich in Bewegung. Weg von den Buden mit ihrem Fleischrauch und den kandierten Krusten, weg von den Feuerspeiern, die ihre Hitze über die Köpfe der Schaulustigen hauchten, weg von den überdachten Kartentischen, auf denen Hütchenspieler ihre Lügen verschleierten, weg von dem von stummgenähten Leibsklaven gezogenen Karussell, den schnatternden Wahrsagerinnen mit den Gesichtsbrandzeichen, den feilbietenden Fellhändlern, den Geschichten erzählenden Guckkastenmännern, den Tänzerinnen, die sich nach der Art von Schlangen wiegten, den Handwerkern mit ihrem zerbrechlich gehäuften Tand, den Kerzendrehern mit ihren Bienenwachshänden, den Sektenanwerbern mit ihren gemalten Untergängen, den Obstfrauen mit ihren schrumpeligen Früchten, den Getränkeausschenkern mit ihrem Schaum und ihren Scherereien, den Zuckerstangenmachern mit ihren klebrigen Versprechungen, den Musikanten, die sich selbst zum Tanz aufspielten, den dressierten, nacktrasierten Bärenkindern, weg von den bettelnden Krüppelkindern und den miteinander verfeindeten Glasbläserschulen.

Der Henker hatte in sein Horn geblasen, und alle Attraktionen verblassten vor der Holzbühne mit dem Richtblock.

Die Menschen drängelten, um die besten Stehplätze zu ergattern.

Unweit der Bühne gab es ein hölzernes Treppenpodest für die Ehrwürdigen und Schönen der Stadt. An die sechzig Sitzplätze standen dort zur Verfügung, vom Pöbel sorgfältig durch Ketten abgesperrt und von Bütteln behütet. Von diesen Sitzplätzen waren höchstens achtzehn besetzt, und der junge Gelehrte Welw Indencron war einer dieser wenigen. Um nichts in der Welt hätte er diese Hinrichtung verpassen mögen, denn er hatte bereits den kurzen Prozess mitverfolgt, den man dem Hinzurichtenden zugestanden hatte. Indencron war fasziniert gewesen, ausgesprochen fasziniert. Noch niemals zuvor hatte er einen Angeklagten erlebt, der kein einziges Wort erwidert hatte. Indencron studierte die Menschwissenschaften an der Akademie dieser Niederstadt und glaubte, schon einiges begriffen zu haben über das Wesen der Menschen, aber einer wie dieser war ihm noch nie untergekommen.

Die Menschen drängelten. Kinder nach ganz vorne. Ein Ältlicher kam zu Fall und schimpfte. Zwei Frauen beschwerten sich, dass sie zu wenig sehen konnten. »Setz dich doch auf meine Schultern, und zwar *vor* mein Gesicht, dann haben wir beide was davon, selbst wenn ich mit dem Rücken zur Köpfung stehen muss«, schlug ein Grobian der jüngeren der beiden Zeternden vor. Es gab Gelächter und hin und her fliegende Beleidigungen. Viele in der Menge aßen etwas, das sie sich eben noch von einer der Buden mitgenommen hatten, und da viel geschoben und gedrängt wurde, bekleckerten sich auch viele Leute gegenseitig, und es wurden herzhafte Knüffe und Maulschellen ausgeteilt.

Mit einem Wort: Die Stimmung stieg.

Der Henker war ein stattlicher Bursche mit einem Bauch wie ein Weinfass. Statt einer Henkerskapuze wie in anderen Städten üblich trug dieser eine blattgoldene Maske der unparteiischen Gerechtigkeit. Sein Richtbeil war nicht minder eindrucksvoll. Nicht jeder Mann im Publikum wäre in der Lage gewesen, dieses gewaltige Gerät überhaupt anzuheben. Der Henker ließ die Arme kreisen. Es wehte ein kühler Wind, er wollte nicht mit kalten Muskeln arbeiten.

Man brachte den Delinquenten.

Zwischen dem hinteren Bühnenbereich und dem Gefängnisgebäude wurde eine Gasse durch Seile und vereinzelte Stadtbüttel freigehalten. Auch dort drängten sich schon Schaulustige, die vorne keinen Platz mehr gefunden hatten. Die Schwächlicheren, die weniger Frechen und die Schlauen. Die Bühne war nämlich nicht erhaben genug, dass man von vorne ab der fünften Reihe noch gut sehen konnte, aber hier hinten war deutlich weniger los.

Der Delinquent hatte eine Kapuze auf, wie sie in anderen Städten der Henker trug.

Seine Hände waren hinter dem Körper gefesselt, seine Füße durch eine Kette behindert, die ihm nur Trippelschritte erlaubte. Dennoch gingen ein »Ah!« und ein »Oh!« durch die Menge. Der Delinquent war außergewöhnlich groß. Sein Körper starrte vor Schmutz, wies aber beeindruckend modellierte Muskeln und auch etliche Narben auf. Man konnte sein Gesicht nicht sehen, aber sein nur mit einem Schurz aus grobem Leinen bekleideter Leib schien jung zu sein, höchstens Mitte zwanzig. Im Gegensatz zum Henker zierte kein Quäntchen Fett seinen flach atmenden Bauch. Es war nicht zu erkennen, ob er Furcht hatte vor dem, was ihm bevorstand. Die Kapuze und die Trippelschritte verwehrten ihm eine wie auch immer geartete Haltung.

Ihm voraus ging der Stadtschreiber, flankiert von zwei Bütteln. Hinter dem Delinquenten kamen noch mal zehn Büttel in Zweierformation. Zehn schien einigen Zuschauern eine außergewöhnlich hohe Zahl zu sein, in der Regel hatten zum Tode Verurteilte allenfalls vier bis sechs Büttel hinter sich.

Über ein schmales Treppchen betrat der Stadtschreiber die Bühne, die beiden vorderen Büttel führten den Delinquenten an den Schultern ebenfalls hinauf. Der Henker spuckte schon mal in die Hände und verrieb die Spucke zwischen seinen wurstigen Fingern.

Der Verurteilte wurde zum Richtblock geführt und nahm dahinter Aufstellung. Sein Kopf machte den Eindruck, unter der Kapuze schuldbewusst gesenkt zu sein.

Genüsslich entrollte der Stadtschreiber ein Pergament und begann vorzutragen. Sein Redestil war ein eigenwilliger Singsang, in dem er einzelne, zufällig wirkende

Worte betonte. Den Bürgern der Stadt war diese Melodie wohlvertraut.

»Hochverehrte Bürger! Auf Ratschluss der Stadtverwaltung befördern wir heute vom Leben ZUM Tode einen Mann, dessen Namen wir nicht kennen und der sich auch während des gerechten Prozesses auf unvergleichlich starrsinnige Weise geweigert HAT, uns über sich und seine Beweggründe Auskunft zu geben, obwohl Untersuchungen seiner Zunge und seines Kehlkopfes ergeben haben, dass er DURCHAUS des Sprechens mächtig ist. Wir wissen nur, dass er nicht von hier stammt, nicht aus dieser STADT und nicht aus diesem oder einem der angrenzenden Länder. Vermutungen deuten auf die Urwälder des Nordens HIN, aber das sind selbstverständlich in aller Begründetheit nur Vermutungen. Was wir wissen, mit Sicherheit, was BEZEUGT wurde von etlichen, ist, dass dieser Mann, dieser Unhold, in unserer Stadt vier Menschen erschlagen hat, dass vier Elternpaare nichts als TRÄNEN haben, wegen einer Wirtshauskeilerei, die aus sämtlichen akzeptablen Fugen GERIET. Zwei der vier Getöteten waren Büttel, die versuchten, des Rasenden habhaft zu werden, was ein umso schwerer wiegendes Verbrechen darstellt, weil der Verurteilte dadurch bewies, dass er das Recht UND Gesetz unserer Stadt missbilligt. Nur unter großen Mühen und erwähnten Verlusten konnte er ÜBERHAUPT dingfest gemacht werden, und selbst im Gefängnis betrug er sich dermaßen störrisch und uneinsichtig, dass er in gesonderte Verwahrung genommen werden MUSSTE. Wir werden nun unserer Pflicht nachkommen, diesen Unhold vom Leben zum Tode zu befördern, NICHT aus Rachsucht oder Vergeltungswut, wie seinesgleichen das tun würden, sondern aus dem begründeten Verdacht heraus, dass andernfalls weitere Unschuldige ihr Leben durch seine Hände verlieren WÜRDEN. Das Urteil wird VOLLSTRECKT im Einklang mit den Gesetzen des Hochadels. Der Kopf des Unholds wird im Nachfolgenden auf dem Schandpodest vorm Rathaus AUSGESTELLT und darf ausdrücklich von jedermann bespien werden.«

Die Holztribüne für die Betuchteren hatte sich inzwischen gefüllt. Indencron sog mit geweiteten Nüstern den Wohlgeruch der stadtbekannten Kurtisane Chaerea ein, die unmittelbar vor ihm Platz genommen hatte. Ganz vorne saßen die Angehörigen der vier Opfer des Unholds und schienen haltlos zwischen Weinen und Verwünschungen hin- und herzuschwanken. Das gesamte Podest bebte unter dieser Unruhe. Welw Indencron fragte sich, ob es überhaupt stabil genug konstruiert worden war. Als es noch fast leer gewesen war, hatte er sich ganz nach oben gesetzt, um den möglichst besten Blick über die Volksmenge zu haben, aber nun bereute er seinen Entschluss und hätte lieber weiter unten Platz genommen, doch da war nun alles besetzt. Immerhin entschädigte ihn Chaereas sinnlicher Duft für seine Sorgen. Sie wandte sich sogar einmal zu ihm um und lächelte ihn kokett an, war aber mindestens zwanzig Jahre zu alt, um seinem Geschmack zu entsprechen.

Die Menge johlte und rief den Stadtsprecher mit Namen. Er war beliebt aufgrund seines eigentümlichen Singsangs. Er solle noch irgendetwas weiterreden, forderten einige. Andere verlangten, dass man endlich mit der Köpferei anfange, wegen der sie doch schließlich gekommen seien.

Indencron blickte sich auf dem gesamten Marktplatz um. Auf zweien der Hausdächer konnte er Büttel mit Armbrüsten ausmachen. Das war eine ganz neuartige Vorsichtsmaßnahme, so etwas hatte er bei einer Hinrichtung noch nie gesehen. Der Verurteilte musste sich im Gefängnis wirklich ganz außerordentlich ungebührlich betragen haben.

Beim Prozess war nichts davon zu bemerken gewesen. Er interessierte sich für solche Fälle, in denen Individuen sich mit einer Übermacht anlegten. Das Aufbegehren gegen eine Mehrzahl schien ihm dem Studium des Menschseins eine hochinteressante Facette hinzuzufügen.

Während des Prozesses hatte der Unhold – so war er auch dort schon bezeichnet worden – überwiegend mit gesenktem Kopf dagestanden und ausschließlich geschwiegen. Er hatte ausgesehen, als würde er im Stehen schlafen, doch Indencron war den Verdacht nicht losgeworden, dass er sehr aufmerksam alles um sich herum registrierte, überwiegend durch das Gehör. Er hatte sich sogar mit einem Kommilitonen darüber gestritten, der der festen Überzeugung gewesen war, der Unhold sei nicht nur brutal, sondern auch blöde. Obschon der Unhold beim Prozess keine Kapuze getragen hatte, war von seinem Gesicht aufgrund der Haare nicht viel zu sehen gewesen. Es konnte aber durchaus sein, dass es sich bei ihm um einen Mann handelte, der den Frauen gefiel. Die Reaktionen der Damen auf der Prozessbalustrade wie nun auch Chaereas interessiertes Vorlehnen schienen jedenfalls diese Theorie zu unterstützen.

Jetzt zwang man ihn auf den Richtblock. Er wehrte sich nicht so, wie es ihm vielleicht möglich gewesen wäre. Zwei der Büttel drängten ihn mit Stäben in die Knie und zerrten seinen Kopf und Oberkörper auf den kerbigen, schwarz patinierten Block. Die Kapuze würde er aufbehalten. Sie war eine Vorsichtsmaßnahme. Früher war es oftmals vorgekommen, dass den Geköpften Speichel aus dem Mund oder Rotz aus der Nase spritzte. Man wollte dies den Schaulustigen der ersten Reihe ersparen und ließ den Kopf deshalb adrett eingepackt in den Fangkorb plumpsen.

Der Henker stieß noch einmal weithin vernehmlich in sein Horn, damit auch die letzten Schwätzer begriffen, dass es nun ernst wurde. Dann stiefelte er breitbeinig zu seinem riesenhaften Beil und zog dieses mit einem vernehmlichen Geräusch aus dem Holzklotz. Trotz seiner hübschen goldenen Maske, die den berühmten Gleichgültigen Jüngling darstellte, fand Indencron, dass der Henker weitaus brutaler und blöder wirkte als der Delinquent. Man musste aber wahrscheinlich auch beides sein, um seinen Lebensunterhalt mit dem Durchhauen von wehrlosen Hälsen bestreiten zu können.

Links neben Indencron wurde eine Vertreterin des Hochadels ohnmächtig. Die Aufregung war wohl zu viel. Halt: Indencron musste sich korrigieren – es war ein *Mann*, der dort seufzend in sich zusammensackte. Ein lang gelockter, weiß getünchter Mann.

Indencron schmunzelte. Der Hochadel, der nicht zeitweilig zu Vergnügungen außerhalb der Stadt weilte, durfte sich eine Hinrichtung nicht entgehen lassen. Es musste eine große Belastung sein, unbedingt bei allem *dabei gewesen* sein zu wollen.

Der Henker ließ sein Beil angeberisch in der Hand kreisen. Die Schneide surrte metallisch. Die beiden Büttel, die den Verurteilten bis eben noch auf den Richtblock gedrückt hatten, ließen diesen los und entfernten sich zwei Schritte, um nicht besudelt zu werden.

Der Henker stellte sich neben den Richtblock, seufzte oder rülpste vernehmlich und hob das Beil.

Totenstille setzte ein. Dies war immer der aufregendste aller Augenblicke. Indencron sah, dass Chaereas Dekolleté beinahe aus seinen Verschnürungen platzte, so heftig atmete die Ärmste. Die Axtklinge spiegelte in der Sonne. Es war ein allerliebster, wolkenloser Tag. Gestern hatte es noch geregnet. Heute hielt auch der Himmel, wie an dieser Hinrichtung interessiert, den Atem an.

Jetzt kam das Beil herab.

Die Menge schrie erwartungsvoll. Die Stimme der Menge war hoch, eher weiblich als männlich.

Der Delinquent richtete sich auf. Ob er sich mit den Oberarmmuskeln stützte oder die Bewegung ganz alleine aus dem Bauch heraus stemmte, war nicht zu erkennen. Das Beil jedenfalls schnitt haarscharf an seinem Kapuzengesicht vorbei und blieb unblutig im Richtblock stecken.

Selbst die Vögel über dem Marktplatz schienen in diesem Moment im Flug innezuhalten.

Der Verurteilte schnellte sich aus den Knien in den Stand und wandte sich halb um, sodass seine hinter seinem Rücken gefesselten Hände die Beilschneide berührten.

Der Henker zögerte. Zu lange. Als er dann das Beil

wieder hochreißen wollte, breitete der Verurteilte seine Arme aus. Fetzen der Fesselung trudelten zu Boden. Von seinen Handgelenken quoll Blut. Um dermaßen schnell sein zu können, hatte er in Kauf nehmen müssen, sich selbst zu schneiden. Der Henker stand immer noch vor ihm, das eingeschlagene Beil in beiden Händen, den massiven Leib vorgebeugt. Schwerfällig, brutal und blöde. Der Verurteilte schlug ihm mit dem Handballen gegen das Kinn der Maske. Das Antlitz des Gleichgültigen Jünglings verformte sich unter dieser Wucht zu einer säuerlichen Grimasse. Der Henker strauchelte stöhnend einen halben Schritt zurück und musste das Beil loslassen. Der Verurteilte riss sich mit links die Kapuze vom Kopf und nahm mit rechts das riesige Beil an sich. Das Geräusch, als es aus dem Richtblock schlüpfte, war wie das Einsaugen von Luft.

»Er hat die Axt! Er hat die Axt!«, schrie vollkommen überflüssig irgendjemand, und in die Menge direkt vor der Bühne kam die Bewegung der Panik.

Wie der Verurteilte nun dastand, die Lippen geschürzt, den Kopf vorgereckt, den Bauch jedoch flach und beinahe nicht atmend, wirkte er für einen Moment in den Augen von Welw Indencron wie etwas Vorzeitliches, Unüberwindbares, Unbegreifliches. »Vielleicht ist dieser Mann *unfassbar*«, dachte der junge Gelehrte, und bevor nun das Blut zu sprühen begann, war dieser Gedanke durchaus von Bewunderung durchtränkt.

Dann aber griff der Verurteilte an, und die Panik schien selbst die Gebäude ringsum zum Erzittern zu bewegen.

Er führte das Beil, für das selbst der stämmige Henker

zwei Hände gebraucht hatte, einhändig in einem flirrenden Halbkreis und sprang dabei nach vorne. Seine Füße waren immer noch aneinandergekettet, deshalb musste er mit geschlossenen Beinen springen, was normalerweise vielleicht komisch ausgesehen hätte, unter diesen Umständen jedoch eher grausig-grotesk wirkte. Der Henker, der alles falsch gemacht hatte – danebengeschlagen, zu lange gezögert, unter Schlagwirkung zurückgewichen, nun zu spät nach vorne –, bekam das Beil in den Leib, faltete sich um die Schneide, als wäre er aus aufgeblasenem Pergament, und wurde abgestreift als ein vergessenswerter Kadaver. Die Menge schrie. Der Verurteilte sprang nochmals, die Schneide sirrte nun dunkelrot, beschrieb einen weiteren Halbkreis, dann noch einen, beide um Ebenen voneinander versetzt und aus dem Schwung des vorhergegangenen geboren. Die vordrängenden Büttel wurden wie mit einem X markiert, klafften auf und verteilten sich blutverströmend auf der Bühne.

»Zurück, ihr Idioten!«, schrie ihr Kommandant, dessen Gesicht ein fahlweißes Zerrbild war. Und nach oben gewandt: »Worauf wartet ihr denn? *Erschießt ihn doch!*«

Der Verurteilte hielt inne und blickte ebenfalls hoch. Zwei Armbrustbolzen rasten wie an Schnüren gerissen durch die Luft auf ihn zu. Dem einen entging er, indem er sich ein Stück weit abduckte. Den zweiten ließ er gegen die Beilschneide klirren, die er schützend vor sich hielt. Jetzt hatte er Zeit gewonnen. Die Schützen mussten erst nachladen. Er sprang wieder zu den Bütteln, die sich gegenseitig behinderten. Ihr Kommandant hatte den Rückzug befohlen, aber sie standen einander alle im

Weg. Das Beil erwischte zwei weitere von ihnen, die brüllend hinfortgerissen wurden, als hätte die Pranke eines Riesen sie davongefegt. Das Beil erzeugte seine eigene Geschwindigkeit, schien Leben zu entwickeln, indem es den Tod brachte. Durstig schnitt es sich durch Schicksale. Der Körper des Verurteilten war wie ein Rittmeister, der ein schwer zu bändigendes Pferd bewegt.

Die Menschen flüchteten. Auch sie standen sich im Weg. Einige fielen und wurden übertrampelt. Andere bekamen im Pressen der Menge keine Luft mehr und verloren das Bewusstsein.

Welw Indencron starrte wie gebannt. Die Kurtisane Chaerea raffte ihre hochgeschlitzten Röcke und suchte das Weite. Ihre Blicke irrten wie punktförmige Hilferufe durch die Gegend.

Welw Indencron vergaß sie vollständig. Er hatte noch niemals zuvor Menschen, die nicht zum Tode verurteilt worden waren, sterben sehen. Menschen, die darauf gar nicht gefasst gewesen waren. Was für ein Versäumnis für einen, der die Menschen studierte, dachte er nun. Er wusste gar nicht, was ihn mehr interessierte: die am Boden sich Wälzenden, die jammernd ihr Leben aushauchten, oder der Barbar, der als Vollstrecker des Beilwillens noch mehr und immer noch mehr Schaden anrichtete.

Der Mann schien ein klares Ziel zu haben: den Kommandanten der Stadtbüttel. Auf diesen arbeitete er sich zu mit seinen seltsamen schleifenden Sprüngen, die ihn aussehen ließen, als führte er einen fremdartigen Volkstanz auf. Oben auf den Dächern klackten wieder die Armbrüste. Indencron, der selbst einmal versucht hatte, eine zu spannen, musste anerkennen, dass sie schnell waren, offensichtlich hervorragend ausgebildet in dem, was sie taten.

Der Verurteilte entging dem einen Bolzen, indem er einen Büttel griff und hinter sich zerrte, der dadurch noch im Schmerzensschreien stumm geschossen wurde. Der andere Bolzen traf den Verurteilten in das linke Schulterblatt. Drang ein. Blieb stecken. Der Verurteilte reagierte nicht darauf. Als wäre er bereits ein Leichnam, der sich vermehrte, indem er weitere Leichen zeugte.

Die Menge kämpfte miteinander, anstatt einträchtig weg von der Bühne zu fliehen. Es gab zu viele widersprüchliche Richtungen, zu viele Ziele. Einige wollten jemanden retten, andere nur sich selbst entfernen. Man kämpfte mit Zähnen und Klauen. Man erdrückte sich, beinahe wie aus Zuneigung. Und man kam kaum fort von der Todesbühne, als ginge von ihr ein Bannzauber aus.

Der Verurteilte trieb das Beil durch die Büttel wie eine Herde Tiere durch einen Ort. Er bahnte sich Wege, wo keine waren. Zu springen brauchte er nicht mehr, denn alles ballte sich am Rand um den Kommandanten.

Der Tod des Kommandanten war ein eigenartiger. Er schrie nicht vor Schmerz oder vor Wut, nein, er schimpfte mit seinen Untergebenen. Er suchte die Schuld nicht bei sich, sondern bei anderen, die ihn im Stich gelassen oder falsch gehandelt hatten. Und so starb er, indem er sich nichts eingestand, indem er bis zuletzt darauf beharrte, ein Einsamer im Recht zu sein, während sich in Wirklichkeit sein Innerstes mit dem der anderen zu einem ununterscheidbaren Gemenge vermischte.

Der Verurteilte war ein Gleichmachen.

Sie hatten ihn abfertigen wollen als einen, der keinen Platz unter ihnen hatte, und nun schuf er sich Platz und zeigte ihnen auf, dass keiner von ihnen ihm ebenbürtig war.

Die Armbrustschützen waren schnell. Indencron konnte den Impuls kaum unterdrücken, »Obacht!« zu rufen. Er identifizierte sich mit dem Einzelnen, der die Masse schlachtete. Vielleicht, weil er sich auch immer von den anderen unterschieden hatte, mit seinen Ansichten über den Irrweg der Zivilisationen. Aber er war immer schwächlich gewesen dabei, schwächlich und von Zweifeln zerfressen. Hier wurde ihm eine andere Vorgehensweise vor Augen geführt. Wenn es ums nackte Überleben ging, gab es keine Zweifel mehr.

Der Verurteilte entging den nächsten beiden Schüssen, indem er den Leichnam des Kommandanten als Schild benutzte, während er diesen untersuchte. Irgendetwas schien der Kommandant bei sich zu haben, das der … natürlich! Indencron fasste sich an den Kopf. Der Schlüssel für die Fußkette. Der Kommandant erzitterte unter dem Einschlag der beiden Bolzen. Der Verurteilte schleuderte den Toten von sich, ging in die Hocke und nestelte völlig ohne Deckung an seinen Füßen herum. Er musste schneller sein als das Nachladen der Schützen. Schneller als die Büttel, die ihn vielleicht erneut angreifen würden, dies aber nicht wagten. Die Büttel ergriffen jetzt die Flucht. Ihr Kommandant war gefallen. Und keinem von ihnen bezahlte die Stadt auch nur annähernd genug, dass er sein Leben für sie weggeworfen hätte.

Die Menge kreischte. Blut hatte sich seinen Weg bis zum vorderen Rand der Bühne gebahnt und begann nun auf den Marktplatz zu tropfen. Dies war eine Hinrichtung, die man so schnell nicht vergessen würde. Nicht eine Hinrichtung von vielen, sondern eine Hinrichtung vieler.

Die Kette klirrte zu Boden.

Der Verurteilte war jetzt vollkommen frei.

Er nahm das schwere Beil auf, rannte zum vorderen Bühnenrand und sprang mitten hinein in die Menge. Die beiden nächsten Bolzen surrten über ihn hinweg und knallten hinter ihm ins Holz der Bühne. Sein Sprung war zu schnell, zu wild gewesen.

Er landete auf den Köpfen und Schultern von Gaffern, die sich nicht anders zu helfen wussten, als ihn von sich zu drücken, hochzuheben, weiterzuschieben. Für ein paar Momente schwamm er über die Köpfe der schreienden Menschen wie durch einen haarigen See. Dann ließ man ihn fallen und stob auseinander. Er verschwand in der Menge. Die Schützen, schwitzend mit Nachladen beschäftigt, hatten kein Ziel mehr.

Von der Holztribüne aus betrachtet ähnelte die Menge vielfarbigen Ratten, in deren Mitte man ein Feuer geworfen hatte. In alle Richtungen hetzten und krochen sie. Viele blieben aber auch liegen, überrannt, zerpresst oder von Erschöpfung übermannt. Einige flüchteten sich zu Indencron die Tribüne hinauf und sahen dabei aus wie Schiffsbrüchige, die sich an einen sinkenden Bug klammern. Indencron versuchte den Delinquenten auszumachen, konnte ihn aber nirgends sehen. Er schaute zu den beiden Schützen hinauf. Die waren mit ihren mühseligen Waffen beschäftigt. So langsam schien das dauernde Nachspannen ihre Kräfte zu übersteigen.

Die Tribüne erbebte. Indencron schreckte zusammen.

Vor ihm, dann an ihm vorüber.

Der Verurteilte. Blutend aus seiner Schulterwunde. Dabei aber so schnell. Er rannte die Stufen der Tribüne hinauf und darüber hinaus, an Indencron vorbei, was vollkommen widersinnig war, denn hinter der Tribüne war nichts mehr. Sie stand mitten auf dem Marktplatz und führte als Treppe ins Nichts. Der Verurteilte war ihre linke Flanke hinaufgelaufen und ins Leere gesprungen. So dicht an Indencron vorüber, dass dieser ihn hatte riechen können. Der Mann roch nicht nach Schweiß, eher nach Kerker. Und nach dem Blut und Fleisch von Fremden.

Indencron musste sich drehen wie ein Korkenzieher, um die Flugbahn des Mannes verfolgen zu können. Er war schnell hochgerannt, hatte sich weit abgestoßen, flog nun hoch hinauf. Und erreichte die Dachkante, über der einer der beiden Schützen stand.

Der war noch nicht ganz mit Nachladen fertig und machte nun ein quiekendes Geräusch. Furcht. Nackte Furcht ließ ihn seine Handgriffe verfummeln. Aber der andere. Der andere war beinahe so weit und nahm Maß.

Der Delinquent zerrte sich selbst in die Höhe. Indencron konnte nicht erkennen, ob er dabei das Beil benutzte, indem er es irgendwo oberhalb einhieb und daran emporklomm. Aber es war möglich, dass er es so machte, denn sein Emporziehen sah hebeltechnisch außergewöhnlich mühelos aus, fast als würde er angehoben.

Beide Schützen standen nicht direkt auf Dachschräge und Schindeln, sondern auf vorgelagerten, balkonartigen Plattformen, die gerade genügend Platz boten für einen einzigen Menschen. Es gab keinerlei Geländer oder Brüstung dort oben, die Plattformen waren eigentlich nicht zum Betreten gedacht und vom Kommandanten lediglich wegen ihrer hervorragenden strategischen Lage als Schützenstandorte ausgewählt worden. Der Schütze wich nun instinktiv fiepend zurück, als sich der Mörder zu ihm auf die kleine Fläche zog. Aber er konnte nicht weg. Hinter ihm ragte die Dachschräge auf. Vom Dachbodenfensterchen aus führte die Strickleiter hinab, über die er auf die Plattform gelangt war. Aber der Mörder war schon da. Niemals würde er schnell genug die Strickleiter hochkommen.

Wäre er schon mit Nachladen fertig gewesen, hätte er nun aus nächster Nähe schießen können. Aber er war noch nicht fertig. Die Armbrust und der nächste Bolzen klapperten zu Boden. Der Mörder hob das Beil an.

Die Armbrust des entfernten Schützen klackte.

Der Mörder duckte sich weg. Der Bolzen drang dem waffenlosen Schützen in die Brust. Er zappelte kurz, kippte gegen die Dachschräge und rutschte daran hinunter, bis er getötet mit halb offenem Mund und halb geöffneten Augen auf der Plattform zu sitzen kam.

Der Schütze von gegenüber hatte seinen eigenen Kameraden erschossen.

Für einen Augenblick starrten die beiden sich über die Festmarktplatzschlucht hinweg an, der Delinquent mit ruhigen, der Armbrustschütze mit brennenden Augen.

Dann krümmte sich der Schütze, um sich voll und ganz dem Nachladen seiner Waffe widmen zu können.

»Jetzt habe ich dich, du Mistkerl«, stieß er zwischen seinen Zähnen hervor. »Selbst wenn du die Armbrust aufhebst und selbst zu spannen beginnst, bin ich vor dir fertig und habe den ersten Schuss, denn ich habe schon angefangen, und du zögerst immer noch, du dummer Barbar. Diesmal kann ich gar nicht danebenschießen. Ich kenne jetzt alle deine Bewegungen. Du kannst dich nicht wegducken, und du kannst auch nicht jedes Mal das Beil vor dich halten. Jetzt bist du fällig.«

Der Geflohene betrachtete die Schlucht. Sie war viel zu weit für einen Sprung.

»Jetzt erwische ich dich, ich mach dich fertig, ich nagele dich ans Dach, ich beende das alles hier, es ist egal, was du tust, selbst runterspringen bringt dir nichts, mein Bolzen ist immer noch schneller als du und holt dich ein. Ich hab dich schon einmal erwischt, in die Schulter, und jetzt gebe ich dir den Rest.« Der Monolog des Schützen steigerte sich mehr und mehr ins Besessene hinein. Möglicherweise war der andere Schütze, den er eben aus Versehen erschossen hatte, nicht nur sein Kamerad, sondern sogar sein bester Freund gewesen.

Der Geflohene musterte ihn und seinen Stand. Der Schütze war beinahe fertig mit Nachladen. Sein Gemurmel war nun unverständlich, aber er grinste in Erwartung eines großen persönlichen Triumphes.

Der Geflohene nahm das Henkersbeil in beide Hände, holte damit aus, drehte sich einmal um die eigene Achse, um genügend Schwung zu holen, und schleuderte das Beil über den Marktplatz in Richtung des zweiten Schützen.

Unter keinen Umständen war ein dermaßen großes Beil eine präzise Wurfwaffe. Der Schütze duckte sich zwar mit einem überraschten Ausdruck im Gesicht, doch das Beil ging selbstverständlich fehl, deutlich über den Schützen hinweg, der nun wieder zu grinsen begann. Mehrere Schritt über ihm krachte das massive Beil gegen die Dachschräge und schlug ein wie ein Katapultgeschütz. Ziegel barsten, brachen, wurden einwärts gedrückt. Ein Dachbalken splitterte. Etliche Ziegel begannen zu rutschen, lösten eine Lawine aus halbierten und zertrümmerten aus, die stetig breiter wurde. Mittendrin das Beil selbst, das – mit seiner Klinge abwärts schwingend wie ein Pendel – auf den Standvorsprung des Schützen zurutschte. Der Schütze beachtete das Getöse zu spät. Er hatte schon anlegen wollen, denn er war mit Nachladen fertig. Als er sich jetzt umwandte, erfasste ihn die Lawine aus Schutt und Henkerswerkzeug. Es gab auch auf dieser Plattform kein Geländer und keine Brüstung. Die Lawine spülte dem Schützen gegen Füße, Waden und Knie und riss ihn mit sich. Kreischend ließ er die Waffe fallen und versuchte sich ins Dach zu krallen, doch alles bewegte sich abwärts, auch er selbst. Sein Schrei in die Tiefe wurde vom Getöse der unten zerplatzenden Schindeln beinahe noch übertönt.

Nur unter Mühen riss Indencron den Blick von dem rechts abgestürzten Schützen und schaute wieder nach links oben, wo der erschossene Armbrustmann noch immer saß. Von dem Flüchtenden war nichts mehr zu sehen. War er so schnell die Strickleiter hinauf und durch das Fenster hindurch? Nein. Wahrscheinlich hatte er die Strickleiter nur benutzt, um außen am Dach hochzukommen, und sich nicht erst umständlich durch das schmale Fenster gequetscht, sondern war weiter hoch zum First und darüber hinweg. Er war nun auf der anderen Seite, dem Marktplatz abgewandt, unbewaffnet, angeschossen, aber frei.

Welw Indencron blieb einfach sitzen, bis nach und nach neue Schaulustige sich einfanden, um das Blutbad zu begutachten.

Überall lagen Leichen.

Die Musik des Festmarktes war vollständig zum Erliegen gekommen, und es wirkte, als würde sie so bald nicht wieder einsetzen.

Um den Tod zu begehen, waren die Menschen gekommen.

Sie hatten bekommen, was sie begehrten.

MiSSaCHTeN

Er konnte den Bolzen in seiner Schulter nicht erreichen.

Sosehr er sich auch krümmte und drehte, der Bolzen steckte im blinden Raum, im Unfassbaren fest und störte. Schmerzen strömten von ihm aus wie Klänge von einem durchdringenden Sänger.

Er befand sich auf einer Landstraße. Hinter ihm, wenn er sich umwandte, schwankte eine Stadt. Zur Stadt führte, kaum zu erkennen, eine Fährte blutiger Tropfen. Etwas rann ihm über den ganzen Rücken. Er lehnte sich gegen einen Baum, in dessen borkiger Rinde hundert Spinnen auf ihren Netzflächen lauerten.

Es wurde dunkel, und es wurde hell, und es war noch immer derselbe Tag.

Er beschloss zu rennen.

Vielleicht war der Schmerz langsamer als er.

So rannte er. Verließ den Weg, als voraus ein Wagen sichtbar wurde. Rannte querfeldein. Blumen knickend, durch Gräser schürfend wie durch grüne Brandung.

Keuchend ließ er sich nieder, auf Knie und Ellenbogen, das lange Haar im Gras. Ameisen wechselten von

Halmen zu Haaren, krabbelten zu ihm empor. Er beobachtete.

Richtete sich auf. Die Sonne stach hinter Wolken hervor nach ihm. Ein goldener Speer hinter einem Schild. Er wehrte den Stoß ab. Sein linker Arm, in dessen Schulter etwas Schweres steckte, war langsamer als der rechte. Er musste sich das merken. Im Getümmel einer Schlacht konnte das von Bedeutung sein.

Es wurde dunkel, und es wurde hell, und es war noch immer derselbe Tag.

Er hatte sich etwas einprägen wollen, daran konnte er sich noch erinnern.

Aber was er sich hatte einprägen wollen, das hatte er ganz vergessen.

Die Wiese breitete die Arme aus. Ganz hinten, am Ende der Welt, kauerte ein Gehöft. Dort mochte es Schatten geben, einen Brunnen, Wasser.

Er rannte wieder ein paar Schritte, dann gaben seine Beine nach. Seine linke Wade war nass vom Blut. Je mehr er sich bewegte, desto mehr. Je weniger er sich wehrte, desto mehr.

Er wälzte sich auf den Rücken. Knurrend, mit gebleckten Zähnen.

Etwas hinderte ihn daran, auf dem Rücken zu liegen. Etwas stemmte ihn halbhoch, sodass seine Haare ihm ins Gesicht fielen. Etwas hämmerte an ihm. Ein unerbittlicher Schlag. Forschend im Gestein nach einer Ader, die noch etwas enthielt. Er schloss die Augen. Gegen das Sonnenlicht leuchteten seine Lider rot.

Er versuchte zu lachen oder zu schlafen. Alles war ihm gleich.

Etwas stupste gegen ihn. Eine weiche, feuchte Nase. Ein Rind. Mit einem Glöckchen um den Hals. Erst jetzt konnte er das Glöckchen hören. Auch das Rind hatte er nicht näher kommen gehört. Aber das Rupfen des Grasens konnte er ganz deutlich hören. Rupf-rupf-rupf. Rupf-rupf-rupf. Und dabei kaute es und schaute ihn nicht mehr an, mit langen Wimpern, schönen, ruhigen Augen.

Er stemmte sich hoch. An seinem Rücken hing ein Volk, das an ihm zog. Ein Volk aus Meißeln.

Das Rind flüchtete vor ihm, als er schwankend aufstand.

Es sah nicht aus, als wäre es zum Rennen geboren.

Er stand, umgeben von Grün. Der Wind ordnete die Gräser zu Wellen. Wolkenschatten wischten über ihn hinweg. Sie waren gigantisch. Die größten Gebilde, die er jemals gesehen hatte. Tausendfaltig standen sie am Himmel. Leuchtendes Weiß. Schwebende Massive.

Es wurde dunkel, und es wurde hell, und es war noch immer derselbe Tag.

Er setzte sich selbst in Bewegung, im Verhältnis zur übrigen Welt.

Schnürte durch höheres Gras, das Getreide war.

Er hatte Hunger. Im Kerker hatte es fast nie etwas zu essen gegeben, und wenn, dann nur einen stinkenden Schleim aus Bohnen und Reis. Er war in einem Kerker gewesen. Aber wo war der Kerker jetzt hin? Hatte sich verflüchtigt. Hatte vielleicht niemals wirklich existiert.

Er lachte, rannte wieder, weil er es anders nicht aushielt. Das Gehöft zappelte näher.

Es wurde dunkel, und es wurde hell, und es war noch immer derselbe Tag.

Das Getreide ließ sich nun nicht mehr hinhalten. Es kam hoch und fasste nach ihm und rang ihn zu Boden. Er wehrte sich, doch alle Waffen, die jemals in seinem Besitz gewesen waren, hatten sich ebenfalls verflüchtigt, hatten vielleicht niemals wirklich existiert.

Er öffnete den Mund. Schloss die Augen. Sein Bewusstsein hatte vielleicht niemals wirklich existiert.

Es dunkelte. Tiere näherten sich ihm, schnupperten. Feldhamster. Ein Hase, der in der Nähe sein Geschäft machte. Sehr viel später ein streunender Kater mit einem Fleck rechts der Nase. Der Kater tatzte sogar nach dem Liegenden, aber nur aus Neugier, weil hier sonst nie jemand lag.

Es wurde hell. Ein neuer Tag brach an. Menschen schwatzten auf dem Hof. Spannten einen Wagen an. Fuhren davon. Bemerkten den Liegenden nicht.

Er erwachte. Wälzte sich herum, bis er den Bolzen wieder spürte. Beinahe hätte er geschrien.

Setzte sich auf. Der Himmel war ganz anders, die Wolken kleiner, zerstoben, ihrer Macht beraubt.

Ihm war schlecht vor Hunger und Durst. Sein Kopf dröhnte vor Schmerzen. Sein linker Arm war taub, die Hand, die Finger. In der Schulter wütete ein Tier, das sich nach drinnen fraß, aber er konnte nichts erreichen, sosehr er auch die rechte Hand überstreckte.

Er erhob sich. Käfer und Grashüpfer stürzten von ihm. Nur ein paar Stechmücken hatten sich festgesaugt. Er schwitzte. Atmete rasselnd.

Er betrat das Gehöft. Fand einen Brunnen. Förderte Wasser und soff wie ein Pferd. Im Haus musste es etwas zu essen geben.

Er trat durch die Tür. Es war niemand zu sehen.

Er suchte nicht lange, sondern folgte einfach seiner Nase. Es gab eine Kammer, in der Würste lufttrockneten und Schinken. Er schlug seine Zähne in den Schinken, der sehr hart war. Dennoch gelang es ihm, faserige Brocken aus dem Fleisch zu reißen. Eine Kette weißschimmliger Würste hängte er sich um den Hals. Und stolperte wieder nach draußen. Innen war es viel zu dunkel gewesen, außen viel zu hell. Er wischte nach der pochenden Sonne, verfehlte sie, stürzte beinahe, fing sich aber.

Vom Gehöft führte ein Weg in den schattigen Wald. Gerne hätte er sich mit beiden Händen den Schinken vors Gesicht gehalten und einfach gefressen, aber die Linke rührte sich nicht mehr. Er musste mit rechts auskommen, was bewältigbar war, weil die Rechte ohnehin seine bessere Schwerthand war.

Der Wald machte sich um ihn herum breit. Viele Ameisen. Gezwitscher in den Bäumen. Nadeln rieselten, wenn ein Kletterhörnchen sprang. In seiner linken Seite baute ein Specht sein Nest. Der Schmerz ragte inzwischen bis hinab in die Kniekehle. Abermals versuchte er ihn zu packen und zu erwürgen, aber der Schmerz entkam ihm, obwohl er seinen Standort gar nicht zu verändern schien.

Er bleckte die Zähne.

Hier, im tiefen Wald, überkam ihn die Lust, ein Reh totzubeißen.

Aber die Tiere flohen ihn nun. Sein Blut wehte vor ihm her wie die Fahne eines Trunkenen.

Er wollte sich gegen einen Baum lehnen und traf nur den Raum zwischen zwei Bäumen. Schwer fiel er auf

Wurzelwerk und Moos. Das Wurzelwerk ähnelte der Schrift, mit der man ihm schon oft vor der Nase herumgewedelt hatte. Die Stadtmenschen konnten in dieser Schrift Worte und Sprache finden wie in einem Versteck.

Es wurde dunkel, und es wurde hell, und es war noch immer derselbe Tag.

Es wurde dunkel, und es wurde hell, und es war noch immer derselbe Tag. Dieser Tag war dunkler im Wald als außerhalb, aber es war dennoch derselbe.

Er krallte sich ins Moos und stemmte sich daran hoch. Es war ihm, als würde er die Welt von sich wegschieben. Verächtlich.

Als er stand, schlug er sein Wasser ab, mitten auf dem Weg. Er bekam schon wieder Durst. Torkelte weiter. Es war nicht einfach, den Weg zu treffen. Seine Schritte wollten überallhin, sogar nach oben, zu den Schwarzdrosseln, manchmal.

Als er das nächste Mal stürzte, mochte es viele Stunden später sein, die Schatten wurden schon länger, und sein Sturz war ein langsames In-sich-Zusammenfalten. Es war, als würden seine Knochen sich verflüssigen und alles innerhalb seiner Haut nach unten rutschen. Er kämpfte beinahe eine Viertelstunde darum, sich aufrecht halten zu können, aber er verlor diesen Kampf. Die Handfläche, die er vor Augen hielt, war weiß wie städtisches Pergament. Er hatte Blut verloren und verloren und verloren. Der Weg hinter ihm war ein See, der vor ihm eine Wüste.

Seine Zähne klapperten. Er krümmte sich einwärts und erwartete die Nacht, aber die Sonne steckte wie festgenagelt im Himmel und leuchtete ihn aus, in zunehmend tiefer werdendem Rot.

Er konnte Beine sehen und zählen. Zwölf Beine von Wildschweinen. Sechs einer Ameise. Sechs einer Waldwespe, die zwischen den Haaren seines Armes balancierte. Vier eines Fuchses. Vier eines Dachses. Zwei einer alten Frau, die mit ihm redete. Die Frau verschwand und kehrte zurück. Dann schlug sie ihn, mit einem Stock oder einem Besen. Schimpfte mit ihm. Schlug erneut. Er verstand kein Wort. Er stieß ein tiefes Grollen aus, das sich zu einem Heulen steigerte.

Die Frau war fort.

Die Dunkelheit flutete um ihn herum, rauschend wie ein Meer. Mit der Dunkelheit kam auch die Furcht. Vor dem Unbekannten. Den Toten. Den Nachzerrern.

Er lag, und eine Starre überfiel ihn. Er kämpfte auch gegen sie und unterlag. Irgendetwas, irgendein *Wesen*, kam und schnupperte an dem Bolzen. Er lag gekrümmt auf der Seite und bot den Bolzen jedermann dar. Durch den Bolzen verströmte sich pochend sein Dasein in den Wald.

Er schlief. Irgendetwas rüttelte an dem Bolzen. Murmelte zahnlos. Es war die alte Frau. Sie führte kein Licht mit sich. Alles war Dunkelheit, nicht einmal Mond oder Sterne erreichten den Waldboden. Er trieb auf einem Floß aus Moos durch ein pechschwarzes Labyrinth.

Er schlief. In seinen Träumen lachte und weinte er. In einem Nirgendwo.

Etwas rüttelte an ihm. Etwas roch sehr fremd. Etwas zog an seinem Rücken, zog ihm die Wirbelsäule aus dem Leib, riss sämtliche Innereien und Eingeweide mit, ließ nur seine schlafende Hülle zurück. Etwas salbte ihn mit Gestank. Etwas rollte ihn auf den Rücken. Er konnte nun sehen, im Dunkeln sehen. Alle Dinge hatten graue Umrisse. Die Augen der Alten leuchteten hell wie kleine Sonnen. Auch aus ihrem Mund kam Licht.

Sie riss ihm seinen Lendenschurz weg, zerrte ihn frei.

Ächzend stieg sie auf ihn auf und ritt ihn. Ihr zahnloser Mund glänzte vor seinem Gesicht, das Licht der Milchstraße enthaltend, ihr langes graues Haar wischte über seine Stirn. Ihre Brüste hingen schlaff bis zu ihm herab.

Und dennoch fühlte es sich gut an, besser als alles andere davor. Er überließ sich.

Es wurde hell, und es wurde dunkel, und es war noch immer dieselbe Nacht.

Er mochte geschlafen haben.

Eine alte Stimme raunte in sein Ohr: »Du erkennst den Tod nicht an, mein hübscher Junge. Nur deshalb bist du noch am Leben.«

Dann war er allein und lachte und weinte. Niemand sah ihn, das war wichtig.

Am Morgen tropfte die Sonne wie Tau von sämtlichen Blättern. Vögel sangen, beäugten ihn, hofften auf etwas zu fressen.

Ihn dürstete.

Er legte den Unterarm über die Augen, um den Sonnentau abzumildern. Zu seiner Überraschung war es der linke Unterarm. Er konnte ihn wieder bewegen. Noch tat es weh, aber es war sehr viel besser als gestern.

Er rollte auf seinem Rücken hin und her und spürte

dem Fremdkörper nach. Der Fremdkörper war weg. Womöglich zu Blut zerschmolzen.

Er war nackt. Sein Lendenschurz fort, die Würste und der Schinken ebenfalls.

Durst trieb ihn hoch.

Er fand Regenwasser in einem vom Blitz erschlagenen Baumstamm. Er schöpfte mit der Hand und trank, dann schleckte er das Wasser mit der Zunge wie ein Tier. Es schmeckte harzig, bereitete ihm Behagen.

Er blickte sich um. Moos wuchs auch an den Bäumen. Er konnte die Himmelsrichtung bestimmen daran, aber er hatte vergessen, woher er gekommen war oder wohin er hatte gehen wollen. Nur weg von hier, wahrscheinlich. Immer weiter. Das kam ihm vertraut vor.

Er setzte sich in Bewegung, versuchte wieder das Rennen, wechselte von Lichtern zu Schatten und weiter zum Licht. Es wurde hell und wurde dunkel, wurde hell und wieder dunkel, und der Tag blieb er selbst.

Dann fand er das Reh. Es war noch jung, hatte weiße Flecken.

Es zitterte vor ihm, die Flanken zuckten, es schaute ihn an mit feuchten Augen, geblähten, feuchten Nüstern.

Er ging auf es zu und berührte es an der Stirn und unterm Maul.

Bilder stürmten durch seinen Kopf, Bilder von Wut und Zerreißen.

Er kämpfte dagegen an, wollte weitergehen, einfach nur weitergehen, es dabei bewenden lassen, rennen und leben, aber er unterlag, wie meistens.

Das Blut war am mächtigsten, und er hatte viel zu viel davon verloren.

BeDRäNGeN

Sie kam zum Fluss, um sich zu waschen.

Zwischen ihren Beinen trug sie noch Spuren ihres Liebhabers, ihres guten Jungen, wie sie ihn nannte. Ihr Gang war federnd und beschwingt, ihre Haare an den Schläfen und im Nacken noch feucht, das Gesicht erhitzt und voller Lächeln. Es war sehr schön gewesen mit ihrem guten Jungen, wie immer, wenn er sich morgens vor der Arbeit fortstahl und sich eine Stunde oder eine halbe für sie Zeit nahm. Aber nun musste sie sich lossagen von seinen Spuren und den Gedanken an ihn, den Erinnerungen ihres Körpers an seine Berührungen, denn auch sie musste ins Dorf, um auf dem Markt ihre Waren feilzubieten. Die Leute sollten nicht merken, dass sie einen Liebhaber hatte. Solange sich die Männer des Dorfes allesamt bei ihr Chancen ausrechneten, kauften sie mehr bei ihr ein.

Zärtlich befühlte sie die Ohrringe, die ihr guter Junge ihr geschenkt hatte. Im Dorf würde sie die nicht tragen können, das würde zu viel über sie beide verraten. Aber hier draußen hinter den Feldern unter den Bäumen des

Flusses genoss sie den Schmuck, das golden wirkende Metall, das sich in der Morgensonne erwärmte wie die Finger ihres guten Jungen. Sie schmückte sich gern für den Fluss. Der Fluss durfte wissen, dass sie glücklich war und vergeben.

Auf dem Wasser tanzte glitzernd das Licht. Libellen und Mücken schwirrten umher. Eine Kröte saß auf einem Stein und blinzelte in eine andere Richtung. Als das Mädchen sich dem Fluss näherte, hüpfte die Kröte dennoch vorsichtig ins Wasser.

Das Mädchen ging hinein, bis zu den Schenkeln, das einfache Kleid angehoben, damit es nicht nass wurde. Wo vorher Stoff ihre Blößen bedeckte, glitzerte nun Wasserschimmer. Sanft zog der Fluss an ihren Beinen, umspülte sie träge mit Kühlung und Drang. Sie knickte ein wenig die Knie ein und wusch sich gründlich. Das Wasser war sehr kalt an ihren empfindsamsten Stellen, aber sauber und klar. Die Spuren ihres Liebsten trieben im Fluss davon. Winzige Fische flitzten vorüber. Der Schatten eines Reihers fiel über sie. Der graue Vogel flog weiter, verschwand hinter Bäumen.

Ein schweres Rascheln ließ sie aufblicken.

Aus dem Wald des jenseitigen Ufers trat ein Mann. Er war vollkommen nackt und blutverschmiert. Seine Hände bis hinauf zu den Ellenbogen, sein Bauch, seine Oberschenkel und Knie – es sah aus, als wäre er mit bräunlicher Farbe besprenkelt worden. Aber es war keine Farbe. Es war trocknendes Blut. Das Mädchen hatte bei Schlachtungen ausgeholfen, und einmal auch bei einer Geburt. Sie war mit den Färbungen des Lebens vertraut.

Sie wollte sich wegducken, stand aber mitten im Fluss.

Er musste sie sehen. Das allgegenwärtige Glitzern gab sie preis.

Er sah sie und machte keinerlei Anstalten, seine eigene Blöße zu bedecken. Seine Haut war dunkler als die der Dörfler oder der Städter. Seine Haare waren lang, verhüllten beinahe sein Gesicht. Er war hübsch, aber auf eine unangenehme, herablassende Weise. Sein Gesichtsausdruck sah aus, als würde er schmollen.

Er trat an seiner Uferseite bis an das Wasser. Hockte sich hin und wusch sich erst mal die Hände bis hinauf zu den Ellenbogen. Dann die Brust, die Achselhöhlen und den Bauch. Sie konnte sehen, dass ihre Anwesenheit Auswirkungen auf ihn hatte.

Ihr Atmen ging schneller. Rückwärts zog sie sich langsam aus dem Wasser zurück. Ihr Kleid, das sie vorher hochgehalten hatte, damit es nicht nass wurde, ließ sie nun sinken. Sie wollte nicht von ihm gesehen werden. Sie hatte bereits einen Liebhaber. Sie war glücklich und vergeben. Und ihr guter Junge war jetzt nicht mehr in der Nähe, sondern war auf seinem rötlichen Pferd ins Dorf geritten, um seinen eigenen Tag zu beginnen.

Das Blut, das der Fremde sich abwusch, färbte und verunreinigte den Fluss. Es war mehr, als das Mädchen für möglich gehalten hätte. Es sah aus, als würde von dem Mann Dunkelheit ins Wasser strömen. Es war nicht sein eigenes Blut, das wurde ihr erst jetzt klar. Er sah aus, als hätte er bei einer Schlachtung geholfen oder bei einer Geburt, aber er war nackt, und sie fragte sich, weswegen. Seine Handgelenke, die in das Glitzern tauchten. Die Handgelenke waren mit rötlichen Striemen verunziert, als wäre der Mann vor Kurzem noch gefesselt gewesen.

Er beachtete sie nicht weiter, während sie sich zurückzog. Er wusch sich, wie sie das vorher auch getan hatte. Sie konnte nicht anders, sie musste hinschauen.

Dann blickte er auf und sie an. Die meisten Männer hätten jetzt gelächelt oder etwas gesagt. Etwas Freundliches, etwas Anzügliches, etwas Dümmliches, etwas Freches oder etwas betont Harmloses. Er aber lächelte kein bisschen und blieb stumm. Er richtete sich auf. Und betrat das Wasser.

Sie hatte ihr Ufer erreicht. Als er bis zur Hüfte ins Glitzern schritt, hoffte sie, dass die Kälte des Flusses ihn abkühlen würde. Doch sie ahnte, dass dieser Wunsch sich nicht erfüllen würde. Dies war kein Mann von hier. Sein Körper war ganz anders beschaffen, seine Muskeln nicht nur Zurschaustellung, sondern vor allem ein Ausdruck von Behändigkeit und Wildheit. Er trug Narben auf seiner Brust wie Ehrenzeichen. Er war sehr groß, außergewöhnlich groß. Viel größer als ihr lieber Junge. Sie beschloss zu flüchten. Zu ihrem Haus, das sie wenigstens verschließen konnte. Wo sie sich einen Schürhaken greifen konnte oder ein Messer, um sich zu verteidigen.

Der Fremde ging durch den Fluss hindurch, als wäre das drängende Wasser nur ein Nebelhauch.

Er sah dem Mädchen jetzt nicht einmal mehr hinterher, als es zu rennen begann. Dass er ihr nicht folgte, dass er nicht ebenfalls zu rennen begann, erleichterte sie.

Sie durchbrach die Linie der Flussbäume und konnte ihr Blockhaus sehen. Schwankend, rüttelnd kam es näher. Mehrmals blickte sie sich um. Der fremde nackte Mann blieb hinter den Bäumen zurück. Vielleicht hatte er nur den Fluss überqueren wollen. Das konnte möglich sein. Er hatte sie mitten im Fluss stehen gesehen und daraus abgeleitet, dass das Wasser an dieser Stelle nicht besonders tief war. Also hatte er ihre Stelle zur Überquerung genutzt. Aber sie wollte sich nicht grundlos in Sicherheit wiegen. Dass sie alleine lebte hinter den Feldern, machten die Frauen des Dorfes ihr schon lange zum Vorwurf. Sie sollte sich zumindest einen großen Hund anschaffen, war ihr schon mehrfach geraten worden. Aber sie wollte keinen Hund im Haus. Sie genoss es, allein zu sein, wenn ihr lieber Junge nicht bei ihr war. Sie war sich nicht einmal sicher, ob sie ihn jemals heiraten wollte, denn sie war gerne allein. Schon als Kind hatte sie sich gern zurückgezogen, in die schummrige Behaglichkeit einer Hütte, wenn die anderen draußen spielten und lärmten. Sie gehörte nicht richtig ins Dorf. Sie wohnte lieber in der Nähe des Flusses.

Sie erreichte das Haus und warf hinter sich die Tür ins Schloss. Mit einem Balken verriegelte sie den Eingang. Desgleichen die drei Fenster. Balken von innen vor die Läden. Es wurde dunkel für sie, während ringsumher die Sonne schien. Ihr Atem ging noch immer schnell, und sie ärgerte sich über ihre vielleicht übertriebene Vorsicht, aber sie wollte sich nicht auf ihr Glück verlassen. Das war für ein allein lebendes Mädchen nicht gut.

In ihrem Raum roch es noch deutlich nach der grenzenlosen Verliebtheit, die sie mit ihrem guten Jungen genossen hatte. Ihr Liebster war überall anwesend, in jedem Deckenschmuck und jeder Möbelkante. Sie wollte sich an diesem im wahrsten Sinne des Wortes wundervollen Duft festhalten, aber gerade dadurch wurde ihr bewusst, wie flüchtig dieser war. Ihr guter Junge saß auf seinem rötlichen Pferd und ritt zum Dorf. Wahrscheinlich war er schon dort angekommen. Zweimal – erinnerte sie sich jetzt mit einem wilden Herzschlag der Hoffnung –, zweimal war er jedoch zurückgekehrt von seinem Weg dorthin und hatte ihr Blumen mitgebracht, die er unterwegs gepflückt hatte. Zweimal. Wie schön, dachte sie, wie schön wäre es, wenn heute das dritte Mal wäre.

Sie zog sich etwas Trockenes an. Für einen Moment war sie dabei nackt, ebenso nackt wie der Fremde, aber dieser Moment war nur kurz.

Sie wartete im Dunkeln, und überhaupt nichts geschah.

Sie schalt sich eine Närrin. Der Fremde hatte sie betrachtet, ja. Sie hatte ihm gefallen, das war nicht zu missdeuten gewesen, ja. Aber das war es auch schon. Vielleicht war er auf der Flucht. Oder auf der Jagd. Oder er wurde gejagt. Bestandteil eines fremden, vorzeitlichen Rituals. Es war ihm gar nicht möglich, sich mit ihr einzulassen.

Doch sie konnte sich nicht restlos überzeugen. Sein Blick war so dunkel gewesen, so düster. Sie kauerte in der selbst geschaffenen Finsternis, während um das hölzerne Haus herum der Tag verzwitscherte und der Wind in den Bäumen spielte. Die Schatten wanderten, und sie hielt ihren Schürhaken umklammert.

Zu essen hatte sie genug. Um ihre Notdurft zu verrichten, hätte sie eigentlich das Haus verlassen und in den kleinen, windschiefen Verschlag gehen müssen, aber das traute sie sich nicht. Sie hatte Töpfe, und sie hatte Deckel.

Ihr guter Junge kam nicht und brachte keine Blumen. Das dritte Mal würde ein andermal sein.

In ihrer Einsamkeit dachte sie, dass der Fremde ihn abgefangen und ermordet haben könnte, und sie würde es hier drinnen nie erfahren. Eigentlich musste sie hinaus, ins Dorf. Wenn sie einen Tag lang ihren Stand am Markt nicht besetzte, würde niemand sich um sie Sorgen machen. Sie hat halt ein Frauenleiden oder so was, würden die Leute tuscheln und grinsen dabei, anzüglich. Am zweiten Tag. Am zweiten Tag würde vielleicht einer ächzend sich aufmachen, um nach ihr zu schauen. Aber auch der, auch der konnte von dem Fremden abgefangen werden.

Aber dass die Vögel zwitscherten, war doch ein Zeichen dafür, dass der Fremde nicht ums Haus strich. Oder etwa nicht? Vielleicht hatte er sich ja auch hingesetzt und wartete ganz ruhig. Und die Vögel akzeptierten ihn als jemanden, der dort saß, und sangen. Für ihn und für sie.

Sie ging zu dem Fenster in Richtung der Flussbäume und versuchte, durch die Fugen und Ritzen der Fensterläden etwas zu erkennen. Nichts. Würde sie sie öffnen, auch nur einen Spaltbreit, würde sie dem Unheil Einlass gewähren.

War der Fremde überhaupt bewaffnet gewesen? Sie hatte nichts gesehen außer Nacktheit. Auch hinter seinem Rücken konnte er ja kaum etwas verborgen gehalten haben. Seine Hände waren beide sichtbar gewesen, und keinerlei Gurte oder Lederschlaufen hatten auf etwas hingewiesen, was er auf dem Rücken trug. Also hatte er kein Werkzeug, keinen Hebel. Er konnte die Fensterläden nicht aufstemmen mit bloßen Händen. Andererseits war er sehr kräftig gewesen. Sehr, sehr kräftig.

Ihr schauderte. Was war bloß mit ihr los? Das war nicht das erste Mal in ihrem Leben, dass sie am Fluss einem Fremden begegnete. Da war ein Flößer gewesen, aus einem anderen Dorf wahrscheinlich, der hatte ihr hinterhergepfiffen. Und einmal ein Wanderer, ein kleiner, dicklicher Kerl. Der hatte so getan, als hätte er sie nicht bemerkt. Und einmal ein Junge, der vielleicht von zu Hause ausgerissen war. Der hatte sie nach dem Weg gefragt, und sie hatte ihm erläutert, wo ihr Dorf lag, und auch, wie man es umgehen konnte. Doch niemals zuvor hatte sie solche *Furcht* verspürt. Es war das Blut, selbstverständlich. Die Schlachtung oder die Geburt. Und die Nacktheit. Ebenfalls wie von etwas, das geboren wird oder geschlachtet.

Hunger trieb sie dazu, sich eine Scheibe Brot abzuschneiden. Sie aß hastig und ohne Genuss, wie auf dem Sprung. Den Schürhaken nie weiter als eine Handbreit entfernt. Sie begann sich vor dem Abend zu fürchten. Weil es dann auch draußen dunkel werden würde. Morgen, morgen würde ihr lieber Junge nicht kommen können. Das hatte er ihr schon gesagt. Er hatte gelächelt dabei, vielleicht war es ein Scherz gewesen, vielleicht wollte er sie überraschen. Sie musste aufpassen, dass sie ihn nicht mit ihrem Schürhaken erschlug, falls *er* es war, der sich an ihren Fenstern zu schaffen machte, um sie zu necken und anschließend sie Wütende lachend in die Arme zu schließen.

Sie schlief ein bei diesem Gedanken, der so wohltuend und heimelig war.

Sie schreckte auf. Da war nichts gewesen.

Sie schlief wieder ein.

Schreckte wieder hoch. Zeit war vergangen, ihre Glieder waren verspannt und schlecht durchblutet. Abermals musste sie an das Blut denken. Das Blut, das sich im Wasser mit den Spuren ihres Liebsten mischte. Flussabwärts würde man den Tod und das Leben trinken, wenn man aus dem Fluss schöpfte.

Sie mühte sich hoch. Fühlte sich alt. Wäre sie alt, müsste sie sich vor Fremden wahrscheinlich nicht mehr so fürchten. Oder doch. Nur anders. Nur um ihr Leben. Nicht um alles andere. Sie wusste nicht, was ihr lieber wäre.

Die Geräusche draußen hatten sich verändert, aber durch die Ritzen fiel immer noch Licht. Sie wollte nach draußen gehen, als wäre alles vor dem Schlafen nur ein Traum gewesen. Sie ging sogar schon auf die Tür zu. Erst als sie den Riegel mit den Fingerspitzen berührte, hielt sie inne.

Nein.

Ein Tag mehr oder weniger, was machte das schon? Lieber übervorsichtig sein und leben, als einer Laune zum Opfer fallen. Das oder etwas Ähnliches hatte auch ihr Vater ihr immer wieder eingeschärft, wenn die Eltern weggemusst hatten, auf den Markt.

Sie entzündete sich eine Kerze und begann in einem Buch zu lesen. Ein Handdruck, den ihr guter Junge ihr geschenkt hatte. Es waren Gedichte darin. Gedichte von Liebe und den Vergnügungen der Körper. Ihr guter Junge las ihr gerne daraus vor. Aber jetzt störten sie die Texte. Sie kamen ihr aberwitzig und anstößig vor. Sie klappte das Buch wieder zu.

Draußen ging jemand vorüber.

Sie sah, wie ein Schatten die Ritzen verdunkelte und dann weiterzog. Er ging offenbar ganz nah an der Hauswand entlang, so nah wie ein Hund, der schnuppert oder seine Markierungen setzt. Ihr Herz schlug plötzlich bis zum Hals, so heftig, dass ihr beinahe schwindelig wurde. Den Schürhaken hielt sie in beiden Händen und wartete darauf, dass die Tür nach innen brechen würde.

Doch nichts geschah. Der Schatten blieb verschwunden. Aber es war kein Reh gewesen. Zu groß für ein Reh. Viel, viel zu groß.

Sie setzte sich auf einen Stuhl. Ihr Herz beruhigte sich wieder. Die Vögel hatten die ganze Zeit nicht aufgehört zu zwitschern. Ein Schatten, der die Tiere nicht störte. Ein Mann aus den Wäldern, vertraut sowohl mit Geräuschen also auch mit Lautlosigkeit.

Sie döste wieder. Das schnelle Schlagen ihres Herzens machte sie müde. Liebe machte sie müde. Frische Luft half dagegen. Frische Luft und Licht. Ein Markttag nach einem leidenschaftlichen Morgen. Aber hier drinnen gab es keine Luft und kein Licht. Nur den Geruch von etwas Vergangenem, unerträglich Schönem, das nicht greifbar war und überhaupt keinen Halt mehr bot.

Plötzlich erzitterte das Haus. Sie schrak hoch, sprang regelrecht in die Höhe. Sie atmete nicht mehr. Ihr Herz schlug nicht mehr. Sie war hellwach.

Ein Ansturm oder ein Bewurf gegen die Hausecke links von der Eingangstür. Irgendetwas war dagegengesprungen oder dagegengeworfen worden. Alle ihre Ängste erwiesen sich als berechtigt. Aber wer sprang gegen eine Stelle, wo das Haus am allerstabilsten war, wo die Balken sich kreuzten und ineinanderfassten, um ein Fundament zu bilden?

Etwas raschelte, scharrte. Alles ging schnell. Dann schwere Schritte, schnell, oben auf dem Dach. Er war nicht dagegengesprungen, sondern *hinauf*.

»Bei den Göttern!«, schalt sie sich. Der Kamin! Die ganze Zeit über hatte sie den Schürhaken in der Hand, ohne sich Gedanken über den einzigen unverbarrikadierten Zugang gemacht zu haben!

Sie machte drei rasche Schritte auf den Kamin zu, doch der Mann auf dem Dach war schneller. Sie wollte ein Feuer entzünden, ein Feuer im Kamin, um ihm Flammen entgegenzuwerfen, Flammen und Verneinung, doch es war zu spät. Er war zu schnell. Von oben rieselte bereits Ruß herab. Der Mann mühte sich hinein. Der Kamin war viel zu eng für seine Größe, aber er mühte sich hinein.

Sie wollte mit dem Schürhaken aufwärtsstechen, in den Schacht hinein, den Mann verwunden. Bis er bei ihr ankam, sollte er bereits verblutet sein. Sie schrie vor Wut. Doch es gelang ihr nicht. In einer tosenden Wolke aus ätzendem Staub und rußendem Schutt kam er herabgekracht. Kopfunter, wie ein Salamander. Sie konnte nicht mehr atmen, nichts mehr sehen. Alles verkehrte sich gegen sie. Seine Arme waren unten, wie Beine. Sie wich zurück, ganz instinktiv.

»Die Tür!«, dachte sie. Sie konnte jetzt hinaus, denn er war drinnen, bei ihr, unsichtbar, schwer, viel zu groß.

Sie rannte, fiel über einen Stuhl, hielt sich nicht damit auf. Erreichte die Tür. Die Rußwolke waberte hinter ihr her. Der Riegel. Der Riegel wurde ihr jetzt zum Verhängnis. Sie hatte sich eingesperrt, um ihn auszusperren, aber er war jetzt hier, bei ihr. Sie bekam den Riegel nicht mehr rechtzeitig auf. Dahinter lagen Licht und Luft und Freiheit, das Leben, die Vögel, ihr guter, guter Junge, das Dorf. Hier drinnen war alles unerträglich und endgültig.

Hände legten sich um sie herum auf den bereits gelockerten Riegel und drückten ihn in seine Halterung zurück. Der Mann stand nun hinter ihr, so nahe, dass er sie berührte, so nahe, dass sie ihn riechen konnte.

Er vergrub sein Gesicht in ihrem Haar.

Sie begann am ganzen Leib zu zittern.

Er war so unsagbar schmutzig.

Es war ein neuer Morgen.

Die Vögel sangen vielstimmig ihre Lieder, schienen sich gegenseitig übertreffen zu wollen.

Der Mann schlenderte über den Waldweg, der zwischen den Dörfern hindurchführte. Er war nun nicht mehr nackt, trug eine Art Wickelrock, der vorher einer Frau gehört haben mochte, und zwei Ohrringe, mit denen er spielte, während er ging. Ein Hackmesser steckte im Rockgurt. Er hatte sich im Fluss gewaschen, doch nur nachlässig, noch immer zeigten seine Gliedmaßen Spuren von altem Blut und frischem Ruß und mehr.

Von hinten näherte sich ihm ein Geräusch, das klang, wie wenn man mit den Fingern einzeln und nacheinander auf eine Wirtshaustischplatte klopft, beginnend mit dem kleinen, endend mit dem Zeigefinger und immer wieder von Neuem. Hufgetrappel. Der Mann mit dem Rock wandte sich kaum um.

Der Junge auf dem rötlichen Pferd erkannte die Ohrringe und den Rock schon von Weitem. Er zog seinen Säbel und brüllte: »Du Bestie! Ungeheuer! Dafür wirst du sterben!«

Der Mann mit dem Rock wandte sich kaum um. Ließ den Reiter heranpreschen. Erst dann, im allerletzten Moment, drehte er sich und zerrte den Jungen aus dem Sattel. Ledergurte rissen. Speichel sprühte. Eine Ferse schlug über warmes Leder. Das rötliche Pferd lief ohne den Jungen weiter und blieb dann stehen, irritiert darüber, dass ihm niemand mehr eine Richtung vorgab.

Der Mann mit dem Rock schleuderte den Jungen aus der Bewegung heraus beidhändig herum und schmetterte ihn gegen den Stamm eines Wacholderbaums. Weißliche Beeren stürzten zu Boden und dufteten. Der Junge schrie nicht, dazu bekam er gar keine Luft mehr. Der Säbel entglitt seinen starr werdenden und sich dann erst verkrampfenden Fingern. Der Mann mit dem Rock löste den Jungen von dem Stamm und hieb ihn noch einmal dagegen, noch fester nun. Rippen und Wirbel knackten und brachen. Der Fremde presste das Leben aus dem guten Jungen heraus wie einen Saft. Dabei sah er ihn gar nicht an. Sondern blickte zu Boden, auf den Säbel.

Den hob er hinterher auf und begutachtete ihn. Dann zog er das Hackmesser aus seinem Wickelgurt, rammte es dem Toten achtlos in die Brust und schob stattdessen den Säbel in seine behelfsmäßige Kleidung. Er betrachtete das Pferd.

Es war ein Mädchen.

Langwimprig und scheu schaute es ihn an. Etwas an

ihm roch nach einem Menschen, den es kannte und dem es vertraute.

Der Mann ging auf das Pferd zu, einen Arm ausgestreckt, die Finger spielend wie auf der Tischplatte eines Wirtshauses, doch es gab kein Geräusch. Sein Blick war abgewandt, unaufdringlich, seine Haare verhüllten sein Gesicht.

Das Pferd ließ ihn gewähren.

Er tätschelte es, streichelte es ums Maul, schwang sich dann behände hinauf und ritt davon, dem gewundenen Pfad zwischen den Dörfern folgend.

STeHLeN

»Hör zu, mein Junge. Hörst du mir zu? Verstehst du meine Sprache?«

Der fette Kaufmann versuchte, mit einem Fingerschnippen die Aufmerksamkeit des großen Mannes einzufangen. Der schien abgelenkt von den Geräuschen und Sehenswürdigkeiten der schummrigen Taverne. Besonders eines der drallen Schankmädchen hatte es ihm offenbar angetan. Der fette Kaufmann schnippte erneut. Jetzt richtete der Große seinen grauen Blick auf den Fetten.

»Kannst du mir ein Zeichen geben, ob du mich verstehen kannst? Ich will jetzt nämlich nicht gerne eine halbe Stunde reden, nur um hinterher herauszufinden, dass du meine Sprache nicht beherrschst.«

Der Große blickte ihn ruhig an und nickte dann. Die beiden goldenen Ohrringe verliehen ihm eine seltsam affektierte Aura, aber sein narbiger nackter Oberkörper stand in außerordentlichem Kontrast dazu.

»Sehr gut, mein Freund, sehr gut.« Der Fette lächelte. Auf seiner Oberlippe glänzte ein Schweißfilm wie ein

Schnurrbart aus Öl. »Sobald ich dich erblickt habe, hab ich zu meinem guten Freund Eurese gesagt: ›Eurese, das könnte unser Mann sein! Sieh, wie er würdevoll auf diesem Fuchs reitet. Jeder Zoll ein Kriegshandwerker, habe ich nicht recht?‹ Stimmt es nicht, Eurese, dass ich das gesagt habe?«

Eurese, der nicht mit am Tisch saß, sondern an einer Säule lungerte, um den Überblick zu behalten, schien selbst ein Kriegshandwerker zu sein. Jedenfalls erweckten das Breitschwert an seiner Seite, die großen, sehnigen Hände und die hässliche Kerbe im kahl geschorenen Kopf diesen Eindruck. Eurese nickte genauso schweigsam wie der riesenhafte Wilde mit den Ohrringen.

Der Fette neigte sich vor, was nicht einfach war, weil sein Wanst bereits die Tischplatte einfasste wie ein Krebs mit seinen Scheren. »Greif zu, mein Junge! Iss und trink! Das geht alles auf meine Rechnung, egal, ob du dich nun entscheidest, für mich zu arbeiten, oder nicht.«

Der Große ließ sich das nicht zweimal sagen. Er griff sich ein gebratenes Hähnchen, riss es in zwei Teile und stopfte sich einen großen Fetzen Brustfleisch in den Mund. Der Händler musste zurückweichen, um nicht von Fettspritzern getroffen zu werden, lehnte sich aber gleich darauf wieder nach vorne. Für einen Sitzenden war er erstaunlich behände.

»Ich mag es, dass du nicht viel redest, Junge. Das kann ich nämlich brauchen. Einen, der nicht so viel quatscht. Bist du auch so schweigsam, wenn du etwas getrunken hast?«

Der Große nahm sich den Bierkrug, stürzte sich den Inhalt, obwohl sein Mund noch voller Fleisch war, den

Rachen hinab, stellte den leeren Krug ab und schwieg. Nicht einmal ein Rülpser. Der Fette war entzückt.

»Du bist der Richtige! Ich wusste es! Habe ich es nicht gesagt, Eurese? Ich habe es gesagt! Wenn du dich geschickt anstellst, mein Junge, können wir mehrmals ins Geschäft kommen. Jemanden wie dich kann ich immer brauchen. Mein Name ist übrigens Tleck. Und deiner?«

Der Große aß weiter und schwieg. Wie er das Huhn zerkaute, sah es aus, als würde er keinen Unterschied zwischen Fleisch und Knochen machen.

»Na, tut auch nichts zur Sache. Brauch ich ja auch nicht zu wissen. Gute Antwort übrigens, hehehe. Du bist auf Zack, mein Sohn, das weiß ich zu schätzen. Sag mal« – Tleck lehnte sich noch weiter vor, und ein Teil des Tisches sah zwischen seinen Bauchfalten aus, wie von einem Riesenraubfisch abgebissen –, »bist du schon mal wo eingestiegen?« Tleck zwinkerte. »In ein Haus? Das dir nicht gehörte?«

Durch die Augen des Großen huschte ein Lächeln oder zumindest ein Wiedererkennen. Er nickte und deutete auf seinen leeren Humpen. Tleck bestellte ein weiteres Bier und achtete dabei darauf, dass er bei ebender Schankmaid bestellte, die dem Wilden so zu gefallen schien. »Hast du also schon mal gemacht, ja? Sehr gut. Genau so jemanden kann ich nämlich heute Nacht brauchen. Der Inhaber des Häuschens wird nicht zu Hause sein. Und ich will etwas haben, was in dem Häuschen ist, kannst du mir folgen? Du fragst dich vielleicht, ob ich ein bisschen dämlich bin, wenn die Sache heute schon steigen soll und ich erst jetzt auf der Suche bin nach jemandem, der das für mich erledigen kann, aber ich verrate dir, dass das alles ganz anders geplant gewesen ist und der Mann, den wir ursprünglich vorgesehen hatten, plötzlich, nun ja, unpässlich wurde, sodass ich mich nun in der peinlichen Situation wiederfinde, verhältnismäßig kurzfristig einen Ersatz finden zu müssen. Kannst du mir folgen?«

Der Essende zögerte diesmal etwas, nickte dann aber.

»Gut. Das Entscheidende ist ja auch nur: Die ganze Sache dauert höchstens ein, zwei Stunden. Wir bringen dich zu dem Haus und zeigen dir, wie man reinkommt. Kannst du klettern?«

Ein Nicken.

»Sehr gut. Dachte ich mir schon. Du gehst rein, holst raus, was ich dir vorher sagen werde, dass du rausholen sollst – und jetzt kommt ein kleiner Knüller: Falls du unterwegs in dem Häuschen noch was findest, das dir ins Auge springt, lass es einfach mitgehen. Von mir aus. Das ist dann für dich, als kleiner Bonus. Zusätzlich zu dem, was ich dir zahlen werde, wenn du mir das übergibst, was ich haben will. Na, wie hört sich das an?«

Das Mädchen kam mit dem frisch gezapften Bier. Sie lächelte Tleck kurz, den Wilden aber länger an. Der schaute ihr mit regungslosem Gesicht in den schweißglänzenden Ausschnitt. Das machte ihr nichts aus. Vielmehr war es Bestandteil ihres Berufes.

Als sie wieder weg war, schob sich Tlecks Gesicht erneut näher an den Essenden heran. »Also, dann erzähle ich dir mal, worum es geht. Du musst von oben in das Haus einsteigen. Vom Dach aus, mit einem Seil, in eines der oberen Fenster. Das traust du dir zu, oder? Wusste ich doch. Ist am praktischsten so, weil der Garten von

Hunden bewacht wird. Fiese Viecher, die fast nur aus Zähnen bestehen. Je weniger Kontakt mit denen, umso besser. Also, du steigst oben ein und gehst ganz nach unten in den Keller durch. Dort befindet sich die Sammlung. Du musst wahrscheinlich ein paar Türen aufbrechen, aber das kriegst du schon hin, deshalb habe ich mir ja jemand Kräftigen wie dich ausgesucht. Mach dir keine Sorgen wegen des Lärms. Es wird niemand zu Hause sein. Vielleicht fangen die Köter an zu kläffen. Lass sie doch. Sie kommen nicht rein. Wenn du im Keller gefunden hast, was du mir mitbringen sollst, steigst du oben wieder aus, übergibst mir den Gegenstand, und bekommst dein Geld. Einfacher geht's nicht. Kein Blutvergießen. Nicht mal den Kötern krümmen wir ein Haar. Nichts, was irgendwen aufregen würde außer dem Besitzer des Hauses, und der ist ein Schwein.«

Der Hüne stürzte sein zweites Bier hinunter, und abermals machte er sich nicht die Mühe, vorher seinen Mund vom Geflügelfleisch zu leeren. Vielleicht mochte er den Geschmack von Hühnchen in Bier. »Und jetzt fragst du dich sicherlich noch, was du da rausholen sollst, stimmt's? Nichts Riesiges, nichts, was Probleme macht. Um eine kleine Büste geht es. Sie ist nicht mal besonders wertvoll. Ich glaube sogar, dass sie nur aus Ton gemacht ist. Also brauchst du gar nicht auf den Gedanken zu kommen, sie selbst einzustecken, um sie irgendwo zu verhökern. Sie ist weniger wert als das, was ich dir für sie geben werde. Und sie ist nicht einmal besonders hübsch. Denn du wirst es kaum glauben können: Sie stellt *mich* dar. Da staunst du, was? Daran wirst du sie erkennen. Ich bin es, Tleck, wie ich leibe und lebe, allerdings nur ab hier aufwärts.« Tleck hielt eine Hand quer vor seine beinahe weiblich ausgeprägte Brust. »Und kleiner. Und aus Ton. Der Kerl, dem dieses Haus gehört, benutzt meine Büste bei irgendwelchen Ritualen, um dafür zu sorgen, dass ich Kopfschmerzen bekomme oder nachts nicht schlafen oder tagsüber nicht mehr richtig denken kann, der krumme Hund. Ich will das Ding wiederhaben, um es eigenhändig zerstören zu können. Glaubst du an Magie, Junge? Leute, die wie du aus den Offenen Ländern stammen, sind meistens abergläubisch, oder? Du brauchst dir aber keine Sorgen zu machen. Der Hausherr ist ja nicht da. Und so etwas wie magische Fallen gibt es nicht, das ist nur ein Ammenmärchen. Was es aber gibt, was ich tatsächlich am eigenen Leibe erfahren musste, ist, dass Objekte in Ritualen verwendet werden und dass dann daraus eine Wirkung erwächst. Wechselwirkung, Fernwirkung, was weiß ich! Kopfschmerzen. Schlaflosigkeit. Seit dieser vermaledeite Mistkerl sich hat eine Büste von mir anfertigen lassen. Aber einen Tleck legt man nicht so ohne Weiteres aufs Kreuz. Ich habe ein Mädchen seines Haushalts bestochen. Und sie hat mir gesagt, die Büste ist im Keller. In einem Raum für Rituale. Und das Fenster rechts oben wird heute Nacht offen stehen. Ja. Ich quatsche dir zu viel, mein schweigsamer Freund, nicht wahr? Du brauchst dich ja auch nicht mit sämtlichen Kleinigkeiten zu belasten, aber mir kommt es so vor, dass ich, je weniger du redest, desto mehr die Verpflichtung verspüre, die Stille mit Worten zu füllen, ist doch so, oder?«

Der Große hielt Tleck seinen leeren Bierkrug entgegen.

»Nein, jetzt solltest du besser nichts mehr trinken.

Hör auf Tleck. Zwei Bierchen sind eine gute Sache, um die Gelenke und den Wagemut zu schmieren, aber wir wollen ja nicht, dass du volltrunken in den Hof runterkippst, zu den Hunden, nicht wahr?«

Der Große hielt Tleck weiterhin seinen leeren Bierkrug entgegen.

»Klarer Kopf!«, sagte Tleck. »Ein klarer Kopf ist wichtig bei so was!« Er machte, um den Begriff »klarer Kopf« zu verdeutlichen, eine Geste vor seiner Stirn, die eher »verrückt« oder »übergeschnappt« bedeutete. Der graue Blick des Großen brachte ihn ganz durcheinander. Es war der Blick eines Kindes, das ein Spielzeug betrachtet und darüber nachsinnt, was es als Nächstes mit dem Spielzeug zu tun gedenkt.

Beherzt legte Tleck dem Hünen die Hand aufs Handgelenk und drückte dieses mitsamt dem Krug sanft auf die Tischplatte zurück. »Hinterher, mein Junge. Hinterher kannst du dir von deinem Verdienst ein ganzes Fass kaufen und diese dralle, schöne Magd gleich mit. Was sagst du dazu? Nichts, wie ich vermute. Auch gut. Aber schlägst du in meine Hand ein? Dann gilt die Sache nämlich.«

Er hielt dem Hünen die Hand hin und begriff im selben Augenblick, dass er zwei Fehler zugleich gemacht hatte. Der Hüne zerquetschte ihm mit trotz des Hühnerfetts eisenhartem Griff beinahe die Finger. Hilfe suchend schaute Tleck Eurese an. Der reichte ihm ungerührt ein Taschentuch. Tleck nahm es dankend an und wischte sich das triefende Fett von der schmerzenden Hand. Tlecks Kopf tat weh, und er fühlte sich, als hätte er seit Monaten nicht mehr geschlafen.

»Eurese hat ein Seil dabei. Hast du irgendwelche Waffen?«

Der Hüne zog einen Säbel und hielt ihn hoch. An den Nebentischen verstummten Gespräche.

»Ja, ist ja gut, steck ihn weg, wir wollen kein Aufsehens erregen, du meine Güte!« Nicht nur Tlecks Oberlippe, auch seine Stirn begann jetzt schweißig zu schimmern. Der Hüne schob den Säbel wieder scheidenlos in seinen Rock. »Es ist immer gut, wenn man eine dabei hat, man kann ja nie wissen. Dass du damit umgehen kannst, sehe ich dir an. Aber ich will nochmal klarstellen: Ich will kein Blutbad veranstalten. Falls irgendein greiser Diener im Hause sein sollte, der bettlägerig ist oder seinen Herrn nicht begleiten konnte aus was weiß ich für Gründen, musst du ihn nicht erschlagen. Zieh ihm eins über und gut. Verstehen wir uns da?«

Der Große nickte wieder und schaute in seinen leeren Bierkrug. Tleck bestellte ihm ein Wasser.

»Mir geht es nur um die Büste. Falls du etwas anderes mitgehen lässt, ist das nicht meine Angelegenheit. Ich würde dir nur raten, die Finger von dem Zeug im Ritualraum zu lassen. Man weiß nie, was man sich mit so was einhandelt. Ich mache dir natürlich keine Vorschriften. Ist nur ein gut gemeinter Rat.«

Der Große nickte und wirkte dabei geistesabwesend, als ermüdete ihn das langwierige Gespräch.

Als das Wasser gebracht wurde, stürzte der Große dieses heißdurstig hinunter, und Tleck bezahlte die Zeche für alles. Der Große nickte nur wieder, was entweder »Danke schön« oder »Das war ja auch das Mindeste« bedeuten mochte. Tleck fühlte, wie auch seine Achselhöhlen feucht wurden. Die Schwitzerei breitete sich aus wie eine Epidemie.

Als sie zu dritt die Taverne Richtung Ausgang durchquerten, sorgte der Große für einiges Aufsehen. Er stieß mit dem Kopf gegen ein von der Decke hängendes Kerzenrad, was die umliegenden Tische in schwankende Beleuchtung brachte. Einige drehten sich unwirsch um, aber niemand wagte es, eine Bemerkung anzubringen.

»Ähh, ist das eine Art … Frauenrock, was du da trägst?«, raunte Tleck ihm zu. »Vielleicht solltest du dich ein wenig praktischer einkleiden für unsere … Unternehmung? Und was ist mit Schuhen? Brauchst du keine Schuhe?«

Der Große schüttelte den Kopf. Eurese konnte sich ein Grinsen kaum verkneifen. Tleck gab es auf. »Jedem das Unheil, das ihm gebührt«, seufzte er nur.

Die Nacht war schwül.

Sterne vibrierten.

Der Mond steckte fest in einem Morast aus Wolken.

Tleck zückte das Tuch, das Eurese ihm vorhin gegeben hatte, und tupfte sich damit den Schweiß von den Brauen. Ein weiterer Fehler. Nun roch auch seine Stirn nach Huhn.

Zu dritt durchquerten sie das Spelunkenviertel mit seinem unebenen Kopfsteinpflaster. Überall versickerten stinkende Flüssigkeiten oder troffen zäh in einem Abflussrinnsal zusammen. Katzen machten gesträubte Buckel. Ein Bettler, dessen Haut hinter ihm herschleifte, schwankte in eine Seitengasse. Aus den Fenstern in den oberen Geschossen war das übertriebene Stöhnen von Huren zu hören. Aus einem anderen ein handfester Streit.

Eurese ging zwei Schritt hinter dem barfüßigen Hünen, während der Hüne Tleck dichtauf folgte. Immer, wenn sie eine Straßenfackel passierten, wanderten ihre Schatten um sie herum, bis der des Hünen über Tleck fiel wie ein dunkles Verhängnis. Tleck schwitzte jetzt sogar am verlängerten Rücken. Überall kitzelte und juckte es.

Vor einem mit einer hohen Mauer umgebenen Anwesen blieben sie stehen. »Da. Das ist das Haus. Siehst du da oben das Fenster? Das steht offen, zum Lüften. Und siehst du den Baum da? Von dem aus kommst du über die Mauer bis aufs Dach, wenn du dich geschickt anstellst, und dann befestigst du das Seil am Schornstein und lässt dich bis zum Fenster … he, warte, wir haben dir noch gar nicht das Seil gegeben!«

Noch während Tleck zum Fenster und zum Baum gedeutet hatte, war der Große den Stamm hinaufgestiegen. Höher und höher schwang er sich von Ast zu Ast in den Baum hinauf. Eurese hielt Tleck ratlos das Seil hin, der wehrte es ab, verrenkte sich schier den Hals, um den Großen weiterhin sehen zu können, und schnaufte. »Verrückt. Der ist völlig wahnsinnig«, wisperte er.

»Ich würde eher sagen, er ist ein bisschen zurückgeblieben«, verbesserte Eurese ebenso leise. »Wie alle aus den Offenen Ländern.«

»Ja. Gut möglich. Aber umso besser für uns. Findest du nicht auch?« Lauter, aber dennoch tonlos, fügte er hinzu: »He, kannst du mich hören? Wir gehen ein bisschen außer Sichtweite, damit wir niemandem auffallen. Vielleicht kommt eine Patrouille von Inspizienten vorbei, wir wollen keinen Ärger kriegen. Wir treffen uns hinterher an dem Fischmaulbrunnen, an dem wir eben vorbeigekommen sind. Viel Glück! Und, ach ja, eine Sache habe ich noch vergessen zu erwähnen, ich hielt es gar nicht für nötig, aber jetzt, wo ich sehe, was du für ein ungebändigter Bursche bist: Unter keinen Umständen, was auch immer passiert, darf meine Büste kaputtgehen! Hörst du mich, mein kletterfreudiger Kumpane? Was auch immer passiert: Lass sie nicht zerbrechen!«

Es kam keine Antwort mehr. Tleck spürte, wie ihm an den unmöglichsten Stellen der Schweiß ausbrach. Als sie sich auf den Weg zum Fischmaulbrunnen machten, fragte Eurese: »Hat er sich überhaupt erkundigt, wie viel du ihm bezahlen wirst?«

»Nein, wie soll er das auch? Er spricht ja nicht!«

Das nun heiterer klingende Gespräch der beiden entfernte sich.

Der Mann mit den auffälligen Ohrringen klomm an einem waagerechten Ast grundstückeinwärts, bis dieser sich genügend bog, dass er sich gut auf das Hausdach hinuntertropfen lassen konnte. Seine Landung auf den mit Flechten bewachsenen Schindeln machte kaum mehr Lärm, als wenn er eine Katze gewesen wäre. Geduckt verharrte er eine Weile.

Rund um das Haus herum schnürten große Tiere durch den Garten. Sie konnte er durch Lautlosigkeit nicht in die Irre führen. Sie witterten seine Anwesenheit und knurrten mit gebleckten Lefzen.

Langsam richtete er sich auf. Von hier oben wirkten die Labyrinthe der Stadt wie Verwirbelungen von etwas Unbeständigem. Er ging vor zur Dachkante. Unter ihm das Fenster. Noch weiter unter ihm durch Blattwerk streifende Schatten.

Er setzte sich auf die Dachkante, mit dem Rücken zur Tiefe. Dann rutschte er mit dem Hintern noch weiter ins Nichts, bis seine Kniekehlen auf der Kante auflagen. Jetzt hing er mit dem Rücken zur Hauswand kopfüber vom Dach und konnte mit den abwärts ausgestreckten Händen das Fensterbrett des offenen Fensters erreichen. Er spreizte die Daumen nach außen und die Fingerkuppen um die Inneneinfassung, sodass er einen möglichst guten Halt hatte, und stieß sich in den Kniekehlen ab. Sein Körper beschrieb einen Überschlag, und die Kraft seiner Arme war groß genug, um diesen Überschlag ganz langsam ablaufen zu lassen. So schlug er nicht unterhalb des Fensters unkontrolliert gegen das Haus, sondern rollte seinen Körper mitsamt den angewinkelten Beinen wie eine Schaukel zwischen seine Arme. Er kam auf dem Fensterbrett in den Stand, die Hände links und rechts der Füße, der gesamte Körper eine kompakte Ballung. Abermals hatte er beinahe kein Geräusch gemacht.

Das Zimmer hinter dem Fenster war dunkel. Er glitt hinein, wollte nicht allzu lange von draußen sichtbar sein. Im Inneren wartete er, bis seine Augen sich an die Dunkelheit gewöhnt hatten. Es schien sich um ein Schlafzimmer zu handeln. Ein großes Bett für mehrere Personen und ein doppeltüriger Schrank bildeten die hauptsächliche Einrichtung.

Er ging an den Schrank und öffnete ihn. Männerkleidung. Das war doch schon mal was.

Farben konnte er ohne Licht nicht unterscheiden, aber er wühlte und wühlte, bis er eine Hose gefunden hatte, die ihm vom Stoff her behagte. Er schälte sich aus dem Wickelrock und zog sich stattdessen die leichte, weit geschnittene Hose über. Dann nahm er sich noch einen ledernen Gürtel aus dem Schrank, legte ihn sich an und führte den Säbel hindurch, dem er dem Jungen auf der Fuchsstute abgenommen hatte. Er hatte keine Scheide für diesen Säbel, also musste er ihn offen tragen.

Die Hemden erschienen ihm allesamt zu klein. Der Besitzer des Schrankes war deutlich schmächtiger gebaut als er. Aber er fand noch eine Art Mantelumhang aus Stoff. Den zog er sich über den nackten Oberkörper und krempelte die Ärmel hoch, damit sie ihn nicht behinderten. Es gab auch zwei breitkrempige Hüte, aber die waren ihm wiederum zu groß. Schmächtig, aber mit riesigem Schädel. Ein Gelehrter eben.

Er verließ das Schlafzimmer und ließ den Wickelrock einfach auf dem Boden vor dem Schrank zurück. Hinter der Tür lag ein Flur. Hierhin fiel nicht einmal mehr das Mondlicht durch ein Fenster, die Finsternis war fett wie Rauch. Der Eindringling suchte und fand eine Treppe, die abwärts führte. Er bewegte sich tastend und lautlos, alle anderen Türen ignorierend.

Aus dem Haus kam ein Geräusch. Ein seltsames Geräusch. Eine Art Stöhnen und Wimmern, das beinahe wie ein Gelächter klang.

Der Eindringling hielt im Dunkeln inne. Das Geräusch kehrte nicht wieder. Aber es war von unten gekommen, von dort, wohin er unterwegs war. Langsam zog er den Säbel aus seinem neuen Gurt. Die Waffe in seiner Hand verlieh ihm eine vorgelagerte Kante, die jeder denkbare Feind erst einmal zu überwinden hatte.

Die Treppe führte an der Außenwand entlang und bog zweimal nach rechts ab. Dann erreichte er das erste

Stockwerk. Die Dunkelheit fauchte ihn aus dem Flur heraus an. Es war riskant, ein Licht zu machen, das von außen in einem zumindest für heute als verlassen geltenden Haus sichtbar sein konnte, aber es erschien ihm ratsam, nicht weiterhin blind abwärtszugehen. Also begann er dieses erste Stockwerk nach einer Lichtquelle zu durchsuchen. Er öffnete linkerhand die Tür eines Zimmers, das nach Frau roch. Hier ertastete er einen Kerzenständer und ein Schälchen mit Schwefelhölzern. Er riss einhändig ein Hölzchen an und entzündete den Docht. Das goldene Flackern schien den weiblichen Duft zu verstärken, ihn anzuregen. Es handelte sich abermals um ein Schlafzimmer, und das Bett war leer und ordentlich gemacht. Niemand war hier. Und dennoch war die Frau überall wahrnehmbar.

Der Eindringling schaute sich um. Ein Lichtreflex machte ihn auf einen großen Spiegel aufmerksam, in dem er sich selbst sehen konnte. Sein Gesicht spiegelte sich nicht, dafür war er zu groß. Aber er bewegte die Kerze vor dem magischen Glas, und sie bewegte sich mit und malte seine eigenen Narben in umgekehrter Richtung – wie aus einer verrückten fremden Welt, in der die Menschen rückwärts sprechen mochten.

Auch in diesem Raum gab es einen großen Kleiderschrank, und auch diesen öffnete der Eindringling und wühlte darin herum. Viele der Kleidungsstücke waren hauchzart, durchsichtig und dufteten verführerisch. Alle Frauen rochen unterschiedlich, und dennoch konnte man sie immer als Angehörige ihres Geschlechts ausmachen. Da er den Duft mochte, beschloss er, eines dieser Kleidungsstücke mitzunehmen, und entschied sich nach einigem Hin und Her für ein engmaschiges, beinahe überhaupt nichts wiegendes Tuch, das besonders intensiv roch. Er steckte es sich in den Gurt, rechts, da er den Säbel links trug.

Den Schrank ließ er offen stehen. Nahebei war ein niedriger Tisch, vor diesem ein Stuhl. Auf dem Tisch funkelten im Schein der Kerze diverse Glaskaraffen, die überhaupt nicht nach Schnaps aussahen. Der Eindringling strich mit seinen Fingern über die kühlen Facetten, beugte sich dann hinab und schnupperte an den Flaschen. Es waren mindestens fünf verschiedene Gerüche, sehr stark, sehr künstlich, aber in ihrer Gesamtheit flimmerten sie in ihm. Er konnte gar nicht mehr aufhören zu schnuppern. Wenn er davon kostete, schmeckten sie bitter und ekelhaft, aber ihr Geruch ergab Sinn, ergab den köstlichen Duft aus dem Schrank, nur starrer und kühler und weniger weich. Der Eindringling hatte das Gefühl, einem großen Geheimnis beizuwohnen. Den Einzelteilen, aus denen eine Frau sich für die Welt zusammensetzte. Eine Erfindung. Ein Spiel mit Schein und Verschleierung. Aber wie die Gerüche selbst bekam er auch diese Gedanken nicht zu fassen. Er dachte darüber nach, hier zu verweilen und weiterhin zu schnuppern. Aber man erwartete ihn. Lästige, unwichtige Männer an einem Brunnen. Sie hatten ihm gesagt, dass ihm hier Magie begegnen könne. Sie hatten ihm nur nicht verraten, auf welche Weise.

Er probierte noch das Puder aus einem der Porzellantöpfchen. Auch dieses schmeckte bitter und färbte seine Fingerkuppen weiß. Im Spiegel betrachtete er seine Zungenspitze. Weiß.

Ein wenig von dem Puder nahm er sich auf einen Finger und zog sich diesen von der Nase abwärts über die Lippen bis zum Kinn. Dann einen zweiten, quer über die Stirn. Er betrachtete sich im Spiegel. Der Fremde, der ihn immer aus ruhigen Wassern anschaute, mit neuen weißen Narben. Der Fremde lächelte nie. Das hätte ihn schwach wirken lassen.

Er berührte den Spiegel und hinterließ einen weißen Abdruck. Der Spiegel war kalt wie die Karaffen voller Wohlgeruch. Das Haus war still wie etwas vollkommen in sich Geschlossenes.

Der Eindringling überlegte, wie es sein müsse, in diesem Bett zu schlafen. Er kroch darauf und schnupperte abermals. Das Weib. Noch unverfälschter, leiblicher als im Schrank. Der Geruch erregte ihn, doch es war niemand hier, dem diese Erregung hätte gelten können. Der Eindringling verdrängte sie, schnupperte noch einmal an der schmalsten und zerbrechlichsten der Karaffen und verließ mit der leuchtenden Kerze in der Hand den Raum.

Der Flur wirkte nun ganz anders. Bernsteinfarben. Mit Streifen, die von oben nach unten liefen. Die Wände schienen zu funkeln, das Licht der Kerze zu verstärken. Gemeinsam mit dem Eindringling huschte Glanz über die Wände.

Er fragte sich, was wohl in den anderen Zimmern war. Alles stand ihm offen. Er konnte nehmen, was ihm gefiel. Auch ohne dass es ihm vorher ausdrücklich erlaubt worden war.

Aber das Geräusch war von unten gekommen. Und es war kein Hund gewesen. Er wollte herausfinden, was es war, und nicht wie ein Narr mit beiden Händen in einer Schatztruhe überrumpelt werden.

Den Säbel in der Rechten, die Kerze in der Linken erreichte er wieder die Treppenflucht. Und erstarrte.

Jemand beobachtete ihn. Ein böses altes Gesicht starrte aus einer Art Fenster in der Wand. Und da, am äußersten Schein seiner Kerze, waren noch mehr. Einige sahen wie Frauen aus. Einige sahen gar nicht ihn an, sondern ins Dunkel hinein. Keiner rührte sich. Niemand reagierte auf seine Kerze. Er schwenkte sie ein wenig. Nichts. Es waren Bilder.

Er hatte dergleichen erst ein einziges Mal gesehen, in einem Saal, in dem man über ihn verhandelt hatte. Gemalte Gesichter. Von Toten, um sich zu erinnern.

Es waren sieben an der Zahl. Der böse Alte. Eine schöne junge Frau, die keusch zur Seite schaute. Ein junger wilder Kerl mit roten Haaren. Ein milder Greis. Ein Mädchen, höchstens zehn. Eine Frau mit einer strengen Kopfbedeckung. Ein Knabe mit narbigem Mund. Nur der böse Alte und der junge Rothaarige starrten direkt den Betrachter an. Die anderen wichen dem Augenkontakt aus, den Anschein erweckend, etwas Bedeutenderes im Blick zu haben, und dennoch in Wirklichkeit womöglich voller Furcht. Nur der Knabe mit den Narben nicht. Der hatte etwas ganz Eigenes, etwas, das der Unbefugte als einen Teil seines eigenen Lebens wiedererkannte.

Die sieben flachen Gesichter schmückten die Wände, welche, weiterhin zweimal nach rechts abknickend, ins Erdgeschoss hinabführten.

Er fragte sich, ob die Frauen und Mädchen in Wirklichkeit so schön, die Alten so unverwechselbar, der Rothaarige so entschlossen und der Knabe auch im Leben so grausam war oder ob diese Gemälde etwas behaupteten, das sich nicht halten ließ. Und wenn es Lügen waren, dann wessen? Die des Malers? Die des Auftraggebers des Malers? Die der Abgebildeten? Oder die des Besitzers dieses Hauses, der womöglich selbst der Maler war oder der Auftraggeber oder einer der Abgebildeten, vielleicht der böse Alte, der glosende Rothaarige oder der schreckliche Knabe.

Er spürte ein Verlangen, die Bilder von der Wand zu reißen. Alle. Sie forderten ihn heraus, schienen ihn mit der Unverrückbarkeit ihrer Mienen zu verhöhnen.

Er kämpfte mit sich. Wollte er lautlos hinabsteigen, um den Urheber des unheimlichen Geräusches überraschen zu können? Oder sollte er diesen Vorteil verschenken, um den Fratzen den Garaus zu machen? Es waren doch nur Bilder. Nur Bilder. Spielereien der Städter. Unsinniges Zeug.

Er ging vorbei, weiter nach unten.

Doch nun hatte er die Fratzen in seinem Rücken. Sie starrten ihm hinterher und lachten über ihn. Als er sich umwandte, wurden sie schlagartig wieder ernst. Wütend rannte er die drei Schritte, die er schon an ihnen vorüber war, wieder hinauf und zerschlug sie, alle sieben, mit seinem Säbel. Er führte Streiche durch sämtliche Gesichter. Hart streifte die Klinge dabei über die Wand, scheiterte zweimal an den Rahmen, doch die Leinwände selbst waren ein leichtes Ziel. Er durchhieb sie, bis alle Fratzen narbig waren wie der Mund des Knaben. Dies erschien ihm als eine Art von Magie, als ein Geraderücken von etwas, das vorher schief gewesen war. Schnaufend blieb er eine Weile stehen und betrachtete sein Werk. Dann ging er weiter hinab.

Das Tier – oder was immer dieses Geräusch verursacht haben mochte – hatte keinen weiteren Laut von sich gegeben. Vielleicht lauschte es ihm und seiner verrauchten Bilderwut mit aufgestellten Ohren. Vielleicht pirschte es auch schon näher, neugierig geworden. Sein Säbel würde es gebührend zu empfangen wissen.

Er schritt weiter abwärts und machte nun ebenfalls keine Geräusche mehr. Das Tier würde ihn wahrscheinlich wittern können, also brachte die Stille nichts, aber sie half ihm, die Fratzen als endgültig bezwungen zu empfinden. Er erreichte die Eingangshalle. Die Außentür, doppelflügelig, war von innen verriegelt. Der Letzte hatte das Haus wohl durch eine Hintertür verlassen.

Oder war noch hier.

Die Kerze brannte ruhig. Kein Luftzug wehte hier unten.

Der Unbefugte betrat mehrere Zimmer. Eines mit Sesseln und an den Wänden Tausende und Abertausende von diesen Dingern, die man aufklappen konnte, um darin Geschichten zu finden, versteckt auf sämtlich gleich aussehenden Seiten voller winziger Zeichen. Das hatte ihn schon immer fasziniert, schon als Kind, was Menschen darin sahen. Er selbst fand darin nichts, nicht einmal einen sonderlich angenehmen Geruch. Und er sah sich dadurch nicht im Mindesten benachteiligt, denn das, was die anderen in diesen Zeichen sehen mochten, war nicht wirklich vorhanden. Es war eher, wie wenn die Städter im Herbst alle Schnupfen bekamen und er eben nicht. Es war kein Vorteil, in aufklappbaren Schachteln versinken zu können.

In einem anderen Raum gab es einen großen Tisch mit vielen Stühlen. Alles war so ordentlich, als wären die Menschen, die hier lebten, gar nicht wirklich lebendig.

Ein weiterer Raum: die Küche. Hier suchte und fand er wieder eine Vorratskammer. Er war noch satt vom Hühnchenfleisch, aber ihn betörten die Gerüche der Würste und Speckstreifen. Das hatten die Städter ihm wirklich voraus: wie man Gewürze und Fleisch so zusammenrühren konnte, dass ganz neuartige Genüsse daraus erwuchsen. Er schnupperte und biss auch von der einen oder anderen Spezialität ab und vergaß darüber beinahe, weshalb er einen Säbel in der Hand trug.

Dann riss er sich zusammen, steckte sich eine Handvoll Würstchen in eine Tasche seines neuen Umhangmantels und verließ diese Schatzkammer.

Abgesehen hiervon hatte er in dem Haus bislang noch keine echten Wertgegenstände entdeckt. Womöglich ganz oben, in den Privatgemächern des Besitzers. Ketten oder sogar Juwelen. Vielleicht würde ihm dafür hinterher noch Zeit bleiben, da er ohnehin wieder nach oben musste, um über das Dach das Anwesen zu verlassen.

Er fand die Tür, die in den Keller führte. Sie war abgeschlossen. Er lauschte. Stille. Das Tier befand sich nicht im Erdgeschoss. Also im Keller. Um die Büste zu bewachen.

Er ging einen Schritt zurück und trat mit Wucht die Tür auf. Irgendwo mochte es einen Schlüssel geben, aber vielleicht trug der Hausherr den auch um seinen Hals.

Das Schloss splitterte aus seinem Holz, die Tür schmetterte gegen die Wand und fiel knarrend und verformt wieder zur Hälfte zu. Der Lärm verebbte. Aus ihm hervor kam wieder dieses Geräusch: ein hechelndes Winseln, fast wie ein Lachen. Das Geräusch erstarb ebenfalls, war wohl gleichzeitig mit dem Krach aufgebrandet und fiel nun in sich zusammen. Es kam zweifelsohne aus dem Keller.

Der Hüne wartete, ob nun etwas die gerade nach unten führende Treppe hochgelaufen kam, um ihn anzufallen. Er wollte für diesen Angriff einen sichereren Stand haben als den auf einer Treppe. Aber nichts geschah. Entweder war das Tier angeleint, oder es befand sich in einem unteren Raum, der noch geschlossen war.

Er schnupperte. Es roch nach Moder, aber auch nach menschlichen Ausscheidungen. Dort unten war ein Abtritt, oder die Abtritte von oben mündeten in den Keller. Die Kerze vor sich hinhaltend ging er die Treppe abwärts. Es waren sechsundzwanzig Stufen.

Unten ein Gang, von dem mehrere Türen abzweigten. Einige davon bestanden nur aus einzelnen Latten, dahinter waren Gerätschaften und Vorräte verstaut. Eine der Türen jedoch, eine einzige, war massiv. Sogar mit Eisen beschlagen. Reliefartige Symbole zierten ihre Oberfläche. Einige dieser Symbole zeigten eindeutig Geschlechtsteile, andere erinnerten eher an Zähne oder Klauen.

Der Eindringling fürchtete die Dämonen seiner Herkunft nicht mehr, als er wilde Tiere fürchtete. Er war noch keinem Dämon begegnet, der nicht erschlagbar gewesen war. Ein wenig kam es ihm vor wie mit diesen aufklappbaren Dingern mit den vielen Blättern drin. Wenn man nicht an sie glaubte, konnten sie einem auch nichts anhaben.

Die Tür besaß weder Klinke noch Knauf. Er stemmte sich mit der Schulter dagegen, und sie gab keinen Deut nach. Er untersuchte sie genauer und fand nicht einmal ein Schlüsselloch.

Jetzt schob er sich den Säbel in den Gurt, stellte den Kerzenhalter neben sich ab und begann die Reliefs abzutasten. Er drückte hier und dort. Wenn es kein Schlüsselloch gab, musste es einen anderen geheimen Mechanismus geben. Nichts geschah.

Als Nächstes untersuchte er die Mauerwand links und rechts der Tür. Ob einer der Steine nur lose verfugt war und sich bewegen ließ. Nichts.

Er besah sich die Decke und den Boden. Suchte nach Fugen im festgetretenen Lehm, die vielleicht eine Falltür verbargen, wie man sie in verlassenen Tempeln finden konnte. Nichts.

Er strich sich mit beiden Händen seine langen Haare zurück. Sein Gesicht zeigte Unzufriedenheit und Ratlosigkeit. Sollte er mit leeren Händen zurückkehren? Gescheitert an einer Tür?

Übergangslos warf er sich dagegen. Dann noch einmal. Die Tür bewegte sich immerhin, ließ sich ein wenig nach innen drücken, hatte einen halben Fingerbreit Spiel, bevor irgendein Riegel oder Zapfen sie festhielt. Von hinter der Tür kam Stille.

Der Hüne trat gegen die Tür. Nichts und Stille.

Er nahm die Kerze, ging in den Gang zurück, leuchtete durch die Brettertüren links und rechts und brach dann rechter Hand mit roher Gewalt eine auf, hinter der er ein Eisengerät, eine Art Brechstange zum Niederreißen von marodem Mauerwerk, erspäht hatte. Mit der Stange in der Hand kehrte er dann zu der eisenbeschlagenen Tür zurück und machte sich ans Werk. Mit aller Kraft hieb er die Stange an die Seite der Tür, wo sie Spiel hatte. Der Lärm war außerordentlich. Und diesmal wurde der Lärm beantwortet. Ein keckerndes Kreischen gellte auf, lang anhaltend und verzweifelt. Diesmal erkannte der Unbefugte, womit er es zu tun hatte: ein Affe. Ein großer Menschenaffe wahrscheinlich, gefangen gehalten hinter der Tür.

Er scherte sich weder um den Krach der Stange noch um das Gekreisch des Tieres. Wiederholt hämmerte er gegen die Tür, fünfzehn-, zwanzigmal, bis sich ein kleiner Spalt bildete, in den er die Stange einführen konnte. Und dann benutzte er sie als Hebel, lehnte sich nicht nur darauf, sondern rannte sogar mit Wucht dagegen an. Die Tür kreischte auf, während der Affe dahinter schlagartig verstummte. Dann sprengte der Einbrecher sie auf. Die Stange schepperte zu Boden.

Gestank wallte ihm entgegen. Wie mehrere Abtritte zusammen, seit Langem ungereinigt. Die Kerzenflamme schien im Gestank keuchend zu blaken. Dem Eindringling machte Gestank wenig aus, er registrierte ihn nur als ein Zeichen von Leben. Er zog seinen Säbel kampfbereit, nahm das ächzende Licht auf und leuchtete in den Raum dahinter.

Auf den ersten Blick sah er die Büste, die Tleck darstellen sollte. Sie war nicht allzu ähnlich, das Gesicht wirkte eher matschig, und dennoch war der fette Kaufmann unverkennbar. Irgendetwas an seiner lauernd vorgestreckten Kopfhaltung war ausnehmend gut getroffen. Daneben standen noch zwei weitere Büsten. Beide waren Tleck unähnlich.

Ansonsten gab es in dem Raum einen riesigen Tisch, der mit Leder bespannt war und auf dem sich diverse Glasbehälter und Vorrichtungen befanden, dem Schminktisch im oberen Frauengemach gar nicht unähnlich. Ein paar Regale mit weiteren Aufklappdingern und bizarren Artefakten wie einem eingelegten Neugeborenen, mumifizierten männlichen Geschlechtsteilen unterschiedlichster Farben, Größen und Formen, getrockneten und mit Nägeln gespickten Fröschen sowie der abgezogenen und über einen ledernen Ball gespannten Gesichtshaut einer Frau. Ansonsten gab es einen freigeräumten Bereich, wo auf dem Boden Symbole und Muster gekrakelt waren, etliche Kerzenständer mit ausufernden Wachsbärten und auf dem Boden nahe der hinteren Wand einen großen Käfig. In diesem Käfig hockte das Tier und verhielt sich nun ganz still.

Der Unbefugte betrat den Raum. Ihm war, als entwiche um ihn herum die Luft in einem eigentümlichen Singsang, aber das mochte nur eine Sinnestäuschung sein. Der Gestank hier drinnen war atemberaubend hell und klingelnd. Er ging ganz allein von dem Käfig aus. Es roch mehr nach Mensch denn nach Tier, aber nach Menschen mit tiefreichenden Krankheiten, Menschen mit zerfressenen Eingeweiden.

Als Erstes entzündete der angehende Dieb einige von den Kerzen, damit er nicht vom Verlöschen seiner einzigen in Dunkelheit gestoßen werden konnte. Ob der

Käfig sorgfältig verschlossen war, konnte er von der Schwelle aus noch nicht erkennen.

Der Raum schien erst kühler zu sein als der Gang zuvor, dann jedoch erwies er sich als wärmer.

Während es heller wurde, zog sich das Tier im Käfig in seine hinterste Ecke zurück. Es schnaufte dabei mit dem Schnaufen eines Mädchens.

Der Eindringling betrachtete die beiden anderen Büsten. Eine stellte eine Frau dar, die womöglich schön sein sollte, aber auch ihr Gesicht wies leicht matschige Konturen auf. Die andere zeigte jemanden, der dem vernarbten Knaben auf dem Gemälde ähnlich sah, nur erwachsener. Der Mund dieser Büste war wie mit wütenden Kratzern zerfurcht und kaum noch als Mund zu erkennen.

Die Kerze vor sich hinhaltend, den Säbel schlagbereit in der Rechten, näherte der angehende Dieb sich dem Käfig und ging langsam vor diesem in die Hocke.

Es war tatsächlich ein Mädchen. Es war nackt, aber so schmutzig, dass es wie mit Lehm beschmiert aussah. Er schätzte es auf etwa sechzehn, siebzehn Jahre. Ob es hübsch war, konnte er nicht erkennen.

Plötzlich sprang das Mädchen innerhalb des Käfigs nach vorne an die Gitterstäbe. Der angehende Dieb wich instinktiv zurück, sodass seine Kerze beinahe verlosch. Als sich die Flamme wieder beruhigt hatte, konnte er die junge Frau besser ausleuchten. Sie machte seltsame Grimassen und öffnete dabei den Mund. Der Unbefugte konnte das zuerst nicht erkennen oder auch nur glauben, aber man hatte ihr sämtliche Zähne entfernt. Damit sie niemanden beißen konnte. Damit man auch mit ihrem Mund machen konnte, was man wollte.

Er begriff. Die Städter waren solche erbärmlichen Feiglinge.

Sie grimassierte mit geschürzten Lippen und offenem Mund und zeigte auch ihre von mehreren Ringen und Perlennadeln durchstochene Zunge. Als sie sah, dass er nicht deswegen gekommen war, zog sie sich wieder in den Schatten zurück. Er blieb einfach hocken und betrachtete sie. Er entschied, dass sie schön war. Zumindest ihr Körper war es. Er bekam Lust, das Haus anzuzünden, um diesem Gestank, der nicht nur ihrer war, den Garaus zu machen.

Er erhob sich. Das Mädchen winselte ratlos. Er nahm sich Tlecks Büste, hielt sie vor sein Gesicht und fragte sich, was mit Tleck geschehen würde, wenn er sie jetzt fallen ließe oder zertreten würde. Der Fettsack hatte solche Furcht davor gehabt. Aber wenn er die Büste jetzt zerbräche, würde er nicht sehen können, was passierte. Wenn er sie in Tlecks Gegenwart an eine Mauer schmetterte, war das viel interessanter.

Schnuppernd betrachtete er noch die mumifizierten Geschlechtsorgane. Zwei davon waren größer als seins. Aber ihre Besitzer hatten nun nichts mehr davon.

Er ging zur Tür hinaus. Das Mädchen im Käfig rührte sich nicht.

Er stellte die Büste ab, nahm sich das Stemmeisen, ging damit zum Käfig zurück und zertrümmerte mit einigen wuchtigen Hieben das Schloss, mit dem die vordere Seite gesichert war. Bei jedem Hieb zuckte das Mädchen zusammen und machte die Grimassen stummen Schreiens und Weinens, aber ihre tatsächlichen Geräusche getraute sie sich jetzt nicht mehr. Alles war nun verbogen, aber der Dieb riss die Vorderseite des Käfigs einfach auf. Das Mädchen rührte sich nicht. Vielleicht wollte sie gar nicht freigelassen werden. Vielleicht kannte sie nichts anderes. Lebte in diesem Käfig seit jeher. So wie Städter, die sich in ihren steinernen Kloaken ja auch viel wohler zu fühlen schienen als draußen, wo die Luft unverbraucht und wild war.

Es kümmerte ihn nicht. Womöglich war sie nur ein Klotz am Bein auf seinem Weg nach draußen. Aber er wollte ihr immerhin die Wahl lassen. Freiheit war das wertvollste Gut, das er jemals kennengelernt hatte.

Er nahm sich die Büste und die Kerze und ging raschen Schrittes die Kellertreppe wieder nach oben.

Draußen hatte sich etwas verändert. Die Hunde machten unruhige Geräusche, winselten sogar übereifrig. Hatte er sie mit dem Krach, den er im Keller gemacht hatte, aufgeschreckt? Oder fürchteten sie das Mädchen? War sie eine Hexe? Beides kam ihm nicht sehr wahrscheinlich vor. Er beschloss, spähen zu gehen.

Er blickte sich noch einmal im Erdgeschoss um und prägte sich die Gegebenheiten ein. Dann pustete er die Kerze aus. Dunkelheit umfing ihn wie eine sommerwarme Decke. Schnell und sicher ging er zur Treppe und huschte bis hoch ins zweite Stockwerk. Kurz musste er sich orientieren, wo der Raum war, durch dessen Fenster er geschlüpft war. Diesen mied er und betrat stattdessen den daneben. Ein Raum mit einem Fenster, einem Tisch voller Pergamente und Pergamentrollen in Wandhalterungen. Das Mondlicht blendete ihn beinahe. Er ging zum Fenster, das in einer Art und Weise, auf die nur Städter kommen konnten, durch den Tisch versperrt war, und stieg auf den Tisch. Dann spähte er nach draußen.

Er hatte sich nicht getäuscht.

Draußen wimmelten Männer umher. Männer in den Uniformen der städtischen Soldaten, die man hier wohl »Inspizienten« nannte. Der fette Tleck und sein kerbköpfiger Vertrauter waren ebenfalls dort und wiesen die Männer ein, die überall Position bezogen und dabei ihre liebe Mühe hatten, die Hunde an Leinen zu nehmen und zu beruhigen.

Einige der Inspizienten trugen Armbrüste. Der Dieb verzog das Gesicht. Ein ganz unwillkürlicher Schmerz durchzuckte sein linkes Schulterblatt. Es war noch nicht allzu lange her, dass die Schusswunde endlich vollständig ausgeheilt war.

Was sollte das? Was für einen Sinn ergab es? Misstraute Tleck ihm, und wollte er ganz sichergehen, an seine Büste zu kommen, indem er ihn erschießen ließ? Aber wie konnte er so sichergehen, dass die Büste dabei nicht zerbrechen würde?

Der Dieb versuchte, sich in die Mentalität eines städtischen Kaufmanns hineinzudenken. Städter dachten so verschachtelt. Möglicherweise war Tlecks Plan ein ganz anderer. Wenn die Büste einfach nur gestohlen wurde, konnte der Herr dieses Hauses leicht auf den Gedanken kommen, dass Tleck dahintersteckte. Wenn Tleck jedoch einen Dieb zur Strecke brachte, der gerade im Begriff gewesen war, in dieses Haus einzubrechen, vermochte er sich dadurch vielleicht bei dem Hausherrn lieb Kind zu machen, und die Büste als Gegenleistung freiwillig ausgehändigt zu bekommen. Was vielleicht sicherer schien, falls wirklich Magie im Spiel war. Dann aber wiederum war es ein Risiko, die Büste überhaupt mit ins Spiel zu bringen. Sie konnte zu leicht beschädigt werden, wenn sie von ihrem sicheren Platz im Keller entfernt wurde. Vielleicht ging es gar nicht um die Büste. Sie war nur ein Ablenkungsmanöver. Es ging um das Mädchen. Tleck wollte das Mädchen.

Um das zu überprüfen, knackte der Dieb der Büste den Kopf ab und blickte dann zu Tleck hinaus. Diesem passierte nichts. Weder brach sein Genick, noch rollte sein Kopf auf die Straße. Auch schienen ihn keine unerträglichen Kopf- oder Halsschmerzen niederzuzwingen. Also war es ein Trick. Die Büste nur Ton. Die drei durch die Büsten Dargestellten nicht die Feinde des Hausherrn, sondern seine Freunde. Die vorzüglichsten Freier des Mädchens. Und die Mahnung, dass die Büste auf keinen Fall zerbrechen dürfe, sollte ihn, den gedungenen Dieb, nur schwächen, ihn ablenken, mindestens eine seiner Hände bei dem jetzt bevorstehenden Geschehen außer Gefecht setzen.

Der raffinierte Fettsack. Kein Hahn würde krähen nach einem namenlosen Unbekannten, den er gerade eben erst kennengelernt und angeheuert hatte.

Ein unverwechselbarer Geruch ließ ihn herumfahren. Hinter ihm stand das Mädchen im Türrahmen und schaute ihn erwartungsvoll an. Ihre Körperhaltung war krumm, der Käfig hatte sie geformt. Nun war sie ihm in der Finsternis bis hierher gefolgt. Er knurrte. Mit ihrem Gestank würde sie jegliche Flucht erschweren. Weiterhin auf dem Tisch kauernd, blickte er wieder nach draußen. Die kleinen städtischen Wesen. Wie sie sich verbargen, sich uneinig waren, hektisch die Positionen wechselten, weil sie versuchten, ihre Risiken so gering wie möglich zu halten. Und immer wieder diese Armbrüste. Diese verfluchten, beißenden Bolzen.

In ihrer Kompliziertheit waren Städter dumm. Blind für das Offensichtliche. Indem sie die Hunde vom Anwesen genommen hatten, um freie Bahn für die Inspizienten zu bekommen, gaben sie ihm alle Möglichkeiten, das Haus auf anderem Wege als dem vorgesehenen zu verlassen.

Er stieg vom Tisch, nahm das Mädchen bei der Hand und führte es aus dem Raum. Dann blieb er stehen. Sie war vollkommen nackt. Selbst wenn sie in seinem Windschatten von hier entkam, würde ihr da draußen nur dasselbe blühen wie unten im Keller. Er wusste noch, wo die Frauenkammer war. Linker Hand im ersten Stock. Ihm gefiel der Gedanke, die Gefangene in Kleider der Frau oder Tochter des Hauses zu hüllen. Er zerrte sie dorthin. In völliger Dunkelheit suchte er etwas für sie aus. Ein langes Kleid, das nichts Durchsichtiges an sich hatte. Er drückte es ihr in die Hände, und sie tat nichts weiter, als daran zu schnuppern. Also nahm er es ihr wieder weg und zog es ihr einfach von oben über. Sie wehrte sich nicht, als er an ihren Armen riss, um sie durch die Träger zu führen. Das Kleid erschien ihm so kompliziert, dass ihn sein Vorhaben schon wieder zu ärgern begann, aber sie schaute ihn nur an und öffnete und schloss wie ein Fisch ihren furchtbaren zahnberaubten Mund. Das Kleid sah schief und ausgebeult aus an ihr. Er zerrte unten am Saum, bis es besser zu sitzen schien. Jetzt roch sie immer noch nicht wesentlich besser, aber um sie zu waschen, blieb ihnen keine Zeit.

Er zögerte noch. Da er nun von Tleck keine Bezahlung mehr zu erwarten hatte, konnte er eigentlich die Gelegenheit nutzen und im Haus noch auf Beutesuche gehen. Vielleicht schon in diesem Zimmer. Die meisten wohlhabenden Städterinnen trugen gerne Schmuck, das war ihm schon oft aufgefallen.

Aber es war ihm nicht wichtig genug. Geld und Wertgegenstände mochten anderen Menschen die Welt bedeuten, für ihn waren sie nur ein umständlicher Umweg. Wenn er etwas haben wollte, bezahlte er nicht dafür, er nahm es sich einfach. Und was nicht wert war, genommen zu werden, brauchte er nicht.

Also nahm er das Fischmaulmädchen wieder bei der Hand und zerrte sie weiter ins Erdgeschoss.

Dort suchte und fand er die Tür, die nach hinten hinausführte. Sie war abgeschlossen und würde beim Aufbrechen unnötigen Lärm verursachen. Es war viel einfacher, ein Fenster zu öffnen.

Vorsichtig spähte er hinaus. Von den Hunden war tatsächlich nichts mehr zu sehen oder zu hören. Hinten links in den Büschen lauerte ein Schütze, schaute aber nach oben Richtung Dach. Rechts saß ein Inspizient auf der hohen Mauer, die das Grundstück umgab. Auch dieser schaute nach oben. Er schien keine Armbrust zu haben, sondern eher als Späher eingesetzt zu sein. Vor diesem musste man sich in Acht nehmen.

Der Dieb, der nun überhaupt nichts Gestohlenes mehr bei sich hatte, stieß dem Mädchen vor die Brust und bedeutete ihr so abzuwarten, zückte seinen Säbel und schlüpfte durch das Fenster. Er drang zwischen die Schatten von Ziersträuchern und Gartenstatuen, als könnte er waagerecht durch die Dunkelheit tauchen wie durch ein Gewässer. Schon nach kürzester Zeit hatte er den in den Büschen lauernden Inspizienten erreicht, huschte von halbhinten an ihn heran und schnitt ihm mit dem Säbel sorgfältig die Kehle durch. Der Mann röchelte zuckend, bis er schlaff wurde und sein Mörder ihn ablegen konnte. Dann lief dieser geduckt zum Fenster zurück und half dem Mädchen hindurch. Sie war Grobheiten gewohnt und ließ es sich auch gefallen, dass er, während sie zum Toten liefen, eine Hand in ihren Haaren hatte und ihren Kopf nach unten drückte, damit sie dem Späher auf der Mauer nicht auffielen.

An der Mauer nahm er das Mädchen an den Hüften und hob sie hinauf. Sie klammerte sich fest und zog sich hoch. Entkräftet, wie sie war, strampelte sie sich keuchend aufwärts. Er sprang neben ihr hoch und erreichte dank seiner nackten, das Klettern geübten Zehen die Mauerkrone noch vor ihr. Er zog sie hinauf und drückte dabei abermals ihren Kopf hinunter, der sich immer wieder in seine Richtung drehen und Grimassen schneiden wollte. Hinter der Mauer war niemand zu sehen. Er ließ sich hinunter und hob ihr seine Hände entgegen. Sie zögerte nur kurz, dann vertraute sie sich ihm an und ließ sich von ihm fangen. Ihr Gestank kam ihm in diesem Moment sogar recht lebendig vor.

Er nahm sie wieder an die Hand. Die Gasse, die hinter der Mauer lag, nach rechts oder links entlangzugehen und auf kreuzende Straßen zu treffen, war ein viel zu großes Risiko. Überall musste es von Inspizienten wimmeln. Der Späher saß immer noch auf der Mauer und spähte ins Nichts. Es wäre ein Leichtes gewesen, ihn von hinten herabzuzerren und ihm den Garaus zu machen, aber wozu? Viel eher juckte es den verhinderten Dieb in den Fingern, dem verlogenen Tleck das Bauchfett aufzuschneiden. Aber dazu musste er sich zuerst durch Dutzende von Uniformen schlitzen, was ihm unnötig aufwendig erschien. Vielleicht würde sich später im Leben eine Gelegenheit ergeben.

Er hob das Mädchen abermals hoch, und so überkletterten sie eine Bretterwand, die auf einen Hof führte. Sie brachten Abstand zwischen sich und das Anwesen, indem sie im rechten Winkel zur dahinterliegenden Gasse quer über mehrere Höfe kletterten und eilten. Als sie dabei an einem Stall vorüberkamen, hielt er inne, schleuderte das Mädchen ins Stroh und riss ihr das Kleid, das so mühselig anzuziehen gewesen war, wieder über den Kopf. Sie wehrte sich nicht, gebärdete sich vielmehr wie eine rasend Leidenschaftliche und fiel mindestens ebenso heftig über ihn her wie er über sie. Ihm schien es, dass sie begierig darauf war, ihm eine als unerträglich empfundene Schuld zu begleichen, und diese Haltung konnte er durchaus respektieren. Etwas an ihrem Geruch machte ihn noch unersättlicher als sonst, deshalb musste er sich gleich zweimal an ihr erschöpfen, aber nachdem das getan war, fühlte er sich eigenartig. Ihm war ein wenig schwindelig. Vielleicht war sie doch eine Hexe. Er musste sich an einem Querbalken festhalten, um nicht ins Straucheln zu geraten.

Auf den nächtlichen Straßen war alles still. Tleck und seine Inspizienten warteten noch immer. Der Tote war noch nicht entdeckt. Jeder blieb dumm und stur auf seinem Posten und wartete auf Befehle, bis der ganze Schlamassel aufflog. Wie Städter nun einmal waren.

Er ging durch die Straßen zu dem Stall, in dem er seine Fuchsstute untergestellt hatte. Das Fischmaulmädchen folgte ihm, ohne Grimassen nun. Sie wirkte düster und ernst, mit der Nacht wie verwoben.

Er hatte nichts, um den Stallburschen zu bezahlen, aber dieser war eher froh, den riesigen Fremden wohlbehalten loszuwerden. Das Mädchen trat an das Pferd heran und berührte es scheu. Das Pferd tänzelte unruhig, es war ihr Geruch oder etwas anderes.

Der Dieb, der nichts gestohlen hatte, rang mit sich. Wenn ihr furchtbarer Mund nicht gewesen wäre, hätte er sie wirklich schön gefunden und gerne mitgenommen, um sich noch weiterhin mit ihr zu vergnügen. Man konnte sie waschen. Man konnte ihr diesen Geruch auch lassen.

Aber etwas stimmte nicht mit ihr. Sie brachte Unglück. Sie *war* Unglück.

Er nahm sich einen seiner beiden Ohrringe ab, beugte sich zu ihr hinunter und drückte ihr das im Licht der Stalllaterne golden schimmernde Schmuckstück in die schmutzige Hand. Sie schaute zu ihm auf, nahm den Ring in den Mund und schluckte ihn.

Er lächelte, obwohl ihn das zusätzlich schwächte.

Dann gab er dem Pferd die Fersen und sprengte aus der Stadt.

NieDeRReiSSeN

»Schnappt ihn euch, Jungs!«

Der Ruf gellte durch die Schlucht, brach sich mehrmals. Sein Kopf ruckte herum, der Säbel beschrieb eine helle Linie aus dem Gürtel. Die Fuchsstute stieg auf die Hinterhand.

Sie waren zu acht. Und hatten Lanzen. Aus sämtlichen Richtungen brachen sie aus dem Unterholz, und im Nu fand er sich im Mittelpunkt eines stahlgespitzten Schaftgetümmels wieder.

An diesem Tag war der Himmel grau, und Krähen kreisten düster und übellaunig im Nieselregen.

Er sprang vom Pferd. Das war ein Instinkt von ihm: das Pferd schützen, damit er es hinterher noch hatte. Diese Kerle wollten das Pferd bestimmt nicht abstechen, dazu war ein Gaul zu viel wert. Sie wollten ihn vielleicht als Sklaven verschleppen oder seinen Säbel erbeuten. Seinen Ohrring. Er hätte ihn ihnen ohne Weiteres gegeben, wenn sie ihn darum gebeten hätten, aber da sie auf ihn eindrangen, musste er ihnen ihr eigenes Blut zu trinken geben. Sie wollten es so.

Er durchhieb eine Lanze knapp hinter der Spitze, ergriff den gekappten Schaft, zog den Lanzenführenden mit einem Ruck zu sich heran und spaltete ihm mit einem weit geführten Säbelhieb den halb kahlen Kopf. Zwei der anderen verhielten. Es genügte ihm immer schon, dass seine Gegner zögerten. Mehr brauchte er gar nicht. Er drang zwischen die beiden mit einem Sprung, den niemand von ihm erwartet hatte. Sie hatten ihn festsetzen wollen, nicht ihn in den Konter zwingen. Als er zwischen den beiden war, waren sie bereits hilflos, denn mit ihren unhandlichen Lanzen konnten sie den Raum direkt neben sich nicht abdecken. Er stach den einen, dann den anderen. Beide schrien und verzögerten auch ihr Hinfallen. Einer der Übrigen verlor die Beherrschung und drang brüllend mit vorgehaltener Lanze auf ihn ein wie ein Turnierreiter, nur ohne Pferd. Er wich der Lanze aus, durchhieb auch diese, einmal, zweimal. Der Wütende rannte schlingernd gegen ihn, er drehte sich, sein Säbel schürfte über Wirbel, der Hals des Gegners riss seitlich sprühend auf, er fiel in Kreisen. Der Angegriffene nahm sich eine der intakten Lanzen eines der beiden Sterbenden und schleuderte sie auf den fünften. Der wurde ins Brustbein getroffen, schlenkerte zurück. Es war geradezu lachhaft einfach.

Die acht waren nun nur noch drei.

Es war kaum Zeit verstrichen.

Er hörte nicht auf, sich zu bewegen. Das war immer am erfolgversprechendsten. In der Bewegung konnte man sich bergen wie hinter einem Körperschild aus Eisen. Je mehr Feinde man gegen sich hatte, desto einfacher wurde es, denn die anderen vermieden immer, sich gegenseitig zu verletzen. Sie versuchten eine Koordination. Und seine ungestümen Bewegungen machten jegliche Koordination zunichte.

Schon wieder hatte er einen intakten Speer in der Hand, vom zweiten der beiden Gestochenen. Diese brachen jetzt erst in die Knie, jammernd und wehklagend. Sie füllten sich innen mit Scheiße und Blut, er konnte sich vorstellen, wie schmerzhaft das war. Aber sie hatten es sich selbst zuzuschreiben.

Nur noch drei, die jetzt nicht nur zögerten, sondern sogar je einen Halbschritt rückwärtsgingen. Verunsichert. Furchtsam wie Kinder. Sie waren tatsächlich noch jung, trugen eine Art Uniform aus geflickten Stoffresten. Keine Räuber wahrscheinlich. Inspizienten oder Büttel eines heruntergekommen Weilers. Er suchte sich einen aus, der als Nächster sterben würde.

»Aufhören!«, kam die sich brechende Stimme wieder von oben. »Um Himmels willen, hört mit dem Massaker auf! Wir wollen reden!«

»Schnappt ihn euch!« hatte aber anders geklungen als *»Wir wollen reden!«*, fiel ihm auf. Er kannte das schon. Hochmut verflüssigte zu Furcht. Nach außen zeigte seine Miene, dass das Töten ihm keine Mühe bereitete. Seine Lippen waren geschürzt, sein Blick auf den Boden neben dem Mann gerichtet, der als Nächstes sterben würde. Aber er unternahm nichts als Erster. So viel immerhin wollte er diesem traurigen Haufen zugestehen. Sie wollten reden? Er hielt nichts vom Reden. Aber er wollte sich auch nicht die Mühe machen, es allen anderen zu unterbinden.

Oberhalb in den himmelgrauen Felsen raschelte und

scharrte es. Dann erschien ein übermüdet aussehender Hauptmann mit drei weiteren Schwächlingen im Gefolge. Der Hauptmann, der so nachlässig rasiert war, dass es schon vom Hinschauen juckte, hob eine Hand zum Gruß.

»Du bist gar keiner von denen, nicht wahr? Keiner von den Barbaren?«

Er hatte diesen Begriff schon mehrmals gehört. So bezeichneten verweichlichte Städter die Wilden aus den Offenen Ländern ringsum.

»Nein, er ist keiner, Hauptmann«, sagte einer seiner Untergebenen eilfertig. »Er hat keinerlei Bemalungen. Seine Haare haben auch eine andere Farbe. Er kommt aus dem Süden. Oder dem Osten. Dem Südosten womöglich.« Er redete, wie alle, die zu viel redeten, Unsinn.

»Verstehst du unsere Sprache?«, fragte der Hauptmann. Bei dem ganzen Gespräch störte das Wimmern der beiden Sterbenden. Die anderen waren wenigstens unmittelbar tot gewesen.

Er begegnete dem Blick des Hauptmanns. Und nickte.

»*Sprichst* du unsere Sprache?«

Er überlegte einen Moment, dann entschied er sich, den Kopf zu schütteln.

»Na, macht nichts. Bei den Heiligen, was für ein Kämpfer! So einen wie dich könnte ich gut brauchen. Lässt du dich anwerben? Nicht für lange. Zwei, drei Wochen? Trockene Unterkunft, gute Verpflegung. Wir sind in einer Burg. Kennst du die Burg des Heiligen Kamilus? Nein? Sie ist nicht weit von hier. Wir sind dort stationiert und halten stand. Gegen die Grünen Horden. Hast du von ihnen gehört?«

Der Hauptmann meinte wahrscheinlich die Waldstämme und die Axtleute der Steppen, aber mit dem Namen »Grüne Horden« konnte er nichts anfangen. Weil sie sich grün anmalten, mit Kreisen und Dreiecken und Schlangenlinien, nannte man sie »grün«? Das war beinahe lächerlich.

Er steckte den Speer, den er in der Hand hielt, vor sich in den aufgeweichten Boden.

Die drei, die ihn immer noch mit ihren Lanzen umstanden, schienen erst jetzt erstmals wieder Atem zu holen, so angespannt waren sie gewesen.

»Jedenfalls«, begann der Hauptmann zögerlich, denn dass er die Unterhaltung alleine bestreiten musste, schien ihn zu irritieren, »war es ein Missverständnis. Ein Fehler von uns. Wir hielten dich für einen Häuptling oder einen ihrer lebendigen Götzen. Deine Haare sind lang wie ihre, aber du bist größer und beritten. Wir sahen also, dass du etwas Besonderes bist. Womöglich gingen wir etwas zu ruppig vor. Ich könnte mich dafür entschuldigen, um deine Dienste zu gewinnen, aber du hast fünf meiner Männer erschlagen. Ich denke, wir dürften mindestens quitt sein.«

Er zögerte noch ein wenig, dann nickte er. Er schob seinen Säbel in den Gürtel zurück, ohne erst umständlich das Blut von ihm abzuwischen, und schwang sich zurück in den Sattel. Dann wartete er, wohin der Hauptmann sich nun wenden würde.

»Also: Werden wir uns einig?« Der Hauptmann war offensichtlich ein Mann der Worte, wenn schon alles gesagt war.

Er nickte.

Die flickwerkhaft Uniformierten halfen ihren beiden Kameraden beim Verrecken, bestatteten dann alle fünf in einem einzigen Loch und gingen voran in die Felsen. Er folgte ihnen auf seiner Fuchsstute.

Von ihren wankenden Speeren tropfte der unnachgiebiger werdende Regen.

Schon auf dem sich windenden Weg in die Höhe fielen ihm die vielen Leichen auf. Trotzdem die meisten bereits moderten und von Krähenschwärmen bis zur Unkenntlichkeit zerhackt waren, konnte man hier und da noch grüne Muster auf den schimmligen Häuten erkennen. Ganze Heerscharen mussten sich gegen die Burg geworfen haben. Und waren bislang gescheitert. Immerhin.

Die Position der Burg war nicht ungeschickt gewählt, auf der Spitze eines felsigen Hügels, der in drei von vier Richtungen steil abfiel und nur zum Tor hin über einen Passweg erreichbar war.

Die Burg selbst war alles andere als geräumig. Eher hoch und eng schraubte sie sich aus einem düsteren Hof in die Höhe, dem Regen entgegen. Der Hof war mit fleckigen Planen verhängt, um vor dem beständigen Prasseln Schutz zu bieten. Aus irgendeinem Grund, der dem Neuankömmling noch nicht ersichtlich war, schien den in Flicken Uniformierten das Betreten der Gebäude untersagt zu sein, sodass sie beständig im Matsch zu kauern hatten.

Der Name des Hauptmanns war Garifalks, seine Truppe nannte sich eine Heiligengarde, und der Heilige Kamilus eigenpersönlich war der Herr der Burg. Das erfuhr er alles vor Ort.

Die Männer hassten ihn unverzüglich. Er hatte fünf ihrer Kameraden getötet. Ihm war gleichgültig, was sie von ihm hielten. Sein Pferd wurde versorgt, ihm selbst drückte man als Erstes einen großen Fetzen Wildschweinbraten in die Hand. Er kaute und schaute sich um.

An die fünfzig Heiligengardisten lagerten im düsteren, von Feuern verräucherten Hof. Mehr waren von ihnen nicht übrig geblieben. Ein Junge, der sich Blernn nannte, erklärte ihm, dass nicht alle ordnungsgemäß gefallen waren. Einige waren auch desertiert. Und der Heilige sagte, diejenigen, die ihn im Stich ließen, würden auf brennenden Rädern aus Dornen enden. Der Heilige selbst jedoch ließ sich nirgends blicken. Dabei hatte der Neuankömmling noch nie einen leibhaftigen Heiligen zu Gesicht bekommen. Er stellte ihn sich sehr beeindruckend vor, wenn so viele Männer seinetwegen bereit waren, im Schlamm einer qualmigen Ummauerung zu verrotten.

Wann immer die Männer miteinander tuschelten und davon ausgingen, dass er sie nicht hören konnte, nannten sie ihn einen »Barbaren«. In diesem Wort schwangen zu gleichen Teilen Überheblichkeit und Ehrfurcht mit. Die Überheblichkeit von Männern, denen ihre weichleibigen Mütter Lesen und Schreiben beigebracht hatten, und die Ehrfurcht des gedungenen Ermüdeten vor einem noch frischen Krieger. Einer der Männer, ein grobschlächtiger Kerl namens Trezoi, nahm sich Frechheiten gegenüber dem Barbaren heraus. Einmal rempelte er ihn sogar unverhohlen an. Der Barbar beschloss, ihn zu ignorieren. Er hatte schon fünf von ihnen getötet. Jeder weitere konnte das übel riechende Regenwasserfass zum unnötigen Überlaufen bringen.

Blernn schien daran interessiert zu sein, sich im Schutze des Barbaren eine bessere Position innerhalb der Hierarchie zu verschaffen. Der Neuankömmling beschloss, Blernns Ranschmeißerei genauso zu ignorieren wie Trezois dümmliche Provokationen.

Er suchte sich ein Eckchen und legte sich schlafen. Niemand hinderte ihn daran. Die Männer sangen etwas, es klang hohl und schaurig. Der Gesang begleitete ihn bis in seine sinnlosen Träume.

Jemand weckte ihn. Es war Hauptmann Garifalks. Ringsum herrschten Dunkelheit und Rauch.

»Ich gehe raus, die Umgebung erkunden. Wenn du lernen willst, wie es hier überall aussieht, begleite mich.«

Der Neuankömmling nickte und erhob sich. Blernn, der unweit gelagert hatte, wollte mitkommen, doch der Hauptmann befahl ihm, in der Burg zu bleiben.

Sie gingen zu viert: Garifalks, der Neue und zwei ältliche, schlaksige Gardisten. Es regnete in Strömen, sämtliche Konturen verwischten zu wehenden Bewegungen. Selbst der Mond schien ein flatternder Fetzen Licht zu sein.

»Über den Pass kommen sie nicht mehr«, erläuterte Garifalks dem Neuen. »Das haben sie am Anfang immer gemacht, als wir noch genügend Pfeile und Bolzen hatten, um sie auf die Entfernung niederzustrecken. Man konnte gar nicht danebenschießen, so viele von ihnen wimmelten heran. Und nachts sind wir dann raus, um die Bolzen wieder einzusammeln, sie aus den Leichen zu reißen wie Pilze. Irgendwann sind sie aber dahintergekommen. Lernen halt dazu, die Hunde. Wir sind nachts raus und fanden keine Bolzen mehr, und statt der Bolzen Fingerknochen. Zuerst sammelten wir die. Aus Langeweile. Aber seitdem geht es bergab. Sie kommen jetzt meistens von da.« Er deutete auf den rechter Hand der Burg liegenden Hang. »Wenn man tagsüber da runterschaut, kann man sehen, dass die Felsen beinahe eine treppenartige Struktur haben. Ob das den Erbauern der Burg einfach entgangen ist oder ob die Grünen Horden das erst im Laufe der Jahrzehnte selbst so angelegt haben, weiß ich nicht. Ich bin mit meinen Männern erst seit vier Monaten hier. *Erst* klingt gut. Mir kommt es vor, als wären es vier Jahre.«

Er schwieg, als sie links und rechts des Passweges in die Tiefe schauten. Überall rührte sich abfließendes Wasser, aber nirgends war eine Bewegung auszumachen, die von einem Menschen stammen konnte. Unten wogte der Wald. Dunkles, regenmondiges Rauschen von Ewigkeit.

»Wie das alles angefangen hat, willst du sicher wissen? Ich war nicht dabei. Aber man erzählt sich, der Heilige hat vier lebendige Götzen auf brennende Dornräder flechten lassen. Als Teil der Verheiligung der Wälder. Weißt du, was lebendige Götzen sind? So etwas wie die Heiligen der Grünen Horden. Herausragende Männer und Frauen. Weise. Krieger. Schönheiten. Ja, es gibt schöne Weiber da unten. Einmal griffen sie an. Es war ein Jammer, sie niedermachen zu müssen. Es soll auch schöne Weiber in der Burg geben. Aber die bleiben unter sich. Niemand bekommt sie zu Gesicht. Sie gehören dem Heiligen oder den Familien seiner Getreuen. Wir dürfen da nicht rein. Wir sind zu dreckig.« Er lachte bitter. »Aber der Sold ist nicht schlecht. Wir waren in einem Krieg gegen die Quallenmenschen, oben am Meer, bevor wir das Angebot erhielten, uns Heiligengarde zu nennen. Allein der Gestank dort oben … warst du schon mal dort? Das Meer ist wie eine Würgeschlange, die sich um alles herumwindet. Das Wasser sieht aus wie der Eiter von Aussätzigen. Diese Wälder dagegen, die sind richtig sauber. Und ruhig. Wenn halt gerade keiner aus ihnen hervorspringt, um dir mit seiner Axt den Schädel zu knacken.« Er öffnete seine Hosenverschnürung und pisste in die Tiefe. Durch den Wind verwehte der Strahl zu einer dunklen Zerstreuung. Der Barbar konnte die Furcht riechen, die dem Urin unabänderlich eingeschrieben war. Die Furcht eines Handlangers, der einen Krieg führte, der nicht der seine war, und der deshalb andauernd Übertretungen beging.

»Die Jahreszeit war großartig, als wir hierherkamen. Das hat mich vielleicht ein bisschen geblendet. Alles war warm und grün und riesig. Ich weiß noch, wie ich dachte: Diese Wälder sind so unermesslich, wie wahrscheinlich ist es dann da, dass die Bewohner ausgerechnet immer wieder diese eine unwichtige Burg angreifen? Sie können doch auch einfach darum herumgehen. Sie können sie vergessen, einfach vergessen. Aber das Rädern ihrer Heiligen können sie wohl nicht vergessen. Das war wie ein Schlag ins Gesicht. Was für ein Blödsinn!«

Er sah den Neuankömmling an, als würde er sich selbst dabei ertappen, zu viel zu reden. Sie gingen weiter, den Passweg hinunter. Der Hauptmann deutete nach hier und da und beschrieb Wegmarken, die den Neuankömmling gar nicht interessierten. Der lauschte vielmehr auf das Knacken in den Bäumen längs des Weges. Er war sich sicher, dass Menschen in den Bäumen hockten, unsichtbar in Finsternis. Der Hauptmann schien das überhaupt nicht zu bemerken. Er kannte keine Wälder. Der Barbar sah ihn vor sich, in einigen Stunden, Tagen oder Wochen: eingefallen und augenlos, von Krähen zerfleischt, unkenntlich gefault. An seinen Hauptmannsflicken allein noch zu erkennen. Er trug ein Schwert, dieser Hauptmann. Ein Schwert, das schöner war als der Säbel des Barbaren. Er beschloss, dieses Schwert im Blick zu behalten.

»Jetzt habe ich eigentlich nur noch eine einzige Hoffnung«, fuhr der Hauptmann fort. »Ich will den Frühling sehen. Den Frühling kenne ich hier noch nicht – als wir ankamen, war schon alles grün und heiß. Aber ob sie blühen, diese Bäume, und wenn ja, in welcher Farbe, das frage ich mich noch. Und wenn sie knospen, nach dem Winter, und ganz frische Blätter entrollen. Das muss Hoffnung machen, meinst du nicht auch? Hoffnung? Kennst du dieses Wort?«

Der Barbar reagierte nicht. Er lauschte.

»Hörst du etwas? Kommt jemand?«

Der Barbar lauschte weiter, schüttelte den Kopf. Ganz, ganz fern hatten zwei sich unterhalten. In der Sprache von Vögeln, die nachts nicht singen.

Sie gingen zurück und wandten den Bäumen den Rücken zu. Der Barbar ließ den Knauf seines Säbels nicht mehr los. Mit Leichtigkeit konnte nun eine Horde von zehn, zwanzig Mann die vier Vorwitzigen überrennen. Und der Burg ihren Gardehauptmann nehmen. Aber die Waldmänner unternahmen nichts. Vielleicht konnten sie sich nicht darüber einigen, was von ihm, dem Neuen, zu halten war.

Vielleicht hielten auch sie ihn für eine Art lebendigen Götzen.

Der Tag war ähnlich finster wie die Nacht. Der Himmel eine schiefergraue Ballung, eine Faust, aus der unablässig seichter Schweiß troff.

Die Männer kratzten sich die Feuchtigkeit in die Haut und besserten ihre schäbigen Uniformen aus, indem sie Flicken über Flicken häuften.

Blernn erzählte dem Barbaren von zu Hause. Warum er ausgerissen war. Es lieber mit Söldnern aushielt als bei seinem eigenen Vater. Den Barbaren interessierten diese Geschichten nicht. Er hatte seine Eltern nie gekannt. Das gesamte Konzept einer Familie war ihm unvertraut und reizlos.

Trezoi schüttete lachend Suppe über die nackten Füße des Barbaren und ging danach sofort in Kampfstellung, die Hand am Säbel. »Na los, komm doch, trau dich doch, oder traust du dich nicht gegen einen, der nicht kleiner ist als du?« Dabei war Trezoi kleiner als er. Nur weil er Schuhe trug, wirkte er ebenso groß.

Der Barbar blinzelte nicht einmal über diese Provokation. Seine Füße waren wenig schmerzempfindlich, schon in seiner Kindheit hatte er auf Felsgrund barfuß zu rennen gelernt. Nur einen der Kompaniehunde trat er weg, als dieser herangehechelt kam, um die Suppe von seinen Knöcheln zu lecken.

Der Hauptmann bemannte die Mauerzinnen mit Ausschauhaltern. Schließlich kam auch der Neue an die

Reihe. Der Hauptmann wirkte zaghaft, als er ihn auf die Zinnen bat, unsicher, ob der Neue sich überhaupt der Hierarchie fügen würde. Aber er fügte sich.

Von dort oben sahen die Wälder noch unendlicher aus. Bis zum Horizont waberte das Grün im weichen Regen. Den Großteil seiner Wache verbrachte er jedoch mit dem Rücken zum Wald, die Gebäude der Burg betrachtend. Die Fenster. Einmal vermeinte er dort oben die Silhouette einer Frau wahrzunehmen, die jedoch sofort zurückschrak, als sie sich beobachtet sah. Einmal perlten die Klänge einer Laute oder eines liegenden Saiteninstrumentes herab, aber der Wind riss diese Perlen fort und schleuderte sie sinnlos über die Wälder hin.

Nichts geschah. Die Waldmenschen griffen nicht an. Der heilige Burgfürst ließ sich nicht blicken.

Wenn es niemandem gelungen war, ein Wildschwein zu erlegen, sah das Essen aus wie Erbrochenes und schmeckte süßlich. Zu trinken gab es Regenwasser, das sich unablässig in einer Zisterne verfing.

Trezoi und andere warfen begehrliche Blicke auf den Ohrring des Barbaren. Dann sangen sie wieder. Sie sangen, wenn ihnen langweilig war, und ihnen war beinahe andauernd langweilig. Und ihr Gesang klang hässlich.

Der Neuankömmling war sich nicht sicher, ob er es überhaupt so lange hier drinnen aushalten würde, bis die Grünen Horden endlich angriffen.

Zweimal schickte der Hauptmann jemanden zum Jagen hinaus, einen alten Mann mit dem Aussehen eines Wiesels, der mit neu verfertigten Pfeilen ausgerüstet hinausdurfte. Beide Male kam das Wiesel mit leeren

Händen zurück. Als der Hauptmann ihn zum dritten Mal losschickte, stellte der Barbar sich den beiden in den Weg, nahm dem Wiesel den Bogen ab und ging selbst. Sowohl das Wiesel als auch der Hauptmann schienen erleichtert. Nur Trezoi machte wieder einen Spruch, in dem es darum ging, wie man Schweine nannte, die Schweine jagten.

Draußen rannte er. Der Regen machte den Passweg glitschig, aber er genoss die Freiheit, die unverbrauchte Luft, das Ausbleiben von Qualm und Gesang. Er tauchte in einen Wald und jagte, rennend, wie er das schon immer getan hatte. Er brauchte den Bogen nicht. Er fand Losung und folgte der Fährte. So spürte er eine Rotte Schwarzkittel auf. Der Wald wimmelte von solchen. Die Schweine stoben quiekend auseinander, doch er setzte ihnen nach, warf sich auf die massigste Bache und erstach sie mit seinem Säbel, während sie schnaufend unter ihm zu entkommen trachtete. Ein Säbel war eine unhandliche Waffe für ein solches Handwerk, früher hatte er ein Jagdmesser besessen, doch das hatte man ihm abgenommen, als man ihn gefangen nahm. Alle Städter waren Diebe. Sie waren nicht imstande, ihr Fleisch selbst zu jagen. Also nahmen sie es sich, gaben dafür wertlose Münzen und nannten das prahlerisch Tauschgeschäft.

Während er sich die Sau über die Schulter wuchtete, tauchten hinter ihm zwei Waldbewohner auf. Sie waren klein und ausgemergelt, ihre Geschlechtsteile waren in Röhrchen gesteckt und in hölzerner Verlängerung hochgebunden. Ihre Körper waren mit grünen Schlangen und Vögeln und Nestern verziert, aber ihre Gesichter waren unbemalt, faltig und unansehnlich. Sie trugen Äxte am

Gürtel, hatten diese jedoch nicht feindselig erhoben. Mit hektischen, vogelartigen Ruckbewegungen betrachteten sie ihn, den riesenhaften Wilderer in ihrem angestammten Zuhause.

Er verhielt nur kurz, dann ging er zwischen den beiden hindurch, so langsam, dass sie ihm folgen konnten. Sie redeten mit ihm, in einer fremden, trillernden Sprache. Er verstand kein Wort. Aber er legte die Sau wieder ab, schnitt ihr zuerst den Kopf ab, dann ihre beiden Hinterbeine samt Schenkel, und ließ diese drei Teile den Waldbewohnern zurück. Jeder von ihnen nahm einen der Schenkel auf. Der Kopf des Wildschweins blieb liegen. Als wüchse er aus dem Moos. Das Gesicht eingefallen und schlaff, die Augen blicklos und matt, ähnelte es beinahe denen der Waldmänner.

Die beiden blieben zurück und trillerten auch nicht mehr. Unbehelligt konnte er den Weg zurück zur Burg suchen, den er vielleicht gar nicht mehr gefunden hätte, so sehr hatte ihn die Verfolgung der Rottenfährte kreuz und quer geführt, doch die Burg ragte hoch über den Wald auf. Man konnte sie weithin im Regen nebeln sehen, und was wie Nebel schien, waren Rauch und Hunger und falscher Gesang.

Als er zurückkehrte mit der toten Sau, brach Jubel aus. Niemand fragte nach dem fehlenden Kopf und den Beinen. Der Barbar schien einen Grund für sein Tun zu haben, vielleicht hatte er sich nur die Traglast verringern wollen.

Blernn gab an mit seiner Freundschaft zu dem Neuen. Hauptmann Garifalks lächelte still. Einzig Trezoi konnte sich Häme und Neid nicht verkneifen und verbreitete anzüglichen Unsinn darüber, warum der Barbar die Hinterbeine des toten Tieres hatte entfernen müssen. Der Barbar, wie immer, schwieg dazu, aber nachdem das Fleisch gebraten war, bekam er einen ebenso großen Anteil wie der Hauptmann, und Trezoi bekam deutlich weniger.

Am folgenden Tag ging Trezoi auf die Jagd. Er kehrte zurück mit leer geschossenem Köcher, aber einem weiteren Schwein. Seins war vollständig. Er höhnte und prahlte und stolzierte herum. Diesmal war sein Anteil größer als der des Barbaren. Die Männer stopften sich mit Fleisch voll, bis ihre Verdauung von den Wänden widerhallte.

Der Barbar blickte zu den vorhangverhüllten, leuchtenden Fenstern hinauf. Der Heilige ließ sich nirgends blicken. Aber konnten die Frauen riechen, wie sehr es im Hof stank? Ließen sie sich deshalb nie blicken? Aus Ekel? Vor den Männern, die bereit waren, für sie zu sterben?

Zwei weitere Tage und Nächte vergingen. Der Regen hatte erschöpft nachgelassen. Im Hof jedoch tropfte noch alles von Erkern und ungeschlachten Wasserspeiern.

Die Gardisten, die vorher wie vom Regen niedergedrückt gewesen waren, trumpften jetzt auf. Einige phantasierten davon, den Spieß umzudrehen, einen Ausfall zu machen und den »Grünen Teufeln« ein für alle Mal »beizubringen, wer hier das Sagen hat«. Hauptmann Garifalks wehrte solche Träume mit guten Argumenten ab. Man konnte keinen Ausfall in die Wälder machen. Die Wälder waren überall um sie herum. Es gab kein eindeutiges Ziel, nur bevorstehende Verirrung. Das einzige eindeutige Ziel weit und breit war diese Burg.

Der Barbar begann sich zu fragen, weshalb er hier war. Es passierte nichts. Er konnte hinausgehen und mehr erleben. Würden sie ihn dann schon als Deserteur verfolgen? Aber er trug nicht ihre Flicken und war nie offiziell zu irgendetwas verpflichtet worden.

Er begann sich nach Weite zu sehnen. Die sich überschätzenden Männer um ihn herum störten ihn. Der Heilige ließ sich nirgends blicken.

Der Heilige, um dessentwillen diese Burg hier stand, als steiniger Fremdkörper inmitten von Grün.

Er beobachtete weiterhin die Fenster. Und als niemand hinsah, nahm er sich ein Seil, dessen Länge ihm ausreichend schien, und einen Enterhaken aus den Ausrüstungskisten und verbarg beides an seiner Schlafstätte.

»Sie werden bald angreifen«, raunte Blernn ihm gegen Abend zu. »Sie halten nie länger als eine Woche Ruhe. Heute Nacht, morgen oder spätestens übermorgen kommen sie.«

In der Nacht ließ der Barbar sich wieder auf die Zinnen rufen. Der Wald rauschte in stürmigen Wogen wie ein krauses Meer. Der Mond war jetzt vertrocknet, sah nach bleicher Wüste aus, so ohne Regen.

Der folgende Tag blieb ereignislos. Das Prahlen der Männer wurde lauter, dann jammerten sie, ebenfalls laut. Einer weinte sogar und zitterte, als befürchtete er seinen bevorstehenden Tod.

Der Barbar beobachtete das. Er sah keinen Sinn darin,

den Tod zu fürchten. Früher oder später würde er einen ohnehin mit sich reißen, und für manche war es besser, der Tod kam früher als zu spät.

Gegen Abend perlte wieder Musik aus einem der hochgelegenen Gemächer. Die Männer verstummten, lauschten versonnen und sehnten sich. Einer, ein anderer diesmal, fing wieder an zu weinen. Daraufhin verstummte die Musik, und die anderen Männer bedachten den Weinenden mit Verwünschungen.

In dieser Nacht verschwand der Mond hinter dichten Wolken.

»Jetzt kommen sie bald«, zischte Blernn. »Wenn es so dunkel ist wie jetzt, können sie sich bis an die Mauern heranpirschen. Und dann geht es los, mit gekerbten Stangen, an denen sie hochsteigen. Oder mit Schlingpflanzen, die sie hochwerfen, die an den Zinnen hängen bleiben, und daran klettern sie dann zu uns rauf.«

Der Barbar hielt es nicht aus, untätig im Hof zu warten. Der Hauptmann hatte ihn zwar nicht für die Zinnen eingeteilt, aber er begab sich auf eigene Faust empor. Niemand wies ihn zurecht oder hielt ihn zurück. Niemand außer Trezoi. »Verschwinde!«, herrschte Trezoi ihn an. »Pack dich schlafen! Oder besser noch: Hau ab aus unserer Burg und tummele dich mit deinen Freunden aus dem Wald.«

Er ignorierte ihn, schaute hinab auf die sich bauschende Dunkelheit. Überall sah er Bewegung, oder nirgends. Blernn hatte recht. Diese Nacht war ideal, um vorzurücken.

»Hörst du nicht?«, keifte Trezoi. »Bist du nicht nur stumm, sondern auch taub? Oder einfach nur schwer von Begriff? Du hast hier nichts zu suchen! Das ist *unsere* Burg.«

Er maß Trezoi mit einem Blick, dann verließ er die Zinnen über eine nach innen führende Treppe. Trezoi jedoch blieb an ihm dran, folgte ihm die Treppe hinab. Der Achselschweiß des Gardisten roch beißend, seine Körpersprache war auf einen Kampf, eine endgültige Klarstellung aus. »Denkst du, ich habe nicht mitbekommen, dass du ein Auge auf die Damen geworfen hast? Denkst du, das ist nicht offensichtlich? Du bist keinen Deut besser als die Horden. Du willst dir nehmen, was dir gefällt, ist es nicht so? Während wir anderen um die Burg kämpfen, wirst du …« Weiter kam er nicht. Der Barbar hatte ihn durchbohrt, mit einer Bewegung, die so schnell gewesen war, dass Trezoi sie überhaupt nicht hatte kommen sehen. Der Barbar hatte die Klinge von unten, vom Bauchnabel her aufwärts eingeführt, und nun hob er den Säbel samt dem darauf gespießten Trezoi an und trug ihn die letzten Stufen hinab zum zentralen Lagerfeuer. Trezoi lebte noch, er trat und spuckte, gurgelte Unverständliches und rührte mit seinen Händen in der Nacht herum. Ein Fassen zur eigenen Klinge wollte ihm nicht mehr gelingen, der Kopf wusste schon nicht mehr, wo oben und unten, rechts und links war. Blut schwallte ihm aus Mund und Nase. Sein Gurgeln wurde zum Pfeifen.

Nur wenige der Gardisten bekamen mit, wie der Barbar den aufgespießten Trezoi zum Feuer trug und ihn hineinhielt wie ein Spanferkel. Trezoi begann zu winseln, seine Haut wurde krustig und sang, dann schrie er. Lang anhaltend, durchdringend. Alles Blut schrie er sich aus der Kehle. Der Barbar hielt ihn weiter, die Gardisten kamen nun alle zu sich, starrten ungläubig und wagten nicht einzugreifen. Auch Hauptmann Garifalks war nicht imstande, irgendetwas zu unternehmen. Zu grauenerregend war der Anblick des sorgfältig durchgebraten werdenden Trezoi. In den Fenstern der Burggebäude bildeten sich Lichter. Silhouetten wurden sichtbar, auch weibliche. Von oben hallten erstickte Geräusche des Abscheus und des Ekels herab.

Der Barbar spürte, dass sein Säbel langsam zu heiß wurde, um ihn weiter festhalten zu können. Aber es war noch Leben in Trezoi. Dessen Haut riss auf und klaffte rosa unter der verbrannten Schwärze, doch immer noch zuckten die Finger und die hilflosen Schenkel. Das Gesicht war längst kein Gesicht mehr. Das Feuer nahm sich, was es bekommen konnte, und verwandelte alles in öligen Rauch. Trezois Fleischfett troff zischend in die gierig auflodernden Flammen. Schließlich ließ der Barbar ihn und den Säbel fallen, und die Flammen bekamen alles.

Er schaute sich um und betrachtete Flicken und nacktes Entsetzen. Das schrille Gebrüll Trezois war längst verstummt, schien aber immer noch zwischen den Gebäuden hin und her zu prallen. Bis es dann über die Wälder hinwegfauchte und auch dort Ruhende zu Entsetzen aufrüttelte.

Der Hauptmann musste irgendetwas tun. Doch er konnte nicht. Der Barbar war nun unbewaffnet, aber er hatte ihn schon fünf der Seinen töten sehen, gerade eben den sechsten. Er würde wahrscheinlich weitere fünf bis zehn Mann verlieren, wenn er es jetzt zum Äußersten kommen ließ. Was wäre dadurch gewonnen?

»Trezoi … hat sich das selbst zuzuschreiben gehabt«, krächzte er heiser. »Also haltet euch daran. Keinen Streit untereinander, und niemandem wird etwas geschehen.« Beinahe flehend sah er den Barbaren an. Der nickte so knapp, dass es für niemanden außer dem Hauptmann zu sehen war.

Oben tuschelten entsetzte Stimmen in einer hektischen Sprache, die nur aus Mitlauten zu bestehen schien. Frauenstimmen, die sich gegenseitig zu beruhigen suchten. Der Heilige jedoch ließ sich nirgends blicken.

Auch Blernn hielt sich jetzt von dem Barbaren fern. Der Barbar war zu weit gegangen, und genau das hatte er bezweckt. Bei dem, was er vorhatte, konnte er die Nähe von Neugierigen nicht brauchen.

Trezois ascheklumpige Überreste wurden am Morgen aus der Burg getragen und rechter Hand des Passwegs den Abhang hinuntergeschmissen. Der Säbel war ebenfalls geschmolzen und verformt, aber ihn ließ man im Feuer liegen wie ein verzerrtes Symbol für irgendetwas Unbenennbares. Etwas, das der verzweifelte Kampf um diese Burg geboren hatte. Der Barbar nahm sich Trezois Säbel, und niemand erhob Einwände.

Trotz des Verbrechens, das in der vergangenen Nacht im Hof verübt worden war, ließ der Heilige sich nicht blicken. Und auch die Grünen Horden verhielten sich ruhig. Sie hatten weder die Dunkelheit genutzt, noch Trezois Schreie, noch das morgendliche Zwielicht, noch den Frühnebel. Sie kamen einfach nicht. Einige der Gardisten munkelten, dass die Waldwesen die Burg längst vergessen hätten.

Und als sie dann doch kamen, ging alles viel zu schnell.

Der Hauptmann war wieder auf Patrouille hinausgegangen, wieder mit drei Mann Begleitung. Den Barbaren nahm er nicht mehr mit. Trezoi war zwar kein guter Freund des Hauptmanns gewesen, aber immerhin doch ein langjähriger, verlässlicher Kampfgefährte.

Als die vier den Waldsaum erreicht hatten, stürmte eine Horde von etwa zwanzig Waldmännern auf sie zu. Äxte flogen. Einer der vier Kundschafter wurde am Kopf getroffen und stürzte, ein anderer versuchte ihm aufzuhelfen. Der Hauptmann befahl den Rückzug und flüchtete mit seinem letzten verbliebenen Begleiter zum Burgtor, während der Hilfsbereite von den beinahe nackten Wilden niedergemacht wurde.

Die Heiligengardisten im Inneren der Burg öffneten ihrem fliehenden Hauptmann das Tor. Darauf hatte die Grüne Horde nur gewartet. Sie hatte den an seiner andersartigen Uniform deutlich zu erkennenden Hauptmann absichtlich verschont und ihm den Rückzug erlaubt. Sie waren davon ausgegangen, dass die in der Burg Verschanzten ihren Anführer nicht vor dem Tor seinem Schicksal überlassen würden. Jetzt, da das Tor einen Spaltbreit geöffnet worden war, wuchteten ein paar Wilde, die sich vollkommen unbemerkt im Schutz von Unkrautbewuchs direkt unterhalb der Mauer bis nahe an das Tor herangepirscht hatten, einen Baumstamm zwischen die sich schließenden Torflügel und blockierten somit das Tor. Unterdessen strömten noch mehr Grünbemalte aus dem Wald, mehr als einhundert waren es. Der Hauptmann und sein Begleiter schafften es zwar, in den Burghof zu schlüpfen, es gelang ihnen aber nicht mehr, den Stamm rechtzeitig aus dem Tor zu bekommen. Die einen zogen nämlich an ihm, die anderen schoben, und als der Hauptmann endlich »Schieben!« befahl, war es bereits zu spät. Die ersten Wilden prallten gegen das Tor und drückten es gegen den Widerstand der panisch schreienden Gardisten auf.

So kamen die Waldleute in die Burg. Nicht über die Mauern und Zinnen, was den Verteidigern viel zu viele Möglichkeiten geboten hätte, sie zu vereinzeln und zurückzuschlagen. Sondern durch das Tor.

Zu einhundertundfünfzigst.

Sämtliche Heiligengardisten, selbst der junge Blernn, rannten zum Tor, um zu verteidigen, eine Mauer aus Menschen zu bilden, standzuhalten, sich einzureihen, nicht alleine zu sein, in Ehre zu kämpfen und in Ehre zu fallen. Nicht so der Barbar. Er holte sich das Seil mit dem Enterhaken und begann damit, den Haken zu einem der oben offen stehenden Fenster hinaufzuwerfen. Fünf Versuche brauchte er dazu, während die Gardisten die Wilden vor ihm abzuschirmen schienen. Dann fraß der Haken sich endlich fest. Der Barbar ruckte an ihm, hängte sich ins Seil, der Haken hielt, und er begann hinaufzuklettern, wobei er seine nackten Zehen zur Unterstützung seiner Arme sowohl am Seil als auch in den Fugen des Mauerwerks benutzte.

Er stieg empor, während unter ihm Menschen zu Vieh und geschlachtet wurden.

Die Schreie gellten ihm nach, gurgelnd, rasselnd, jäh abbrechend. Die Gardisten wehrten sich gründlich gegen den Ansturm. Sie hatten bessere Waffen und eine geringfügig stabilere Rüstung. In ihrer Mitte Hauptmann Garifalks, ordnend, was er noch überblicken konnte. Die Wilden warfen sich gegen die Verteidiger wie eine zahnschäumende Brandung. Unablässig. Einer nach dem anderen und über den Vordermann hinwegbrechend. Am Boden dampften Blut und glitschiges Gedärm. Äxte hackten. Klingen stocherten.

Der Barbar stieg. Unten beachtete ihn niemand, und niemand verurteilte sein Tun. Das Leben und Sterben war wichtiger als er. Von oben jedoch wurde er gesehen: Frauen, die sich aufgrund des Kampflärms neugierig an die Fenster wagten, erblickten ihn, der sich wie eine riesige Spinne haarig zu ihnen hinaufwagte, und kreischten erstickt. Hier oben schien die Luft besser zu werden, roch nicht mehr so nach Schweiß und schmutzigen Männern. Hier oben gab es etwas anderes, etwas, an das der Barbar sich noch aus dem Haus des Stadtmagiers erinnerte.

Eine der Frauen machte sich an dem Haken zu schaffen, ruckelte daran herum, aber durch das Gewicht des Barbaren beschwert saß er zu fest, als dass sie ihn hätte lösen können. Nun zückte sie eine sehr kleine Klinge – eine Nagelfeile vielleicht, einen Brieföffner oder einen Schmuckdolch – und begann an dem angespannten Seil oberhalb des Barbaren herumzuschneiden.

Auf dem Gesicht des Barbaren zeigte sich ein eigenartiger Ausdruck: Es sah beinahe wie ein Lächeln aus. Der Gedanke, dass eine Nagelfeile oder ein Brieföffner sein Ende bedeuten würden, schien ihm Vergnügen zu bereiten.

Die Frau mühte sich so sehr, dass ihr Haar sich löste und in langen, lockigen Kaskaden über ihre Schultern fiel. Der Unhold kam unaufhörlich näher. Sie konnte ihn schon beinahe riechen. Und unter ihm wanden sich die Sterbenden.

Er erreichte mit einer Hand das Fensterbrett, an dem der Haken hing, und krallte sich fest. Die Frau wusste sich nicht mehr anders zu helfen und stach ihm die sehr kleine Klinge in den Handrücken. Hätte sie wiederholt zugestochen, seine Hand regelrecht traktiert, hätte er womöglich Schwierigkeiten bekommen. Aber einen einzigen Stich ignorierte er einfach. Er gelangte mit der anderen Hand ebenfalls auf das Brett und zog sich hinauf, dermaßen schwungvoll, dass seine Füße zwischen seinen Händen zu stehen kamen und er nun wie ein Raubvogel in der Fenstereinfassung kauerte.

Sein Gesicht zeigte immer noch dieses eigentümliche kalte Lächeln.

Die Frau schlug eine Hand vor den Mund und wich mit abwehrender Gebärde zurück. Sie stürzte. Sie konnte nicht mehr weiter. Er zog sich den Brieföffner aus dem Handrücken und hielt die sehr kleine Klinge in der Faust wie einen in Blut getunkten Dorn. Dann stieg er ins Innere und ging an der Frau vorbei. Sie war weder besonders jung noch besonders ansehnlich. Und sie hatte immerhin als Einzige den Mut besessen, gegen ihn vorzugehen. Also ließ er sie leben.

Die Gerüche waren jetzt überall um ihn herum, verschiedene Gerüche, aber alle von der Art, mit der Frauen ihre eigenen überdeckten und lockten. Er überlegte, ob eine solche Taktik nicht auch praktischen Nutzen haben konnte, zum Beispiel, indem man wilde Tiere, die hinter einem her waren, damit verwirrte. Er beschloss, sich diesmal einen von diesen Flakons mitzunehmen, aber im ersten Raum war keiner zu finden.

Er ging von Zimmer zu Zimmer, indem er hauchzarte Vorhänge beiseiteschob. Vor ihm war beständig das Tappen von Füßen und das Keuchen von Damen. Es waren mehrere, sie liefen gegeneinander, rempelten sich, rissen Gegenstände um. Vielleicht hielten sie sehr kleine Klingen in den Fäusten, beinahe wie er selbst. Der Heilige ließ sich nirgends blicken.

Er fand Spiegel, Wasserbecken, Liegesessel. Und Flakons. Auf einem Spiegeltisch, nicht unähnlich dem im Haus des Stadtmagiers. Er streichelte die Flakons, entkorkte einige – die Korken bestanden nicht aus Kork, sondern aus ineinandergeschobenem Glas –, schnupperte. Er entschied sich für einen schmalen, bläulich gefärbten, der einigermaßen stabil aussah. Diesen schob er sich rechts in seinen Gurt. Der Duft erinnerte ihn an die blauen, glöckchenförmigen Blumen auf einer Wiese, auf der er vor Jahren einen Freund getötet hatte.

Dann fand er die Frauen. Weiter konnten sie vor ihm nicht zurückweichen, sie hatten die hintere Mauer der vielfach verhängten Zimmerflucht erreicht. Es waren acht, und keine Einzige von ihnen war herausragend schön, die meisten sahen eher seltsam aus, mit zu langen Nasen oder schmalen Schläfenpartien oder zu dicken Lippen oder unvorteilhaften Proportionen. Drei der acht hielten sehr kleine Klingen in Händen, eine Vierte eine Bürste, zum abwehrenden Schlag erhoben. Sie waren auch nicht besonders jung, die Älteste mochte schon vierzig sein, beinahe doppelt so alt wie er.

Vielleicht waren sie nicht die Konkubinen, sondern

die Töchter des Heiligen. Aber warum ließ ihr Vater sich nirgends blicken?

Er achtete nicht weiter auf die Frauen und ging wieder zurück, bis er eine Tür fand, die von der anderen Seite verschlossen war. Die Frauen waren eingesperrt gewesen, in einem luxuriösen Stockwerk immerhin, aber nichtsdestotrotz eingesperrt. Für einen Moment erinnerte er sich an das verdreckte Mädchen ohne Zähne. Sie war wirklich schön gewesen. Die Erinnerung an sie schmerzte wie der Stich einer sehr kleinen Klinge. Nun brach er die Tür auf und setzte dadurch auch die anderen Frauen frei. Oder spielte sie den Eroberern der Burg in die Hände, aber diese hätten ohnehin nie vor einer verschlossenen Tür haltgemacht, wenn es dahinter nach Weibern roch.

Er durchsuchte die noch weiter oben liegenden Stockwerke.

Er fand Abtritte, die nach außen führten. Im Inneren der Burg roch es auch deswegen so gut, weil die Ausscheidungen ihrer Bewohner jenseits der Mauern in die Tiefe plumpsten. In den Wald. Wo die Kinder der Grünen Horden spielten. Er scheuchte ein paar Bedienstete auf, überwiegend dickliche Frauen und gebrechliche Männlein, die ihn für einen aus den Wäldern hielten und ungeschickte Anstalten machten, sich selbst in die Tiefe zu stürzen, anstatt ihm in die Hände zu fallen. Er überließ sie sich selbst und ihrer würdelosen Angst.

Und schließlich fand er den Heiligen. Er saß in einem Saal auf einer Art Thron, angetan mit würdevollen golddurchwirkten Gewändern, und war offensichtlich bereits seit mehreren Wochen tot. Ein Bediensteter war gerade dabei, den Verwesenden zu schminken, mit Utensilien, die er sich aus den Gemächern der Frauen geborgt hatte. Die schwärzlich faulenden Lippen sahen auch mit aufgetragenem Rot kein bisschen lebendiger aus. Der eine Augapfel war im Vertrocknen so geschrumpft, dass er schon halb aus der Höhle hing.

»Es ist uns nicht gelungen, ihn länger am Leben zu erhalten«, entschuldigte sich der Bedienstete mit hoher, hohler Stimme bei dem Barbaren. »Er litt am Schweißfieber und dann am Schlagfluss. Was er am Schluss alles anordnete, haben wir schon gar nicht mehr weitergeleitet. *Rädern!*, krächzte er immer wieder. *Alle, alles rädern!* Seine Stimme klang dabei, als wäre er schon längst tot, als verzehrten die Nachzerrer der Hölle bereits sein Herz. Dabei war er früher ein sehr gütiger Mann gewesen. Er herrschte in Frieden über den Wald. Die Grünmenschen kamen zu uns und brachten uns freudig die Gaben der Wiesen und Bäume. Lange, lange ist das schon her. Es ist nicht gut für einen Menschen noch für eine Welt, wenn allzu lange Krankheiten wüten. Aber das muss ja nicht das Ende sein, nicht wahr? Das hat er doch immer gepredigt: dass der Tod nur der Anfang ist. Ein Übergang in etwas Wunderbares. Deshalb war vielleicht auch das *Rädern, alle, alles rädern!* als ein Akt der Gnade zu verstehen und nicht der Grausamkeit. Dachte ich mir zumindest immer. Und er kann zurückkehren, nicht wahr? Wenn der Tod nicht das Ende ist? Deshalb gebe ich mein Bestes, ihn ansehnlich zu halten. Damit er, wenn er zurückkehrt, keinen Schrecken verbreitet, sondern Wiedersehensfreude. Wie er sich das gewünscht hat, als er noch gesund und freundlich zu uns war.« Der

Bedienstete betrachtete den Barbaren, als erwartete er etwas von ihm. Ein Nicken, eine Bestätigung, ein Gutheißen. Doch dieser ging nur an den Leichnam heran und berührte das sonnenfarben glimmende Gewand. Es fühlte sich gut an, war jedoch unpraktisch. Gleichzeitig steif und klingendurchlässig. Seine linke Hand schmerzte von dem Stich der wehrhaften Dame. Er zog sie zurück.

Seine Neugier war befriedigt. So also sahen Heilige aus.

»Ihr macht auf mich den Eindruck von jemandem, der schon ein wenig herumgekommen ist«, sprach der Bedienstete ihn abermals an. »Also sagt, könnt Ihr Euch vorstellen, dass er wiederaufsteht? Alles wäre leichter, wenn er wiederaufstünde und uns sagen würde, was wir zu tun haben. Meint Ihr nicht, dass das geschehen kann? Wenn einer im Leben gute Taten vollbracht hat?«

Der Barbar ging zum Fenster. Unten wurde noch immer verbissen gerungen. Der Hauptmann stieß sein schönes Schwert in den Leib eines hässlichen Nackten und rupfte es wieder heraus. Ein anderer wankte jammernd umher, während sein Schädel, von einer Axt gespalten, eine Handbreit auseinanderklaffte. Man konnte die seltsame, gleichzeitig feste und feuchte Masse sehen, die den Kopf eines Menschen füllte und schwer machte, denn Totenschädel wogen wenig.

»Warum sagt Ihr nichts?«, beharrte der Bedienstete. »Haltet Ihr es für unvorstellbar? Leben wir denn nicht in einer Welt voller Wunder? Ich selbst habe schon Wunder gesehen. Ich habe einen Geräderten lachen gehört, hier, unten, auf dem Burghof. Könnt Ihr Euch das vorstellen? Habt Ihr dergleichen schon erlebt?«

Der Barbar beachtete ihn nicht weiter und ging aus dem Saal durch die Doppelflügeltür, durch die er gekommen war. Der Bedienstete rief ihm noch hinterher: »Vielleicht seid Ihr auch noch zu jung, um schon viel gesehen zu haben und verstehen zu können!«, aber er war schon den ersten Treppenabsatz hinunter. Ganz nach unten. Mit Schritten, die mehrere Stufen auf einmal nahmen. Ein wiederkehrendes Rummsen erfüllte den Treppenturm. Die Wilden rannten mit einem ihrer Baumstämme gegen das Tor an, das die Gebäude verschloss. Im Passieren konnte der Barbar die Frauen weinen und wehklagen hören. Wahrscheinlich öffneten sie sich gerade mit ihren sehr kleinen Klingen gegenseitig die Pulsadern.

Das Rummsen klang nicht wütend, eher beharrlich. Die Männer aus den Wäldern wussten, dass sie gewinnen würden. War der Kampf auf dem Hof etwa schon vorüber?

Als der Barbar das Tor erreichte, wölbte es sich bereits unter den Rammangriffen nach innen.

Krachen.

Die unverständliche Entsprechung eines »Zuuugleich«.

Krachen.

»Zuu-gleich«.

Krachen.

Direkt nach einem Krachen wuchtete der Barbar den schweren Torriegel aus der Halterung und wich behände bis auf die Treppe zurück.

Beim nächsten Ansturm sprengten die Waldmenschen das Tor und taumelten überrascht von ihrem eigenen Schwung mit ihrem Baumstamm in den Raum dahinter. Der Barbar sprang von oben herab mit seinem Säbel zwischen die Torkelnden und erschlug vier von ihnen, bevor die anderen überhaupt begreifen konnten, was sich geändert hatte. Die Schlagwucht, die er aus dem Sprung gewann, sorgte dafür, dass er den Ersten, den er traf, in zwei ungleiche Hälften hieb. Und da diejenigen, die begriffen, was sich geändert hatte, immer noch bis gerade eben einen Baumstamm an seinen Ästen in Händen gehalten hatten, konnten sie ihre Äxte nicht schnell genug zücken. Der Säbel des Barbaren hielt dermaßen reiche Ernte, dass hilflose Abwehrbewegungen, Schreien, Stolpern, Knochenknirschen und Fleischreißen zu einem einzigen rotspeienden Wirrwarr verschmolzen.

Dann entstand Stille im Eingangsbereich der Burggebäude.

Der Barbar stand auf dem schräg liegenden Baumstamm wie jemand, der balanciert. Von seinem Säbel hingen Fleischfetzen mit grüner Bemalung. Links und rechts von ihm und quer über den Baumstamm lagen mindestens zehn, zwölf frisch aufgebrochene Leichen und Sterbende.

Die übrigen um das zerschmetterte Tor herumwimmelnden Waldmänner hielten in ihren vielfältigen Bewegungen inne. Das Blut ihrer Eigenen kam über sie wie ein warmer Hauch.

Der Barbar ging ihnen auf dem Stamm entgegen, und sie sahen, dass er keiner der Gardisten war. Er war größer als diese und trug nicht die verachtete Flickenuniform. Die Brust unter seinem schmutzigen Mantel war ebenso nackt und narbig wie die Brust der Wilden. Von seinen Händen und Armen troff das Blut ihrer Verwandten. Sie wichen zurück vor ihm wie vor einem Heiligen. Sie hielten einen Abstand ein, der mehr als nur respektvoll war. Sie stiegen sogar übereinander, um ihm nicht nahe zu kommen, und einige wandten den Blick ab, zu Boden oder zum Himmel. Unangetastet ließen sie ihn aus dem Tor kommen. Er senkte den Säbel, und die Fleischfetzen glitten platschend zu Boden.

Der Kampf auf dem Hof war vorüber, obwohl Hauptmann Garifalks als Letzter seiner Männer noch am Leben war. Irgendwo musste auch der junge Blernn liegen, aber in diesen Haufen auseinandergerissener Leiber jemanden von allen anderen zu unterscheiden war so gut wie unmöglich.

Hauptmann Garifalks stützte sich auf sein Schwert. Die Klinge hinab rann sein Blut in dicken Bahnen, die sich verzweigten und vereinten wie sich paarende Schlangen.

Als er sah, wie sich der Barbar ihm näherte, huschte ein Lächeln über sein bis zur Unkenntlichkeit zerschnittenes Gesicht. »Wundert mich nicht«, sagte er. »Wundert mich überhaupt nicht, dass du … als Letzter übrig bleibst. Das habe ich gleich in dir gesehen. Deshalb … wollte ich dich … dabeihaben. Und jetzt? Machen wir jetzt einen Ausfall?« Er begann zu lachen. Es war wie ein Zittern oder ein Krampf, der seinen sterbenden Körper schüttelte.

Der Barbar nahm ihm das Schwert weg. Der Hauptmann wäre, seiner Stütze beraubt, gestürzt, wenn der Barbar ihn nicht aufrecht gehalten hätte. Statt des Schwertes schob der Barbar dem Hauptmann Trezois Säbel unter und stützte ihn darauf. Der Hauptmann stand beinahe, als wäre nichts geschehen. Sein Blut suchte sich nun über den Säbel abwärts Wege in die Erde.

Der Barbar schaute sich nach seiner Fuchsstute um, aber von der war nicht mehr viel übrig. Die Waldmenschen hatten auch sämtliche Pferde erschlagen, vielleicht, um sie zu essen, vielleicht, weil sie ihre nicht aus den Wäldern stammende Kraft fürchteten.

Er verließ die Burg. Keiner der Waldmenschen berührte oder bedrohte ihn. Sie verdrängten beinahe, dass es ihn überhaupt gab, und wandten sich schließlich mit den Bewegungen von Schlafwandlern dem Inneren der Gebäude zu.

Über den Passweg ging er abwärts, das Schwert des Hauptmanns über der Schulter.

Hinter ihm lohten die Türme.

Ein Fraß der Flammen.

Himmelhoher, unangreifbarer Rauch.

auSLöSCHeN

»Meidet die Sümpfe der Toten!«, hatte die Einbeinige ihm geraten. Sie war ihm sogar noch hinterhergehinkt, an ihrer seltsamen Krücke aus Hundegebein. »Meidet die Sümpfe der Toten! Sie neiden Euch Euren Atem, Euer Blut, selbst das wirre Gewebe Eurer Erinnerungen!«

Ein Steg, der durch unruhiges Wasser führt. Sich windend bis zum Horizont.

Das Licht ein milchiger Puls.

Große, schwere Vögel saßen auf den traurigen Bäumen. Es sah aus, als würden die Tiere vor Nässe triefen. Irgendetwas tropfte beständig von ihnen herab. Dabei hatte es schon lange nicht mehr geregnet. Vielleicht tauchten sie ins Wasser, um zu jagen, und waren deshalb vollgesogen. Vielleicht aber verloren sie auch an Substanz und wurden immer kleiner, während sie tropften.

Er versuchte, ihren durchdringenden, fordernden Blicken nicht allzu lange zu begegnen.

Im Wasser bewegten sich Echsen. Sie schienen zwei klaffende Mäuler zu besitzen, eins an jedem Ende des Körpers. So konnten sie gleichzeitig zwei Beuten hinunterschlingen, und in der Mitte trafen sich dann die Gefressenen.

Ein Steg, der durch unruhiges Wasser führt. Sich windend bis zum Horizont.

Das Licht ein milchiger Puls.

Die Luft erfüllt von warmen Mücken.

Ein Summen, grob wie dicht behaarte Hände.

Man hatte ihm ein Boot geboten.

Der Schädel des Mannes war deformiert, sein Mund sprach dort, wo bei anderen ein Wangenknochen gewesen wäre.

»Wenn Ihr unbedingt dort lang wollt, Herr, solltet Ihr nicht den Steg benutzen. Bedenket: ein einziges Unwesen, das vor Euch auf den Steg sich wälzt, und Ihr kommt nicht mehr weiter! Denn auf keinen Fall dürft Ihr ins Wasser, um das Wesen zu umgehen. Im Wasser gibt es Larven, die verzehren sich nach Fleisch. Und Fische, die wollen ihren Rogen in Euch legen. Und Würmer, die sich an Euch festsaugen, bis ihrer so viele sind, dass Ihr in die Tiefe sinken müsst. Und einmal, einmal sah ich einen Kraken. Und er hatte das Gesicht und die Brüste einer Frau, und er weinte, während er einen Aal zerdrückte.«

Das Boot war klein und eng, lief vorne und hinten spitz zu und war mit Moos und glitschigen Flechten bewachsen. Es lag unruhig im Wasser, als zerrten Halterfische daran.

Er war weitergegangen, ohne es anzuprobieren.

Er sah einen Schwarm über dem Wasser, der sich bewegte wie ein Netz. Langsam zog dieser Schwarm vorüber, ballte sich, entfaltete sich, bildete Arme aus, kreiste um sich selbst, funkelte und schillerte, wenn die Sonne ihn traf, und verwirbelte sich in den Schatten wie ein Spuk.

Ein Steg, der durch unruhiges Wasser führt. Das Wasser dunkel, von Algen durchkämmt. Der Steg sich windend bis zum Horizont, einzelne Planken verfault, einige Segmente auf Pfählen, andere schwimmend in brackiger Dünung.

Das Licht ein milchiger Puls.

Die Luft erfüllt von warmen Schlingpflanzen, die ohne Wind von Bäumen herüberwehen.

Ein Summen, das von innerhalb der Ohren herrührt.

Auf dem Knüppeldamm, im Schlick des Vermoderns, Spuren von Krallen und lechzenden Händen.

Der erste Tote, dem er begegnete, schien die Orientierung verloren zu haben. Obwohl es eigentlich nichts Einfacheres gab als einen Steg, der nur zwei Richtungen kannte.

Der Tote kam ihm entgegengeschlurft und sah ganz erbärmlich aus. Eine Wasser- oder Moorleiche, in aufgedunsenem Zustand mumifiziert, die Gelenke steif, durch die lederne Haut zusätzlich festgezurrt. Das Gesicht ein fragendes Loch, von Fischen verzehrt. Egel wimmelten in ihm umher.

Der Barbar zog sein Schwert, das Schwert des Hauptmanns. Es war das erste Mal, dass er es zog, das fiel ihm in diesem Augenblick auf. Er hatte keine Scheide für diese Waffe, trug sie unverhüllt in den Gurt gesteckt wie die Säbel davor. Sie lag gut in der Hand. Schwerer. Ausbalancierter.

Der Tote tappte näher, streckte knarrend einen Arm nach dem Barbaren aus, wie um sich an ihm festzuhalten oder ihn um Rat zu fragen. Seine Finger flimmerten wie Fadenwürmer.

Der Barbar hieb ihn mit einem einzigen Querschlag in Bauchhöhe in zwei Hälften. Der Oberkörper samt Armen und Kopf rutschte vom Rumpf, plumpste trocken auf die Kante des Dammes, kippte von dort aus ins Wasser und versank mit rudernden Bewegungen. Das fragende Loch drehte sich fort, als müsste der Tote nun schauen, was sich unter ihm näherte.

Die Beine machten noch einen weiten, zögerlichen Schritt, dann blieben sie stehen, ratlos. Es dauerte, bis sie in den Knien einsanken und auf dem Steg liegen blieben. Inzwischen war Bewegung ins Wasser gekommen: Durchsichtige Fische mit Zähnen, die so lang waren, dass sie ihre Mäuler niemals richtig schließen konnten, balgten sich um die Schultern, die Arme, den Kopf und das herausbaumelnde Herz und bissen und fraßen sich dabei auch gegenseitig. Nach wenigen Augenblicken war der Spuk vorüber, die Wogen glätteten sich wieder. Ein paar Krabben hatten sich vor dem Getümmel auf den Steg gerettet. Sie hatten kleine Gesichter, die Besorgnis und Mühsal ausdrückten.

Der Barbar ging weiter. Anhand der liegenden Totenbeine konnte er sich, selbst wenn die Krabben sich nun das ledrige Fleisch einverleiben würden, immerhin orientieren, falls er jemals die Richtung verlieren sollte. Denn die Sonne war ein fahler Fleck hoch oben im Zenit, und der Sumpf links und rechts sah vollkommen gleichförmig aus. Wenn man sich ein halbes Mal zu viel um die eigene Achse drehte, konnte man nicht mehr erkennen, aus welcher Richtung man gekommen war und in welche man hatte gehen wollen.

Der Nebel begann zu riechen.

Nach Hühnereiern oder einem Schwefelfluss.

Die Sonne wanderte nicht.

Sie blieb beständig über ihm kleben wie ein zu hoch angesetzter Glorienschein, eine verwaschene Masse von hellerer Farbe als der Rest der feuchten Welt. Vielleicht war er so schnell, dass er mit ihr dem Horizont ihres vorherbestimmten Untergangs entgegenstrebte.

Der Geruch des Sumpfes wurde intensiver, begann sich auf die Zunge zu drängen und sich von dort aus langsam den Augen zu nähern.

In dem Geruch lagen Stimmen. Schwefelgelb wisperten sie in einer fremden Sprache, derjenigen der Waldmenschen nicht unähnlich.

Allmählich wurde die verwaschene Masse dunkler, daran konnte er erkennen, dass ein Abend kam.

Das Licht wurde trügerisch, der Steg begann genauso zu flimmern wie das Wasser. Eine Rückenflosse durchschnitt sowohl Wasser als auch Steg. Als er die Stelle erreichte, war der Steg unversehrt.

Die Dunkelheit senkte sich wie ein unerträglicher Gestank. Sie benahm Atem und Sicht zugleich.

Er lagerte sich auf die feuchten Bohlen, die sich leise wiegten. Schmeichelnd.

Der Mond erschien. Ein gezacktes Gebilde, einem zerschnittenen Dreieck ähnelnd.

Frösche begannen zu quaken, deren Stimmen viel tiefer als die von Fröschen waren.

Etwas bewegte sich über die Wasseroberfläche. Es sah aus wie ein Tänzer mit gebrochenen Gliedmaßen, der einen Handstandüberschlag nach dem nächsten vollführte, langsam, schlackernd, sich zu Fetzen zerfasernd. Nach fünf solchen Überschlägen tauchte das Wesen ab. Es klang wie ein Seufzen, als es verschwand.

Der Barbar wusste um das Risiko des Schlafens. Aber er war müde, und der Geruch der Dunkelheit betäubte ihn zusätzlich. Er vertraute darauf, dass er wach werden würde, wenn sich etwas in seiner Nähe auf den Damm wälzte oder etwas ihn vom Wasser aus zu fressen begann.

Er schlief ein.

Träumte.

Von Frauen, die sich wie Unken bewegten. Und im Schlaf tastete seine Hand nach dem bläulichen Flakon in seinem Gürtel. Der Flakon war noch da, kühler als das Sumpfwasser, bebend in unruhigem Licht.

Ein Steg, der durch unruhiges Wasser führt. Das Wasser dunkel, von Algen durchkämmt. Der Steg sich windend bis zum Horizont, einzelne Planken verfault, einige Segmente auf Pfählen, andere schwimmend in brackiger Dünung.

Es ist wieder Tag, das Licht ein milchiger Puls, schmerzend zwischen den Schläfen.

Die Luft erfüllt von warmen Schlingpflanzen und dem Staub von Schmetterlingsflügeln.

Ein Summen von unten, aus den trägen, breiigen Wellen, in denen Laich dümpelt und schalenlose Muscheln sich türmen.

Auf dem Knüppeldamm, im Schlick des Vermoderns: Schleifspuren, Bissmale, Kratzwunden.

Die nächsten Toten waren eine Gruppe. Einige von ihnen hingen aneinander fest oder waren miteinander verwuchert, das war nicht zu unterscheiden. Sie waren – dementsprechend – entweder zu sechst oder nur zu viert.

Sie standen herum, blickten in unterschiedliche Richtungen und versperrten den Damm. Ein Umgehen oder Umschwimmen erschien alles andere als ratsam, denn um die Toten herum kochte das Wasser vor Quallen und kleinen Quastenflossern, die sich den Steg hinaufzuwerfen versuchten, um ihrer Beute habhaft zu werden. Die hauptsächliche Eigenschaft dieses Sumpfes schien Hunger zu sein.

Die Toten bemerkten den Barbaren. Ob mit ihren vertrockneten Augen oder ihren verwesten Nasen vermochte er nicht zu erkennen. Wahrscheinlich spürten sie seine Schritte auf den Bohlen. Er nahm das Schwert in beide Hände.

Sie streckten die Arme nach ihm aus, zudringliche Bettler nachahmend. Er blieb stehen und wartete ab. Sie setzten sich in Bewegung. Langsam. Ruckelig. Ineinander verhakt und dadurch sich gegenläufig behindernd. Drei blieben so zurück, die anderen kamen jedoch näher, die Münder offen, schief, verfaulte Zähne in verdorrtem Zahnfleisch. Als der Erste ihm zu nahe kam, schlug er ihm erst beide Unterarme ab, dann den Kopf. Der Tote kam weiterhin näher. Ein Fußtritt beförderte ihn zu den Quallen und Quastenflossern, die ihn wimmelnd willkommen hießen.

Die anderen beiden, die ihm schon nahe waren, kamen weiter auf ihn zu. Auch sie fanden sich im Wasser wieder. Dem einen stülpte sich eine riesige Qualle über den Kopf, sodass es aussah, als trüge er einen gläsernen Helm, das Gesicht darunter zu einem stummen Schrei verzerrt. So versank er, und an seinen ins Leere greifenden Fingern zappelten fressende Fische wie Schmuck.

Die restlichen Toten überraschten ihn dann aber doch. Sie wurden plötzlich schnell. Ihre ruckartigen Bewegungen waren schwer zu berechnen. Sie rannten auf ihn zu, einer rutschte aus und glitt halb ins Wasser, raffte sich aber wieder auf und verstärkte den Angriff. Das Schwert schlug durch Arme und Beine und Hälse wie durch zusammengebundenes Stroh. Es gab ein wüstes Gefuchtel. Eine Hand kratzte ihn an der Brust, rissige Nägel schürften die Haut. Dann lagen nur noch halbierte und geviertelte Torsos um ihn herum, bedrängten ihn jedoch weiter, stärker noch als vorher, sodass er sogar zurückweichen musste, um sein Schwert nicht zu verlieren. Je kleiner die Stücke wurden, umso wütender gebärdeten sie sich. Er vermeinte ein hohes, zeterndes Summen zu vernehmen, wie von einem Wespenschwarm. Er hackte und zertrat, bis er in Schweiß geraten war. Die Quallen und Fische sprangen in Ekstase übereinander und verdauten sich selbst. Der Kampfplatz begann nach Jauche zu stinken.

Schließlich war es vorbei. Mit dem Fuß fegte er die letzten, immer noch zuckenden Fetzen ins Wasser. Für die Fressenden war es ein Festtag. Nichts blieb unverwertet.

Der Barbar musste verschnaufen. Die Kratzer auf seiner Brust brannten ganz unverhältnismäßig – er hoffte, dass sich da nichts entzündete. In einer gesünderen Landschaft hätte er sich die Wunde ausgewaschen, aber ihn schauderte bei dem Gedanken, was dieses Wasser alles enthalten mochte. Er trank auch nie davon. Sein eigener Wasserschlauch war beinahe schlaff.

Er ging weiter.

Die Quallen folgten ihm, als hätte er sie dressiert.

Ein Steg, der durch unruhiges Wasser führt. Das Wasser dunkel, von zähen Lauerern durchkämmt. Der Steg sich windend bis zum Horizont, einzelne Planken vermodert, einige Segmente auf Pfählen, andere sich wiegend in brackiger Dünung.

Das Licht ein milchiger Puls, Brandwunden brennend auf der Brust.

Die Luft erfüllt von Staub und Schwebeteilchen.

Ein Rumoren von unten, aus den lebenden Wellen.

Auf dem Knüppeldamm: die Gewissheit, dass keines Lebenden Fuß hier jemals querte.

Eine Erinnerung überfiel ihn.

Blaue Blumen wie Glöckchen.

Er verscheuchte die Erinnerung, zerstörte alle Blumen.

Der Damm schien zu enden, plötzlich, mitten im Sumpf, und alles vergebens, doch das war nur eine Spiegelung im Wasser, er führte immer weiter, immer weiter fort.

Die Sonne spaltete sich in drei leuchtende Gebilde, die langsam nach unten schmolzen in den Sumpf, der daraufhin zu leuchten begann.

Libellen stiegen auf, die Flügel schillernd wie Regenbögen. Sie begatteten sich im Flug, die Leiber zu verschiedenen Mustern verbogen, die beinahe wie Schrift aussahen.

Aber er konnte nicht lesen.

Die zweite Nacht brachte das Ende seiner ohnehin kargen Vorräte. Er sorgte sich einzig wegen des Wassers, dem er nicht traute. Um etwas zu essen, brauchte er nur eine Hand in den Sumpf zu halten und die Fische zu sich zu nehmen, die sich darin verbissen hatten.

Ein sehr großes Tier stieß tiefe Töne aus, die wie ein Henkershorn klangen.

Etwas glitt vorüber und brachte alles andere in Unordnung und Bewegung, selbst den Steg.

Der Mond war von bräunlicher Farbe.

Der Steg leuchtete im Dunkeln, ein schlangenhafter Faden, der sich im Nichts verlor.

Der Wind war warm wie der Atem eines Rehkitzes.

Am Morgen bildete sich Licht, als würde das Dunkel verschimmeln.

Der nächste Tote kam ihm vertraut vor. Die Reste von Kleidung. Die Haltung.

Das Gesicht war jedoch anders. So furchtbar hatte er nie ausgesehen.

Und dennoch war er es.

Vor Jahren hatte er ihn getötet, auf einer Wiese voller blauer Blumen.

Worum war es gegangen?

Darum, dass sie beide auf der Welt waren. Sie hatten sich einfach töten müssen. Es führte kein Weg darum herum. Dieselben Mädchen hatten sich in sie verliebt. Dass es sie beide gab, fügte allem und jedem nur Schmerzen zu.

Sie waren lange Freunde gewesen. Länger, als der Barbar mit sonst jemandem befreundet gewesen war. Ein halbes Leben lang, nein, mehr.

Jetzt begegneten sie sich abermals.

Und erneut war ein Kampf unausweichlich.

Der Steg verdichtet sich auf diesen einen Platz.

Bildet eine Insel aus.

Ein Totenort.

Der Freund, vergangen, hatte dieselbe Waffe wie damals, eine Sichel. Er hielt sie genauso wie damals, auch wenn seine Hand nun jeden Knochen sehen ließ. Haut und Fleisch waren nichts weiter mehr als Vortäuschungen.

Die Waffe des Barbaren war anders und neu. Damals hatte er nur ein Messer besessen. Ein Messer gegen eine Sichel. Auf der Wiese hatte das genügt. Nun hatte er ein Schwert und fühlte sich im Vorteil. Aber sein Freund war längst tot und begehrte dennoch zu kämpfen, vielleicht wog dies den Vorteil wieder auf.

Sie kamen sich so nahe, dass ihre Klingen sich schon beinahe berühren konnten.

Der Barbar fahndete auf dem Körper des Freundes nach den Wunden, durch die er ihn damals getötet hatte. Ein Stich, seitlich in die Nieren. Und ein großer senkrechter Schnitt am Hals, der Kehlkopf bloßgelegt, nun nur noch verrotteter Knorpel. So viel Blut war damals geflossen. Die blauen Kelche rot gesprüht. Jetzt hatte der Tote kein Blut mehr. Das hatten Insekten ihm aus dem faserigen Fleisch gesaugt.

Sein Gesicht war wie eine Faust. Geballte Verformung. Sie kämpften, der Tote schnell, mit den ruckartigen Eigenheiten der anderen Toten, der Barbar sicher und geübt, immer im Begriff, einen Schritt nach hinten zu machen, den Gegner in den Ausfall zu locken, der sein Ende bedeuten würde.

Doch der Ausfall kam nicht. Der Tote schien zu ahnen, was der Barbar mit ihm vorhatte. Er war schon einmal daran gestorben. Er wollte dasselbe nicht noch einmal.

Der Barbar musste rückwärtsgehen, so entschlossen trug der Tote seine Angriffe vor. Rückwärtsgehen war gefährlich auf dem rutschigen Steg. Seitlich lauerte das Ende. Die Mäuler der Fische, gierig schwärmend, wurden zu schnappenden, wie rot besprühten Blütenkelchen.

Der Tote kannte keine Müdigkeit, der Lebendige schon. Er schwitzte, die schwüle, fette Luft machte ihm zu schaffen. Der Tote stank bestialisch, der Gestank war wie eine weitere vielarmige Waffe. Der Kampf nahm und nahm kein Ende. Die freie Hand des Barbaren fingerte nach dem Flakon in seinem Gürtel, der blaue Duft, der Duft der Wiese, wiegende Glöckchen, er versprühte diesen Duft, leerte den Flakon über den Toten und den Steg, suchte ihn dadurch zu verwirren, doch vergebens, der Tote kannte keine Gerüche mehr, das blaue Fläschchen war leer und für nichts. Der Tote drang weiter auf ihn ein. Zwischen seinen zerrissenen Wangen schimmerte das Grinsen schwärzlicher Backenzähne. Siegesgewissheit. Niemand kann den Tod bezwingen. Niemand.

Der Barbar glitt auf einer Nacktschnecke aus. Fiel hin, versuchte sich abzurollen. Der Tote war schon beinahe über ihm. Aus dieser Haltung heraus gelang dem Barbaren immerhin ein überraschender Vorstoß. Er trennte dem Toten das eine Bein ab, dicht unterhalb des Knies. Der Tote konnte nun nicht mehr ohne Weiteres vorangehen. Der Barbar krabbelte vor ihm zurück, die Hände durch Gewürm und aufplatzende Insekteneier, und kam wieder in die Höhe. Der Tote stand, unschlüssig, dann sprang er, auf einem Bein. Der Steg wackelte. Er sprang und sprang. Der Barbar betrachtete jetzt den Steg. Dann zerteilte er mit einem raschen Streich die Verschnürung zweier Bohlen. Die Planken glitten leicht auseinander. Der nächste Sprung des Toten war nicht mehr aufzuhalten. Er landete zwischen den auseinanderdriftenden Planken, stürzte seitlich, mit den Armen rudernd. Der Barbar schlug waagerecht zu. Ein Arm rotierte davon. Der Leib klatschte ins Wasser, ließ die Sichel fallen, krallte sich fest mit der verbliebenen Hand. Die Fische machten sich über den Unterleib her, während der Oberkörper sich zurück auf die Planken zog. Einer der Fische war beinahe mannslang. Er fraß schnell, mit großen, schlingenden Bissen. Aus dem Rachen des Toten drang ein seltsames Geräusch. Ein Lallen, fast wie bei einem Neugeborenen.

Der Barbar stand neben ihm und beobachtete. Es duftete noch immer nach dem Flüssigblau der Damen.

Der Tote hielt sich fest. Er schien entschlossen, sich für immer festzuhalten. Dann durchhieb der Barbar ihm auch den zweiten Arm. Der Tote glitt ins Wasser. Hunderte von Fischen hingen mit Saugmäulern an ihm wie Schröpfgläser, zerrten ihn ein Stück weit rückwärts, dann abwärts. Keine Blasen stiegen auf. Kein Abschiedsschrei wie beim ersten Mal.

Die Hand auf dem Steg bewegte sich noch. Sie zuckte und suchte mit den Fingern umher. Ebenso das abgetrennte Bein. Die Zehen krümmten und entfalteten sich. Der Barbar schob beides mit dem Schwert ins Wasser. Dort wartete man schon auf die nächste Fütterung. Es war niemals genug.

Der Barbar setzte sich, um wieder zu Atem zu finden.

Es begann zu regnen, der Sumpf schwoll an, suppte über den Steg. Der Himmel langte herab, vereinigte sich mit der Wüste aus Wasser, verunreinigte sich und zog sich wieder in sein Schneckenhaus zurück. Regen tropfte nur noch von fernen Bäumen.

Ein Steg, der durch erschöpftes Wasser führt.

Das Licht ein milchiger Puls, wie Trommeln wütend in Schädel und Gebein.

Die Luft erfüllt von schwebenden Tieren und verlorenem Blau.

Ein Rumoren von oben, ein fernes Gewitter.

Auf dem Knüppeldamm die Gewissheit, dass kein Lebender hier jemals querte, ohne dem Tod begegnet zu sein.

DeMüTiGeN

Die Berge waren so hoch, dass sie unglaubwürdig aussahen.

An ihren Flanken glitzerte Schnee, während unten im Tal Sommer herrschte.

Wie eine Krone ragte dieses Gebirge empor, karge Spitzen, von wütend nachdrängenden Zacken aufwärtsgeschoben, immer weiter aufwärts bis hinauf in den Himmel. Kälte hauchte dort. Das bläuliche Eis von Göttern. Und hier unten, in den Tälern, tanzten die Bienen, und die Vögel zwitscherten sich gegenseitig zu, wie herrlich der Tag sei.

Der Barbar konnte das Dorf schon von Weitem sehen.

Es trug einen Namen, ausgestellt auf einem Schild, aber er konnte diesen Namen nicht lesen. Er sah nur den Vogelkot, der an dem Schild silbrige Zapfen bildete.

Die Häuser duckten sich, von stumpfen Flechten überzogen, dunkelgrau und schwarz unter das Panorama der Berge. Leicht brennbares Holz. Einige der Dächer sogar mit Reet gedeckt. Ein anfachender Wind. Das ganze Dorf ein Zunderkorb.

Er näherte sich langsam, das Schwert des Hauptmanns über der Schulter. Drei Gestalten schälten sich aus den Umrissen des Dorfes und kamen auf ihn zu, in einer eigenartigen Gangart, halb hüpfend, halb torkelnd.

Es waren Geißler. Sie waren dürr wie die Toten der Sümpfe. Verschorfte Striemen durchzogen selbst ihre Gesichter wie Krakelei, und die blutigen Knotenschnüre hingen ihnen über die gemarterten Schultern wie dem Barbaren das Schwert. Schon von Weitem riefen sie ihn an. Sie waren geschwätziger als die Toten der Sümpfe.

»Du bist durch das Moor gekommen? Keiner ist je durch das Moor gekommen! Alle, die uns finden, nahmen den Weg unter den Bergen.«

»Du kannst bei uns Wasser bekommen, Wasser und Nahrung und ein Dach für einige Nächte, aber du musst etwas für uns tun.«

»Ja, für uns tun. Wir haben einen Gott für dich! Einen leibhaftigen Gott!«

»Hast du schon einmal einen Gott erschlagen?«

»Tu es für uns. Du siehst wie ein Krieger aus. Dir könnte es gelingen. Uns allen hier missglückte es.«

»Jetzt beten wir nur noch und tun Buße, aber was nützt schon das Beten angesichts eines leibhaftigen Gottes?«

»Du suchst ihn mit deinen Augen und kannst ihn nicht finden? Dort oben ist er, dort oben!« Die Geißler deuteten alle drei in das Gebirge hinauf, aber nicht irgendwohin, sondern die Linien ihrer ausgemergelten Finger kreuzten sich an einem Punkt weit oben, der wie eine natürliche Steinbrücke über einer Schlucht aussah. Ein Bogen, geformt aus ineinander verkeiltem Geröll.

»Dort hat er sein Lager, der Gott. Wo das Atmen schon anfängt, zur Beschwerde zu werden.«

»Ein Gott. Ein leibhaftiger Gott!«

»Du könntest das schaffen, ja!«

»Uns allen hier missglückte es.« Traurig ließen sie ihre Schultern hängen, nahmen ihre vielschwänzigen Peitschen auf und geißelten sich einmal, quer über ihre Hinterköpfe.

Der Barbar schob sich zwischen ihnen hindurch und ging weiter auf das Dorf zu. Die drei Geißler folgten ihm. Ihn dürstete nach dem kühlen Wasser eines Brunnens. Sein Wasserschlauch war schlaff wie ein totes Tier.

In das Dorf kam Bewegung. Man rief sich zu, dass ein Krieger nahte.

»Kommt er vom Gott?«, fragte einige.

»Nein, aus Richtung des Moores«, antworteten andere.

Man rannte hin und her. Schließlich formierte sich eine Art Delegation, angeführt vom Dorfältesten, der so klapperig war, dass er von zwei Jüngeren gestützt werden musste.

»Wir kennen ihn schon, er kommt friedlich«, schnatterten die Geißler.

»Er spricht nicht viel, aber er kann kämpfen, das kann jeder sehen.«

»Er hat nicht Nein gesagt. Zumindest nicht Nein gesagt.«

»Aber vielleicht wird er schon vorher etwas zu trinken und zu essen brauchen.«

Die Häuser rochen nach Rauch, Bienenwachs, Pökelfleisch und Marmelade. Zwischen einigen hing Wäsche zum Trocknen. Der Barbar verzog angesichts der Delegation geringschätzig den Mund. Jetzt würde man wieder von ihm erwarten, dass er sprach. Er hasste es, wenn man von ihm erwartete, dass er sprach.

»Seid gegrüßt, mein unbekannter Freund«, fistelte der Dorfälteste. Seine Augen rollten dabei, als wäre er dem Tod schon näher als dem Leben. »Ihr könnt bei uns Gastfreundschaft finden, aber die Bande des Berggottes lässt uns nur noch das Notwendigste zum Leben. Alle paar Tage, ohne dass ein Muster erkennbar wäre, schickt der Gott ein paar Männer und nimmt uns alles, was sich essen oder verwerten lässt. Mehr als Haferschleim können wir Euch nicht anbieten, aber bei diesem wenigstens sollt Ihr unser Gast sein.«

Wortlos hielt der Barbar dem Dorfältesten seinen leeren Wasserschlauch hin.

»Wasser begehrt Ihr? Wasser können wir Euch geben. Gutes Wasser noch dazu, nicht wie im Moor, sondern gespeist von den Gletschern der Berge. Es ist altes Wasser, kräftigendes Wasser. Das Wasser kann uns der Gott nicht nehmen. An Wasser besitzen wir Endlosigkeit.«

Immer noch hielt der Barbar den Wasserschlauch hin, bis einer der jüngeren Dorfbewohner auf die Idee kam, danach zu greifen. Der Barbar ließ den Schlauch aber nicht los. Es entstand ein kurzes Gezerre, bei dem der Dörfler deutlich den Kürzeren zog.

»Führt unseren Gast zum Brunnen«, fistelte der Älteste nun. »Er bringt uns weniger Vertrauen entgegen als wir ihm. Wahrscheinlich stammt er aus einer Welt, in der es noch mehrere Schattierungen von Misstrauen gibt. Für uns ist dagegen alles einfach: Wir leben unter der Knute des Berggottes. Jeder Fremde ist uns ein Willkommen.«

Der jüngere Dorfbewohner ging nun zum Brunnen, der Barbar folgte ihm, dem Barbaren folgten die drei Geißler, den drei Geißlern folgte die übrige Delegation, und dieser wiederum folgten einige neugierig gewordene Dörfler. »Der Berggott sieht alles«, unkte einer der Geißler und versetzte sich selbst zur Bekräftigung einen Hieb in die Kniekehlen.

Langsam, als vollführte er einen geheiligten Akt, förderte der junge Dörfler Wasser aus dem Brunnen und reichte dem Barbaren eine Schöpfkelle voll zum Kosten. Der trank so hastig, dass ihm das Wasser aus den Mundwinkeln über das Kinn rann, und nickte dann. Mit weiterhin umständlicher Langsamkeit wurden nun erst drei weitere Schöpfkellen befüllt, die der Barbar alle in sich hineintrank, dann der Wasserschlauch. Einige der Dorfbewohner näherten sich dem Fremden vorsichtig, als wollten sie ihn berühren. Aber er warf ihnen einen finsteren Blick zu, sodass sie sich nicht trauten.

»Er könnte es vermögen«, sagte einer der Geißler in singendem Tonfall. »Er ist keiner, dem die Annehmlichkeiten der Geselligkeit viel bedeuten.«

»Das macht ihn geschaffen, um ungesellig zu sein.«

»Um zu kämpfen.«

»Umzubringen.«

»Götter aus dem Himmel zu zerren.«

»Der Himmel der Götter ist unsere Hölle.«

»So ist es. Wahr sprichst du. Wahr sprechen wir alle.« Und die drei peitschten sich ausgiebig und gleichmäßig, bis neues Blut auf ihre Haut schäumte.

»Er wird auch etwas zu essen benötigen«, wagte der junge Dörfler, der durch das Befüllen des Schlauches nun eine besondere Stellung gewonnen hatte, dem Ältesten nahezulegen.

»Bringt ihm Haferschleim«, befahl der Älteste. »Vom besten, gehaltvollsten, den wir noch haben.«

Ein Neugeborenes begann zu schreien und ließ sich nicht mehr beruhigen. Die Mutter, unansehnlich wie ein Mann, schaukelte das Kind ängstlich in eines der Häuser hinein. »Der Berggott hört alles«, raunten einige der Weiber.

Man brachte dem Barbaren eine Schüssel warmen Haferschleims. Er schüttelte den Kopf. Ihn hungerte nach Fleisch. Eine beherzte ältere Frau versuchte ihm die Schüssel mehrmals aufzudrängen, bis er mit dem Handrücken abwehrte. Was überschwappte, leckten Kinder vom schmutzigen Boden. Über den Inhalt der Schüssel machten sich die Frauen her.

»Er wird Kleidung brauchen«, sagte der junge Dörfler, obwohl seine herausragende Stellung schon wieder ins Wanken geraten war.

Der Barbar blickte hinauf zu der steinernen Brücke. Er sah keine Wege, die dort hinaufführten. Er würde klettern müssen. Aber er sah auch keinen Gott, der dort oben stand und alles sah oder hörte. Er roch nur die Furcht in den behaarten Achseln sämtlicher Dorfbewohner.

»Bringt ihm Kleidung«, befahl der Älteste matt.

»Er kann etwas von meinem Jungen haben, den der Berggott erschlug«, sagte eine alte Frau mit zittriger Stimme. »Es wäre mir eine Genugtuung, wenn wenigstens die Sachen, die ich meinem Jungen strickte, nun noch über den Berggott kommen, um ihn zur Verantwortung zu ziehen für seine Ungerechtigkeiten.«

»Das wäre wohlgetan, ja«, sagte einer der Geißler.

»Kleidet ihn in Stücke aller Toten unseres Dorfes, dann wird ihre vereinte Kraft in ihm sein.«

»Der Berggott wird sich dann nicht einem gegenübersehen, sondern vielen. Er wird nicht wissen, wohin mit seiner Axt.«

»Seine Axt mag groß sein wie die Welt, aber wenn man viele ist, können nicht alle auf einmal getroffen werden.«

»Wir würden ja mitkommen und dich unterstützen«, wisperte der Älteste, »aber wir sind alt, wie du siehst. Oder schwach. Und keiner von uns ist so groß wie du.«

Mehrere Frauen brachten nun Kleidung. Warme Hosen, Wämser, langärmelige Oberteile, Leibbinden, Winterschurze, sogar Handschuhe, Schals und eine Mütze. Alles selbst gefertigt und vielfach ausgebessert. Der Barbar wusste nicht, was er mit dem Krempel anfangen sollte. Eine der Frauen jedoch brachte Stiefel.

»Er ist barfuß!«, bemerkten auch jetzt erst die Geißler.

»Er ist unverstellten Herzens, auch wenn er ein Kämpfer ist!«

»Er setzt sich dem aus, was er betritt. Vielleicht sollten wir ihm diesen Vorteil nicht nehmen?«

»Aber im Felsen? Im Eis? Seine Zehen werden erfrieren!« Kurz sah es so aus, als wollte der eine Geißler den anderen geißeln.

»Nimm diese Stiefel und diese Socken«, sagte die Frau und hielt dem Barbaren beides hin. Ihr Gesicht war sehr offen, sehr freundlich. Sie duzte ihn auch, als wäre er ihr Sohn. »Sie müssten dir passen. Sie gehörten meinem Mann. Er war auch … sehr groß.«

Er zögerte kurz, nahm dann die Socken, zog sie an, schließlich die Stiefel darüber. Er kannte diese Gepflogenheiten, weil er sie bei Söldnern beobachtet hatte, die kurze Zeit später trotz all ihrer Socken und Stiefel sehr viel toter gewesen waren als er. Dann nahm er sich noch ein langärmeliges Wollhemd aus dem ihm dargebrachten Kleidungsstapel, weil seine Brust unter dem Stadtmagiermantel nackt war. Die Frau, deren Wollhemd das war, fühlte sich nun ausgezeichnet unter den anderen Frauen wie vorher der junge Mann am Brunnen. Sie und die Frau mit den Stiefeln und Socken waren nun unter ihresgleichen die Heldinnen. Der junge Mann am Brunnen war vergessen.

»Die Beeren«, raunten die Dörfler nun. »Bringt ihm die Beeren.«

Der Dorfälteste versuchte sich gerade zu rücken. »Bringt ihm die Beeren!«, befahl er mit winziger Stimme. Einige Frauen rannten los und kamen kurz darauf mit einer Schale voller roter Beeren wieder. Die Schale ähnelte der mit dem Haferschleim.

Der Barbar wunderte sich über dieses Dorf. Die Menschen betrugen sich gastlich, boten ihm aber nicht an, sich zu setzen, wie es selbst unter Barbaren üblich gewesen wäre. Stattdessen fütterten sie ihn und versorgten ihn mit dem Notwendigsten, um ihn gleich darauf weiterschicken zu können in den – ihrer bisherigen Einschätzung nach – sicheren Tod. Er konnte sich keinen Reim darauf machen, ob sie ihn ebenfalls als einen Feind –

einen »Gott«, wie sie das nannten – betrachteten oder nicht. Immer wieder irrten seine Blicke hinauf ins Massiv, in die Richtung des steinernen Bogens. Hatte nicht einer der Geißler von der »Bande« des Berggottes gesprochen? Dort oben war niemand zu sehen. Nicht einmal der Rauch eines Lagers kräuselte sich gegen das Blau. Waren diese Menschen alle irrsinnig? Auf eine freundliche, gegen sich selbst gerichtete Weise?

Jetzt noch diese Beeren.

Der Alte griff in die Schale und nahm eine Handvoll der getrockneten, schrumpeligen Früchte heraus. Sie hatten die Größe und Form von Sonnenblumenkernen, sahen jedoch keiner Frucht ähnlich, die dem Barbar bislang untergekommen war.

»Dies sind Beeren der Kraft«, trug der Alte in einem Singsang vor, ähnlich dem des einen Geißlers vorhin. »Wenn Ihr sie einnehmt, bevor Ihr Euch dem Berggott stellt, werdet ihr seine Bewegungen sich verlangsamen sehen. Auch seine Männer werden euch vorkommen, als bewegten sie sich durch Sirup. In Wirklichkeit jedoch seid einfach *Ihr* schneller und gewandter geworden. Doch Obacht, die Wirkung hält nicht lange an. Nehmt alle auf einmal, sonst werden sie euch nichts nützen.«

Der Barbar hielt seine Hand auf, und der Älteste schüttete ihm seine eigene Handvoll hinein. Zwei der Beeren fielen zu Boden. Der junge Mann vom Brunnen ließ sich diese Gelegenheit nicht entgehen, hob sie auf und las sie sorgfältig in die Hand des Barbaren. Nun war der junge Mann wieder im Mittelpunkt der dörflichen Wertschätzung angekommen und strahlte über das ganze Gesicht.

Der Barbar überlegte, ob er die Beeren jetzt gleich essen sollte. Sie sahen köstlich aus, und er hatte Hunger. Aber er wollte den Geschmack von Fleisch, nichts Süßes. Er steckte sie sich in eine Außentasche seines Stadtmagiermantels. Die Dörfler seufzten andächtig.

»Jetzt geht, mein Freund, und erschlagt den Gott!«, krächzte der Älteste. »Bei Eurer Rückkehr wird dieses Dorf sich in ein Fest gewandelt haben, und Ihr werdet niemals, so lange Ihr auch zu leben vermögt, bereuen, Euch uns zu Freunden gewonnen zu haben.«

Der Barbar verstand die umständliche Sprechweise des Alten nicht mehr. Seine Gedanken und Blicke waren bereits dort oben, im Berg, suchten nach einem Aufstieg, einer Passage.

Ein Gott? Ein leibhaftiger Gott?

Der Heilige war bereits eine Enttäuschung gewesen.

Vielleicht hatte ein Gott mehr zu bieten.

Jemand berührte sein Schwert. Er zuckte zusammen und starrte denjenigen an. Es war ein junges Mädchen, vielleicht zehn oder elf Jahre alt. Mit ihren Augen stimmte etwas nicht, sie waren nach oben und zur Seite hin verdreht, und beide in unterschiedliche Richtungen. Die Dorfbewohner hielten murmelnd Abstand zu ihr, hatten vielleicht gar nicht gewollt, dass sie sich bis zu ihm durchdrängelte.

Abermals berührte sie sein Schwert. Da er keine Scheide dafür hatte, war es nackt.

»Kennst du die Geschichte von dem Helden, der einen Gott herausforderte?«, fragte sie mit einer feinen, nach Honig duftenden Stimme. »Nein? Dann will ich sie dir nicht vorenthalten. Es ereignete sich in einem Gebirge, ganz ähnlich wie dem, das du hinter und über uns sehen kannst. Der Held stieg hinauf in die Gipfel und rief nach dem Gott, um ihn zum Kampf zu fordern. Der Gott aber zeigte sich nicht. Der Held rief und rief, und der Gott zeigte sich nicht. Der Held errichtete Zeichen, und der Gott beachtete sie nicht. Der Held entzündete ein Feuer, und der Gott sah es nicht. Der Held zerschlug Dinge von Wert, und der Gott hörte es nicht. Schließlich begann der Held, den Gott zu verspotten. Dass er ein Feigling sei, weil er sich nicht zu zeigen wage. Er spottete und führte Schmähreden und lachte über den Gott. Und das Gelächter hallte zwischen den Bergen wider, höher und höher und lauter und lauter, es schaukelte sich auf bis zu einem ganz unerhörten Geräusch, bis es irgendwo ganz dort oben, dort, wo das menschliche Auge kaum noch hinreichen kann, einen kleinen Schneerutsch auslöste. Der kleine Schneerutsch kam hinab und wurde größer und größer, und in einer riesigen Lawine wurde der Held mitgerissen und zerschmettert. Der Gott jedoch ritt auf dieser Lawine zu Tal und kam so zu den Menschen, um dort fortan blutige Ernte zu halten. So ist es überliefert, du Träger eines schönen Schwertes. Verspotte keinen Gott. Du magst ihn bekämpfen und auch umbringen, aber niemals, niemals darfst du über ihn lachen.«

Alle schwiegen. Der Barbar berührte das Mädchen mit den Fingern an der Wange, sie wandte sich dieser Bewegung zu, mit verdrehten Augen wie eine Blinde, doch sie war nicht blind. Er ging an ihr vorbei, ließ sie und die anderen Dörfler einfach stehen und suchte sich einen Weg hinauf in den Fels.

Das Gestein war schroff und kalt. Der Barbar jedoch zog die Stiefel wieder aus, denn er musste eine Senkrechte hinauf, und er hatte nicht ausreichend Gefühl in den Zehen, wenn diese durch Leder ummantelt waren. Er arbeitete sich voran wie ein Insekt. Nach dieser ersten Senkrechten, die vielleicht vierzig Schritt in die Höhe führte, wurde es einfacher. Hier gab es Plateaus und Grate, über die er sich weiter nach oben und der Steinbrücke entgegen bewegen konnte.

Er befand sich schnell weit oberhalb des Dorfes. Von hier sah es noch verrotteter aus als von unten, die im Wind flatternde Kleidung wurde zu Fetzen der Kapitulation, die Dächer zu abschüssigen Flecken, die Menschen zu Kleinkram, ihre Bedürfnisse nichtig.

Schon vierzig Schritt oberhalb wurde jeder zu einem Gott der Berge. Wie musste es dann erst dort oben, in weiteren zweihundert, zweihundertundfünfzig Schritt Höhe sein?

Der Sommerwind begann bereits hier, scharfkantig zu werden. Schnee und Eis waren noch weit entfernt, selbst die Brücke war noch nicht schneebedeckt, nur dahinter, im ferneren Anblick des Gebirges, kleidete sich alles in Weiß und eisiges Blau.

Auf allen vieren nahm der Barbar eine schrundige Steigung und versuchte, kein Gestein ins Rutschen zu bringen, möglichst kein Geräusch zu machen. Sich einem Feind von unten zu nähern war immer eine Position der Schwäche. Falls ihn die Bande bemerkte, konnte sie ihn mit Geröll totwerfen, ohne dass er überhaupt die Möglichkeit erhielt, in einen Nahkampf überzugehen.

Oberhalb der Schräge verharrte er und spähte. Er war

ein geduckter Schatten zwischen Rissen und Kerben. Keine Bewegung zeigte sich im Bereich der Brücke. Kein Rauch. Kein Atemdampf. Keine Stimmen. Kein Gelächter. Kein Klackern von Trinkhörnern oder von Würfeln. Nichts. Lebte das Dorf in einer Furcht, die schon längst nicht mehr begründet war?

Er beschloss, seine Route zu ändern. Statt von hier aus zur Brücke hinaufzusteigen, wollte er hier weiter hinauf, höher als die Brücke, dort auskundschaften und sich der Brücke dann von oben annähern.

Er untersuchte die Felswand, las sie. Er wäre niemals in der Lage gewesen, ein Schriftstück zu entziffern, aber Gestein offenbarte ihm seine Geheimnisse, seine verborgenen Schwächen und Reizbarkeiten. Er zog sich nun auch die Socken aus und machte sich auf. Die Wand hing ein wenig über, und unter ihm ging es nun schon achtzig Schritt senkrecht hinab. Mit nackten Zehen und Fingern jedoch war es kein Problem. Wenn es keinen Halt für die Zehen gab, zog er sich eben nur an seinen Fingern weiter. Seine Arme erlaubten ihm sogar, sich mit dem Gesicht ganz nahe heranzuziehen an den Halt, um ihn abzuwägen, bevor er hineingriff.

Unter dem Überhang konnte er von der Brücke aus nicht mehr gesehen werden, was gut war. Als er einmal nach unten schaute, sah er die Dörfler, die sich versammelt hatten, um ihm nachzugaffen, und die sogar mit den Fingern auf ihn zeigten, um den neben ihnen Stehenden das Außergewöhnliche seines Aufstieges zu verdeutlichen. Wenn der Berggott wirklich alles sah, dann sah er jetzt, wie die Unterjochten ihm vor Augen führten, dass sich ihm jemand näherte.

Der Überhang endete an einer Kante, über die der Barbar emporklomm. Darüber konnte er ein paar Schritt weit gehen, dann schüttelte er seine Arme aus, den Blicken der Dörfler immerhin entzogen, und weiter ging es lotrecht hinauf. Bald würde er in das Sichtfeld der Dörfler geraten, dann würden sie ihn wieder in Gefahr bringen mit ihrem kindischen Eifer.

Er grunzte, als ein Stein sich unter seiner Hand löste und in die Tiefe polterte. Anstatt zu verharren, verdoppelte er seine Geschwindigkeit, um nicht mehr dort zu sein, wo das Geräusch ertönt war, falls jemand nach dem Rechten sehen kam.

Nichts rührte sich.

Aber dafür stieg ihm etwas in die Nase: der Duft von gebratenem Fleisch. Ihm lief das Wasser im Mund zusammen. Er war auf dem richtigen Weg.

Der Geruch war noch sehr fern. Er konnte auch von jenseits der Steinbrücke herüberwehen. Aber er war unverkennbar. Irgendwo briet etwas. Und da kein Rauch sichtbar war, mussten die Männer des Gottes wohl in einer Höhle Unterschlupf gefunden haben.

Er arbeitete sich weiter aufwärts. Beinahe schnitt er sich die Handfläche auf an einem besonders spitz abgebrochenen Stein, aber nur beinahe. Einmal musste er in gutem Halt, in die Felsen geklemmt wie ein Frosch, lange den weiteren Aufstieg überdenken. Es brachte nichts, wenn man fünf Schritt hoch gut vorankam und dann umkehren musste, weil es dort nicht weiterging. Er musste bis zur nächsten Plattform einen gangbaren Weg sehen. Und das war nicht immer einfach.

Nach mehreren Zwischenaufenthalten mitten in der

Wand kam er oben an, wo ein paar Krüppelkiefern sich noch in die Felsen krallten. Er zog sich an ihnen empor, kauerte sich zum Spähen hinter die Stämme und sah den Gott.

Der Gott stand mitten auf der Brücke und war nun höchstens noch dreißig Schritt oberhalb und dreihundert Schritt in Querrichtung von ihm entfernt. Ob der Gott Ausschau hielt nach dem Verursacher des Geräusches vorhin, war für ihn nicht zu erkennen. Der Gott trug einen Helm, der sein Gesicht und seine genaue Blickrichtung verbarg. Der Helm sah aus wie aus grauem Stein oder Schiefer gefertigt, mit fünf Widderhörnern zur Zierde und dem augenglühenden Antlitz eines Dämons. Der Oberkörper des Gottes war nackt wie der des Barbaren, lediglich breite Lederbänder zierten ihn. Die Unterarme wie auch die Beine waren mit Metall beschlagen und mit den Fellen verschiedener Tiere verkleidet. Er trug eine Axt, die kupferfarben schimmerte und geradezu unglaubwürdig groß und unhandlich war. Sie schien aus zwei, ja sogar drei separaten Klingen zu bestehen, die irgendwie ineinandergefügt waren. Ummantelt wurde der gesamte Umriss des Gottes von einem sich im Wind bauschenden Lederumhang.

Der Gott war gigantisch. Er war mindestens einen, wenn nicht sogar zwei Köpfe größer als der Barbar, der seinerseits ja schon die meisten Menschen ein Stück weit überragte. Aber die Größe des Gottes löste in den Mundwinkeln des Barbaren ein geringschätziges Zucken aus. Einer, der so klobig war, so schwer mit Metall umwickelt und eine so unhandliche Waffe führte, konnte kein ernsthafter Gegner für ihn sein. Das Aussehen des Gottes eignete sich sicherlich hervorragend dafür, hasenherzige Dorfbewohner in Angst und Schrecken zu versetzen. Aber als Kämpfer brauchte man so einen schwerfälligen Aufschneider kaum ernst zu nehmen.

Er sei denn, er war ein wirklicher Gott mit den tatsächlichen Fähigkeiten eines Gottes.

Aber weshalb sollte ein wirklicher Gott sich damit zufriedengeben, die armseligen Bewohner eines erbärmlichen Bergdorfes zu knechten? Das alles klang eher nach einer Rotte von Räubern, die sich einen großartigen Plan hatten einfallen lassen, um sich möglichst mühelos von anderer Hände Arbeit durchfüttern zu lassen.

Er schnaubte verächtlich und erhob sich. Die Gelegenheit war günstig. Der Gott war allein, seine Bande mit Fressen oder Abbraten beschäftigt. Wenn der Gott den Hochmut eines Dorfbeherrschers bereits gebührend verinnerlicht hatte, würde er sich von einer einzigen Gestalt nicht aus der Ruhe bringen lassen.

Der Barbar zog sich das langärmelige Oberteil der Dorfbewohner über, um schlabberiger und weniger abgehärtet zu wirken. Außerdem schlüpfte er nun doch wieder in Socken und Stiefel.

Dann sprang er zwischen den Krüppelkiefern hindurch und eilte den Grat entlang in Richtung der Brücke, ohne sich noch Mühe zu geben, keine Geräusche zu machen. Kiesel rieselten unter seinen Absätzen abwärts. Der Barbar tollte regelrecht heran. Beinahe unbekümmert sah das aus.

Der Gott bemerkte ihn und wandte ihm das Helmgesicht zu. Es sah aus wie ein mundloses, knöchernes Ungeheuer mit gelben, tückischen Augen und drei messerscharfen Kinnspitzen. Weder Helm noch Körperhaltung ließen irgendwelche Gemütsregungen erkennen. Der Gott beobachtete einfach.

Als der Grat nicht mehr weiterführte, stieg der Barbar wieder in die Wand. Im ersten Abschnitt überwand er zwanzig Schritt, was mit den Stiefeln deutlich schwieriger war als ohne, aber dank seiner kräftigen Arme dennoch möglich. Darüber war wieder ein Grat, auf dem er dem Gott weiter entgegenlaufen konnte. Für dieses Laufen waren die Stiefel tatsächlich praktisch, barfuß wäre er nie so über das scharfkantige Geröll gerannt, sondern hätte seine Schritte viel umsichtiger setzen müssen. Der zweite Wandabschnitt umfasste noch einmal fünfzehn Schritt. Wenige Schritt oberhalb der Brücke und des Gottes kam er nun auf einer Art umlaufendem Pfad heraus, der direkt zur Brücke hinunterführte. Jetzt rannte er nicht mehr, sondern schlenderte auf den Gott zu, wie ein harmloser Wandersmann in gangbaren Bergen. Das Oberteil störte ihn, kratzte ihn am Rücken. Das war unangenehmer, als geschlagen zu werden, aber er versuchte es zu ignorieren. Linker Hand ging es in kaum merklichen Abstufungen über zweihundertundfünfzig Schritt in die Tiefe. Das Dorf war nur noch ein grauer Haufen mit unbewegt in ihm starrenden Punkten. Der Wind war hier oben schon erstaunlich kühl und ruppig. Der lederne Umhang des Gottes flatterte wie eine Standarte. Unter dem Himmel hingen Wolkenfetzen, die wie zerrissener Nebel aussahen. Wie Spinnweben über der Sonne. Geistergespinste.

Der Gott stellte sich dem Barbaren entgegen. Er löste die wie kupfern wirkende Axt von ihrem Gehenk und nahm mitten auf der natürlichen Bogenbrücke eine drohende Haltung ein. Die Arme erhoben, sogar leicht nach hinten überdehnt, breitbeinig, wuchtig, unverrückbar. Ein stummes, trotziges »Hier kommt niemand vorbei«. War er ebenso schweigsam wie der Barbar? Begegneten sich hier zwei, die nur über ihre Klingen miteinander sprechen konnten?

Der Barbar verfiel in leichten Trab hangabwärts und zog ebenfalls sein Schwert. Es glitt aus keiner Scheide. Es sprang nackt in nackte Faust. Die Hände und Unterarme des Gottes dagegen schienen aus Metall zu bestehen. Womöglich waren es aber auch Schlangenledersegmente, wie der Barbar jetzt beim Näherkommen erkennen konnte.

Der Barbar erreichte die Brücke. Sie war nicht stabil, sondern bestand aus Felsblöcken, die sich ineinander verkantet hatten. Es bedurfte jedoch eines weit mächtigeren Werkzeugs als eines Schwertes, um Bewegung in diese sicherlich schon seit Jahrzehnten festgefügte Schwere zu bringen. Selbst das sicherlich nicht unbeträchtliche Gewicht des Gottes machte der Brücke nicht das Geringste aus.

Der Barbar wunderte sich, dass der so gut gepanzerte Gott keinen Schild und keinen Brustharnisch trug. Sein Oberkörper war beinahe höhnisch ungeschützt.

Dies war eine Art Falle, begriff der Barbar. Wer auf den Oberkörper zielte, wurde vom Gott erwartet. Weil es naheliegend war.

Er sprang in die Reichweite der Axt. Der Gott wartete nicht nur, sondern machte sogar einen breitbeinigen Halbschritt zurück. Er wollte den Kleineren kommen lassen und ihn so mit einem einzigen Streich austilgen.

Der Barbar vollführte einen Fintenhieb. Der Gott machte sich ans Parieren.

Viel zu langsam, zu schwer, zu belastet von Leder und Fell und Umhang und der dem Wind zu viel Fläche bietenden Axt.

Der Barbar konnte zwei Lücken sehen und entschied sich, die erste, beim Ausholen des Gegners, auszulassen. Sie konnte ebenfalls eine Falle sein. Die zweite Lücke, nachdem die Axt vorbei ins Leere gerauscht war, war aber viel zu schön, um sie nicht zu nutzen. Er stach nicht nach der ungedeckten Seite. Er rammte dem Gegner das Schwert durch die lediglich mit Schlangenleder umwickelte Wade. Die Beine waren nämlich ungleich geschützt, das eine mit Metall, das andere nur mit Leder. Der Barbar entschied sich für das Leder.

Als er das Schwert wieder herausriss, folgte ihm ein Blutfaden. Der Gegner gab ein Stöhnen von sich. Das Jammern eines Gottes.

Wieder fintierte der Barbar. Wieder machte sich der Gott daran, einen Schlag mit der Axtstange abzuwehren, der gar nicht kommen würde. Der Barbar durchstach dieselbe Wade noch einmal. Diesmal riss er beim Heraushebeln Sehnen und Muskeln mit.

Der Gott sackte auf ein Knie. Seine Axt rauschte waagerecht durch die Luft. Der Barbar sprang beidbeinig darüber hinweg. Er griff mit der Linken nach einem der Helmhörner, zog sich daran nach vorne und flankte über den Hingesunkenen. Der Helm, mit einer dünnen Schnur nur unterm Hals gebunden, wurde durch das

Gewicht des Barbaren nach hinten gezerrt. Ein Kehlkopf, unrasiert, konnte von den schützenden drei Kinnzacken nicht mehr ausreichend abgedeckt werden. Mit rechts, mit der Schwertklinge schnitt der Barbar dem Gott den Hals durch, so tief, dass die Klinge über die Wirbelsäule schabte. Der Gott gurgelte, als würde er seine Zunge zerkauen. Durch den Helm wurde sein eigener Todesschrei sinnlos auf ihn zurückgeworfen. Die Axt schepperte losgelassen auf die Brücke und blieb dicht am Rand, schon beinahe aus dem Gleichgewicht, liegen. Der Barbar landete, eilte zu ihr hin und sicherte sie, bevor sie abstürzen konnte, während der Gott seinen Hals mit beiden behandschuhten Händen zuzuhalten versuchte. Er atmete Blut und bekam Luft in seinen Blutkreislauf. Das Röcheln glich dem eines greisen Lungenkranken.

Der Barbar beobachtete den Bereich jenseits der Brücke, ob sich dort etwas rührte, ob das Scheppern der Axt gehört worden war. Er roch noch immer das Fleisch. Es war gewürzt, mit Bergkräutern. Jemand in der Bande verstand sich auf so was.

Der Gott besudelte sich mit seinem Blut die gesamte Kleidung. Das missfiel dem Barbaren, denn er hatte für die Kleidung noch Verwendung. Also trat er dem kauernden Gott gegen den Rücken, damit dieser nach vorne fiel, mit dem Helm zum Rand der Brücke. Zum Ausbluten war das viel praktischer, und tatsächlich troff es schnell rot über den Rand in die Tiefe. Der Gott wand sich noch immer, stieß pfeifende Geräusche aus, weil auch seine Luftröhre durchtrennt war, und zitterte am ganzen Leib wie ein furchtsames Kind. Das dauerte geraume Zeit, während der sich der Barbar auf der Brücke unvorteilhaft etwaigen Blicken preisgegeben fühlte.

Dann endete das pfeifende Schlottern. Der Gott war tot. Der Kampf hatte kaum drei Aktionen lang gedauert.

Der Barbar nahm ihm den Helm ab. Darunter kam nichts weiter zum Vorschein als krauses rotes Haar und ein vor Schmerz und Furcht verzerrtes bäurisches Gesicht. Er wickelte ihm auch die Armumwickelungen ab, löste die Lederriemen über Brust und Rücken, den klobigen Gürtel mit der stilisierten Metallfratze als Schnalle und nahm sich den Umhang. Die Beine mit dem Fell, dem Metall und den vielen Segmenten waren ihm zu umständlich, er ging davon aus, dass niemand allzu sehr auf die Beine achten würde. Am wichtigsten waren die Brust, der Helm, der Umhang, die Axt. Dazu zog er sich das Wams der Dörfler wieder aus und umwickelte seinen eigenen Leib mit den Lederriemen. Der Helm stank innen nach Mundgeruch und Todespein. Es scherte ihn nicht, beide Gerüche gehörten wie selbstverständlich zu den Schlachtfeldern des Lebens.

Der neue Gott richtete sich auf. Er war nun kleiner und ein wenig schmaler als vorher. Der Umhang war außerordentlich schwer und gebärdete sich im Wind wie ein Mörder, der einen über die Kante zerren wollte. Die Axt war so unhandlich, dass er beschloss, sie beidhändig zu führen. Aber ihre Widerhaken und unregelmäßig angeordneten Konturen versprachen außerordentlichen Schaden am lebenden Menschen.

Sein Schwert steckte er sich hinten in den Gurt. Seine bisherige Kleidung rollte er zusammen und verbarg sie in einer Lücke zwischen zwei Brückensteinen.

Dann wuchtete er den alten Gott über die Kante. Ungelenk schlug dieser mehrmals auf und vollführte die aberwitzigsten Kapriolen, bis er schließlich auf einer schrägen Ebene hängen blieb. Das Blut auf der Brücke war nicht beseitigbar, aber wenn die Sonne nicht in einem bestimmten Winkel schien, glitzerte es wenigstens nicht von Weitem.

Er machte sich auf die Suche nach dem Unterschlupf und folgte dabei seiner Nase, indem er den Helm immer wieder kurz in den Nacken schob. Er hatte ihn nicht unterm Kinn festgebunden. Im Kampf würde das eingegrenzte Sichtfeld der viel zu kleinen Augen ihn ohnehin nur behindern – er brauchte den Helm nur, um an die Männer des Gottes so nahe wie möglich herankommen zu können.

Die Höhle fand sich zweihundert Schritt entfernt.

Sie war kaum zu erkennen. Obwohl sie nach hinten in die Tiefe führte, unterschied sie sich nicht von der graublauen Wand. Man hätte sie im Vorübergehen für einen Fleck oder eine große Delle halten können. Insofern war sie ausgezeichnet gewählt. Aber der gewürzte Fleischrauch ersetzte eine deutliche Spur.

Er betrat die Höhle. Der Eingangsbereich war dunkel und trügerisch. Beinahe übersah er den Mann, der dort kauerte, aber auch diesen verriet ein saurer Geruch, den seine Fußsohlen verursachten. Der Mann döste. Der Barbar trat an ihn heran, zog sein Schwert, schnitt dem Mann den Hals durch und hielt ihn fest, eine Hand vor den schnaufenden Mund, bis das Leben vorüber war. Es war eine beinahe willkürliche Angelegenheit, das Leben. Abhängig von solchen Kleinigkeiten wie einer einzigen

Wunde. Und alle Ideen, alle Träume endeten schlagartig ohne Widerhall, ohne Aufschrei des Universums. Deshalb verachtete der Barbar Ideen und Träume. Sie hatten keinerlei praktischen Wert.

Er ging weiter hinein. Der Fleischgeruch verdichtete sich.

Ganz hinten, ganz drinnen, nach einer bläulich funkelnden Biegung, flackerte ein Lagerfeuer. Um dieses Lagerfeuer herum kauerten fünf wilde Gestalten, alle in Felle und Eisen geschlagen wie der Gott, nur einen Helm besaß niemand. Sie waren ausnahmslos langhaarig und trugen ihr Haar zu Schläfenzöpfen geflochten, was ihnen das Aussehen gesträubter Vögel verlieh. Sie lachten und scherzten und fraßen Bratenfleisch. Wein kreiste. Federweißer Wein, aus dem Dorf vermutlich.

Der Barbar trat als neuer Gott an sie heran. Sie beachteten ihn nur flüchtig. Dass ihr Anführer oder ihre Vorzeigefigur zu ihnen zurückkehrte, war keines Aufhebens wert. So fiel ihnen nicht auf, dass er ein wenig kleiner war als vorher, schmaler, einen anderen Gang hatte, weniger schaukelnd, sondern mehr angespannt.

Er trat hinter einen, der ihm den Rücken zuwandte. Die fünf redeten miteinander in einer Sprache, die der Barbar nicht verstand. Mindestens einer von ihnen musste jedoch die Sprache der Dorfbewohner sprechen, sonst hätte die Bande dem Dorf keine Bedingungen vermitteln können.

Er nahm die Axt in beide Hände.

Einer schaute ihn an, sagte etwas mit fleischvollem Mund und runzelte mitten im Sprechen die Stirn. Die

Arme des neuen waren deutlich schmaler als die des alten, toten Gottes.

Der Barbar hieb die Axt in den Rücken des vor ihm Sitzenden. Dessen Oberkörper brach krachend auseinander wie in einem Schlachthaus. Drei der anderen sprangen auf und durcheinander, nur einer, der Älteste von allen, blieb einfach sitzen und knabberte weiter an seiner Bratenkeule.

Der Barbar konnte die unhandliche Axt nur aus dem Zerborstenen reißen, indem er ihn mit dem Fuß von der Klinge lostrat. Dieses unhandliche Gerät verursachte Erschreckendes, war jedoch in seiner Behäbigkeit ein nicht zu unterschätzendes Risiko. Er schaffte es gerade noch, einem der drei auf ihn Eindringenden die Axt von der Seite her tief in den Leib zu treiben, dann musste er schon einen Satz nach hinten machen, um nicht den kleineren Handbeilen der Angreifer zum Opfer zu fallen. Im Springen zog er sein Schwert und nahm damit den ersten Angreifer auf wie eine Kastanie, die man zum Rösten auf einen Spieß steckt. Der Mann brüllte ihm Unverständliches ins Gesicht, das Geschrei brach sich vielfach in der rauchigen Höhle, und der Barbar konnte sich nicht erinnern, jemals einen Sterbenden so laut schreien gehört zu haben. Er bekam ihn nicht vom Schwert herunter, so drang schon der Vorletzte auf ihn ein.

Diesmal rettete ihn der Helm des Gottes. An den kompliziert gedrechselten Hörnern verfing sich der Hieb des Gottesmannes, und dem Barbar gelang es sogar, diesen mit einem der Hörner in einem Kopfvorstoß zu ritzen. Gleichzeitig schüttelte er den immer noch ohrenbetäubend Krakeelenden ab und setzte dem in seinen

Bewegungsabläufen aus dem Rhythmus gekommenen Angreifer hinterher. Nach zwei wuchtigen Streichen lag dieser verschnitten am Boden. Der Älteste aß weiterhin, und der Schreiende gellte noch immer, dass es kaum auszuhalten war. Vielleicht hatte er ihm irgendeine Körperstelle durchbohrt, die ihn zum unaufhörlichen Brüllen zwang. Als wäre der Mensch ein Gefäß, aus dem alles hinausmuss. Er hielt es für angebrachter, die kupferblutige Axt zu benutzen, um Ruhe zu schaffen. Das tat er dann auch.

Er riss sich den Helm vom Kopf und schnappte den würzigen Rauch. Obwohl der Helm ihm das Leben gerettet hatte, hatte er darunter kaum atmen und sehen können.

Der Alte blickte ihm von unten herauf entgegen. Sein Gesicht war von lebenslanger Zügellosigkeit zerfurcht. Aber er lächelte. Ein dünnlippiges Lächeln, das keine Illusionen kannte.

Der Alte legte seine nur halb abgenagte Bratenkeule beiseite und sagte etwas mit klarer, sogar schneidender Stimme, in einer Sprache, die dem Barbaren sehr vertraut war. Er sagte:

»Geh hinunter
Zu den Menschen
Und sprich nicht mit ihnen
Und sag ihnen so
Dass ihre Vorfreude über das Unglück der anderen
Verfrüht ist
Dass die Jugend gebeugt werden will
Und das Alter kindisch wird statt weise

Dass ihre Nachkommen, zart und rosa noch
im Augenblick
Vergewaltigen werden, wenn sie erwachsen
Oder vergewaltigt werden, noch bevor sie verstehen
Geh hinunter
Und sprich nicht mit ihnen
Und sag ihnen so
Dass jeder Sommer nur ein flüchtiges Brennen ist
Im ewigwährenden Festkrallen des Winters
in den Bergen
Dass kein Vogel sich endlos im Flug halten darf
Und kein Fisch schwimmen kann, ohne zu ertrinken
Dass keine Blume unverwelkt durchs Jahr kann
leuchten
Und jedes Insekt seine Flügel verliert
Sag ihnen so
Indem du nicht mit ihnen sprichst
Dass der Tod dem Lebendigen eingeboren ist
Dass das Dunkel wahrhaftiger ist als das Licht
Weil es immer da ist
Selbst wenn das Licht darauf Märchen erfindet
Sag ihnen so
Dass der Regen ausbleibt, bis er alles ertränkt
Und der liebliche Wind sich zur Kralle formt,
die Häuser zerreißt
Und dass Lachen viel schneller vergeht als das Weinen
Das allen Stolz zerfließen lässt
Und Liebe im Laufe der Zeit zu Verachtung zerbebt
Geh hinunter
Zu den Menschen
Und sprich nicht mit ihnen

Und sag ihnen so
Dass in den Überlieferungen der Berge
Kein Raum ist für Dörfer noch Städte
Noch Straßen und Brücken
Noch einen Palast
Alles wird stauben
Alles zertreten
Lasst euren Glauben
Lasst ab vom Beten
Nehmt euch den Schmerz und den Unrat zum Kleid
Und jammert wehklagend das Los namens Leid.«

Der Barbar stand vor ihm mit der Axt in der Hand. Die kupferfarbene Klinge lag bereits auf dem Höhlengrund auf, so sehr hatte das Gedicht ihn ermüdet. Er dachte nach und rieb sich dabei mit dem Handballen die Augenbrauen. Vor zwei Jahren hatte er mal jemanden am Leben gelassen, den er als ungefährlich und bezwungen betrachtet hatte. Dieser Jemand hatte ihm zwei Kopfgeldjäger hinterhergeschickt, von denen er den einen noch immer nicht endgültig abgeschüttelt hatte. Nur ein toter Gegner konnte auf keinen Fall mehr Ärger machen. Die Frage war nur, ob der Alte überhaupt ein Gegner war. Womöglich hatte er sich den Gottesmännern nur aus Mangel an anderen Gelegenheiten angeschlossen und war keinen Deut traurig oder verbittert darüber, dass es sie jetzt nicht mehr gab. Mehr noch: Er konnte sich nun das Beste aus ihrer Ausrüstung zusammenklauben, denn der Barbar hatte für Ballast keine Verwendung.

Er fühlte sich erschöpft. Der Rauch. Vielleicht auch die Kräuter im Rauch. Womöglich wirkten sie ein wenig einschläfernd. Ihm fiel auf, dass er die roten Beeren des Dorfältesten ganz vergessen hatte. Sie waren draußen auf der Brücke, in einer Tasche des Stadtmagiermantels.

Er ließ die Axt einfach fallen und machte sich heißhungrig über den Braten her. Dabei beäugte er den Alten nur noch ab und zu. Dieser lächelte weiterhin, dann gab er sich einen Ruck und zog sich nach hinten zu seiner Schlafstelle zurück. Seinen rostig wirkenden Degen gürtete er ab, und zwar so, dass der Barbar es gut sehen konnte, legte das Gehenk neben sich und rollte sich zum Schlafen auf der Seite zusammen. Zum Schlafen oder zum Getötetwerden ohne Gegenwehr.

Der Barbar aß lange. Die Portionen dreier Räuber stopfte er in sich hinein. Dann rülpste er ausgiebig und schüttete federweißen Wein hinterdrein, um die Mahlzeit abzurunden. Der Alte mochte inzwischen eingeschlafen sein, jedenfalls atmete er regelmäßig.

Er verließ die Höhle, ohne die Axt des toten Gottes noch einmal anzurühren. Auch den Helm ließ er dort. Er brauchte solchen Tand nicht, der behinderte mehr, als dass er von Nutzen war.

Auf dem Weg nach draußen wickelte er sich die Armbänder auf und ließ sie einfach liegen, wo er ging. Den schweren Umhang ebenfalls. Die Lederbänder. Den Gurt mit der schädelartigen Schnalle. So nahm er den Gott Stück für Stück auseinander, bis nur noch ein blutiger Mensch übrig war.

Auf der Brücke blieb er stehen. Er fühlte sich schwer und satt. Sollte er sich wirklich jetzt noch an den Abstieg machen? Er schaute auf das Dorf hinunter, ein Mensch, kein Gott. Die anderen Menschen dort unten schienen zu tanzen. Sie hatten sich untergehakt und drehten sich umeinander. Alles drehte sich umeinander.

Er musste an das Mädchen mit den verdrehten Augen denken.

Er klaubte seine Kleidung aus der Spalte zwischen den verkanteten Steinen. Die roten Beeren, die ihn schneller machten als alles andere. Er schluckte sie, alle, und spülte mit Federweißem nach, den er sich in seinen Wasserschlauch gefüllt hatte. Mitten auf der Brücke legte er sich schlafen. Der Wind rüttelte an ihm, aber es fühlte sich an, als würde er fliegen.

Während er schlief, begann es erst zu dunkeln.

Während er schlief, ging der Alte aus der Höhle an ihm vorüber und legte etwas neben ihm ab. Dann verschwand der Alte, indem er den aufsteigenden Weg nahm, den der Barbar zur Brücke hinabgekommen war, und es sah aus, als würde er in den Mond hineinsteigen und verschwinden.

Wilde Träume suchten ihn heim. In diesen Träumen war er der Schnellste von allen. Er rannte lachend als Jugendlicher gegen seine Freunde und Rivalen. Er gewann. Die hübschesten Mädchen jubelten ihm zu. Er fühlte sich wie ein Gott.

Dann war er auf einem Schlachtfeld. Zehntausende von Menschen ermordeten sich gegenseitig, aber er war der Mittelpunkt, alles drehte sich wie in einer Spirale, oder wie in flammenden Wellenmustern, die sich von ihm aus erstreckten. Die Menschen wandelten sich zu augenlosen, grün schillernden Teufeln, deren Köpfe nur noch aus schnappenden Mäulern bestanden.

Er wälzte sich auf der Brücke und stöhnte. Die Teufel bedrängten ihn. Einmal ragte sein Arm über den Abgrund wie die segnende Hand eines Regenten. Ein andermal lag er da, in sich zusammengekrümmt wie im Schoß seiner Mutter, und zitterte.

Die Beeren kullerten in ihm, zerplatzten, wurden zertreten von tanzenden Frauenfüßen zu Wein. Das ganze Dorf feierte. Musik waberte zu ihm hinauf und stellte etwas an mit seinem Herzschlag, seiner Atmung. Das Mädchen mit den verdrehten Augen tanzte mit ebenfalls verdrehten Armen und schaute wild hinauf zu ihm, sehnsüchtig. Flammen loderten, als würden die Häuser brennen.

Der Wind rezitierte Gedichte, die sich nicht reimten. Und am Ende dann doch.

Es war kalt, und er hüllte sich tiefer in seinen Mantel. Die Rüstung des Gottes bildete im Wind Stimmen aus und jammerte.

Die Musik mündete in Missklänge. Betrunken und schwanger sanken die Menschen übereinander. Über ihnen bildete sich eine Brücke aus schwarzem Basalt.

Die Beeren.

Die Beeren tropften von einem Buschbaum gleich rotem Hagel.

Als er erwachte, stürzte er beinahe in die Tiefe, so dicht lag er an der Kante. Der Wind fasste in seine Haare mit kühlen, feuchten Fingern. Das Blut von Fremden juckte auf seiner Haut. Verblüfft erkannte er, was der Alte ihm hingelegt hatte: einen Kriegshammer, den einer der Räuber wohl als Waffe geführt hatte. Der Barbar erinnerte sich, einige solche Ausrüstungsteile an der

Wand lehnen gesehen zu haben, als er die Höhle mit den schmausenden Gottesmännern betrat. Der Hammer war langstielig, schwer und klobig. Aber vor allem war er stabil.

Der Barbar machte sich ans Werk.

Er überquerte die Brücke auf die Seite, von der aus er leicht ins Dorf hinunterkam, dann hob er den Hammer und ließ ihn auf das Brückengestein niedersausen. Zehnmal musste er das machen, dann hatte er den Schwachpunktstein entdeckt. Auf diesen konzentrierte er sich nun.

Weit hallten seine Schläge über das Tal.

Regelmäßig. Wie das Läuten von etwas Geheiligtem.

Einige hielten inne in ihrer mühevollen Arbeit und betrachteten besorgt ihre Hände.

Dann barst die Brücke. Wölbte sich erst nur einwärts, kam dann herab, regnete, schlug auf, löste, riss mit sich. Auch den Leichnam des toten Gottes. Der tote Gott schlitterte in einer Lawine zu Tal, die sich stetig erweiterte, wuchs. Steine sprangen übereinander wie Fische. Feuerten sich gegenseitig an. Schwerer. Scharfkantiger. Schneller. Fels, nicht Schnee. Ein ganzer Abhang geriet ins Rutschen. Eine Felswand brach donnernd ab und kippte nach vorne. Die Menschen schrien. Schrill, als wären sie alle noch sehr, sehr jung. Die Felsen rauschten über das Dorf hinweg und führten mit sich Lärm und Staub. Der Staub verhüllte das ganze Tal noch lange wie ein gefangen sich gebärdendes Riesenwesen, während der Barbar hinabkletterte, über neues, frisches, von Wind, Wetter und Sonnenlicht noch ungegerbtes Massiv nun.

Unten suchte er noch eine Zeit lang das Mädchen, aber es war nichts mehr zu finden außer Trümmern und den schwarzen Fetzen weißer Wäsche.

In einem Traum, zwei Jahre später, fand er sie unter dem Gestein. Ihre Augen waren geschlossen, sie war schon lange tot. Mit beinahe bebenden Fingern öffnete er ihre Lider. Die Augen darunter waren noch immer verdreht, und mit einem Gefühl wie Enttäuschung erwachte er.

uNTeRWeRFeN

Bislang hatte er die Hochstadt gemieden, aber zu viele Menschen hatten ihm mit leuchtenden Augen davon erzählt.

Es war wie eine Krankheit. Er wirkte nicht wie jemand, der andere darum bat, ihm etwas zu berichten, und dennoch taumelten sie auf ihn zu und schwärmten ihm vor von der *Stadt*.

Dass es dort alles gab, was eines Menschen Herz begehren konnte. Jede erdenkliche Form von Vergnügungen. Glücksspiel. Mädchen. Chancen, es zu etwas zu bringen. Sehenswürdigkeiten. Kolossale Prachtbauten. Springbrunnen. Künstliche Wasserfälle in Parks. Erlesene Köstlichkeiten zum Essen und Trinken.

»Und die farbenprächtigsten Menschen zieht es dort hin! Wenn du dort bist, ist es, als wärst du überall zugleich! Du brauchst dich nur umzuschauen und kannst die Kinder aller Länder zugleich erblicken!«

»Und Tiere, wie du sie in den Wäldern noch niemals sahst! Sie werden an Leinen spazieren geführt oder gehen zahm und aufrecht zwischen den Menschen einher!«

»Und Gerüche gibt es dort, von seltenen und seltsamen Gewürzen! Einige davon, sagte man mir, sind Gifte, wenn man sie falsch dosiert! Wenn man sie aber in richtigem Maße dem Essen beimischt, steigern sie die Liebesfähigkeit oder die Wahrnehmung von Farben!«

»Und in der Nacht funkelt die Stadt wie ein Spiegelbild des Himmels!«

»Und an bestimmten Tagen erklingt Musik an allen Ecken, und die Menschen haken sich unter und tanzen, auch wenn sie sich bis eben gar nicht kannten!«

»Und du musst nicht einmal zu Fuß durch diese Wunder wandern! Es gibt Menschen, die großrädrige Karren hinter sich herziehen, in die du dich setzen kannst, und es gibt Maultiere, die ziehen sogar Wagen für mehrere Personen, die an bestimmten Stellen immer haltmachen!«

»Und wenn du ein Dieb bist, wird es dir ein Leichtes sein, jemandem sein Geld abzunehmen!«

»Und wenn du kein Dieb bist, wird es dir ebenfalls ein Leichtes sein, jemandem sein Geld abzunehmen!«

»Und du bist jung und kräftig und groß gebaut und auf deine eigene Art sogar ausgesprochen schön – sie werden dich bestaunen, und du wirst dein Glück machen in der Stadt, das kann gar nicht anders sein! Das kann gar nicht anders sein!«

Und so war er denn hingegangen, auf Umwegen zwar, aber dennoch langsam sich nähernd.

Als er die Stadt von außen erblickte, kam sie ihm hässlich vor. Unnatürlich. Ein Zeugnis des menschlichen Übereifers. Gebäude türmten sich auf, so hoch, als stiege man in einen Berg.

Auf den Straßen war ein Wimmeln und Schubsen und Drängeln, das ihm nicht im Mindesten behagte. Er mochte die Freiheit, nicht den sauren Schweiß von Fremden. Er versuchte Distanz zu halten, aber das war nicht möglich. Die Wände der Gebäude warfen alles Umgebende auf ihn zurück. Er fühlte sich, als bekäme er keine Luft mehr. Seine Gesichtshaut wurde fahler.

Er kam durch ein Viertel, in dem menschliche Ausscheidungen in trägen Brocken durch Rinnsteine trieben, und es stank wie nirgendwo sonst, wo er jemals gewesen war. Eine junge Frau brachte breitbeinig stehend auf offener Straße ein Kind zur Welt, und im Hintergrund schlachtete jemand einen Hund. Die Gesichter der Menschen zeugten von Lust und von Mord, und ihre Körper waren ausgezehrt von vielfältigen Süchten. Über Unrathalden kreisten verwahrlost aussehende Seemöwen, obwohl das Meer Tage, ja, Wochen entfernt sein musste.

In einem anderen Viertel wiederum wirkten alle Menschen aufgeschwemmt. Sie trugen dicke Ringe an den Fingern, und selbst die Männer hatten geschminkte Lippen. Die Kleidung der Frauen verlieh ihnen allen etwas Hurenhaftes. An Fenstern und Türen klingelten Silberglöckchen. Ein beständiges Bimmeln begleitete jeden seiner Schritte, bis er sich selbst nicht mehr hören konnte.

Jemand stieß gegen ihn. Groß, polternd und grob. »Aus dem Weg, Tölpel!«, schnauzte der Fremde. Der Barbar griff ihm ins Gesicht und drückte ihn nach hinten gegen eine Wand, bis dem Rüpel die Augen hervortraten und der Hinterkopf einbrach. Für einige Momente wenigstens verebbte das Bimmeln. Leblos rutschte der Rüpel an der Wand hinab.

»Bei den Göttern, er hat ihn umgebracht! Einfach so!«

»Posten! Hilfe! Überfall!«

»Greif ihn dir und komm!«

Jemand fasste nach ihm. Es war die weiche, kühle Hand eines Kindes. Er war verwirrt. Es bimmelte wieder und roch in diesem Teil der Stadt nach geschnittenem Gras und Marzipan. Ein Kind? Ein Junge, der wiederum einer anderen Gestalt folgte, die vermummt war, aber offensichtlich eine nicht mehr junge Frau. Der Barbar ließ sich ziehen, durch die drängelnde Menge, die zurückwich, seinetwegen, der verübten Gewalt wegen, aber auch aufgrund des Kindes. Alles wirkte zusammen, zerstreute die Blicke von ihm weg. Von irgendwo stießen sich Uniformierte in Richtung des Leichnams durch, aber die nicht mehr junge Frau, der Knabe und der Totschläger tauchten in einen Hauseingang, passierten einen schiefen Flur, hinten wieder hinaus, durch eine von Hühnern wimmelnde Gasse in ein anderes Haus, durch einen Korridor, wieder hinaus durch eine Netztür, auf eine belebte Straße, wichen weiteren Uniformierten aus, obwohl diese noch von nichts wussten, durchmaßen ein Labyrinth von Gässchen, die so eng waren, dass die Regenrinnen der Häuser sich in Höhe der Dächer berührten. Die nicht mehr junge Frau führte; sie schien mit jedem Schritt zu wissen, wohin sie wollte. Der Knabe folgte ihr – dabei konzentriert auf ihre mit erstaunlich hohen Absätzen versehenen Schuhe achtend, um auch keinen ihrer Schritte falsch auszulegen – und zerrte den Barbaren hinter sich her, der längst nicht mehr wusste, wo er sich befand, und sich der zielstrebigen Führung anvertraute. Es ging vorbei an einer Ladenzeile, in der Waffen aus Schokolade feilgeboten wurden, und vorbei an weiß maskierten Menschen, die eine Bahre mit dem goldlackierten Skelett eines Kranichvogels umstanden. Vorbei an einem Verkäufer, der Lederschirme balancierte, und vorbei an einem Geschäft, in dem man die Kleidung von kürzlich darin Verstorbenen erwerben konnte. Hinein in einen Hintereingang, durch einen weiteren dunklen Korridor, in einen Raum mit zwei Türen. »Bleib hier und warte«, zischte die Frau dem Barbaren zu, dann waren sie und das Kind hinaus, und beide Türen wurden von außen abgeschlossen.

Man hatte ihn hereingelegt. Das Kind benutzt, um ihn in Sicherheit zu wiegen. Er begann augenblicklich zu wüten und gegen eine der beiden Türen zu springen, dass sie ächzte und sich bog.

Die andere Tür öffnete sich wieder. Die nicht mehr junge Frau. Diesmal allein. »Bei den Göttern, beruhige dich! Du bist nicht gefangen! Ich bat dich nur zu warten. Wir schlossen ab, damit keiner dich finden kann. Wenn dich das aufregt, lassen wir die Türen unverschlossen, in Ordnung?«

Der Barbar reagierte nicht. Sein Brustkorb hob und senkte sich, und er starrte die Frau unter seinen vorm Gesicht hängenden Haaren hervor an.

»Kannst du mich überhaupt verstehen?« Immer wieder fragten sie ihn das, nur weil er nicht antwortete. Als ob das eine etwas mit dem anderen zu tun hätte. Er nickte.

»Gut. Ich muss mich um Dringliches kümmern. Warte

hier auf mich, du bist vorerst in Sicherheit. Ich will dir ein Angebot unterbreiten, das für dich interessant sein dürfte.« Sie ging wieder hinaus. Die Tür blieb diesmal unverschlossen.

Er schaute sich um, konnte nichts Bedrohliches erkennen, setzte sich auf den Boden. Es gab nichts in dem Raum, ein paar leere Regale und klobige Sitzbänke. An der Wand ein Geschirr wie zum Einspannen eines Zugochsen. Es roch nach schimmligem Käse. Er hielt das Sitzen nicht lange aus, stand auf, ging unruhig umher. Irgendwo über ihm trappelten Schritte. Eine Frau lachte. Nicht die ältere, die ihn hierhergelockt hatte, eine jüngere. Ihr Lachen klang gewollt.

Er ärgerte sich darüber, dass er in dieser Stadt so rasch die Orientierung verlor. Überall gab es Mauern, neue Winkel und Wege. Häuser ähnelten einander mehr, als Bäume im Wald sich ähnelten. Überall roch es anders, auch an ein und derselben Stelle roch es anders, wenn man zweimal an ihr vorüberkam. Mühelos konnte er sich in einer Burg oder einem Schloss oder einem Kerkertrakt zurechtfinden. Aber diese Stadt war, als hätte man hundert Burgen ineinandergesteckt, in Drehung versetzt, dreimal draufgehauen und dann geschaut, was dabei herausgekommen ist.

Endlich ging die Tür wieder auf. Es war die nicht mehr junge Frau und ein Diener. Der Diener hatte denselben unsichtbaren Gesichtsausdruck sämtlicher Diener, dieselbe unterwürfige Haltung. Die Frau war jetzt anders gekleidet und ließ ihr Gesicht sehen, aber er erkannte sie nicht am Gesicht, sondern an der Art, wie sie ihre Arme bewegte. Seltsam geziert, als ob ihr beständig

Spinnweben im Weg hingen. Der Diener stellte vor ihm ein Tablett ab. Es roch köstlich.

»Bedien dich. Ach so, du wirst wahrscheinlich argwöhnisch sein. Hier, sieh: Ich probiere von dem Braten, ich probiere von dem Nektar. Beides ist nicht nur nicht vergiftet, sondern sogar ausgesprochen bekömmlich.« Sie lächelte und setzte sich auf einen gepolsterten Schemel, den der Diener ihr hinstellte. Danach winkte sie den Diener hinaus. Sie war mutig, mit einem kaum bekleideten Barbaren allein sein zu wollen.

»Ich habe mich noch nicht vorgestellt«, sagte sie. »Mein Name ist Ionie. Ich bin die Besitzerin dieses einzigartigen Hauses.«

Er forschte in ihrem Gesicht. Sie musste sehr schön gewesen sein vor zehn, zwanzig Jahren. Einiges davon war noch erhalten geblieben. Aber der eigentümlich matte Glanz ihrer Augen verriet, dass sie zu viel trank und zu viel Rauschmittel zu sich nahm, sodass sie andererseits vielleicht noch gar nicht so alt war, wie sie auf ihn wirkte.

»Willst du mir deinen Namen nicht nennen?«

Er schüttelte den Kopf, dann machte er sich über die Speisen her. Der Nektar war zu süß, der Braten zu scharf gewürzt, aber das machte nichts, er hatte Hunger und Durst.

Sie betrachtete ihn, als wäre sie stolz auf ihre neue Bekanntschaft. »Du bist außergewöhnlich«, sagte sie dann auch. »Du hast diesen Mann getötet, ohne weiter darüber nachzudenken. Du hast wahrscheinlich schon viele Menschen getötet. Du bist ungewöhnlich stark, aber auch schnell und geschmeidig. Jemanden wie dich könnte ich sehr gut brauchen. Jemanden, der in der Lage ist, einfach nur durch schweigsame Präsenz einzuschüchtern. Du müsstest gar nicht viel tun. Nur ab und zu einen Randalierer oder einen Frechling auf die Straße werfen. Ohne ihn zu töten. Würdest du das hinbekommen?«

Er starrte sie lange an.

Seufzend sprach sie weiter. »Und du müsstest mir natürlich versprechen, mir und den Mädchen nichts zu tun. Kannst du das versprechen? Kannst du deine Kraft auch im Zaum halten, oder tötest du jeden Tag, wohin immer du dich wendest?«

Wieder schwieg er, kaute und schluckte nur. Seine weißen Zähne zerrissen das Fleisch, als wäre es die Beute eines Raubtieres.

»Nein, ich glaube nicht, dass du für jedermann eine Gefahr darstellst. Du tatest dem Kind nichts, du tust mir nichts. Wir können Freunde werden. Ich biete dir ein Zeugnis an für den Fall, dass man wegen der Sache vorhin nach dir sucht. Weißt du, was ein Zeugnis ist? Ich sage, du kannst es nicht gewesen sein, weil du zur fraglichen Stunde mit mir zusammen warst. Ich lüge für dich. Das ist ein Zeugnis. Darüber hinaus bekommst du jeden Tag so gutes Essen wie dieses, eine Unterkunft und einmal im Monat eines der Mädchen für eine Nacht. Meine Mädchen sind die schönsten aus allen Teilen der Welt. Männer kommen und bezahlen sehr viel Geld, um von ihnen Zuneigung vorgetäuscht zu bekommen. Du müsstest nichts zahlen. Und da du ihr Beschützer bist, wäre sogar ihre Zuneigung echt. Und alles, was du als Gegenleistung tun musst, ist anwesend zu sein, dich zu zeigen und ab und zu Hand anzulegen, wenn ich dir jemanden weise, der hinausgeworfen gehört. Also was sagst du? Ich finde, es ist ein Angebot, das keinerlei Nachteile birgt.«

Unterdessen hatte er alles aufgegessen. Er puhlte in seinen Zähnen herum und schaute überallhin, nur nicht Ionie an.

Sie seufzte wieder. »Und selbstverständlich wirst du nicht hier in dieser Kammer, sondern in einem richtigen Zimmer untergebracht. Du bist ja mehr als nur ein Gast. Du bist einer von uns, wenn du für mich arbeitest. Und du kannst Ausgang haben, wenn wir schließen. Wobei ich dir aber raten würde, nicht allzu häufig in die Stadt zu gehen. Es gibt dort zu viel Gedrängel und zu viele Gelegenheiten, dass dir wieder so etwas unterläuft wie vorhin. Du bist für Städte nicht geschaffen. Und, ach ja: Du kannst jederzeit kündigen, wenn es dir bei mir nicht mehr gefällt. Was willst du noch? Ich buhle normalerweise nicht so lange um einen Gehilfen. Du solltest durchaus zur Kenntnis nehmen, dass du etwas Besonderes für mich bist.«

Jetzt sah er sie an. Sein Gesicht verriet keinerlei Freundlichkeit. Er nickte.

Sie zögerte. »Was bedeutet dein Nicken? Dass du begreifst, dass ich dich bevorzugt behandle, oder dass du meinem Angebot zustimmst?«

Er nickte noch einmal. Diesmal beinahe überdeutlich.

Sie lächelte erleichtert. »Dann sind wir uns handelseinig. Komm mit, ich zeige dir dein neues Gemach.«

Sie führte wieder, und er folgte wieder. In dem Haus herrschte ein schwerer, beinahe betäubender Geruch. Wie die Flakons auf den Tischen der Damen, aber unterlegt mit Körperlichkeit. Mit der heftigst denkbaren Körperlichkeit sogar. Überall hingen Wandschmuck und Vorhänge. Perlenschnüre verwehrten Durchgänge und gaben diese zugleich auch jedermann frei. Er hörte das Brummeln von Gesprächen, gesprenkelt vom gezwungen klingenden Lachen von Frauen. Ionie führte ihn nach oben in sein Zimmer.

Noch niemals zuvor hatte er ein solches Zimmer besessen. Es hatte ein weiches Bett, das viel zu groß war für einen Einzelnen. Einen Schrank, den er nicht brauchte, weil er kaum etwas besaß. Ein unvergittertes Fenster. Eine Waschschüssel. Wandschmuck in Form von farbigen Drucken mit gewagten Motiven. Und sogar – das faszinierte ihn besonders – Flakons. Er brummte wie ein Bär und stand auch ebenso tapsig herum.

Ionie legte ihm eine Hand auf die Schulter, sodass er zusammenzuckte und sie sich geziert wieder zurückzog. »Entschuldige«, sagte sie. »Ich hatte nur sagen wollen: Ich möchte dich neu einkleiden. Den Gepflogenheiten unseres Hauses angemessen. Danach werde ich dich den Mädchen vorstellen.«

Sie huschte hinaus und ließ ihm von einem Diener Kleidung bringen. Inzwischen hatte er aus dem Fenster geschaut, die Arme in die Fenstereinfassung gestemmt wie ein Kletterer. Unten war eine Gasse zu sehen, in der der Unrat dampfte. Ratten und rattenhafte Menschen huschten umher. Dies war die Hinterseite.

Der gebückte Diener brachte ihm etwas, und er legte die neue Kleidung an. Er hatte angenommen, Ionie würde ihn mit mehr Stoffen behängen als vorher, aber es waren beinahe weniger. Er trug nun einen schweinsledernen

Lendenschurz, der sein Geschlechtsteil mehr zur Geltung brachte als verhüllte. Obenherum nur eine perlenbestickte Weste. Und Schuhe hatte sie ihm ebenfalls bringen lassen, aber auf die verzichtete er. Sie sahen viel zu klein und zu eng aus. Er stopfte seinen Stadtmagiermantel in den Schrank und stellte das nackte Hauptmannsschwert ebenfalls hinein. Es fühlte sich seltsam an, sich von ihm zu trennen, aber hier im Inneren des Hauses würde er es wohl nicht brauchen. Es konnte hier keine Toten oder Götter geben, es wohnten viel zu viele Menschen darin.

Ionie holte ihn ab und begutachtete ihn. Sie streichelte sogar lächelnd über sein Schweinsleder. »Perfekt«, sagte sie. »Bis auf die Schuhe.«

Er schüttelte den Kopf.

»Keine Schuhe? Bist du sicher?«

Er nickte.

Sie seufzte wieder. Ihre Bewegungen waren besonders beschwingt. Sie hatte getrunken. »Dann werde ich aber dafür Sorge tragen, dass dir deine Füße mehrmals täglich gewaschen und mit Duftölen gesalbt werden. Wir wollen ja niemandem den Appetit verderben, nicht wahr? Jetzt komm.«

Und sie führte ihn wieder. Diesmal hinab, durch Perlenschnüre und schwere Vorhänge. Der Geruch wurde so künstlich und intensiv, dass er beinahe husten musste.

Es gab zwölf Mädchen. Alle hatten unterschiedliche Hautfarben. Von beinahe durchscheinendem Weiß bis hin zu samtig glänzendem Schwarz. Sie waren tatsächlich alle sehr schön, aber in ihrer Vielfalt überforderten sie ihn. Ionie nannte ihm zwölf Namen und erzählte ihm zwölf kurze Geschichten. Alles kicherte, aber er konnte sich nichts davon merken. Er sah Augenpaare mit künstlich verlängerten Wimpern, wie glasiert glänzende Lippen, ausgestellte Brustwarzen und sogar – bei einigen, die saßen – jenes sanft durchschimmernde Rosa zwischen den Schenkeln, das ungeachtet sämtlicher Hautfarben immer ähnlich war. Außer auf dem Kopf wies keines der Mädchen irgendeine Behaarung auf. Was sie seltsam alterslos machte, zwischen Kindheit und Fraulichkeit schwebend. Wenn sie sich bewegten und gingen, und auch in der Art, wie ihre Augen ummalt waren, erinnerten sie ihn an Giraffen. Sie rochen alle unterschiedlich, aber dennoch ähnlich, nach Ambra, als gehörten sie zu ein und demselben Stamm.

Sie tuschelten miteinander über ihn und betrachteten ihn mit Wohlgefallen. Er aber konnte ihre Gesichter kaum voneinander unterscheiden. So unterschiedlich sie auch sein mochten, so entsprachen sie doch alle dem Schönheitsideal der Städter. Ihre Brüste mochten verschiedene Formen haben, ihre Hüften und ihr Hintern – ihre Gesichter jedoch wiesen alle dieselbe großäugige Bereitschaft auf. Sein Interesse an ihnen war gering.

Ionie erklärte ihm seinen Arbeitsbereich. Er sollte sich in erster Linie im Eingangsbereich aufhalten, wo es einen Getränketresen gab, einen leise plätschernden Zimmerbrunnen, einige Ziervögel aus bemaltem Gips, Farne, die in entwurzelter Erde steckten, seltene Orchideen, die alle irgendwie fleischlich aussahen, Gemälde, die obszöne Gelage zeigten und auf denen man immer wieder neue Details entdecken konnte. »Manche der Gäste wirken widerwärtig«, schärfte Ionie ihm ein, »aber es ist wichtig, dass du dich nicht an ihnen vergreifst. Schüchtere sie ruhig ein mit deiner Präsenz, das ist schon in Ordnung. Aber berühre sie nie. Berühre nur die, die ich dir anweise. Wirst du das so tun?«

Er nickte, während seine Finger die Innenseite eines Orchideenkelchs befühlten.

»Ansonsten werde ich dich nicht zu niederen Arbeiten heranziehen. Dafür habe ich andere Helfer. Du bist etwas Besonderes. Am Ende deines ersten Monats endet deine Probezeit. Du wirst dir dann noch kein Mädchen aussuchen können, sondern mit mir schlafen. Bist du damit einverstanden?«

Er nickte, ohne sie anzusehen. Sie gefiel ihm tatsächlich besser als die jüngeren Mädchen. Immerhin konnte er sich ihr Gesicht leichter merken.

Sie seufzte, aber es klang erleichtert. Schließlich berührte sie ihn wieder an der Schulter. Sie spürte dort eine alte Narbe. Diesmal zuckte er nicht zusammen. »Weißt du«, gurrte sie, »was wir alle an dir schätzen werden?«

Er schüttelte den Kopf.

»Dass du keine dummen Komplimente machst.« Sie kicherte kindlich.

Und so begann seine Tätigkeit im Haus der Freuden.

Es kam ihm vor wie ein mit Blumen ausgekleideter Kerker. Immer, wenn er es nicht mehr aushalten wollte und im Begriff war, zur Tür zu stürmen, berührte ihn sanft ein Mädchen und flüsterte ihn zurück.

In den Nächten lag er neben seinem Bett, zusammengekrümmt. Er bekam Rückenschmerzen, wenn er versuchte, so weich zu schlafen, wie dieses Bett es ihm ermöglichte. Er fragte sich, ob er verzaubert sei. Er wollte Wüten und Laut geben, seine Existenz bestätigen, aber das schien hier nicht mehr nötig zu sein. Alle kannten und mochten ihn. Da er keinen Namen nannte, bezeichneten sie ihn als *Om*, was in der Sprache der Stadt so viel bedeutete wie: *Mann, der nicht zu bezahlen brauchte.*

An manchen Tagen erschien unten eine langbeinige Musikerin, die unbekleidet Harfe spielte und dazu sang. Sie gehörte nicht zu den Mädchen, die man haben konnte. Der Barbar verspürte mehr Lust darauf, diese eine mit Gewalt zu nehmen als die anderen mit ihrer – wie hatte Ionie das ausgedrückt? – »echten Zuneigung«. Aber auch an ihr vergriff er sich nicht. Sie begegnete seinen Blicken so unbekümmert, als wären sie beide Kinder. Auch ihre Nacktheit erschien ihm unschuldig. Wie konnte es an einem Ort wie diesem Unschuld geben? Er verstand es nicht, aber er empfand es.

Der Knabe, der ihn an der Hand hierhergeführt hatte, war das Kind eines der Mädchen. Er erfuhr nie seinen Namen und sah ihn auch nur selten wieder. Der Knabe schien in einem anderen Teil des Hauses zu leben als er selbst.

Die Männer, die als Freier kamen, waren hässlich. Selbst wenn es sich um Schönlinge handelte, mit weißen Pelzkrägen und raschelnden Handschuhen, so fand er sie niedrig und verachtenswert. Ihre Gesichter drückten etwas aus, was er verabscheute: Bequemlichkeit. Wenn sie etwas wollten, kauften sie es sich, um den Widerstand des Gewünschten zu überwinden. Er starrte sie an mit finsterem Blick, und der eine oder andere machte sogar kehrt und versprach stammelnd, an einem anderen Abend wiederzukommen. Aber auch an diesem Abend war *er* wieder da und starrte dem Freier entgegen, und diesem brach der kalte Schweiß aus. *Er* ging nicht mehr weg.

Es gab auch Stammkunden. Einer davon war ein anzüglicher Wicht, der pausenlos allen erzählen wollte, was er gerade auf dem Zimmer mit einem der Mädchen getan und erlebt hatte. Er erzählte es jedem, auch denen, die nichts davon hören wollten. Der Barbar war mehrmals kurz davor, ihn vor die Tür zu werfen, aber Ionie hauchte ihn jedes Mal zurück.

Ein anderer war ein brutal aussehender Glatzkopf, der »besondere Wünsche« hatte. Die Mädchen, mit denen er es tat, waren anschließend für mehrere Tage nicht mehr arbeitsfähig, aber er bezahlte dermaßen gut, dass Ionie die Verdienstausfälle mit Leichtigkeit verkraften konnte.

Wiederum ein anderer war schmächtig und still, aber er brauchte fünf Mädchen in einer Nacht, bis seine Begierde auch nur annähernd zur Ruhe kam.

Ein weiterer war in eines der Mädchen verliebt und brachte ihr immer Blumen. Ionie warf diese Blumen auf die Hintergasse hinaus und teilte ihm mehrmals ein anderes Mädchen zu, nur um ihn zu quälen und um ihn zum Wiederkommen zu bewegen. Denn sie war der Meinung, dass wahre Liebe nicht lange hielt, wenn sie sich zu oft erfüllen durfte.

Dann war da noch einer der Stadtobersten. Wenn er zu Gast war, wurde immer dafür Sorge getragen, dass er unerkannt – maskiert – kommen und gehen konnte. Manchmal wurden dann sogar die übrigen Gäste aus dem Haus komplimentiert, um Verwicklungen, Begegnungen und Komplikationen zu vermeiden.

Mehrmals kamen Väter mit ihren Söhnen. Die Söhne sollten zu Männern werden, und die Väter schauten ihnen dabei lüstern zu, gaben Ratschläge und ermahnten.

Einmal tötete ein ganz gemütlich aussehender Dicker beinahe eines der Mädchen. Er hatte vor Raserei buchstäblich Schaum vorm Mund. Der Barbar griff ihn und schmiss ihn nackt auf die Gasse, und dort lag er dann den ganzen Rest der Nacht und weinte, obwohl es regnete.

Und einmal kam einer der Jünglinge auf den Barbaren zu, berührte lächelnd sein Leder und machte ihm ein Angebot. Der Barbar hob beide Hände, um ihm die geschminkten Augen ins Innere des Schädels zu drücken, aber wieder hielt ihn eine zarte, parfümierte Hand zurück. Er spürte die langen Nägel auf seinem Puls, und so wurde er abgelenkt und vergaß seine Wut. Er vergaß sehr vieles in diesen Tagen. Also betrug er sich vorbildlich.

Am Ende seines ersten Monats nahm ihn Ionie zu sich. Es bereitete ihm wenig Vergnügen, obwohl sie sich sehr viel Mühe gab, ihn ausgefallen zu unterhalten. Aber in seinem Kopf war er woanders. Er hatte heute jemanden reden gehört von einer Wiese, auf der riesenhafte Ungetüme grasten. Er wollte diese Ungetüme sehen.

In jener Nacht stahl er sich zum ersten Mal aus seinem Fenster auf die mit verrottenden Blumen übersäte Hintergasse hinaus und ging die Wiese suchen. Eigentlich war es verrückt, denn da er niemanden nach dem Weg fragte, konnte er die Wiese nicht finden. Aber derjenige, der davon erzählt hatte, hatte auch von einem Plakat gesprochen, das überall in der Stadt zu sehen war, und so suchte er die Wände ab und fand tatsächlich ein Plakat, das Ungetüme zeigte. Er riss es ab und schwenkte es so lange fordernd vor dem Gesicht eines eingeschüchterten Bürgers, bis dieser ihm den Weg zur Festwiese dreimal erklärt hatte.

Es gab vier dieser Ungetüme. Sie waren riesig, vor ihnen kam der Barbar sich wie ein Zwerg vor. Zwei von ihnen schliefen im Stehen. Die anderen beiden grasten nicht, sondern sammelten sich mit ihren bodenlangen Rüsseln Heuhalme zusammen, drechselten diese und schoben sie sich in den spitzen Mund. Sie hatten riesige Ohren, bauchige, graue, von Falten überzogene Leiber und die friedlichsten und weisesten Augen, die der Barbar je gesehen hatte. Einer der Tierhüter, der den schweigsamen Betrachter entdeckte, erklärte, der Name dieser Tiere sei *Elfen*.

Der Barbar wollte eines berühren und streckte die Hand aus. Der Tierhüter sagte: »Nur zu, aber pass auf, dass du sie nicht erschreckst, sie sind nämlich trotz ihrer Größe sehr furchtsam.«

Er berührte das runzlige Grau, erst mit der Innenseite, dann der Oberseite seiner Hand. Es war weder kalt noch warm, weder alt noch jung, weder ewig noch sterblich.

Über ihm funkelten unbeständig die Sterne. Die Stadt lag in Schlaf, und nur in einigen Vierteln wetteiferten Lichter mit dem Klirren von Trinkgefäßen.

Er ging zurück und begriff erst jetzt, dass er den Weg zum Haus der Freuden nicht mehr finden konnte. Die Stadt verwehrte es ihm mit ihrer Vielschichtigkeit und ihren wechselhaften, wabernden Gerüchen.

Eine Weile ließ er sich treiben. Er hatte kein Schwert

und fühlte sich nackt. Er sah Kinder, die händchenhaltend durch das Dunkel glitten. Er sah Menschen, die wie verkleidet aussahen, mit Waffen, die man unmöglich führen konnte, oder Rüstungen, in denen kaum Bewegung möglich war. Er sah einen Dieb, der einen Reichen bestahl, während dieser mit ihm redete. Ein Mädchen, das sich feilbot, außerhalb der schützenden Umzäunung eines Hauses, und das dementsprechend gehetzt wirkte. Er begegnete Uniformierten, die ihn ansahen, als hätten sie ihn schon lange gesucht, aber als würden sie ihn nun, da sie ihn gefunden hatten, doch lieber nicht erkennen wollen.

Er fühlte sich traurig, dass er den Weg nicht fand. Sein Schwert war noch dort. Sein Mantel. Selbst seinen Ohrring hatte er in der zweiten Woche in den Schrank gelegt, weil zu viele der Mädchen ihn auf dieses Schmuckstück angesprochen hatten. Er hatte das Gefühl, sie erwarteten, es von ihm geschenkt zu bekommen. Aber er wollte es nicht hergeben.

Musik gischtete an ihn heran. Man feierte etwas, eine Hochzeit oder einen Leichnam. Menschen hakten sich ein und wirbelten sich gegenseitig im Kreis, ihre Gesichter rot und verwischt, ihre Haare gelöst. Ein junger Mann, der beinahe wie eine Frau aussah – nur sein Kehlkopf verriet ihn –, bot sich ihm an. Dies schien immerhin bereits das richtige Viertel zu sein. Und dann sah er einen der Stammkunden. Es war der Glatzkopf, der die »besonderen Wünsche« hatte. Er folgte ihm einfach, durch ein Gewirr blau und rot schimmernder Gassen, durch die er niemals alleine gefunden hätte, weil es überall nach Kohlsuppe roch und nach Katzen und schimmelnden Obstschalen. Und so fand er Ionies Haus wieder. Den Vordereingang.

Er konnte von vorne nicht hinein, denn niemand hatte ihn hinausgehen sehen. Also umrundete er den Häuserblock, was abermals gar nicht einfach war. Dann fand er endlich die Gasse mit den Blumen und kletterte – verkeilt in die Wand wie ein Kaminsteiger – zu seinem Fenster hinauf, wo er sich – ausnahmsweise – in das Bett legte, um einzuschlafen.

Die Ungetüme mit den Rüsseln zogen durch seinen Traum, eine riesige Herde, Tausende von ihnen, eine Savanne bedeckend, Staub aufwirbelnd wie ein Heer.

Er hielt noch einen weiteren Monat durch.

Mehrmals jagte ihn seine eingeborene Unrast nachts nach draußen. Aber er ging nie wieder so weit, dass er den Weg zurück nicht gefunden hätte. Er prägte sich einige der umliegenden Gassen ein und war beinahe erstaunt darüber, dass sie ihre Lage nicht veränderten. Ihr Licht war jedes Mal anders, aber wenn er beschloss, sich davon nicht verwirren zu lassen, führten sie ihn immer wieder an dieselben Kreuzungspunkte.

In den letzten Tagen dieses Monats zog Ionie ihn damit auf, dass er sich bald ein Mädchen wünschen dürfe, und welches es denn werden würde. Die Mädchen machten ein Ratespiel daraus und kicherten in seiner Gegenwart besonders viel, aber er interessierte sich gar nicht für sie.

Er wurde zusehends reizbarer, schien sogar ein wenig abgemagert zu sein. Der allgegenwärtige Ambraduft klebte ihm wie die Arme eines Tintenfisches in den Nasennebenhöhlen. Einmal schlug er einem Betrunkenen, der einfach nur zu laut gesungen hatte, so hart gegen den Hinterkopf, dass dieser mit seinem Gesicht einen Spiegel zertrümmerte. Ionie ging dazwischen, der Trunkene bekam sein Geld dieser Nacht zurückerstattet. Ein andermal packte der Barbar einen, der sich verdrücken wollte, ohne zu bezahlen, und nahm ihn so hart in den Schwitzkasten, dass diesem die Nase anfing zu bluten und die Augen sich mit flatternden Lidern ins Weiße verdrehten. Diesmal rettete das Mädchen, das der Freier zu prellen versucht hatte.

Ionie machte sich Sorgen. Sie spürte, dass der Barbar nicht mehr zu halten war. Aber mit ihm lief das Geschäft ruhiger als jemals zuvor. Sie hatte früher drei bis vier Aufpasser anheuern müssen, um auch nur annähernd die Wirkung zu erhalten, die er allein erzeugte. Nun hatte sie diese drei bis vier entlassen können und sparte sehr viel Geld, weil er nie auf die Idee kam, etwas anderes zu verlangen als Unterkunft und Essen. Er schien mit Geld nichts anfangen zu können. Ionie trug eine Schwäche für solche in ihrem Herzen, trotz oder vielleicht aufgrund ihres Metiers.

Eine Woche vor Ablauf seines zweiten und letzten Monats machte Ionie eine Neuerwerbung.

Etwas ganz Besonderes sollte es sein.

Die Neue wurde vom Scheitel bis zu den Sohlen in einen Umhang gehüllt in Ketten durch einen der Hintereingänge geführt und dort in den Raum gebracht, in dem auch der Barbar zuerst hatte warten müssen. Dort wurde sie vorbereitet und mit Öl eingerieben.

Der Barbar, der zufällig vorüberging, blieb wie angewurzelt stehen, als er sie erblickte.

Eine solche Frau hatte er noch niemals gesehen.

Sie war muskulös wie ein Mann, muskulöser sogar als die meisten Männer, ihr Bizeps ausgeprägter noch als seiner. Ihr Gesicht war kantig, aber weiblich. Ihre Brüste nicht groß, aber eindeutig nicht die Brust eines Mannes. Ihr Geschlecht haarlos wie das der anderen Mädchen und eindeutig das einer Frau. Ihre Taille war schmal wie die einer Frau, darüber strahlte ihr mächtiges Kreuz in die Breite, beinahe wie die Flügel eines Raubvogels. Sie strahlte Kraft und Würde aus. Ihre Muskeln glänzten im Tanz dreier Kerzenflammen.

Ionie wusste, was sie da hatte. Etwas für Kenner. Für sehr spezielle Stunden. Und etwas für den Barbaren. Sie wollte er haben am Ende des Monats.

Ionie dachte darüber nach, sie ihm vorzuenthalten. Zu sagen: »Diesen Monat nimmst du eine der gewöhnlichen, im nächsten Monat erst darfst du dann diese.« Aber ihr schwante, dass er dann durchdrehen würde. Dieser Gefahr wollte sie sich nicht aussetzen. Also gewährte sie sie ihm. Und tatsächlich wurde er ganz ruhig in seinen letzten Tagen in diesem Haus. Er hatte wider Erwarten noch etwas gefunden, worauf es sich zu warten lohnte.

Einzig der Glatzkopf mit den »besonderen Wünschen« hatte sich bislang an diese Frau getraut. Er hatte eingeschüchtert gewirkt danach, als wäre er in irgendeiner Hinsicht zu weit gegangen. Alle anderen mieden die Neuerwerbung. »Das ist doch keine richtige Frau«, sagten sie. Und: »Da ist ja der Gemüsehändler an der Ecke weiblicher. Und der ist stinkhässlich!«

Ionie schwieg dazu und lächelte. Für diese Frau verlangte sie einen besonders hohen Preis. Die Investition würde sich schon auszahlen, wenn auch nur einer von hundert Kunden sich für das Mannweib erwärmen konnte.

Das Mannweib war gefährlich. Sie war nicht freiwillig hier. Man hatte sie verschleppt. Jemand, der wusste, wofür man in der Stadt einen guten Preis erzielen konnte. Jemand, der beständig in aller Welt für Ionie seine Augen offen hielt.

Das Mannweib wurde gefangen gehalten in einer speziell verstärkten Kammer. Am ersten Abend war es ihm gelungen, die Tür aufzudrücken. Ionie hatte es mit Unterstützung zweier Diener geschafft, die Tür zu verstärken, ohne den Barbaren rufen zu müssen. Danach hatte man dem Mannweib Drogen ins Essen gemischt, sodass es schlief, und man hatte sie angekettet. Als der Glatzkopf zu ihr ging, war sie angekettet gewesen. Ionie jedoch ahnte, dass der Barbar darauf bestehen würde, die Ketten zu entfernen.

Er ließ sich nicht abbringen. Und er brauchte keine Worte dazu. Seine Blicke waren eindeutig. Seine Missachtung aller anderen Mädchen im Haus ließ keine Zweifel zu. Ein wenig fühlte Ionie sich verletzt, dass er auch sie so missachtete, aber sie war keine Frau, die sich Illusionen hingab. Sie hatte damit gerechnet, mit ihren eigenen Erwerbungen nicht konkurrieren zu können.

Der fragliche Abend war gekommen.

Ionie selbst führte den Barbaren in Richtung der verstärkten Kammer.

»Ihre Ketten sind abgenommen. Sieh zu, dass du sie nicht beschädigst – und sie nicht dich, mein Junge. Hier gebe ich dir den Schlüssel zur Kammer. Du kannst bis zum Morgen bei ihr bleiben und dir jederzeit selbst aufschließen. Aber sieh zu, dass sie dir nicht entkommt. Hörst du? Sieh mich an, wenn ich mit dir rede, Om! So ist es brav. Lass dich von ihr nicht überrumpeln. Sie ist gefährlich. Nicke, wenn du mich verstanden hast.«

Er nickte. Seine Augen waren ungerichtet, seine Gedanken schon in der unmittelbaren Zukunft.

»Dann geh und hol dir deinen Lohn.«

Der Barbar schloss auf, ungelenk mit dem Schlüssel hantierend, er war Schlüssel nicht gewöhnt.

Er betrat die Kammer. Es roch säuerlich und beißend. Die Muskelfrau regte sich wie ein Tier. Sie war ein wenig älter als die anderen Mädchen, aber deutlich jünger als Ionie. Sie war nackt. Sie sprang ihn nicht an, sondern schien ihn zu erwarten. Ihre Augenlider wirkten schläfrig. Er schloss hinter sich wieder ab und verstaute den Schlüssel in seinem Leder.

Sie standen sich gegenüber. Als einzige Beleuchtung diente eine trübe Laterne mit rötlichem Schirm. Alles wirkte wie mit Bronze übergossen. Die Wand wies Flecken auf, die an Figuren erinnerten, wie Zuschauer hinter einer rostfarbenen Reispapierwand. Sie verzog ihr Gesicht und fauchte. In seiner Kehle bildete sich ein tiefes Grollen.

Dann klatschten ihre Leiber aufeinander, als hätten Katapulte sie geschleudert. Er nahm sie, oder sie nahm ihn, so genau war das nicht zu unterscheiden. Es spielte auch keine Rolle. Sie fauchten beide. Und grollten. Und brachten sich Kratzer bei. Sie wartete ab, bis er sich in ihr erschöpft hatte, und dann erst handelte sie.

Mit ihren mächtigen Armen umspannte sie seine Leibesmitte und presste ihm das Leben aus dem Leib. Er wehrte sich, war aber noch zu benommen und verausgabt. Sein Mund öffnete sich zu einem lautlosen Schrei, ihre Lippen erstickten diesen Schrei mit einem Kuss, der auf seinen Zähnen spielte. Ihm schwanden die Sinne, sie riss ihn beiseite und versetzte ihm einen Hieb. Sie wollte ihn nicht töten. Er stöhnte wie ein Schwächling. Sie fingerte den Schlüssel aus dem längst beiseitegezerrten Leder. Als sie aufschloss, spürte sie eine Hand, die sich um ihr Fußgelenk legte. Sie trat ihn, er ließ nicht los. Sie ging neben ihm in die Hocke und schlug ihm zweimal mit der Faust gegen den Kopf. Er ließ los, schüttelte sich jedoch die Bewusstlosigkeit aus dem Hirn. Sie war kaum durch die Tür hindurch, als er ihr schon folgte. Beide waren sie nackt und schweißnass.

Sie wusste nicht, wohin. Irrte durch ein schmales, enges Labyrinth, das Splitter in ihr Fleisch zu treiben trachtete. Er dicht hinter ihr. Sein Grollen. Aber sie fand ein Fenster. Sie wusste nicht, in welchem Stockwerk sie sich befand, aber sie nahm Anlauf und durchsprang das Mattglas. Dahinter und darunter ging es nur ein Stockwerk tiefer, sie landete auf allen vieren. Sein Samen quoll aus ihr hervor. Glas regnete um sie herum. Es herrschte Dämmerung, morgens oder abends. Hinter ihr folgte er, von oben. Sie empfing ihn mit einem Fußtritt in der Luft, fegte ihn gegen einen Hühnerstall. Gefieder stob auf und gackerte hektisch. Sie rannte. Er befreite sich von dem panischen Geflügel und folgte ihr breitbeinig durch Scherben und Schutt.

Er rannte bis zur Mündung der Gasse. Die Wände schlackerten um ihn herum. Sie war nicht mehr zu sehen. Sie hatte hinter der Ecke auf ihn gewartet. Deckungslos lief er in ihren Schlag hinein. Sie hatte ein Brett oder eine Stange in der Hand, traf ihn unter den Armen im Bauch, dann noch einmal, als er zurückruderte, seitlich am Kinn. Sein Speichel vermischte sich mit Blut. Seine Haare schienen davonzuflattern wie die Hühner. Er prallte nach hinten gegen den platzenden Mörtel einer Wand und ging dann langsam, wie ein Betrunkener, zu Boden. Ihre neben und über ihm stehenden Beine vervielfachten sich, bis sie wie ein Hundertfüßler aussah. Er wollte sich hochstemmen. Sie schlug ihn abermals, bis er saß. Es war eine Stange, kein Brett. »Wenn du am Leben bleibst«, sagte sie, und ihre Stimme klang zu ihm wie von jenseits des Meeres, »sehen wir uns vielleicht eines Tages wieder, und dann wirst *du mein* Gefangener sein.«

Er versuchte wieder nach ihrem Fuß zu fassen, aber er hatte sich für einen Fuß entschieden, der nur ein Trugbild war. Sie schlug ihm noch einmal auf den Kopf. In ihm dröhnte es wie ein Gong. Er warf sich schier in die Höhe. Sie war schon zehn Schritt weg, rannte, kraftvoller als jeder Mann. Er folgte ihr unsicher, alles dröhnte, Blut tropfte auf seine Brust und sein nasses Geschlecht. Menschen, die im Entgegenkommen begriffen waren, wichen ächzend aus. Die Wände der Häuser waren wie flüssig, alles dröhnte, alles entkam ihm. Er rutschte aus auf alten Salatblättern, schlitterte in den Matsch. Sie war fort.

Ihm entkommen. Er wälzte sich wie ein Schwein in einer Suhle.

Als er die Augen wieder aufschlug, sah er eine Frau. Es war nicht sie. Eine andere. Aber auch diese war etwas Besonderes. Sie war sehr schön, auf eine herbe, geringschätzige Art. Sie trug eine enge Lederhose, die sehr knapp auf den Hüften saß und sehr tief blicken ließ. Ihr ärmelloses Oberteil war ebenfalls aus Leder und hautdünn. Sie bewegte sich, als sei sie kampfgeübt, so viel konnte er erkennen. Sie sah ihn an, lachte, sagte etwas Spöttisches, das er nicht verstand, weil es in seinen Ohren immer noch so dröhnte, und wandte sich dann ab. Sie trug ein Schwert auf dem Rücken. Das Schwert hatte rote Muster in der Klinge, wie eine Schrift aus Blut. Jemand war bei ihr, ein Begleiter, aber den konnte er nicht richtig einordnen. Er schien kleiner und nicht weiter wichtig zu sein.

Er stemmte sich hoch und hielt sich eine Weile an einer Hauswand fest. Die Häuser beruhigten sich ganz langsam. Vor Kurzem hatten sie ihn noch angekläfft wie ein Rudel Hunde. Nur in dem, aus dem er gesprungen war, mochten weiterhin Aufregung und Wirrwarr herrschen.

Verflucht!

Sein Schwert war noch immer oben. Sein Schwert, der Mantel, der Ohrring. Er wollte nicht mehr zurück, es würde nur Scherereien mit Ionie geben, immerhin hatte er ihr wertvollstes Mädchen entkommen lassen. Aber er konnte auch nicht nackt und blutverschmiert durch die Stadt. So viel hatte die Stadt ihm schon beigebracht, dass Aufsehen erregte, wer sich nicht mindestens wie eine Hure kleidete.

Er versuchte sich zu orientieren. Er war in einer anderen Gasse als sonst, aber aus seinen kleinen nächtlichen Streifzügen in die nähere Umgebung wusste er genug, um die Gasse, die zu seinem Zimmer führte, finden zu können. Von dort aus kletterte er hinauf und drang in sein Zimmer ein.

Im Haus herrschte tatsächlich Tumult. Und er war nicht mehr da, um die durchgehenden Kunden im Zaum zu halten. Er nahm seine alte Kleidung, das Schwert und den Ohrring aus dem Schrank und zog sich so an, wie er vor zwei Monaten gekommen war. Jemand näherte sich über den Flur mit raschen Schritten der Zimmertür. Es klang wie Ionie. Der Barbar war zum Fenster hinaus, bevor die Tür geöffnet wurde.

Es dunkelte zusehends. Die Stadt legte wieder ihr Nachtgesicht auf, durchscheinend und trügerisch.

Er dachte nur kurz daran, die beiden außergewöhnlichen Frauen zu suchen, die ihm heute entwischt waren. Das Mannweib und die Schwertkämpferin. Er würde sie nicht finden. Nicht hier.

Er verließ die Stadt, indem er einem Stern folgte, der über allen Straßen am Himmel hing und ihn unempfindlich machte gegen die Verwirrung sich widersprechender Wege.

BRaNDSCHaTZeN

Er rennt, die Fackel in der Hand.
Er ist Teil einer Horde.
Ist niemals Teil einer Horde.
Rennt zwar mit ihnen, gehört aber nicht zu ihnen.
Sie alle tragen Fackeln und schreien.

Das Rennen.
Jenseits der Stadt.
Jenseits der Enge und der Irrwege.
Das Rennen.
Darum geht es.

In einer Horde.
Nicht in einer Horde.
Sie tragen Fackeln.
Sie lachen und rennen.
Lachen und rennen und schreien wie er.

Es ist wie ein Fest.
Eine Freude.
Das Dorf kommt in Sicht.
Um befeiert zu werden.
Befeuert.

Die Gesichter verzerren sich.
Fackeln fliegen.
Schön sieht das aus.
Menschen rennen.
Alles rennt.

Das Dorf brennt.
Jauchzt auf in den Flammen.
Hoch hinauf, oben wölkt es sich wie Haar,
wie eine Krone.
Unten springen Funken.
Läuft Glut.

Schau!
Es ist das
Was sie in der Stadt
Kunst
Nennen!

Eine Frau bäumt sich auf, wie in Ekstase.
Zwischen ihren Lippen leuchtet es.
Ihre Haare, blond, sind Flammen.
Sie bäumt sich stöhnend und zerfällt.
Kurz ist das Vergnügen.

Ein Kind steht unter Feuer
Noch niemals zuvor
War es so hell
Sein Schreien wie Gelächter
Das Gelächter der Horde wie ein Schrei

Das Dorf verliert
Und gewinnt hinzu
Neue Umrisse
Neue Bewegungen
Das Dorf lebt jetzt und tanzt, erweckt

Die Horde nimmt sich
Was sie kriegen kann
Es ist wie ein Fest
Eine Freude
Es prasselt

Frei
Frei wie der Rauch
Auf die Zungen
Legt sich
Das Tosen des Brands

Die Horde löst sich auf
Verläuft sich zwischen den Feuern
Ist selbst wie die Funken
Sucht sich Nahrung
Sucht sich Bestätigung

Er rennt hindurch
Bleibt gar nicht stehen
Nimmt nur im Vorübereilen wahr
Will weiter, weg, woandershin
Wo es noch heller leuchtet, noch wärmer, länger strahlt

Hinter ihm
Zerfallen die Ruinen
Endet das Leben
Und vor ihm
Das weite, noch unbefleckt schlummernde Land

PLüNDeRN

»Der Drache«, ächzte der sterbende Vater. »Der Drache hat mir den Sohn genommen.«

Zerschmettert lag der Vater am Hang. Seine Beine standen in unmöglichen Winkeln ab, wahrscheinlich beide aus den Hüftgelenken ausgekugelt. Aber er sprach verhältnismäßig ruhig, obwohl auch sein Brustkorb eingedrückt aussah, als wäre ein Riese auf ihn draufgetreten. Der Barbar, der einfach nur des Weges gekommen war, war stehen geblieben und hörte dem Vater nun zu. Er respektierte diese Ruhe im Angesicht des Todes. Schon mehrmals in seinem Leben hatte er die Erfahrung gemacht, dass Sterbende, weil ihnen nicht mehr viel Zeit blieb, weniger Unsinn redeten als solche, die noch Leben vor sich hatten.

»Er kam von oben«, erläuterte der Vater. In seinen Atem mischten sich das Zerplatzen und Schäumen blutiger Bläschen. »Aus dem wolkenlosen Himmel. Zuerst nur ein Schatten. Dann ein Rauschen von Flügeln. Es klang fast wie Regen. Es riss mich vom Pferd. Das Pferd trug eine tiefe Wunde davon, doch konnte es entkommen. Mein Sohn hatte ein eigenes, ein kleineres. Auch dieses verschonte der Drache. Es entkam. Nur meinen Jungen. Meinen Jungen hat er sich geschnappt.«

Der Barbar schaute sich um. Der Vater lag am Fuß eines steilen Hanges, wahrscheinlich hatte sich das alles oberhalb des Hanges ereignet. Dort führte eine Straße entlang. Der Vater war in die Tiefe gepurzelt. Hatte er überhaupt sehen können, wer ihn angriff? Oder dass sein Pferd und das seines Sohnes entkommen konnten? Sehen nicht. Aber er hatte es *hören* können. Wie die Pferde davonliefen.

»Hast du schon einmal einen Drachen gesehen?« Der Vater lächelte. Seine Lippen wurden zusehends bleicher. Bald würde er zu schlottern beginnen, dann zu phantasieren, dann zu verlöschen. »Es ist ein furchtbarer Anblick. Er kann fliegen, und sein Atem riecht nach Feuer. Er schlägt dich und greift sich dich und zerbeißt dich, alles auf einmal. Und er ist riesig. Seine Schwingen füllen den wolkenlosen Himmel aus. Ich habe ihn davonfliegen sehen. Dort. Dort hinauf flog er. Mit meinem Jungen in den Krallen. Und mein Junge rief nach mir, und ich konnte nicht antworten, denn ich war noch immer nicht fertig mit Stürzen.«

Er deutete. Sein Arm schlenkerte dabei ungesund. In der Verlängerung des deutenden Fingers lag eine zackige Felsformation, die wie eine Krone aussah. Die Einheimischen nannten diese Stelle den Nagelwald, davon hatte der Barbar schon gehört. Dort sollten Drachen hausen und andere Ungeheuer. Ein Labyrinth der Gefahren. Der Nagelwald hatte die Farbe von angelaufenem Silber oder noch flüssigem Vogelkot.

»Mein Sohn ist am Leben«, röchelte der Vater nun. »Der Drache hat ihn beinahe sanft aus dem Sattel gehoben, beinahe liebevoll. Er will ihn lebend, um ihn an seine Brut verfüttern zu können. Aber nun, da ich sterben werde, wird nichts mehr bleiben von mir, wenn mein Sohn ebenfalls stirbt. Kannst du ihn retten, mein Freund? Du bist jung und stark. Du hast ein Schwert. Ein gutes Schwert, keines von denen, die beim ersten Schlag in Trümmer gehen. Es ist nicht weit nach dort oben. Du brauchst den Drachen nicht zu erschlagen. Warte einfach, bis er auf weitere Beute ausfliegt, dann nimm dir meinen Jungen und bringe ihn zur nächsten Winzerei. Ich bin ein Weingutsbesitzer. Die Menschen dort werden wissen, wer er ist. Sie werden sich um ihn kümmern und dich reich entlohnen. Ah, ich sehe deinen Blick. Du denkst dir, dass es dir schon reichen würde, meinen Leichnam zu fleddern. Aber ich muss dich enttäuschen. Ich habe fast nichts bei mir. Ich war unterwegs, um ein Geschäft zu tätigen, und habe die Wertsachen bereits überbracht. Aber auf einem Weingut dieser Gegend, egal welchem, wird man dir geben können, wonach du verlangst. Wenn du ihnen meinen Sohn bringst.« Er hustete. Dann begann das Schlottern.

Der Barbar stellte sich zwischen ihn und die Sonne. Der Vater sollte in seinen letzten Augenblicken wenigstens nicht geblendet sein. Ihn in den Schatten zu tragen war nicht machbar. Beim Anheben schon würde er in seine Einzelteile zerfallen, die nur noch zufällig, von Blut und Eiter gehalten, aneinanderklebten.

Der Vater verstieg sich jetzt in eine sonderbare Rede, die Worte pulsten nur so aus ihm heraus. Er verfluchte die Mutter des Knaben, die ihn dazu gezwungen hatte, Vater eines Kindes zu werden, obwohl er selbst immer darauf hingewiesen hatte, dass er dieser Aufgabe nie und nimmer gewachsen sein würde. »Man kann kein Weingut leiten und gleichzeitig ein guter Vater sein. Ich habe das immer gesagt, immer. Es gibt zu viele Gefahren auf der Welt. Ich werde ihn mitnehmen müssen auf Reisen, es wird nicht anders gehen, er wird lernen müssen und sehen, und es wird ein Drache kommen und ihn mit sich reißen, und mir wird die Kraft fehlen, mich dazwischenzuwerfen.« Der Barbar hörte kaum zu. Ihm war die Vorstellung, sich um die beim Vergnügen gezeugten Bälger kümmern zu müssen, vollkommen fremd. Für so was waren die Weiber zuständig, die sehnten sich sogar danach. Den Geruch von Kinderscheiße schienen sie zu mögen. Er dagegen versuchte im Nagelwald eine Bewegung auszuspähen. Da war tatsächlich etwas, aber es sah eher wie ein Schwarm von Fledermäusen aus als wie ein Drache.

Der Vater begann zu halluzinieren. Er erzählte von Orten, die es nicht geben konnte, und von Abenteuern, die er niemals erlebt hatte. Der Barbar verlagerte ungeduldig sein Gewicht von einem Fuß auf den anderen. Dann war es vorbei. Der Vater war tot, den Mund noch immer offen vom Reden, die Augen ebenfalls halb, nur der Blick war starr und trocknete. Fliegen summten, um Eier zu legen. Der Barbar durchsuchte den Toten. Dieser hatte nicht gelogen. Er trug nichts bei sich außer papierenen Wechseln, die der Barbar nicht anerkannte, weil sie brannten, wenn man sie ins Feuer hielt. Keine Währung von Wert konnte Feuer fangen und zu einem zerflatternden Nichts verschmoren.

Er schnaubte verächtlich und machte sich an den Aufstieg. Warum, wusste er selbst nicht so genau. Es ging ihm jedenfalls nicht um den Jungen. Eher darum, einen Drachen zu sehen. Aus nächster Nähe. Und sich mit ihm zu messen.

Als er den Hang halb erklommen hatte, blickte er sich noch einmal nach dem Vater um. Der lag dort noch immer, so verformt, wie ein menschlicher Leib nur sein konnte, und bildete ein skurriles Wegzeichen des Verlusts.

Oberhalb erreichte er die Straße und fand noch Spuren des Kampfes. Blut aus der Wunde, die dem Pferd zugefügt worden war. Das Rot führte in noch feuchten Spritzern davon. Das Geschehen war nicht lange her, das Pferd jedoch nirgends zu sehen. Vielleicht konnte der Barbar ihm später folgen, aber es würde nicht mehr zu viel nütze sein, wenn es so viel Blut verlor. Schade drum. Wie hatte sich der Vater eigentlich vorgestellt, dass er seinen Jungen transportieren sollte? Indem er ihn zu Fuß durchs Land trug? Selbst wenn es ihm gelingen würde, den Jungen zu befreien, hatte er keine Lust darauf, ein möglicherweise sogar verwundetes und deshalb quengeliges Kind mit sich herumzuschleppen. Er grinste beinahe, so abwegig kam ihm alleine schon der Gedanke vor.

Der Nagelwald lag noch viel weiter oben, aber er brauchte nicht Steilwände zu erklettern, es gab mehrere Senken und Schluchten, die aufwärts führten, als hätten die Berge selbst in einem vorzeitlichen Gefecht mit gigantischen Äxten aufeinander eingedroschen, um sich zu formen. Der Aufstieg erinnerte ihn ein wenig daran, wie er vor einigen Monaten diesen vermeintlichen Gott erschlagen hatte, der mit seiner Bande ein heruntergekommenes Bergdorf tyrannisierte. Der Gott war nur ein Wichtigtuer gewesen, ein erbärmlicher Mummenschanz für leicht beeindruckbare, in Häusern zusammengekauerte Sippenmenschen. Mit dem Drachen jedoch würde es sich anders verhalten. Weshalb sollte ein Sterbender die Unwahrheit sagen? Es sei denn, jemand hatte ihm *weisgemacht*, es mit einem Drachen zu tun zu haben, und etwas anderes steckte dahinter. Eine weitere Bande, die eine Gegend zu unterdrücken trachtete, indem sie sich als etwas ausgab, das größer war als sie? Wenn es so war, würde er es herausfinden und beenden. Alleine schon, um jeder nur vorgetäuschten Größe ein Ende zu setzen. Aber er glaubte an den Drachen. Er glaubte nicht an Götter, die einzelne Dörfer unterjochten. Aber Drachen waren schon in seiner Kindheit an den Wandernden Feuern Bestandteil geraunter Berichte gewesen. Es gab sie. Und sie konnten Menschen packen und mit sich reißen, Kinder erst recht.

Im Höhersteigen verlor er den Nagelwald ab und zu aus den Augen, wenn ein Felsriss sich um ihn zu schließen schien wie die Außenwände eines Rohres, wie manche Völker sie zum Felderbewässern bauten. Dann wieder kam die Formation in Sicht. Und mit jedem Mal wurde der Schwarm deutlicher. Fledermäuse, in der Tat. Aber ungewöhnlich große und hässliche, unterschiedlich in Form und Größe. War es möglich, dass der Junge nicht von einem einzelnen Wesen, sondern von einem Schwarm entführt worden war? Konnte ein Schwarm sich auf eine einzige Beute einigen und zusammenarbeiten, um diese in die Lüfte zu heben?

Der Nagelwald jedenfalls erwies sich als größer, als er aus der Entfernung zunächst gewirkt hatte. Eine Landschaft aus Splittern und Verformtheiten. Wie Bruchstücke von etwas, das aus dem Himmel herniedergeborsten war. Als fehlte dort oben nun ein Teil. Der Nagelwald war eine unüberschaubare Zerklüftung, weißlich bis schwärzlich schimmernd, frei von jeglichem Bewuchs und dabei einen Geruch verströmend, als siedeten schon nicht mehr genießbare Hühnereier in einem übergroßen Bottich.

Das Flappen der Fledermausflügel war bereits zu hören. Einige dieser Wesen schrien wie Vögel, was Fledermäuse eigentlich nicht zu tun pflegten.

Eine Fackel.

Eine Fackel hätte er jetzt gut brauchen können. Doch er hatte seine in das Dorf geschleudert, wie die anderen auch. Die Horde war jetzt Vergangenheit, hatte sich zerstreut. Im Nachhinein wunderte er sich fast darüber, woher die Horde eigentlich gekommen und wohin sie gegangen war. Sie waren ihm alle ähnlich gewesen, so als wären sie er. Hatte er sich nur vervielfältigt, um ein Dorf in ein Flammenmeer zu tauchen? Um Farben und Licht zu erschaffen, der Nacht zum Trotz, und niederzubrennen, was keinen Wert mehr besaß? Die Horde war nur noch eine flüchtige Erinnerung, und mit ihr die Fackeln, die ihm jetzt gegen die Fledertiere hätten von Nutzen sein können.

Stattdessen nahem er sein Schwert in die Faust. Beim richtigen Stand der Sonne konnte man auch mit einer

Klinge ein Leuchten erzeugen. Und ein Singen. Und Tanz.

Er näherte sich. Beständig aufwärts. Das Gestein scharfkantig und wehrhaft. Das war kein gewöhnliches Gestein. Das wirkte wie verschiedene zusammengeschmolzene Metallerze. Der Geruch wurde stärker, umfing ihn mit feuchtkalten Gliedmaßen. Die Fledermäuse formierten sich. Es waren mehr als hundert von ihnen, vielleicht sogar zweihundert. Sie stiegen auf, begannen zu kreisen und hielten dann genau auf ihn zu.

Er bleckte die Zähne. So viele auf einmal. Aber er war ein Mensch, ein Mann. Und sie nur Ungeziefer.

Dennoch war es ratsam, nicht zuzulassen, dass sie von allen Richtungen gleichzeitig über ihn herfielen.

Er suchte sich eine Nische im glänzenden Gestein. Presste sich mit dem Rücken an die Kanten. Über seinem Kopf hätte er auch noch gerne einen Vorsprung gehabt, der ihn nach oben hin schützte, aber so etwas war in der Kürze der Zeit nicht zu finden gewesen. Er begnügte sich mit dem, was da war, wartete mit dem Schwert in beiden Händen. Das Flattern kam näher, in seiner Vielzahl ein ledriges Rauschen. Dann stießen sie herab. Dutzende von ihnen, mit weit aufgesperrten Zahnmäulern und Nasen, die ganz faltig waren vom Aufreißen der Kiefer. Mehrere seiner Streiche führte er von unten nach oben, derart konnte er sich nicht im sich oben ballenden Getümmel verhaken und allzu viel an Schwung einbüßen. Die Tiere waren unterschiedlich groß und schienen auch verschiedenen Arten anzugehören, was ungewöhnlich war für einen Schwarm. Die kleinsten, durchaus auch aggressivsten waren kaum größer als Spatzen, die größten jedoch wie Hunde mit Hautschwingen. Es gab schwärzliche Tiere mit borstigem Fell, braune mit katzenartigen Augen und gelbliche, deren Schnauzen spitz zuliefen wie Schnäbel und deren Körper eher an Echsen erinnerten denn an Fledermäuse. Der Barbar machte zwischen all den Sorten und Größen keinen Unterschied. Er durchhieb nach links und rechts Flügel

Leiber

Schnauzen

Zähne

Ohren

Köpfe

Krallen

Augen

Zungen

Füße

Hälse

Knochen

und Fell. Er vermisste ein zweites Schwert. Mit einer Klinge in jeder Hand hätte er sich besser zur Wehr setzen können und nicht immer so viel Zeit verloren mit dem Rückführen und Neuausholen. Stinkendes Blut und beißende Pisse pladderten über ihn wie in ausgekotzten Schwällen. Er schuftete und rackerte. Mehr und mehr der Tiere drängten nach, behinderten sich aber auch gegenseitig. Flügel klatschten. Krallen rissen. Einige verbissen sich in Raserei ineinander. Andere kläfften wie Hunde oder schrien den Barbaren an. Zwei oder drei meckerten wie Ziegen. Es war ein Höllenspektakel. Er scheuerte sich den Rücken wund an den Felsen, die Tiere fassten nach seinen langen Haaren und zerrten daran, aber nach vorne spaltete und zuckte seine Klinge. Sie fand Widerstände und fraß sich hindurch. Es war ein wirklich gutes Schwert, das der Hauptmann eines verlorenen Postens sich da hatte anfertigen lassen. Es durchtrennte Leiber, die zu Boden platschten und dort neue Leiber zu ergeben schienen. Zwei Köpfe, die an den Hälsen zusammenklebten. Oder zwei Hinterteile ohne Vorderteile. Drei oder vier Flügel, die blindlings um sich schlagend ein absurdes Gefüge ergaben und sich sogar fortbewegten. Mehrere Fetzen, die ineinanderglitten und immer noch zappelten.

Die Tiere schienen ihrem Überleben – selbst dem Überleben ihres ganzen Schwarms – keinerlei Bedeutung beizumessen. Fünfzig, sechzig, siebzig von ihnen hatte der Barbar bereits erschlagen. Die Leichenteile türmten sich vor ihm auf und schwemmten glitschig bis zu seinen Knien hoch. Doch noch immer drängten vielfältige Flederwesen hinterdrein, stürzten sich schreiend ins Geschehen und starben unter den niemals erlahmenden Hieben der rot gesprenkelten Klinge.

Lange, lange dauerte das Gewimmel, dann erst dünnte es deutlich aus. Die verbliebenen Gegner – es mochten allenfalls noch zwei, drei Dutzend sein – stiegen höher und höher und wichen dem Schwert des Barbaren nun erstmals aus. Sie schienen verunsichert zu sein, kreischten sich gegenseitig an, fanden keine gemeinsame Richtung mehr, vielleicht war ihr Leittier gefallen. Der Gestank des Tötens war inzwischen dermaßen verdichtet, dass er sehr süß, beinahe wie das Ambra aus Ionies Haus der Freuden duftete.

Der Barbar blieb stehen, traute dem Frieden nicht. Er blieb in seiner Nische, die Felsen schon beinahe im Fleisch seines Rückens wie die Schuppen eines Ungeheuers. Vor ihm ein Berg frischen Todes, teilweise noch flappend oder zerteilt um sich schnappend.

Zeit verging. Er atmete den Geruch, der ihm über den Gaumen in den Rachen rann. Dann steckte er die Klinge in den Gurt und ordnete sich die Haare. Sie waren zerzaust und zerrupft, an einigen Stellen musste er reißen, um noch mit den Fingern hindurchzukommen. Auch der Mantel des Stadtmagiers war nichts mehr als ein zerschlissener Fetzen. Er schleuderte ihn von sich. Eines der Wesen hatte nach seinem Ohrring geschnappt, aber der war immer noch da, der Durchstich im Ohrläppchen hatte gehalten. Nur mit der blutigen Hose bekleidet, den ganzen Leib rot besprüht wie ein Dämon aus einem mahnenden Bildnis, arbeitete er sich durch den Haufen aus der Nische. Argwöhnisch beäugte er den Himmel. Die überlebenden Fledertiere hatten sich verzogen, aber vielleicht lauerten sie noch immer irgendwo, um einen letzten verzweifelten Angriff zu unternehmen. Die Wolken sahen ebenso zerrissen aus wie das, was hier überall herumlag.

Er ging weiter, kletterte einen kleinen Hang hinauf, näherte sich den äußeren Zacken des Nagelwalds und ließ sich wieder in eine Rinne hinab, um nicht von Weitem vom Drachen gesehen zu werden. Dass er nun den Geruch der Fledertiere trug, war als Tarnung nicht zu gebrauchen, denn er stank nach ihren Innereien – nicht so, wie sie normalerweise rochen. Dieser Duft würde den Drachen eher aufwühlen und beunruhigen, als ihn in Sicherheit zu wiegen.

Die Rinne lief nicht lange auf die Zacken zu. Er musste sie wieder verlassen und geduckt über offenes Gelände hetzen.

Zwischen den Zacken sah er eine Bewegung. Er wollte nicht anhalten, sondern erst noch eine Deckung erreichen, einen vereinzelten Stein, der wie eine Glasscherbe im Boden steckte.

Hinter der Deckung verhielt er. Er hörte Geräusche: ein seltsames keckerndes Gurren und das Scharren großer Krallen. Der Drache? Er konnte sich kein richtiges Bild machen, selbst die Richtung, aus der die Geräusche kamen, schien nicht ganz eindeutig zu sein.

Mehrere Drachen?

Er beschloss, langsamer vorzugehen. Geduckt zu pirschen, anstatt so schnell wie möglich freien Raum zu überwinden. Falls er angegriffen wurde, konnte er sich immer noch zur vorherigen Rinne zurückziehen.

Der Wind kam von der Seite, drehte sich aber unbeständig, mal von halbhinten, dann wieder von halbvorne. Der Barbar überlegte, den Nagelwald zu umgehen, um den Wind möglichst von vorne zu bekommen. Dafür wiederum war es ratsam, Rinnen zu benutzen, um ungesehen Strecke machen zu können.

Er hatte sich gerade umgewandt, um die nächste geeignete Rinne zu suchen, als er hinter sich ein Geräusch hörte. Er fuhr herum.

Zwischen den Zacken des Nagelwaldes stand ein Vogel. Ein Vogel, wie er noch nie einen zu Gesicht bekommen hatte. Er schien nicht flugfähig zu sein, jedenfalls wirkten seine zwei angriffslustig abgespreizten Flügel nur wie Stummel. Seine Beine jedoch waren dickschenklig und kräftig. Sein Schädel schien nur aus Schnabel samt tückisch blickenden Augen zu bestehen. Der Vogel war annähernd mannshoch. Er legte den Kopf schief und gurrte keckernd.

Der Barbar richtete sich aus seiner angespannt geduckten Haltung auf. Nun überragte er den etwa hundert Schritt entfernten Vogel deutlich, um Kopfeslänge. Der Vogel schien seine Unterlegenheit zu durchdenken, jedenfalls legte er den Kopf immer wieder ruckartig schief, in verschiedenen Haltungen.

Der Barbar bleckte die Zähne. Sie allein waren noch weiß in seinem rot verschmierten Gesicht.

Etwas raschelte und tappte. Dann schossen drei weitere Vögel zwischen verschiedenen Zacken hervor. Auch der eine, der bislang die Aufmerksamkeit des Barbaren auf sich gelenkt hatte, setzte sich nach vorne in Bewegung. Diese Laufvögel waren schnell, sehr schnell. Mit weit ausgreifenden Schritten überwanden sie die Distanz. Brüchiges Gestein platzte unter ihren massiven Angriffskrallen.

Der Barbar dachte nicht lange nach. Er warf sich herum und rannte zur nächstgelegenen Rinne zurück. Obwohl er hundert Schritt Vorsprung hatte, schaffte er es beinahe nicht, die Rinne zu erreichen, bevor der vorderste der Vögel ihn eingeholt hatte, so viel schneller als er waren diese Tiere. Aber es gelang.

Er sprang nicht über die Rinne hinweg. Die Vögel hatten viel kräftigere Beine als er und wären nicht abgestürzt, sondern ihm mit Leichtigkeit gefolgt. Er sprang stattdessen hinab, was wegen der allgegenwärtigen Scharfkantigkeit kein ungefährliches Manöver war. Er landete, rollte sich schmerzhaft ab, kam hoch und presste sich abermals gegen eine Wand, gegen die, über die er gesprungen war. Seine Verfolger ließen sich nicht abschütteln. Keifend wie Jagdhunde purzelten sie zu ihm hinunter und wollten gegen ihn vordringen.

Der Barbar entging ihren Schnäbeln, indem er sich wieder aus der Rinne emporstemmte, kaum dass die vier hinter ihm hergesprungen waren. Sie folgten ihm, indem sie – mit ihren Flügelstummeln flatternd – auf ihren kräftigen Krallenbeinen die Rinnenwand emporklommen. Doch dort oben erwartete sie die Klinge des Hauptmannsschwertes. Dem vordersten der Vögel durchhieb der Barbar mit einem mächtigen Rundumschlag den Hals, einem zweiten fügte er immerhin einen empfindlichen Stich in die Brust zu, aber dann waren die beiden anderen schon heran, und er musste vor ihren hackenden Schnäbeln weichen. Er rannte, strauchelte. Sie wären auch ohne sein Straucheln viel schneller gewesen als er und gelangten über ihn, die nackten Beine tanzten wie Baumstümpfe mit Krallenwurzeln um ihn herum. Ihre an mächtige Zangenkiefer gemahnenden Schnäbel schnappten nach ihm. Sie hatten sogar gesägte Dornen an den Schnabelspitzen, furchtbare Waffen gegen Mensch und Tier.

Abermals vermisste er einen Schild. Er hatte einmal einen getragen und ihn oftmals als sperrigen Ballast verflucht, aber gegen eine pickende und hackende Überzahl gab es nichts Besseres. Auch ein zweites Schwert hätte ihm nun wieder gutgetan. Er brauchte unbedingt eins. Und bessere Rüstung. Einen Helm vielleicht. Wenigstens ein Haarband.

Die Vögel waren schnell und wendig und ihr Gefieder zäh wie Draht. Angriffslustig gesträubt schützte es den Körper vor den Streichen des Barbaren. Nur ein frontaler Stich konnte diese Deckung durchdringen.

Ein Schnabel hackte ihm in die linke Schulter, einer sogar in den Kopf, aber es gelang dem Barbaren, einen der Vögel zweimal zu durchbohren. Das Tier taumelte schreiend und stummelflatternd rückwärts und brach dort zusammen. Der, den er beim Verlassen der Rinne bereits verwundet hatte, drang am wütendsten auf ihn ein. Ihm durchschlug er ein Bein knapp über den Krallen, wo es schmaler war als weiter oberhalb. Einbeinig konnte der Vogel sich nicht halten und stürzte zur Seite, wo er wild um sich schnappend zu rotieren begann. Der Barbar warf sich dreimal hintereinander über die spitzen Splitterkiesel aus der Reichweite des Vogels, um nicht in diesem schrecklichen Wirbel zerfetzt zu werden. Der Wirbel schien ihm zu folgen, begierig darauf, Verkrüppelung mit Verkrüppelung zu vergelten.

Ein Vogel war noch unverwundet.

Ihn trieb der Barbar mit ein paar ungerichteten Hieben wenigstens zurück, sodass er selbst endlich auf die Beine kommen konnte. Seine Kopfwunde schmerzte, aber ob sie blutete, konnte er nicht ausmachen, weil er ohnehin über und über mit Blut verklebt war. Mit den Fingern fühlte er jedoch eine richtige Scharte im Schädel, möglicherweise sogar ein Loch. Ob es mit Haaren verklebt war oder ob dort bereits Gehirnmasse austrat, das herauszufinden hatte er keine Zeit.

Er musste dem wirbelnden Einbeinigen ausweichen, während der Unverwundete gegen ihn vordrang. Ganz unwillkürlich war das Gesicht des Barbaren dermaßen schmerzverzogen, dass er seine Augen kaum noch aufbekam. Jetzt hätte er gerne die roten Beeren gehabt, die der Dorfälteste ihm damals gegeben hatte. Um alles um ihn herum zu verlangsamen. Oder einen Helm. Wenigstens einen Helm, um die Schmerzen drinnen zu halten.

Der Vogel attackierte, indem er mit beiden Krallenfüßen nach vorne gegen ihn sprang. Der Barbar, der mit einem solchen Angriff gar nicht gerechnet hatte, wurde nach rückwärts getrieben, wo der Wirbel des Einbeinigen ihn aus dem Stand fegte. Alle drei Wesen polterten kreischend übereinander. Dicke Federn stoben auf. Der Barbar hielt an seinem Schwert fest, als gälte es sein Leben, und so war es auch. Ohne die Klinge wäre er verloren gewesen. Er wollte sie wie eine Weltachse in den Boden rammen, um alles darum herum zu befestigen. Aber der Boden war zu unnachgiebig.

Sein Schädel dröhnte, als er auf die Felsen schlug. Es fühlte sich an, als würde IHM der Kopf aufplatzen und durch das ohnehin schon vorbereitete Loch alles hinaussprühen – Vergangenheiten, Zukünfte, Erinnerungen, Begierden und Träume. Zwei seiner Träume konnte er noch fliehen sehen. Sie waren ohnehin kindisch gewesen.

Er nahm das Schwert als Rückgrat und verhärtete sich dadurch. Zuerst beendete er den Wirbel, der ihm wieder und wieder ins Kreuz trat und ihn vorantrieb über Funken sprühende Formationen. Er suchte und fand ein fühlendes Herz. Das brachte er zum Stillstand. Dann war da nur noch der Unverwundete. Das weithin einzige unverletzte Wesen überhaupt, wie es ihm schien. Er hieb nach seinem Hals, aber der zuckte vor und zurück wie eine zustoßende Schlange. Er hieb viermal daneben. Die Zacken des Nagelwalds rotierten in seinen Augen vor Anstrengung. Der Himmel färbte sich tiefrot, klarte dann mit dem nächsten Blinzeln wieder auf, als verliefe dickflüssiges Öl. Unten war Stein. Oben war der Feind. Er schlug noch mal zu. Und noch mal. Ein letztes Mal. Ein allerletztes Mal. Ein wirklich allerletztes Mal.

Und dann war Ruhe. Der Kopf des Vogels klatschte neben ihm zu Boden, die Augen verdrehten sich, die Zunge zitterte im weit aufgerissenen Schnabel. Der Leib rannte noch ein paar Schritte, mit angehobenen Stummeln. Wie eine Dame, die versucht, ihren Kleidsaum aus Pfützen herauszuhalten. Dann brach das Tier zusammen. Blut breitete sich aus, in Fontänen und in Seen.

Der Barbar blieb liegen.

Er wusste, dass es nicht klug war, liegen zu bleiben. Er befand sich auf offenem, feindseligem Feld. Es mochte noch weitere solcher Raubvögel geben. Es gab auch noch Flederwesen. Wenn die übrig gebliebenen Fledertiere jetzt zu einem gemeinsamen Angriff ansetzten, würden sie ihn lebendigen Leibes fressen können, ohne dass er sich wehrte. Und es gab noch etwas anderes. Was war das denn bloß gewesen? Ach ja!

Ein Drache.

Gab es diesen Drachen überhaupt? Oder war der Angriff auf den Vater und den Sohn ein Werk dieser Vögel gewesen? Die Wunde des Pferdes schien dazu zu passen. Aber hatte der Vater seinen Sohn nicht davon*fliegen* gesehen? War das Einbildung gewesen? Hatten die Laufvögel und die Fledertiere gemeinsam angegriffen und dadurch einen verwischten Eindruck von Krallen und Himmel erzeugt?

Er ärgerte sich. Zu viel Denken machte langsam und alt. Es ärgerte ihn immer, wenn er seinen Kopf nicht im Zaum halten konnte.

Seinen offenen Kopf.

Er setzte sich auf. Ringsum war alles ruhig, bis auf einen der vier Vögel, der immer noch, obgleich todwund, mit dem Gefieder raschelte. Der Barbar befühlte seine Kopfwunde. Ein Loch war es wohl nicht, aber eine beachtliche Kerbe, deren Fleisch auch schon zu einer Beule anschwoll. Alles gut gegangen. Aber ein Helm konnte tatsächlich hilfreich sein gegen so etwas.

Als er aufstand, schwankte die Erde noch ein wenig, die Zacken des Nagelwalds wie eine Krone auf dem Haupt eines furchtsamen Königs.

Aus einer Laune heraus rupfte der Barbar sich eine Feder aus einem der toten Vögel und knotete sie sich an einen Haarstrang. Die Leute sollten ruhig sehen, was er bezwungen hatte.

Dann bewegte er sich weiter aufwärts, den Zacken entgegen. Dem Drachen, wenn es ihn wirklich gab. Oder dem, was sonst noch dort lauern mochte.

Innerhalb der Zacken war es abwechselnd taghell und nachtfinster. Geometrische Schatten beherrschten das Bild. Der Gestank von kochenden, faulen Eiern wurde jetzt wieder stärker. Die Felsen selbst schienen ihn auszuschwitzen. Für einen Moment befiel den Barbaren ein furchtbarer Gedanke: Was, wenn der gesamte Nagelwald der Drache war, die Zacken nichts anderes als Hornschuppen auf seinem Rücken? Wenn sich jetzt alles in Bewegung setzte, fast das gesamte Massiv, beinahe die ganze Welt, als brüllendes Ungeheuer, das jeglicher Beschreibung spottete? Aber wie sollte es möglich sein, dass die Anwohner einen Drachen als Wald bezeichneten? Gab es eine solche Verrücktheit? In den Städten vielleicht. Aber hier draußen inmitten der Berge? Konnte ein Berg ein Unwesen sein und ein Unwesen nichts weiter als ein Berg?

Sein Kopf machte ihm immer noch Probleme, er überschlug sich und überschlug sich, obwohl er doch durch den Hals befestigt sein musste.

Er suchte sich einen Weg durch die Zacken hindurch und verirrte sich. Alles sah hier gleich aus, zertrümmert und angelaufen von etwas Silbrigerem als Rost. Einmal hörte er eines der Flederwesen rascheln – es hing weit oben kopfüber von einem Vorsprung und schien sich vor dem Barbaren in seinen eigenen Flügelfalten verstecken zu wollen. Bald stand er wieder am Ausgang nach draußen und wusste doch, dass er die Mitte noch lange nicht erreicht hatte. Also kehrte er um und suchte sich einen anderen Weg hinein. Auch dieser führte ihn über mehrere Abbiegungen wieder zum Rand. Beim dritten Versuch jedoch klappte es: Inmitten des Nagelwalds erreichte der Barbar ein wie eine gigantische, aufgeklappte Artischocke geformtes Herz.

In der Mitte dieses erzenen Herzens lag ein Nest, zusammengebastelt aus Zweigen und Stroh und den Knochen von Opfern, gefüllt mit geplündertem Gut und einem ohnmächtigen oder toten Knaben. Von dem Drachen war nichts zu sehen. Der Gestank jedoch war hier im Zentrum am durchdringendsten.

Der Barbar huschte näher, Schatten ausnutzend, die in Zackenform zum Nest zeigten.

In dem Nest fand er mehrere seltsame Schätze: einen Ring, der glatt schien und dennoch beschriftet. Zwei schwarze Runenschwerter, die so filigran und künstlich wirkten, dass sie ihm eher wie Zierden vorkamen als wie tatsächliche Waffen. Eine Klinge in Form einer Flamme. Ein kleines goldenes Kästchen an einem schmalen Halsband, das aus blauen und grünen Steinen mit Goldkugeln dazwischen gefertigt war. Dieses schien der älteste Gegenstand von allen zu sein und schon bei Berührung zu Staub zerfallen zu wollen. Weiterhin eine leere Schatztruhe, die roch, als wäre sie mit Branntwein gefüllt gewesen. Ein Metallhalsband. Ein feines, warmes, glänzendes Hemd mit sonderbaren Mustern darauf. Und allerlei anderen Kram. Nur einen Helm fand er nicht. Einen Helm, den er so gut hätte brauchen können.

Beinahe widerwillig schaute er sich auch den Knaben genauer an. Der Junge hatte Quetschungen und Krallenrisse, schien aber nicht tot zu sein, sondern eher vor Erschöpfung eingeschlafen oder aufgrund des beißenden Geruches ohnmächtig geworden.

Der Barbar überlegte nur kurz. Der Vater war gestorben, der Junge eine Last. Ihn zu irgendwelchen Weingütern zu schleppen, ergab keinen Sinn. Man würde ihn eher für einen Entführer, Räuber und Erpresser halten als für einen Retter. Er beschloss, dem Knaben eines der beiden schwarzen Schwerter dazulassen, dann konnte er sein Schicksal selbst in die Hand nehmen, wie man das von einem Jungen der Wildnis ebenfalls verlangt hätte.

Ansonsten raffte er sich so viel zusammen, wie er tragen konnte, hastig, ohne Wertungen vorzunehmen oder Unterschiede zu machen.

Und als er sich gerade mit seiner Beute zurückziehen wollte, schleppte sich ihm hinter einem der Felszacken hervor der Drache genau in den Weg.

Dieser Drache war abgrundtief hässlich. Der Barbar konnte sich nicht erinnern, jemals ein hässlicheres Lebewesen erblickt zu haben. Der Leib war faltig und bräunlich und verströmte diesen widerlichen Geruch, der hier überall umherwaberte. Der Bauch gleichzeitig geschwollen und wabbelig. Die Flügel aus Haut, wie bei den kleineren Flederwesen, nur um ein Vielfaches dicker und auch borstiger. Auf einem dünn und ältlich wirkenden Hals hing ein viel zu massiver kahler Schädel mit endlos langem Schnabel. Aus dem Schnabel ragten gelbe, krumme Zähne. Die Triefaugen glotzten gelblich und kränklich. Das gesamte Ungeheuer – hoch aufgerichtet vielleicht anderthalb Männer groß – machte einen traurigen und verwahrlosten Eindruck. Es sah aus, als müsste es längst ausgestorben sein.

Der Barbar knurrte geringschätzig. Wegen diesem Vieh musste er jetzt seine Beute loslassen, denn mit den Armen voll Plunder konnte er sein Schwert nicht ziehen. Das Schwert nicht zu ziehen war allerdings nicht ratsam bei der Begegnung mit einem Ungeheuer, das zwar plump aussah, jedoch zweifelsohne flugfähig war.

Er legte die Beute ab und nahm stattdessen das Schwert des Hauptmanns in die Hand.

Der Drache verlagerte sein Gewicht und fauchte. Sein Atem roch nach brennenden Dörfern. Dieser Geruch immerhin war dem Barbaren vertraut.

Der Barbar fauchte zurück. Er dachte darüber nicht nach. Es kam einfach so aus ihm heraus. Es war wie eine Kraftprobe zwischen zwei Brandschatzern. Der ohnmächtige Junge regte sich ein wenig im Nest. Was er brabbelte, klang wie »Pappi? Pappi?«.

Der Drache breitete die Flügel aus, flappte zweimal und erhob sich erstaunlich mühelos in die Lüfte, aber nicht hoch, nur zwei Mannslängen. In dieser Höhe schoss er auf den Barbaren zu, die Krallenfüße vorgestreckt. Ihn zu packen. Zu zerreißen. Zu zerquetschen.

Der Barbar hatte mehrere Möglichkeiten. Ausweichen. Drunter wegtauchen. Standhalten und zuschlagen. Er entschied sich für Letzteres. Er war bei den Fledertieren und den Laufvögeln schon sehr defensiv vorgegangen. Davon hatte er nun langsam genug.

Er variierte das Standhalten und sprang dem Drachen sogar entgegen. Mitten in der Luft zog er ihm das Schwert quer über den aufgedunsenen Bauch. Die Klinge drang ein, der Drache schrie, seine Beine traten, der Barbar wurde getroffen, er stürzte zurück, kopfüber, stieß sich mit der Linken vom Boden ab und landete nach einem eigenwilligen Rückwärtsüberschlag auf Hintern und Rücken. Der Drache setzte nach, der Barbar rollte abermals rückwärts, entging dem erneuten Krallenvorstoß und schlug nach einer der Krallen. Die Beine waren stabil wie Baumstämme – um ein Haar wäre die Klinge stecken geblieben und dem Barbaren entrissen worden, aber er konnte sie loszerren, um den Drachen herumspringen und ihm einen Streich in den Rücken versetzen. Einer der Flügel knatterte heran und stieß den Barbaren zu Boden. Er rollte herum, denn der Drache, der sich erstaunlich schnell bewegen konnte, war schon wieder über ihm. Die spitze Schnabelschnauze durchpflügte den Boden, wo gerade eben noch der Körper des Barbaren gelegen hatte. Die Krallen schienen sogar das Gestein zu furchen. Der Barbar spürte, als ihn die Schulter des Drachen hart rammte, wie seine Kopfwunde wieder zu bluten begann. Für einen Augenblick wurde ihm nicht schwarz, sondern zackig konturiert schwarz-weiß vor Augen. Er wollte das schwarze Runenschwert greifen, das er sich erwählt hatte, doch es kreiselte davon, weil der Drache es unabsichtlich getreten hatte. Der Drache schrie ihn an. Seine Zähne saßen wie von einem Wahnsinnigen gesägte Dolche in den aufgerissenen Kiefern. Der Barbar riss ebenfalls den Mund auf, doch kein Laut, nicht einmal mehr ein Fauchen, entrang sich ihm. Er schlug dreimal hintereinander zu, so hart er nur konnte, und erstaunlich unbedrängt. Es fühlte sich an, als ob er das Untier zurücktriebe. Doch dann wälzte es sich wieder heran, flatterte, flog ein Stück und klatschte gegen ihn wie eine trunkene Ansammlung von Mehlsäcken.

Beide gingen jetzt zu Boden. »Pappi? Pappi?«, fragte der Knabe bang, der neben sich ein schwarzes Schwert fand und jenseits seines Nestumrisses etwas hörte, das wie das Keifen und Verbeißen böser Hunde klang.

Der Barbar spürte das Gewicht auf sich. Schweres Alter. Gestank und Brand. Der Drache stieß nun tatsächlich so etwas wie Flammen aus den Nüstern. Sie fühlten sich flüssig und warm an, brannten erst mit Verzögerung auf der Haut. Er hatte mal gesehen, wie jemand ein Essen flambierte, blau blakend und flach. Genauso. Genauso.

Er stemmte sich dagegen, aber der Drache tat etwas, das der Barbar bei seinen Feinden nicht gewöhnt war: Er hob ihn an, ließ ihn den Boden unter den Füßen verlieren und somit alles, gegen das er sich auflehnen konnte! Der Felsboden entkam. Der Drache hielt den Barbaren gepackt, eine Klaue um den rechten Schenkel, die andere in den Bereich der linken unteren Rippen gegraben, und erhob sich mit ihm flatternd in die Lüfte. Der Barbar wehrte sich, trat um sich, schlug mit dem Schwert zu, doch dann verlor er auch noch dieses, als der Drache sich darin verbiss und es ihm einfach mit einem mörderischen Ruck aus der Hand zerrte. Hilflos musste der Barbar mit ansehen, wie der Drache die Klinge ausspuckte und sie zu Boden trudelte, drei, vier, fünf, sieben Mann hoch. Klirrend schlug sie auf. Das Nest von oben, der Junge darin, zitternd, kampfunfähig, der Sohn eines Händlers eben, kein richtiger Jungmann, alles entfernte sich, der Haufen liegen gelassenen Plünderguts, alles weg, selbst das Schwert. Der Barbar, der Beute hatte machen wollen, besaß jetzt noch weniger als vorher. Der Mantel zerschlissen, das Schwert entfallen.

Alles, alles für nichts.

Er mühte sich und bäumte sich auf und biss den Drachen in die ledrige Haut. Das Ungeheuer stieg höher und höher, jeder Ruck der Flügel ein schmerzhafter Stoß tief im Magen des Menschen, der beinahe kotzen musste, so schwindelerregend war das In-die-Höhe-getrieben-Werden. Der Drache würde ihn einfach loslassen, und er würde in die Tiefe rotieren wie das Schwert. Aber nicht mit einem Klirren aufschlagen, sondern mit einem berstenden Klatschen.

Höher und höher ging es, aus den Nüstern des Untiers drang beißender Rauch. Er kraulte hinauf in den Himmel, in dem Wolken sich bauschten wie mildernde Baumwolle, und dennoch erschien alles hart, der Wind zerrte hart, die Höhe war hart, die Tiefe, der ferne Boden, das Blau oben, die Krallen im Bauchfleisch.

Und tatsächlich: In etwa vierzig, fünfzig Mannslängen Höhe ließ der Drache einfach los.

Der Barbar aber nicht.

Er rutschte nur kurz, die Krallen glitten aus seinem Bauch, als nähmen sie die Eingeweide mit, aber das war wieder nur eine Übertreibung der überlasteten Sinne. Er klammerte sich an einem der Beine fest.

Der Drache schrie irritiert und hackte nach ihm mit seinem Kopf, sich ganz einwärts rollend, den Schnabel bis zum Fuß gestreckt. Der Barbar griff um und packte nun mit einer Hand den Schnabel. Der Drache zog sich auseinander, und der Barbar musste sich für Fuß oder Schnabel entscheiden. Er entschied sich für oben, in dieser Höhe immer für oben. Desto mehr Möglichkeiten gab es, einen Absturz zu vermeiden.

Der Drache zog ihn an sich entlang aufwärts, denn der Barbar hing nun schlenkernd an seinem Maul, sich mit den Füßen sogar erst noch abstützend auf einem der Flügel, dann mit den Beinen den dünnen Hals umklammernd. Er mühte sich in den Rücken des Tieres. Dort war er sicher vor Fußkrallen, Schnabel und Flügeln. Er ritt nun auf dem Drachen. Der Flugwind in dieser Höhe des Gebirges prasselte wie Hagel gegen ihn.

Der Drache schüttelte sich, wollte das unangenehme Gewicht wieder los sein, konnte aber nicht aufhören zu fliegen, wollte er nicht abstürzen. Die beiden gischteten ineinander verkeilt über die Kante des Nagelwaldplateaus. Dahinter ging es weit hinab, die Tiefe rauschte empor wie ein Orkan. Voraus in einiger Entfernung glitzerte ein klarer Bergsee, riesig, schön wie ein Edelstein, ein einziges großes Segelschiff kreuzte darauf mit abendrotfarbenen Segeln.

Der Barbar riss staunend die Augen auf. Noch nie hatte er die Welt so gesehen. Als Spielzeug unbeherrschter Gottheiten. Wer so flog, konnte sich tatsächlich alles nehmen, wonach ihn verlangte. Er wollte für immer so fliegen. Aber nicht auf einem stinkenden Tier, das ihn zu zerbeißen oder zu zerschmettern trachtete.

Er wollte selbst so fliegen können.

Vielleicht würde eines Tages ein Mensch so etwas fertigbringen.

Ein starker Mensch. Einer, der sich nicht unterkriegen ließ. Ein Überwinder wie er.

Der Drache schüttelte sich, versuchte, das ungewohnte Gewicht auf seinem Rücken von sich zu schleudern. Es war ihm wohl lieber, wenn er Knaben in den Klauen hielt, als wenn Erwachsene ihm den Hals zuschnürten. Das Gesicht des Barbaren war zu einem Grinsen verzerrt. Seine Zähne klapperten im eisrauen Wind. Der Drache stieg immer noch höher, die Berge kippten nach links, dann nach rechts, ihre Gipfel entzaubert, abgeflachte Trittsteine nun dem Blick des Raubvogels. Tatsächlich schwebte dort drüben einer, ein Adler wahrscheinlich, ohne die Flügel zu schlagen, segelte im Wind. Und wunderte sich?

Der Barbar begann, dem Drachen den Hals zuzudrücken, damit er wieder tiefer ging. In allzu großer Höhe hatte nämlich er selbst das Gefühl, dass ihm die Luft wegblieb. Was wahrscheinlich am Fliegen lag. Oder an der Höhe.

Das Würgen klappte. Es lenkte sich ruppiger als ein Pferd, und man brauchte die Hände am Hals auch zum Festhalten, aber immerhin.

Der See glitt näher. Dieses Wasser hatte die Farbe von Gletscherhöhleneis. Allein es zu sehen, machte schon durstig. Der Barbar war noch weit unter den Wolken, aber er hatte das Gefühl, eine Ahnung davon zu bekommen, wie die weißen Majestäten schmeckten.

Er lachte.

Das war eine Regung, die auch durch den Schwindel ausgelöst wurde, durch das flappende Auf und Ab in seinem Magen, ein Widerhall des Schlagens der Drachenschwingen.

Der Barbar überlegte. Der See war vielleicht seine einzige Chance, einigermaßen weich zu landen. Falls der Drache mit ihm über Festland oder Gebirge abstürzte, wäre ihrer beider Schicksal besiegelt. Und dass er den Drachen irgendwo zu einer kontrollierten Landung zwingen konnte, erschien ihm zu sehr als Träumerei. Sein Schädel pochte noch von all den vielen Gedanken, die sich heute in ihm geformt hatten als Ergebnis von Hieben und Wunden und Höhe und Flug.

Unter ihnen glitzerte jetzt das türkise Wasser. Der See hauchte zu ihnen empor, noch kühler und frischer als die Luft ohnehin. Der Barbar nahm seinen Unterarm als Kante, riss den Schädel des Drachen ruckartig nach hinten und brach ihm das Genick. Die Flügel flappten noch viermal, dann erschlaffte der ganze ledrige Leib. Drache und Mensch gingen in freien Fall über. Der Magen des Menschen stieg hoch in den Mund, verblieb dort aber als bitterer Anflug.

Er krallte sich fest. Seine eigenen Haare peitschten ihm ins Gesicht. Die Kälte mischte sich mit Schweiß. Der Drache begann zu trudeln, drehte sich um mehrere Achsen. Abwärts. Immer weiter abwärts. Das Türkis kam näher wie ein strahlend poliertes Ornament. Unbedingt musste der Barbar über dem Drachen landen, das Wasser aus dieser Höhe würde hart sein wie Granit, der Leib des Drachen musste die Wucht abfangen, aber er war viel zu groß und schwer und klobig, als dass der Barbar ihn hätte drehen und wenden und unter sich halten können, also musste er selbst klettern und krauchen, um oben zu bleiben, immer oben, während die Welt um ihn herum zu ihm heraufraste, die Berge wieder Fänge wurden, die Wolken wieder fern und fremd, Bäume sich herausschälten wie die Stacheln eines Igels. Felsen bekamen Zacken und Risse, Gras wuchs auf wie Wundbrand.

Das Lachen des Barbaren wurde eingesogen vom Rauschen des Fallwinds.

Das Wasser. In das Rauschen der Luft hinein: der Aufprall. Wie ein Knall, auch im Inneren der Ohren.

Der Drachenleib zerfetzt schier. Der Barbar, auf ihm drauf, durchgerüttelt wie unter einem Hammerschlag. Weiß spritzt der See in die Höhe. Der Drache sinkt. Der Barbar mit ihm. Das Wasser stürzt in sich zurück. Die Fluten, immer noch weiß geschäumt, aber nun auch rot durchmischt, schlagen über ihm zusammen. Stille beinahe, nur Gurgeln und Blubbern. Blaugrüne Schwere.

Fische.

Ein Schwarm.

Schauen mit erschrockenen Augen. Bunt schlagen sie aus, schillern fremdartig. Der Barbar sinkt, die Arme erhoben, inmitten des Schwarms nach unten, seine Haare wiegen sich aufwärts wie im Schlangentanz. Die Fische kreisen um ihn herum, wenden dann, kreisen in Gegenrichtung zurück, wenden erneut im farbenändernden Takt ihrer Schwanzflossen.

Er scheint zu erwachen. Blasen steigen ihm aus Mund und Nase. Eine Feder tanzt in seinem Haar.

Das grüne Blau ist um ihn herum, kühlt ihn, umfängt ihn mit sanftem Druck. Rote Schlieren. Der Kadaver des Drachen sinkt unter ihm tiefer, umgarnt von seinen eigenen Blutwirbeln.

Er sieht die Sonne, über sich. Von den Wellen verzerrt zu einem flatternden Banner. Er streckt eine Hand nach ihr, kann sie beinahe greifen.

Seine Füße schlagen aus.

Der Schwarm bleibt unter ihm zurück.

Die Oberfläche ist weich, als gäbe es sie nicht.

Die Oberfläche ist vielleicht nichts weiter als eine Illusion.

STöReN

Seine Hand legte sich über die Reling. Dann die zweite.

Er zog sich an Bord. Wasser troff aus seinen Haaren, von seinem Leib. Er trug nichts mehr außer einer schmutzigen Hose, auch sein Schwert war ihm abhandengekommen. Die Menschen des Vergnügungsschiffes bemerkten ihn erst gar nicht, dann schrie eine Frau, deutete klirrend mit einem vielfach bereiften Arm, dann gellten ein paar raue Befehle, dann umstellten ihn vier Sklaven mit Speeren.

Er rührte sich nicht, lehnte sich gegen die Reling und atmete. Das Wasser hatte schwer an ihm gezogen, die Distanz bis zu dem Schiff mit den abendroten Segeln war beträchtlich gewesen.

»Wie ist er hier hochgekommen? Niemand kann aus dem Wasser bis zur Reling hochreichen!«

Das Schiff war breit und flach und schien überwiegend aus geflochtenen Korbweiden zu bestehen. Einzig die Reling war umlaufend aus stabilem Holz gefertigt. Zwei Masten, die Segel dreieckig, mehrere übereinander, bleiches, warmes Glühen.

»Die Ankerkette! Ich habe euch gleich gesagt, an der kann Ungeziefer hoch!«

Falls es überhaupt noch ein Unterdeck gab, musste dieses sehr niedrig sein, sehr unkomfortabel. Umso gemütlicher wirkten die hellen, halb durchscheinenden Zelte, die auf Deck aufgebaut und mit Kissen, Teppichen und Fellen drapiert waren.

»Wer hätte denn ahnen können, dass …?«

Männer und Frauen aalten sich träge auf den Liegestätten der Zelte. Es waren sechs Zelte, etwa zehn Männer und zwanzig Frauen. Die Männer sahen gewöhnlich aus, einige waren kahl oder fett oder alt. Die Frauen waren ausnahmslos schön und jung, wie in Ionies Haus der Freuden. Sie trugen kaum Kleidung. Zwei von ihnen waren nicht nur nackt, sondern sogar beringt und eingeölt.

»Eigentlich gibt es hier keine Piraten, das ist doch nur ein *See*!«

Die vier Sklaven, die ihn umstellten, hatten rasierte Köpfe und trugen lächerliche enge goldene Glanzhöschen, die ihre Hinterbacken und Hoden hervorhoben. Sie waren die einzigen Bewaffneten, die er sehen konnte.

»Dennoch … es hätte nichts gekostet, die Ankerkette mit Glasscherben zu umwinden.«

Dann gab es in einem der hinteren Zelte noch einen riesigen, feisten Klops, der nur aus Muskeln und fettig glänzender Körperbehaarung zu bestehen schien. Der Klops ließ sich gerade von drei Frauen gleichzeitig massieren und befahl ihnen, sich durch den Zwischenfall nicht aus dem Takt bringen zu lassen. Niemand an Bord trug einen Helm.

»Nun *seht* ihn euch *an*!«

Die Reichen, die gerade eben noch aufgebracht durcheinandergeschnattert hatten, verstummten. Eine Frau bahnte sich einen Weg zwischen ihnen hindurch. Sie war dunkelhäutig, wohlgeformt, und ihr Gesicht wies die Schönheit einer Königin auf. Ihr goldenes Gewand umfloss ihren Leib und betonte mehr, als es verhüllte. In kunstvollen Locken wallte ihr schwarzes Haar bis hinunter zum Hintern. Ihr Gang war wiegend wie der einer großen Katze auf der Jagd.

»Vielleicht will er ja bei uns *mitmachen*«, gurrte sie. »Sieht er nicht aus, als wäre er prädestiniert dafür, bei uns mitzumachen? Sag, stattlicher Fremder, möchtest du bei uns mitmachen? Hast du einen prächtigen Schwanz? Ich wette, du hast einen prächtigen Schwanz. Alles andere an dir sieht jedenfalls ausgesprochen prächtig aus.«

Er antwortete nicht. Überblickte weiterhin die Lage. Wo war die Schiffsbesatzung? Der Segler ankerte mitten im See, also brauchte er im Moment nicht gesteuert zu werden. Nichtsdestotrotz musste es eine Besatzung geben. Die hatte sich wahrscheinlich unter Deck zurückziehen müssen, um die Reichen nicht zu stören. Durch Anwesenheit. Durch den Anblick unfeinerer Leiber.

Der Duft gebratener Wachteln stieg ihm in die Nase. In den Zelten gab es alles. Seewassergekühlten Wein. Früchte. Fettgebackenes. Kandiertes. Bratenfleisch. Gekräuterte Erdäpfel. Er spürte, wie sich sein Magen schmerzhaft zusammenzog. Es war schon lange her, dass er etwas Besseres als ein paar ungesüßte Kekse zu sich genommen hatte.

Die Dunkelhäutige betrachtete ihn weiterhin und

lächelte dabei lüstern. Jetzt erwiderte er ihren Blick. Unverschämt.

Ihr Lächeln wurde zu einem Schmollen. »Er spricht nicht mit mir. Valenzio, mein Schatz, er hält es für unter seiner Würde, mit mir zu sprechen.«

»Setepenre, mein Juwel, lass dich nicht ärgern. Werft ihn über Bord und gut. Wollen doch sehen, ob er die sagenhafte Frechheit besäße, ein zweites Mal aufzuentern.« Ein Blondling schälte sich aus einem der Zelte und gesellte sich an die Seite der Dunkelhäutigen. Vorher war er für den Barbaren nicht zu sehen gewesen. Seine Kleidung war ebenso golden wie die ihre. Seine Lippen waren weich und gepflegt wie die eines Mädchens. Dennoch schien er kein Schwächling zu sein. Unter dem glänzenden Hemd aus einem fremdartigen Seidenstoff zeichnete sich eine gut entwickelte Muskulatur ab.

Die vier Goldhöschensklaven bewegten sich, doch sie hielten inne, als sie die Dunkelhäutige sprechen hörten. In der Hierarchie schien sie dem Blonden ebenbürtig zu sein. Oder der Blonde hatte angewiesen, seinem Juwel jeden Wunsch zu erfüllen.

»Er könnte ertrinken«, sagte sie, immer noch schmollend.

»Der ertrinkt schon nicht. Wenn er bis hierher an Bord schwimmen konnte, kann er auch zurückschwimmen.«

»Aber es wäre ein Jammer! Ich bin sicher, er hat einen prächtigen Schwanz! Zeig uns deinen Schwanz, stattlicher Fremder, und du darfst bleiben, ja?«

Der »stattliche Fremde« reagierte nicht. Er beachtete jetzt eher, wie die Sklaven ihre Speere hielten. Der rechte schien keine Ahnung vom Umgang mit einer Stoßwaffe zu haben. Der zweite von links war ebenfalls unsicher. Nur der linke und der zweite von rechts wussten, was sie taten. Sie waren eine Schautruppe, nach Aussehen und körperlichen Eigenschaften ausgewählt, nicht nach Kampffertigkeiten.

Die dunkelhäutige Schönheit stampfte wütend mit dem Fuß auf die Planken. Ihre Wut allerdings war teilweise gespielt. Das erregte jetzt doch die Aufmerksamkeit des Barbaren. Ihre Wimpern waren so lang, dass ihre Augen beständig halb geschlossen wirkten. Die Pupillen darunter waren groß und schwarz und funkelnd wie Nachtkristalle. »Er spricht einfach nicht mit mir! Befiehl ihm, dass er mit mir zu sprechen hat! Dies ist dein Schiff, also deine Liegenschaft. Er hat deinen Grund und Boden unbefugt betreten, also kannst du ihm befehlen.«

Der Blonde legte seine Hände an ihre schmale Taille. »Aber vielleicht kann er nicht sprechen, Setepenre, mein Juwel. Oder vielleicht versteht er kein Wort von dem, was wir sagen. Immerhin ist er nicht schmutzig. Die Wasser des Sees scheinen ihn gereinigt zu haben.«

»Das ist mir gleichgültig. Ich will jetzt endlich seinen Schwanz sehen. Du da, hol ihn hervor!«

Der angesprochene Sklave – es handelte sich um den zweiten von links – erbleichte, sodass es beinahe aussah, als erlitte er einen Herzanfall. Schweiß bildete sich auf seiner Stirn. Furchtsam schaute er zwischen dem Fremden, dem Blonden und der Dunklen hin und her. Der Blonde nickte ihm feixend zu und bestätigte dadurch die Anweisung. Schwitzend vor Furcht streckte der angesprochene Sklave einen Arm nach der nassen Hose des Barbaren aus.

Im Nu hatte der Barbar seinen Arm gepackt, herumgedreht, gebrochen, griff sich seinen fallenden Speer, wich dem zustoßenden Speer des linken aus, hebelte den Schreienden mit dem gebrochenen Arm über die Reling und rammte dem zweiten von rechts, der jetzt ebenfalls zustieß, die Speerspitze in den Hals.

Das Ganze dauerte höchstens zwei Augenblicke. Blut verschmierend torkelte der Schwerverwundete umher, während der vormals zweite von links ins Wasser platschte. Der zweite von rechts wagte überhaupt keine Bewegung mehr, während der linke einen halben Schritt zurück machte und mit einem zischenden Laut auf den Lippen immerhin eine ernsthaft aussehende Angriffshaltung einnahm.

»Oh«, sagte Setepenre mit rundem rotem Mund. »*Der* wird aber ganz sicher ertrinken, mein Schatz. Sein Arm ist, glaube ich, kaputtgegangen.«

»Verflucht«, sagte Valenzio. In seinen Mundwinkeln zuckte es nervös. Seine Gesichtszüge bekamen etwas Fliehendes. »Das genügt«, sagte er dann. »Kein weiteres Blutvergießen mehr, bitte! Wir sind hier, um andere … Essenzen zu feiern, nicht das schnöde Blut, das in den Straßen so eilfertig vergossen wird. Wir wollten dich höchstens über Bord werfen, Fremder, ganz zärtlich, denn du musst zugeben, dass wir dich nicht eingeladen haben«, sagte er abschließend beschwichtigend zu dem Barbaren. Der hielt seinen bluttriefenden Speer in Richtung des linken, weiterhin kampfbereit. Er war kein bisschen außer Atem geraten durch seine Aktion.

Der aus dem Hals Blutende wankte gurgelnd über das Deck und erschreckte Damen und Herren, die kreischend durcheinanderliefen, um ihm zu entgehen. Dann brach er zusammen. Eine dunkelrote Pfütze breitete sich um ihn her aus. Endlich nahm sich einer der älteren Männer, vielleicht im wirklichen Leben ein Heilkundiger, seiner an und hielt ihm immerhin mit einer Hand den Hals zu, während theatralisch weinende Mädchen unter Deck geschickt wurden, um Verbandsstoff zu holen.

»Dürfen wir den Mann, der über Bord gegangen ist, bergen?«, fragte Valenzio den Barbaren.

Der begegnete seinem Blick, zögerte noch eine Weile und trat dann von der Reling weg, um Platz zu machen. Nur der linke behielt noch immer Speer und Haltung bei, der rechte griff sich ein Seil und wollte seinem Kameraden helfen, wieder an Bord zu kommen. Doch dieser war bereits untergegangen.

»Er ist weg«, jammerte er. »Er versinkt!«

»Dann spring ihm hinterher und rette ihn. Wir ziehen dich hoch«, schlug der Blondling vor.

»Aber … ich kann nicht gut schwimmen! Und im See soll es Fische geben! Große Fische!«

»Allzu gefährlich können die nicht sein. Unser schweigsamer neuer Freund ist ja auch aus dem Wasser gekommen. Also spring schon!«

»Bitte … nicht!«

»Dann ertrinkt dein Freund.«

»Ich … kann … ihn nicht retten.«

»Das ist aber eine teure Überraschung«, konstatierte Valenzio, an den Barbaren gewandt. »Du hast mich einen, vielleicht sogar zwei Sklaven gekostet. Gut aussehende sind nicht billig. Wie gedenkst du mir diesen Schaden zu ersetzen?« Aus etwas sichererer Entfernung getraute er sich nun, dem mit einem Speer bewaffneten Barbaren Vorwürfe zu machen. Der achtete kaum auf ihn und blieb weiterhin wachsam dem linken gegenüber.

»Ich wüsste schon, wie«, gurrte Setepenre dem Blonden ins gelockte Ohr.

»Sei nicht so maßlos«, tadelte dieser sie. »Ich habe eigens den mächtigen Borr angeheuert, um deinen außergewöhnlichen Ansprüchen gerecht zu werden.«

»Aber von dem spreche ich ja auch. Er soll gegen ihn kämpfen!«

»Gegen Borr? Aber Borr ist nun wirklich unersetzlich! Wenn ihm etwas zustößt …?«

»Meinst du nicht, dass Borr mit ihm fertig würde? Spielend? Borr? Valenzio zieht deine Überlegenheit in Zweifel!«

Hinten auf dem Deck rührte sich der Koloss mit der wuchernden Körperbehaarung. Er trug eine grüne Pluderhose mit breitem Gurt. Selbst auf seinen Schultern sprossen lange, wie eingefettet aussehende Haare. Seine Masse war keine Dickleibigkeit, sondern wirkte fest wie ein kompakter Block aus Sülze. »Das Bürschlein reicht mir doch kaum bis zur Brust. Den falte ich zusammen und überreiche ihn euch als Schleife.«

»Oh ja!« Setepenre klatschte vergnügt in die Hände. »Und ich möchte, dass sie nackt miteinander kämpfen. Nackt und ganz ohne Waffen. Ich will sehen, ob ihre Schwänze sich beim gegenseitigen Erwürgen aufrichten und sich vielleicht ins Gehege kommen, das wird schön!«

Borr kam näher. Sein Gang ähnelte dem eines aufrechten Bären, die Schultern hingen und rollten beinahe übertrieben. Sein Gesicht sah aus wie ein Hackklotz.

Der Barbar ahnte, dass diese Menschen keine Ruhe geben würden. Sie waren hier, um ihre Wünsche wahr werden zu lassen, also waren sie nicht bereit, sich mit etwas anderem zufriedenzugeben. Er wollte essen und trinken. Vielleicht dann noch die Dunkelhäutige, falls sie endlich einmal aufhören würde zu reden. Also musste er durch den Koloss hindurch.

Mit kaum überbietbarer Wucht schleuderte er seinen Speer. Ein Schrei raste durch die Zuschauer. Borr, der mit dieser Attacke überhaupt nicht gerechnet hatte und gerade etwas hatte sagen wollen, das auf die letzte Äußerung Setepenres Bezug nahm, bekam den Speer oberhalb des Bauchnabels in den Wanst. Er strauchelte kaum, brummte nur. Ebenfalls wie ein Bär.

Setepenre schlug die Hände vor den Mund. Ihre Augen sprühten Funken vor Vergnügen. Ihre Füße tappten auf dem Deck ein kleines Tänzchen.

Valenzio raufte sich die Haare. »Borr …!«, ächzte er.

Der Barbar sprang an beiden vorbei und stieß den Speer noch tiefer in Borrs Leib hinein. Borr stöhnte und ruderte mit den Armen. Er bekam den Barbaren zu packen. Der Barbar ließ den Speerschaft los und versetzte Borr einen krachenden Handballenhieb von unten gegen den Unterkiefer. Borrs Unterkiefer zerbarst, und der Barbar trieb sich selbst Borrs obere Zahnreihe in die Hand. Durch Hebeln versuchte er, die auch noch herauszubrechen, aber die Zähne saßen viel zu fest und glitten einfach wieder aus dem Handfleisch. Borr, nun grunzend wie ein riesenhafter Eber, umschlang den Barbaren am Speerschaft vorbei mit beiden Armen und bewegte sich Richtung Reling. Mit vernichtetem Unterkiefer sah sein Gesicht fürchterlich und formlos aus, aber er machte nicht die geringsten Anstalten, mit der Speerspitze tief in seinem Inneren einzuknicken. So etwas hatte auch der Barbar noch nicht erlebt. Er spürte die Reling näher kommen. Borr wollte ihm darauf wahrscheinlich das Kreuz brechen, er konnte sich nicht vorstellen, dass er ihn einfach nur ins Wasser schleudern würde. Nicht nach dem, was er ihm angetan hatte.

Er versuchte sich gegenzustemmen, doch Borr war stärker, weil sein gesamter Leib zwei- bis zweieinhalbmal so schwer war wie der des Barbaren.

»Macht sie nackt!«, forderte Setepenre. »Zieht ihnen die Hosen runter, schnell, bevor es vorbei ist!«

Niemand reagierte.

Der Barbar rammte Borr einen Daumen ins linke Auge und drang so tief wie möglich in den glitschigen Schädel vor. Borrs Zunge, durch den Unterkiefer nicht mehr geborgen, zuckte wie eine pockenhäutige Riesenschnecke. Sein Atem stank nach Wein und weiblicher Scham. Der Barbar rammte ihm ein Knie zwischen die Beine. Einmal. Zweimal. Dreimal. Jedes Mal mit noch mehr Wucht. Borr schob ihn unaufhaltsam vorwärts. Setepenre hüpfte auf der Stelle, barfuß, beide Hände vorm Mund.

Jetzt hob Borr seinen Gegner ein wenig an, um ihn auf die Reling niederkrachen zu lassen.

Der Barbar sah den Tod. Der Tod hatte nur ein Auge und einen zerfetzten Kiefer. Er roch nach haltloser Gier und Schweiß und Blut, und sein Körper war fellbedeckt wie der eines Tiers.

Er trat dem Tod die Beine unterm Körper weg. Das war nicht ungefährlich, denn gleichzeitig musste er sich und ihn ein wenig herumdrehen, um nicht alleine schon durch Borrs Fallgewicht auf der Reling zerbrochen zu werden.

Es gelang knapp.

Borr krachte mit der Schulter auf das Hartholz der Reling. Der Barbar entwand sich dem leicht schlotternden Griff nun, packte den Koloss bei den kurzen Haaren und trümmerte ihm das Gesicht auf die Relingkante.

Zuerst war das ein unbeholfenes Rutschen, dem eigenen Ende nur um Haaresbreite entronnen. Doch dann begann er besseren Halt zu finden, die eigenen Beine sicher auf den Planken. Viermal schlug er das Gesicht des Kolosses auf die unnachgiebige Kante. Setepenre jauchzte, als der Schädel nachgab und sich zu etwas Gesplittertem verformte. Der Barbar schlug weiter, denn noch immer hielt Borr ihn gepackt und kratzte und fingerte an seinem Rücken herum. Es begann unverkennbar nach Gehirn zu riechen.

Borr lebte noch immer. Sein Körper übte verschiedene Funktionen aus, schien sie nacheinander auszuprobieren wie in einem Versuchsdurchlauf.

Insgesamt zwanzigmal – »Nicht!«, schrie eines der Mädchen, und einer der Männer übergab sich zwischen die Kissen – matschte der Barbar Borrs zerstörten Schädel auf das Holz, bis dessen Bewegungen endlich erstarben. Ächzend ließ der Barbar den Koloss fallen, denn die ganze Zeit über hatte er dessen Körper zumindest halbwegs aufrecht halten müssen, um mit seinem Gesicht die Reling überhaupt erreichen zu können.

Er zitterte vor Anstrengung, doch dieses Zittern rollte durch ihn hindurch wie ein fernes Gewitter und ließ sich verdrängen. Er wälzte den Toten auf den Rücken und riss den Speer heraus, dessen Schaft zwar zerbrochen war, dessen Spitze mit halbem Schaft aber immer noch die beste Waffe darstellte, die ihm hier an Bord zur Verfügung stand.

Alle auf Deck waren schreckensstarr. Der eine kotzte noch immer, ausgiebig und vielfarbig. Mehrere Mädchen weinten halb abgewandt, hielten sich aneinander fest wie bei schwerer See. Bei allen war etwas zerrissen, ein vergnüglicher Schleier, eine Verabredung, die nun nicht eingehalten worden war. Alle muteten unwirklich und fahl an. Alle bis auf Setepenre, die belustigt kicherte und umhertrippelte. »Hast du jetzt einen stehen?«, fragte sie den Barbaren. »Ich wette, du hast einen stehen! Komm, zeig ihn mir, ich will ihn anfassen und küssen!«

Valenzio wurde jetzt wütend. »Bleib weg von ihm, verdammt noch mal! Siehst du denn nicht, wie gefährlich er ist? Er hat Borr umgebracht! Borr war unersetzlich! Besonders für dich!«

»Aber es war schön! Es hat doch Spaß gemacht!«, beharrte das Mädchen. Der Barbar fragte sich, wie alt sie eigentlich war. Neunzehn? Neunundzwanzig? Ihr Alter schien mit ihrem Gesichtsausdruck zu schwanken.

Valenzio zerrte an ihr herum, ihr Gesicht entstellte sich vor Wut, sie war jetzt wieder neunundzwanzig. »Lass mich! Du hast mir nichts zu sagen! Du kannst ja nicht einmal an Bord deines eigenen Schiffes die Ordnung aufrechterhalten!«

»Was meinst du damit? Was kann ich denn dafür, wenn dieser … dieser … *Verrückte* hier einfach auftaucht? Ich habe ihn nicht eingeladen! Das sagte ich schon!«

»Aber er ist hier, er ist wirklich und wahrhaftig hier, und das ist mehr, als man von dir behaupten kann! Du bist immer woanders, selbst wenn du es mit mir treibst, bist du woanders. Du bist schon beim nächsten Mal oder beim nächsten Weib oder beim politischen Bankett des folgenden Abends. Aber *er* ist *hier*! Und du kannst ihn dir nicht einfach fortwünschen wie deine Rivalen, die nicht eingeladen sind!« Sie war wie eine Furie, wenn sie wütend wurde. Ihre Augen blitzten verengt, ihre langen Nägel krallten und rissen die Luft.

Valenzio keuchte. Er sah aus, als würde er sie schlagen wollen. In seine Gäste kam mehr und mehr Unruhe. Obwohl der Schleier der Einvernehmlichkeit bereits zerrissen war, schien immer noch mehr Schaden im Bereich des Möglichen zu liegen. Je unruhiger die Gäste wurden, desto schlaffer hingen die Segel.

»Ach, halt den Mund«, versetzte Valenzio mit einer wegwerfenden Handbewegung. »Du störst mich beim Nachdenken. Ich muss überlegen, ob ich haftbar gemacht werden kann für das Blutbad, das dieser … Unhold auf meinem Schiff …«

»Valenzio, mein Schatz?«, unterbrach ihn Setepenre, und das Wort »Schatz« klang, als triefte Säure auf die Planken.

Er verzog das Gesicht und machte eine zweite wegwerfende Handbewegung.

»Ich will, dass *du* gegen ihn kämpfst.«

»Was? Was redest du?«

»Es ist deine Pflicht. Es ist dein Schiff. Tust du es nicht, verachte ich dich. Und wenn ich dich verachte, lasse ich dich nie wieder mit mir schlafen. Und auch nicht mehr mit mir reden.«

»Ob du mit mir schläfst oder nicht, bestimme ja wohl *ich*!«

»Ach, wirklich, mein Schatz? Dann versuch doch mal, mich mit Gewalt zu nehmen. Du wirst Dolche finden, wo du vorher Annehmlichkeiten fandest!« Ihre Stimme war jetzt sehr ruhig, beinahe sanft. Der Barbar begann dieses Mädchen zu schätzen. Es war nicht nur sehr schön und leidenschaftlich und verrückt, sondern auch klug und fand Worte, die ihm niemals eingefallen wären.

Valenzio versuchte, ebenso wegwerfend zu lachen, wie seine Hand vorher gewedelt hatte. »Du reizt nur, mein Juwel, aber du hältst keine der Rede werten Karten in der Hand. Ohne meine Protektion bist du weniger wert als eine Hafenhure.«

»Ich bin wert, was Männer für mich ausgeben würden. Und, mein stattlicher Fremder? Würdest du für mich töten?«

Der Barbar hielt ihrem Blick stand, der dunkelblau in schwarz zu glosen schien. Dann nickte er.

»Siehst du?«, sagte sie mit triumphierend erhobenem Haupt. »Er spricht *doch* mit mir. Er versteht mich sogar, besser als du Schwächling. Also hol dir dein Schwert von unter Deck und kämpfe. Nur so kannst du deine Mannesehre angesichts dessen, was sich heute hier ereignet hat, wieder herstellen. Andernfalls wirst du ein Mann ohne Juwel sein, folglich auch kein Schatz mehr.«

Valenzio starrte sie an, diesmal zu verunsichert, um sie schlagen zu wollen. »Das ist doch Irrsinn. Dieser … Krieger ist doch viel kampfgewandter als ich, und ich bin Manns genug, das offen einzugestehen. Ich begehe doch keinen Selbstmord, nur weil du Langeweile hast.«

»Du brauchst ja nicht alleine gegen ihn anzutreten. Zwei deiner Speersklaven sind dir ja noch verblieben. Bist du einverstanden, mein stattlicher Fremder, dass Valenzio und seine zwei Sklaven zu dritt gegen dich antreten?«

Der Barbar betrachtete ihren Nabel. Dann die sich unter ihrem leichten Tuch deutlich abzeichnenden kecken Spitzen ihrer Brüste. Sie hatte von einem Schwert unter Deck gesprochen. Das konnte er gut brauchen, denn seines war verloren. Er nickte.

Setepenre klatschte vergnügt in die Hände, die sie wieder vor Mund und Nase hob. »Dann fangt an, ihr Männer! Worauf wartet ihr denn noch? Kämpft und tötet euch! Und macht es nackt! Macht es nackt! Es macht euch so viel freier!«

Valenzio zögerte. Auch der Sklave, der mit einem Seil in der Hand immer noch nutzlos nach seinem ertrunkenen Kameraden Ausschau hielt, wand sich vor Angst. Nur der mit dem Speer, weitgehend unbewegt die ganze Zeit über, veränderte sich nicht. Auf ihn musste der Barbar achten. Kein Sklave war wie der andere. Jeder hatte seine eigene Geschichte.

»Das ist alles nicht dein Ernst, oder, mein Juwel? Du spielst nur mit mir. Du spielst mit meiner Unsicherheit.«

»Ich meine es vollkommen ernst. Du wirst mich nie wieder schmecken, spüren, sprechen, sehen. Wenn mir keine andere Wahl mehr bleibt, als auf dich herabzuschauen.«

»Aber Setepenre! Liebst du mich denn gar nicht? Ich liebe dich! Wie von Sinnen!«

»Ich liebe dich auch. Und ich möchte dich weiterlieben. Es gibt nichts, was ich mir mehr wünsche auf dieser Welt. Also ermögliche es mir, ich flehe dich an!« Und sie machte tatsächlich die Gebärde des Bittens.

Valenzio war vernichtet. Mit hängendem Kopf und zusätzlich hängenden Schultern schlurfte er unter Deck und erschien wieder mit einem verzierten Schwert, das im Vergleich zu dem des Hauptmanns ein Zuckerbackwerk war, das jedoch seinen Zweck zumindest vorerst durchaus erfüllen mochte. Die ganze Zeit über hatte der Sklave mit dem Speer den Barbaren nicht aus den Augen gelassen und den Speer weiterhin erhoben. Der andere mit dem Seil sah aus, als ob er sich überlegte, entweder ins Wasser zu springen oder sich mit dem Seil an der Reling zu erhängen.

Setepenre war jetzt wieder neunzehn. Sie nagte sogar aufgeregt an ihren Fingernägeln.

Der Barbar ging an ihr vorbei und hob den Speer auf, den der mit dem Seil vorhin fallen gelassen hatte. Er hatte nun zwei, einen halben und einen ganzen. Gegen zweieinhalb Gegner würde er zwei Waffen gut brauchen können. Als er an Setepenre vorüber wieder zur Reling zurückging, atmete er ihren Duft. Lilafarbene Blumen, teures Körperöl und rolliges Raubkatzenweibchen. Er wollte die Reling im Rücken haben, um nicht umzingelt werden zu können. Borrs Leichnam gab ihm zusätzlichen Schutz gegen Nahangriffe von links.

Der Sklave mit dem Speer trat an Valenzios Seite. Valenzio wiederum befahl mit belegter Stimme dem Sklaven mit dem Seil, sich zu ihnen zu stellen.

»Er hat meinen Speer genommen«, beklagte sich der Sklave weinerlich.

»Dann kämpfe mit dem Seil, du Versager. Und wehe, du strengst dich nicht an, dann lasse ich dich zu Tode peitschen, wenn alles vorbei ist.« Im Herunterputzen eines Unterlegenen richtete Valenzio sich wieder auf.

Setepenre hüpfte vor Vorfreude.

»Senatorssohn Valenzio, bedenkt doch noch einmal …«, wollte einer der älteren Gäste beginnen, mit Valenzio zu räsonieren, doch dieser schnitt ihm, nun gefasster, mit barscher Schwertgeste das Wort ab. »Genug jetzt. Genug der Worte. Ihr habt alle gesehen, was sich hier ereignet hat. Dieser Mann hat unbefugt mein Fest gestört und Blut vergossen. Obwohl ich mich schon eigens vom Land entfernte, in dem eine engstirnige öffentliche Moral herrscht, die wir alle als unerträgliche Bedrückung empfinden, drang er in meine Kreise ein. Mir scheint, man ist vor Nachstellungen nirgends mehr sicher in dieser unruhigen Zeit. Also werde ich jetzt ein Exempel statuieren – ich, Valenzio Letiansi aus dem Geschlecht der Südbringenden Letiansiden, werde den Übertreter unserer selbst auferlegten Regeln eigenhändig zur Verantwortung ziehen, indem ich ihm den Garaus mache und seinen Leib dem See zurückgebe, der ihn so offensichtlich ausgespien.«

Die Mädchen, die sich wieder einigermaßen gefasst

hatten, machten »Hach!« und »Mein Held!«. Die anderen weinten, bebten oder erbrachen sich erstaunlicherweise noch immer. Die Gäste waren unruhig und hatten sich in einem einzigen Zelt versammelt, um eine Flucht zu planen, eine Meuterei, einen Ausweg, falls der Barbar gewinnen sollte, einen angemessenen Fortgang der Orgie und eine Belohnung für den blonden Recken Valenzio, falls dieser dafür sorgte, dass alles sich als dunkler Spuk erwies.

Valenzio betrachtete Setepenre. Wohlgefallen und Lüsternheit mischten sich in seine Wut und seine Enttäuschung. »Für dich, mein Juwel«, sagte er und tippte sich die Schwertklinge gegen die Stirn.

»Für dich, mein Schatz, mein Herz und alles andere!«, erwiderte sie lachend.

Der Barbar stellte sich auf, den Kopf leicht gesenkt. Seine immer noch nassen Haare mit der einzelnen Laufvogelfeder darin verbargen seinen Gesichtsausdruck, aber es war nicht auszuschließen, dass er ein wenig lächelte. Den langen Speer hielt er in der Rechten, den halbierten in der linken Armbeuge.

»Auf ihn!«, schrie Valenzio mit plötzlich zur Hässlichkeit verzerrtem Gesicht. Er machte einen Ausfallschritt nach vorne, verhielt dann, weil der Sklave mit dem Seil noch zögerte, kehrte zurück, trat dem Sklaven wutschnaubend und mit noch hässlicherer Miene in den Hintern, dieser schrie und stürzte sich in sinnlosem Übereifer mitten in den halbierten Speer hinein, und während er verendete, deckte Valenzio den Barbaren mit wilden Schwertstreichen ein. Der Barbar wich aus, mied und konterte mit dem langen Speer, während der sterbende Sklave ihm immerhin die Zweitwaffe behinderte, weil er mit seinen Rippen und seinem Gewicht die Spitze wie mit einer Zange umschlossen hielt.

Der andere Sklave suchte seine Chance. Holte aus. Wollte werfen. Tödlich. Gezielt.

Der Barbar ging hinter Valenzio in Deckung.

Der Sklave fiel nicht darauf herein, warf nicht, wartete weiter auf seine Gelegenheit.

Der Barbar ließ nun den halben Speer los und schlug Valenzio mit der Faust ins Gesicht. Dieser wurde dadurch in seinem Wüten kurz gestoppt, machte dann aber mit fahrigeren Bewegungen und aus der Fassung geratener Frisur weiter. Ein zweiter Faustschlag mitten ins Gesicht verlangsamte ihn zusätzlich.

»Zeigt uns doch endlich eure Schwänze, ihr Idioten!«, forderte Setepenre dazwischen. »Macht schon, was soll denn diese Prüderie auf diesem Schiff?«

»Se…te…penre«, ächzte Valenzio, ohne den Barbaren aus den Augen zu lassen, »wenn ich dich noch einmal das Wort *Schwanz* sagen höre, dann erschlage ich *dich* und nicht *ihn*!«

Sie verstummte tatsächlich, tänzelte aber weiterhin leichtfüßig um das Kampfgeschehen herum.

Der Barbar grollte. Valenzio war viel langsamer und klobiger als Setepenre, aber zu nah an ihm dran, um den langen Speer richtig einsetzen zu können. Der halbe wäre jetzt praktischer gewesen. Aber nach wie vor führte er den langen nahe vor sich, um die Klinge des Blondlings zu parieren. Was nicht einfach war. Denn die Schneide würde den Schaft zerteilen. Er musste die flache Seite des Schwertes treffen, um parieren zu können. Oder er konnte …

Er ließ sich den Speer von Valenzio in zwei Hälften schneiden.

Dann fasste er die verkürzte Waffe neu unter der Spitze und bohrte sie dem Blonden vom Bauch her durch die Innereien aufwärts bis in Höhe der Brust. Valenzio, nun eine Puppe auf einem Stab, zappelte und röchelte. Er erzählte etwas, das nach »Vater« und »Mutter« und »Schaukelpferd« klang, aber das Wort »Schaukelpferd« ergab für den Barbaren keinen Sinn. Valenzios Gaumen schmatzte nass von Blut.

Die Mädchen schrien.

Setepenre hatte die Hände vor dem Mund, um ihr triumphierendes Kichern zu unterdrücken, das in Schüben aus ihr hervorbrach.

Der Sklave mit dem Speer war noch immer eine Gefahr.

Der Barbar führte den Puppenblonden nun am Stiel vor sich her. Valenzio redete immer noch Unsinn, während seine Eingeweide aus der Bauchhöhle flutschten und auf die Planken klatschten wie ein Orakel. Jetzt fielen zwei der Gäste und eines der Mädchen in Ohnmacht. Einer sprach von Selbstmord. Einer vom Angeln. Einer von seiner Ehefrau, der er hätte immer treu bleiben sollen. Zwei der Mädchen beschlossen, über Bord zu springen und sich »lieber den Fischen preiszugeben«. Vielleicht konnten sie nicht oder zumindest nicht gut schwimmen.

Der Barbar drängte mit Valenzio gegen den letzten Sklaven. Dieser stach mit dem Speer um Valenzio herum. Nur mit Mühe konnte der Barbar, der nun keine freie Waffe mehr hatte, diesen Stößen ausweichen. Dann gelang es ihm endlich, Valenzio das Spielzeugschwert, das dieser immer noch krampfhaft umklammert hielt, zu entwinden. Der Sklave war nicht dumm genug, seinen Speer in Valenzios Leib zu verhaken. Es musste auch anders gehen.

Der Barbar schleuderte die blonde Puppe gegen den Sklaven. Der Sklave wich so weit zurück, bis er beinahe gegen die jenseitige Reling stieß. Der Barbar sprang an ihn heran, mit einer eigenartig pendelnden und unglaublich schwer zu treffenden Bewegung des Oberkörpers. Der Sklave stieß zu. Der Barbar durchhieb ihm den Speer. Ein Schicksal, das hier an Bord die meisten Speere zu ereilen schien.

Kurz dachte der Barbar darüber nach, diesen einzigen formidablen Gegner dieses Schauplatzes am Leben zu lassen, einfach so, als Lohn, und dazu noch die Freiheit. Aber es war zu riskant. Ein Sklave war ein Sklave. Wer wusste schon, wie sehr er an seinem Herrn hing, welche Eide er ihm geschworen hatte? Er schlug erst zu, dann stach er nach. Der Sklave verhauchte sein Leben, zitternd wie eine seltene Blume im Herbstwind.

Der Barbar richtete sich auf und schaute sich um. Im Hintergrund sprangen gerade zwei Mädchen über Bord, eingeölt, beringt und Hand in Hand. Alle anderen kauerten sich zusammen und starrten ihn aus Augen an, die einander ähnlich sahen wie die von Geschwistern. Leidensschwestern waren sie alle, sogar die Männer.

Valenzio lebte noch immer. Er kroch umher, seiner sämtlichen Gedärme entledigt, leichter dadurch als jemals im Leben. Setepenre ging neben ihm her, tief herabgebeugt, mit vor Aufregung dunkellilafarbenen Wangen.

»Erzähl mir davon, mein Schatz«, forderte sie. »Wie fühlt es sich an? Schmeckt es nach etwas? Kannst du dich selbst riechen? Du stinkst schon ganz furchtbar, aber mir macht das nichts, ich kenne das ja, wir haben ja schon immer alles miteinander geteilt, erinnerst du dich noch? Also sprich mit mir! Kannst du noch reden, denken, wahrnehmen? Ich bin es: dein Juwel.«

Valenzio sagte etwas mit knirschenden Zähnen. Vielleicht hieß es: »Sssstpnnnnrrrrrrrrr.«

Setepenre geriet ganz außer sich vor Wonne. »Ja! Du erkennst mich noch! Du stirbst mit mir in dir! Weißt du, dass ich davon immer geträumt hatte, in den Momenten höchster Wonne? Zu sterben? Mit dir in mir? Und jetzt kommt es genau andersherum. Das ist sehr poetisch, findest du nicht auch? Sag, Valenzio, was spürst du? Kannst du fühlen, dass deine Innereien deinen Körper längst verlassen haben?«

Valenzio hielt im Krauchen inne. Er konnte ohnehin nirgendwohin. Die Reling ragte für ihn ringsherum auf wie eine Burgmauer. Er schaute sich um und sah tatsächlich sein Gedärm liegen, ein trauriger, ekelhafter Haufen, mehrere Schritt entfernt. Lautlos begann er zu weinen.

Setepenre strich ihm durchs blonde, verschwitzte Haar. »Ach, weine doch nicht so, mein Schatz. Du warst doch tapfer bis zuletzt, hast dich dem schrecklichen Feind mannhaft entgegengeworfen, und das fast ganz alleine. Jetzt bringt das Weinen auch nichts mehr, das siehst du doch ein? Selbst wenn man das alles wieder in dich zurückstopfen würde, was da rumliegt, ich bezweifle, dass es noch so einwandfrei seinen Dienst verrichten würde wie vorher. Ich wüsste auch gar nicht, wo was hingehört, du etwa? Es ist vorbei, mein Schatz, vorbei. Du hattest so viele Möglichkeiten. Dein Vater hätte dir die ganze Welt eröffnet. Ich habe auch mit ihm geschlafen, habe ich dir das je erzählt? Nein? Aber dich mochte ich lieber. Du warst … folgsamer und dümmer. Vor ihm musste ich mich manchmal fürchten. Vor dir niemals. Was ist? Warum schluckst du so schwer? Stirbst du jetzt? Glaubst du an ein Leben nach dem Tod? Ich nicht. Bedeutet das, dass wir uns niemals wiedersehen werden? Macht dich das traurig? Untröstlich gar?«

»Seeee…teeee…pennnn…reeee… mein… Juuuu… weee…«

»Ja, das bin ich. Und eines muss ich dir noch verraten.« Sie beugte sich ganz nahe an sein weinendes Gesicht und hauchte ihm ins Ohr: »Ich glaube, ich werde seinen *Schwanz* mögen.« Sie kicherte und küsste seine nach ihr tastende Hand. Dann war er tot. Aus dem Wasser drangen das Platschen, Schluchzen und Luftschnappen zweier Ertrinkender. Setepenre erhob sich. »Nun steht nicht so rum und haltet Maulaffen feil«, herrschte sie Valenzios Gäste an. »Schnappt euch Seile und holt wenigstens die beiden dummen Gänse wieder an Bord. Wir wollen doch noch Spaß haben miteinander, oder etwa nicht?« Dann ging sie mit ausgebreiteten Armen auf den Barbaren zu. »Du hast mich gewonnen, du wahnsinniger, hübscher Krieger. In ehrlichem Wettstreit. Was gedenkst du nun, mit deiner Beute anzufangen?«

Der Barbar antwortete ihr wieder nicht, was sie ärgerte, aber nur ein wenig. Er ging an ihr vorbei zu einem der jetzt leer stehenden vorderen Zelte und bediente sich am Braten, den Früchten und dem goldfarbenen, seekühlen Wein. Er fraß wie ein Schwein. Wahrscheinlich tat er nicht nur dies wie ein Schwein. Ihre Augen leuchteten vor Vorfreude.

Setepenre hatte das Kommando übernommen. Der unter Deck zusammengekauerten Mannschaft war es verhältnismäßig egal. Sie war im Voraus bezahlt worden. Hauptsache, eine der wohlhabenden Herrschaften bestimmte, wo es langzugehen hatte und wann.

Sie verblieben noch den Rest des Tages auf dem See, die Nacht und den darauffolgenden Tag. Danach begannen einige der männlichen Gäste zu quengeln. Sie hatten Verpflichtungen in der Stadt, behaupteten sie, und überhaupt hätten sie nicht damit gerechnet, dass die »Festivität« so lange dauern würde.

Setepenre schwelgte mit dem Barbaren, dann noch zusätzlich mit den beiden aus dem Wasser erretteten beringten Mädchen, dann wieder mit dem Barbaren ganz alleine, dann in größerer Runde mit mehreren ältlichen Männern – hierbei vermisste sie Borr, niemals jedoch Valenzio, und es wunderte sie selbst, wie wenig Nachhall der Blondling in ihrem Trachten fand –, dann noch einmal mit dem Barbaren und dem hübschesten der angemieteten Mädchen und zuletzt noch mit zwei Glücklichen von der Mannschaft. Sie kam sehr auf ihre Kosten, wozu womöglich beitrug, dass sie angeordnet hatte, die Leichen nicht anzurühren, über Bord zu werfen oder sonst etwas zu tun, das sie verbergen oder entfernen würde. Die Anwesenheit des ungeschminkten Todes auf diesen Planken, auf denen Setepenre sich ungehemmt der Lust hingab, verstärkte noch die Kontraste und die Reibungen.

Auch der Barbar war zufrieden. Setepenre gefiel ihm sehr. Ihre Haut war so fein und makellos wie höchstens die einiger Mädchen in Ionies Haus der Freuden, aber im Gegensatz zu denen handelte Setepenre aus eigenem Antrieb. Sie war nicht so schläfrig und willfährig. Im Herzen war sie eine Barbarin. Eine Wilde mit dem makellosen Körper einer in Milch badenden Prinzessin.

Er überlegte, ob er sie begleiten sollte in die Stadt. Aber allein das Wort »Stadt« stieß ihn schon ab. Sie würde ihn in ihren Haushalt eingliedern, wie auch Ionie das schon getan hatte. Ihn vorzeigen. Mit ihm angeben. Und binnen einer Woche schon würden ihre Reize ihm schal und immer wieder gleich vorkommen. Er würde sich nach den Wäldern sehnen und etwas niederbrennen müssen, um sich wieder lebendig zu fühlen.

Er dachte an die Frau mit den Männermuskeln. Wo sie jetzt wohl war? Ob sie noch lebte, in Freiheit oder erneut in Ketten, weil sie niemals irgendwohin gehen konnte, ohne aufzufallen und Gewinnsucht in den Menschen zu wecken.

Setepenre war auch so eine, die das Dunkle in Männern anfachte. Aber solange sie zufrieden war, gab sie einem ein ausgesprochen gutes Gefühl dabei.

Niemand an Bord hatte einen Helm gehabt, auch niemand von der Mannschaft.

Als die Wege von Setepenre und dem Barbaren sich am Westufer des Sees trennten, trug er immer noch nichts weiter als seine zerschlissene Hose und eine Vogelfeder im Haar, aber das Zierratschwert des blonden Stutzers hatte er in einer Schmuckscheide über der Schulter. Den Ohrring hatte er Setepenre gegeben, sie hatte ihn wiederholt für sich verlangt, bis er endlich nachgegeben hatte. Dafür hatte sie ihm einen der ihren gegeben, ein Gehänge mit in Gold eingefassten blauen Steinen, das vielleicht noch wertvoller war als sein ursprünglicher einfacher Ring.

»Vielleicht sehen wir uns eines Tages wieder, mein Schatz«, sagte sie zum Abschied und küsste ihn auf seine von ihrem nachwachsenden Schamhaar ganz zerkratzten Lippen.

Sie empfand es durchaus als wohltuend, dass er keine abgeschmackten Koseworte entgegnete, bevor er sich davonmachte.

ZeRSTöReN

In dem Zelt, das aussah, als wäre es aus Menschenhaut genäht, roch es nach Schweiß und Bier. Der Kommandant, ein vierschrötiger Kerl mit den Lippen und den Ohren eines ehemaligen Faustkämpfers, legte einen wuchtigen Hammer und einen Meißel vor sich auf den Kartentisch.

»Darum geht es«, sagte er. Seine Stimme grollte, als steckte ihm zwanzig Jahre alter Schleim in der Kehle. Er blickte auf zu dem vor ihm stehenden Wilden mit dem Frauenohrring.

»Man hat mir gesagt, dass sie dir nichts antun. Dass sie dich einfach passieren lassen. Ist das richtig?«

Der Barbar zuckte leicht die Schultern.

Der Kommandant grollte. »Warum ist das so? Keiner von meinen Leuten kommt auch nur hundert Schritt weit, ohne von Pfeilen gespickt zu werden wie ein Stachelschwein. Aber du, du kommst da einfach durch. Warum?«

Der Barbar antwortete nicht, schaute sich im Zelt um.

»Hm. Du gehörst nicht zu ihnen und nicht zu uns. Sie können das sehen. Verstehe. Gut so. Ich gebe dir das hier.«

Er stellte ein Säckchen voller Münzen auf den Tisch neben den Hammer und den Meißel. »Wenn du eine Kleinigkeit für mich erledigst.«

Der Barbar begutachtete weiterhin das Innere des Zelts. Es war klein und speckig und vollgeräumt mit den Insignien eines hastig geführten Krieges. Er erblickte einen Helm. Den nahm er und legte ihn auf den Tisch. Das Geldsäckel dagegen schubste er in den Schoß des Kommandanten zurück. Zur Bekräftigung tippte er noch einmal auf den Helm.

»Verstehe. Du willst einen Helm. Also gut. Den kannst du aber nicht haben, das ist nämlich meiner. Du sollst einen Helm aus dem Mannschaftsstand bekommen, ein gutes Lederwams und einen Schild noch dazu. Was sagst du?«

Der Barbar tippte noch einmal auf den Helm.

»Den kannst du nicht haben«, wiederholte der Kommandant. »Das ist meiner. Ein Kommandantenhelm, hier, siehst du? Deshalb ist dieser Federbusch drauf.«

Der Barbar tippte zum dritten Mal gegen den Helm.

Der Kommandant ächzte. »Scheiße noch mal! Nimmt mich hier denn niemand mehr für voll? Also schön, setz ihn dir mal auf. Wenn er dir passt, kannst du ihn haben. Aber dann gibt es keinen Schild und kein Wams mehr, verstanden? Und du musst aus dieser Gegend verschwinden. Damit dich nicht einer aus unserem Nachschub noch aus Versehen für einen Offizier hält. Das geht nämlich nicht. Wir können keine Unordnung brauchen. Es ist schon verwirrend genug hier draußen.«

Der Barbar setzte sich den Helm auf. Der Kommandant hatte einen wuchtigeren Schädel als er, der Barbar jedoch mehr Haare. Wenn er sich seine Haarfülle samt Vogelfeder darunterknautschte, saß der Helm recht gut. Der Kinnriemen vervollständigte die Passgenauigkeit.

»Also schön, also schön. Du kannst ihn haben. Aber erst hinterher. Nach getaner Arbeit. Gib ihn wieder her.«

Der Barbar schnallte den Kinnriemen wieder ab und legte den Helm auf den Tisch zurück.

»Sehr gut. Also schön. Also schön. Darum geht es: dieser Hammer, dieser Meißel. Dann bekommst du noch ein paar Seile und Haken mit. Damit gehst du hin und zerstörst diesen verfluchten Waldstämmen ihren Götzen. Verstehst du mich? Das Gesicht! Du sollst ihm das Gesicht wegmeißeln, bis nichts mehr davon übrig ist als eine Fratze aus gähnendem Nichts!« Für einen Moment verzog sich auch das Gesicht des Kommandanten zu einer Grimasse, dann hatte er sich wieder in der Gewalt. »Sein Name ist Kelwor. Hast du diesen Namen schon einmal gehört?«

Der Barbar verneinte mit einem Kopfschütteln.

»Sie beten ihn an wie einen verfluchten Gott. Und sie ziehen Kraft aus ihm. Ein Standbild aus Stein haben sie ihm errichtet, so hoch wie fünf Männer. Bewacht wird es von höchstens zwei Kerlen, die werden kein Problem für dich darstellen. Du bringst sie um, dann kletterst du hoch bis zum Gesicht und meißelst, bis nichts mehr zu erkennen ist. Das Gesicht muss völlig weg sein, wie weggefressen, verstehst du? Das wird ihnen endlich das Genick brechen, den verfluchten Drecksäuen. Und dann kommst du zurück und holst dir deinen Helm. Sie werden dich nicht behelligen. Hat man mir zumindest erzählt. Und Kelwors Fluch brauchst du nicht zu fürchten. Das ist nur ein Stein, ein Bild aus Stein. Es gibt keinen Kelwor. Und trotzdem halten sie alle für ihn die Köpfe hin und verhindern unseren Vormarsch, es ist zum Verrücktwerden. Das wird jetzt aufhören, ja? Mit deiner Hilfe, ja? Du machst das für uns? Für den Helm?«

Der Barbar nickte.

»Schön. Sehr schön. Ist ein echter Kommandantenhelm. Hast du dir gut ausgesucht. Ist wahrscheinlich mehr wert als das Geld. Es gibt nämlich nicht mehr viele Kommandanten auf unserer Flanke, ha. Hahahahahah! Sind alle … weggefressen worden. Zahn folgt auf Zahn, sage ich immer. Und das, wovon es nicht mehr viel gibt, steigt im Wert. Verstehst du das? Je mehr von uns verrecken, desto wertvoller wird jeder Einzelne. Deshalb schicken die Generäle uns wohl auch immer dorthin, wo garantiert nichts zu gewinnen ist. Damit sich ihr Reichtum an uns mehrt. Glaubst du, dass das Unsinn ist? Glaubst du, dass es mir nicht gelingen kann, dieses System zu durchbrechen? Ich will unseren Wert mindern, indem ich einen Sieg herbeiführe. Einen Sieg und ein Ende. Radiere die Fratze von Kelwor aus. Und niemand wird mehr für uns bieten.« Der Kommandant stierte ins Leere. Dann erst sah er wieder den Barbaren an.

»Du glaubst an nichts, oder?«, fragte er ihn dann noch. Und lächelte, halbwegs belustigt.

Sein Adjutant kam und erklärte dem Barbaren den Weg. Der Barbar nickte, ließ sich Proviant und einen Rucksack für den Hammer, den Meißel, zwei Seile und vier Haken aushändigen und rannte los.

Der Adjutant wandte sich an den Kommandanten.

»Glaubt Ihr, dass er überhaupt verstanden hat, was er tun soll, Kommandant?«

»Wen schert es?«, antwortete dieser, immer noch lächelnd. »Er kostet mich nichts. Er ist keiner meiner Männer. Seinen Lohn bekommt er nur im Erfolgsfall. Was soll es schon schaden? Lassen wir ihn versuchen zu tun, was keinem von uns möglich ist. Wer weiß! Vielleicht bringt es immerhin Verwirrung in die Reihen der Feinde. Mehr Verwirrung als bei uns.«

Die Wälder.

Erneut die Wälder der rebellierenden Stämme.

Er war schon einmal hier gewesen, damals, als die Burg des Heiligen verloren ging. Damals hatte er sich das Schwert des Hauptmanns geholt. Nun trug er ein Zierschwert, das gegen ein richtiges wahrscheinlich beim dritten Schlag zerbrechen würde. Aber das machte nichts. Er hatte nicht vor, gegen diese Waldmenschen zu kämpfen. Es waren ohnehin zu viele.

Er wollte hindurch, unbehelligt. Wie der Kommandant gesagt hatte.

Die Waldmenschen sahen etwas in ihm, mit dem sie lieber nicht in Berührung kommen wollten.

Er rannte. Der Himmel wütete vorüber, gegeißelt von Ästen und Blattwerk.

Hier fand er sich zurecht. Man hatte ihm den Weg beschrieben, Marken, denen er folgen konnte. Ein umgestürzter Baum. Ein Flusslauf. Eine Brücke aus Ranken über dem Fluss.

Er folgte. Rannte. Atmete.

Wenn er rastete, rasten seine Gedanken.

Je mehr er von der Welt erfuhr, desto weniger begriff er.

In den Städten herrschten andere Gesetze als draußen in den Wäldern, Sümpfen, Bergen und Steppen.

Menschen gaben sich diese Gesetze. Sie gaben sie sich selbst.

Aber sie brachen sie auch. Nach eigenem Gutdünken.

Wenn du reich warst, konntest du auf einem Schiff mitten im See tun und lassen, was du wolltest. Sogar Töten war dann kein Problem mehr. Also näherten sich die Gesetze, je wohlhabender jemand war, wieder den Gesetzen der Wälder und Steppen an. Er hatte erwartet, dass das anders sein würde. Genau umgekehrt. Je vornehmer, desto weiter entfernt von den Wäldern. Er fragte sich, wozu man die Wälder dann überhaupt verließ.

Aber das war nicht das einzige Rätsel.

Wenn er versuchte, nicht alleine zu sein, fühlte er sich einsamer als sonst.

Jede Horde löste sich auf.

Jede Ortschaft konnte vernichtet werden.

Jede Sache mit einer Frau war so flüchtig wie eine zufällige Berührung von Ärmelstoffen beim Vorüberhasten.

Je mehr er aß, desto hungriger war er in den Tagen darauf.

Je mehr er trank, desto mehr wollte er trinken.

Je mehr er kämpfte, desto weniger Lust hatte er aufs Kämpfen, aber desto mehr Gegner wollten sich mit ihm messen. Je stärker er wurde, desto schwächer wollte man ihn sehen.

Und wieder beauftragte man ihn damit, Götter zu zerstören.

Das war nun schon das zweite Mal nach dem vermeintlichen Gott, der das Bergdorf geknechtet hatte.

Diesmal eine Statue.

Was sahen die Menschen in ihm, dass es ihnen in den Sinn kam, er könnte ein Niederwerfer von Göttern sein? Behauptete er jemals, *alles* zu können? Prahlte er?

Aber war es nicht leicht, Götter zu vernichten? War es nicht eine der einfachsten Aufgaben überhaupt?

Was bedeutete dies?

Dass Götter die schwächsten Wesen waren, die es gab?

Mussten sie deshalb in den Himmeln wohnen und die Welten formen – weil ihnen für alles Sinnvolle keine Kraft mehr blieb?

Der Wald peitschte um ihn herum mit seinen immergrünen Dornenarmen, und er eilte hindurch, über Lichtungen, durch Unterholz, vom Licht in den Schatten und wieder zurück. Als liefe er im Kreis. Immer, immer nur im Kreis.

Er erinnerte sich an das Drachennest. Die Plünderbeute. Immer, immer nur im Kreis.

Ein Betrunkener hatte ihm – warmen Fusel im Atem – mal erzählt, dass das Leben ein Kreislauf sei, ein ewiger Kreislauf aus Werden und Vergehen, und dass auch die Welt rund sei, irgendwie rund, wie ein Ball vielleicht sogar oder zumindest wie ein Ei. Dass, wenn man immer geradeaus liefe, man wieder dort ankäme, wo man losgerannt sei.

Er hatte das nicht verstanden, nicht geglaubt. Aber manchmal glaubte er, Anhaltspunkte dafür erhaschen zu können. Wenn die Bäume sich ähnelten, die er passierte. Wenn er abermals einen Bachlauf kreuzte, mit einem weiten Sprung, und dessen Streben in einer einzigen Richtung bedeutungslos hinter ihm zurückblieb. Wenn er wieder denselben Menschen begegnete.

Wie jetzt.

Es waren dieselben. Er erinnerte sich an eine Jagd. An das Erstürmen der Burg des Heiligen. Alle diese Waldmänner sahen sich ähnlich, er konnte sie kaum auseinanderhalten. Sie vergrößerten ihre schrumpeligen Gemächte, indem sie sie hochbanden und mit Holzröhren verlängerten. Es war albern. Kindisch. Sie waren wie Bengel mit reißzahnigen Äxten.

Sie waren zu sechst.

Schnatterten aufgeregt. Fächerten sich auf, die Arme angewinkelt. Trillerten wie Vögel.

Er verlangsamte. Breitete seine Arme aus, zeigte die leeren Handflächen her. Ging zwischen ihnen hindurch. Ein Erwachsener zwischen Kindern.

Einer von ihnen berührte ihn am Arm.

Er blieb stehen, wandte sich dem Berührer zu. Der schreckte zurück, näherte sich dann wieder, berührte erneut. Er ließ sich berühren. Die sechs zirpten wie Zikaden. Betasteten seine Haare, die Vogelfeder darin, seine Unterarme, dann die Oberarme und Schultern. Die Hüften. Seine nackte Brust. Schließlich die Außenseite seiner Schenkel. Sie hatten es auf sein Schwert abgesehen. Das wollte er nicht hergeben, ebenso wenig wie Setepenres Ohrgehänge. Langsam, aber bestimmt wehrte er ihre immer wieder in Richtung des Schwertknaufs greifenden Arme ab. Sie starrten ihn an, als verstünden sie ihn nicht. Sie verstanden sehr genau. Als einer zu frech wurde, stieß er ihn zurück, die Hand aufgespreizt gegen die Brust. Er stieß hart, sodass der Waldmann ins Straucheln geriet. Die anderen trillerten nun lauter. Sammelten sich, die Äxte kantig in grünlichen Händen. Lehm und Staub machten ihre Leiber matt und spröde. Rissig. Wie Baumrinde.

Er schloss halb die Augen. Allein gegen sechs. Sie hatten ihre Äxte schon halb erhoben. Er musste jetzt auf jede ihrer Bewegungen achten. Sechs Waffenarme. Sechs Bewegungen. Er durfte nicht einen einzigen Fehler machen, keine einzige der Bewegungen nicht kommen sehen. Keiner durfte hinter ihm sein. Er bewegte sich selbst. Langsam, aber entschlossen. So, dass keiner mehr in seinem Rücken war. Sie ließen ihn durch. Schnatterten. Bewegten sich durcheinander. Machten aus den sechs Axthänden Linien. Wollten ihn verwirren. Aber er behielt den Überblick. Zehn wären schwierig geworden. Sechs gingen noch, wenn er sich zusammenriss.

Sie bewegten sich noch immer. Schlenkerten die Äxte. Vier Pendel. Zwei Linien. Sie schürzten ihre Lippen, er sah das kaum, war viel zu sehr auf ihre Waffen fixiert. Die Geräusche des Waldes ringsum ballten sich zusammen. Der Punkt der Übernahme, der Augenblick des Alles-in-eins kam heran. War gekommen. Und verstrich. Plötzlich ließen die sechs von ihm ab. Taten, als wäre er nicht vorhanden, gingen schnatternd an ihm vorbei fort in den Wald. Keiner von ihnen drehte sich auch nur nach ihm um, würdigte ihn noch eines Blickes.

Er setzte seinen Weg fort, zuerst langsam und lauschend, dann wieder schneller. Verfiel in Trab. Die sechs hatten ihn durchgelassen, wie auch die anderen, denen er in den letzten Tagen in dieser Gegend begegnet war.

Sie ließen ihn immer passieren, da er zu keiner der verfeindeten Parteien zählte. Aber jetzt war er unterwegs, um ihrem Gott das Gesicht zu nehmen. Konnte ihr Gott das nicht ahnen? Wollte er sich nicht schützen? Natürlich nicht. Götter waren blinde und schwache Geschöpfe, die nichts ahnten und nichts vorhersehen konnten. Ohne die Menschen gab es sie gar nicht.

Der Wald dagegen war wirklich, und der Barbar achtete darauf, nicht in die Fährte eines Tieres zu geraten, das größer war als er.

Man konnte bereits den Herbst riechen. Dieser Duft erzeugte Hunger.

Er erreichte die Statue. Sie stand auf einer Lichtung, überwuchert von grüngelbem Moos. Sie bestand aus grauem Stein. Dass sie so hoch war wie fünf Mann, stimmte nicht ganz. Der Barbar schätzte den Gott auf dreieinhalb Mannslängen. Aufrecht stand er da, die Arme angelegt, die Beine gerade, in eine Kutte gehüllt mit langen Ärmeln. Ein wenig wie ein hochkant hingestellter Toter.

Kelwor.

Ein falkenköpfiger Gott.

Das war natürlich eine Überraschung. Er hatte geglaubt, ein menschliches Antlitz wegmeißeln zu müssen. Die Nase, die Lippen, vielleicht die Augen durchfurchen. Aber ein Falkengesicht? Es lief vorne in einem Schnabel aus, der nach unten gebogen war. Hatte der Kommandant das nicht gewusst?

Er musste den Schnabel abhacken, was mit einem Meißel kaum zu schaffen war, denn die Statue war dafür viel zu groß, der Schnabel so dick wie zwei Männerschenkel. Oder die Augen herausmeißeln. Das war es wohl. Die riesigen, strengen Augen. Den Falkengott blenden.

Aber der Kommandant hatte etwas anderes verlangt. *Das ganze Gesicht wegmeißeln.* Oder so ähnlich. Der Kommandant war ein verrückter, hoffnungsloser Mann auf einem verlorenen Posten. Wie alle Kommandanten.

Der Barbar konnte zwei Wachtposten ausmachen, diese Auskunft stimmte wenigstens. Die beiden kauerten am Fuß der Statue und schienen zu dösen. In den Bäumen ringsum rauschte der Wind. Noch kein Herbst. Das Laub noch voll. Aber bald. Schon bald.

Er zog sein Schwert. Diese zwei waren unumgänglich. Blutopfer. Es gab Götter und Statuen, die so etwas zu schätzen wussten.

Die Lichtung war recht weitläufig. Er konnte rennen, um es möglichst schnell zu tun. Da die beiden aber dösten, konnte er auch versuchen, sich anzupirschen. Von hinten. So machte er es.

Er umrundete die Lichtung in den Rücken der Statue. Dann näherte er sich diesem Rücken über offenes Gelände. Als er den Rücken erreicht hatte, drückte er sich dagegen, Brust gegen Rücken. Der Stein fühlte sich warm an, die Sonne hatte ihn lange beschienen. Seine Oberfläche war rau und modelliert genug, um sogar ein Erklettern ohne Seil zu ermöglichen. Das war aber sinnlos. Er musste ja dort oben beide Hände frei haben, um arbeiten zu können.

Er umrundete den Rücken, erreichte den ersten Wächter, schnitt ihm den Hals durch. Der zweite schreckte auf, doch zu spät. Der Halbkreis-Rückhandhieb kam von links unten und ging nach rechts oben. Die Haare des Waldmannes, seine beiden Arme und auch sein Blutstrahl reckten sich allesamt nach dem stürmisch rasenden Himmel, dann kippte er nach hinten und blieb liegen. Der Barbar steckte das Schwert zurück, ohne es vorher im Gras zu reinigen. Er nahm sich die beiden Äxte der Waldmänner. Grobe, wie mit Feuerstein behauene Steinklingen. Weniger scharf als Stahlbeile, aber schwer und wuchtig genug, um ein parierendes Schwert zu zerbrechen. Besonders ein Stutzerschwert wie seins. Jetzt würden sie ihn mit ihrem Gewicht behindern, also legte er sie wieder ab.

Hatte sich der Wind verändert?

War da ein schärferes Zischen in den Wipfeln?

Die Augen des Falkengottes noch unerbittlicher, raubvogelhafter als vorhin, ihn betrachtend?

Nein, das war alles nur Einbildung. Es hatte sich nichts getan.

Er blickte sich um, suchte den Proviant der beiden. Ein Feuer hatten sie nicht gemacht. Er fand einen Tuchbeutel, verborgen in hohem Gras. Maismehlbrot und Früchte, ein einziger Streifen getrockneten Sehnenfleischs. Er schlang alles hinunter. Das Fleisch war gesalzen und würde ihn durstig machen. Die Wächter hatten kein Wasser, genauso wenig wie er. Aber in diesem Wald wimmelte es von Bächen. Der letzte, den er übersprungen hatte, war nicht weit entfernt.

Er verband seine Seile mit Haken. Das eine Seil warf er hinauf, siebenmal, bis der Haken sich endlich am Kopf der Statue festfraß. Das zweite Seil rollte er sich über die Schulter, auch dieses mit Haken versehen.

Er enterte auf, nur die Arme zum Ziehen benutzend,

mit den Füßen ging er das Standbild entlang, als stünde es nicht aufrecht, sondern läge am Boden. Moos schabte von seinen Sohlen und von oben, von dort, wo das Seil auflag und sich spannte.

Kam da ein Stöhnen aus dem Inneren des Standbilds?

Unsinn. Höchstens der Wind.

Er erreichte den Kopf. Hielt sich am Schnabel fest, zog sich auf die eine Schulter, von der aus das riesig wirkende Auge gut zu erreichen war.

Das Auge war eine glatte Halbkugel, überschattet von einer ernst wirkenden Vogelbraue. Beinahe andächtig berührte er dieses Auge. Es fühlte sich kühler an als der Rest der Statue. Weil es von der Braue überschattet war, natürlich. Es war eine feine Arbeit. Von Alter und Moos noch unzerfurcht.

Er holte Hammer und Meißel aus seiner Umhängetasche und machte sich ans Werk.

Spitz und knöchern hackten die Schläge in den Wald hinaus. Sie mussten weithin hörbar sein. Wahrscheinlich würde es bald vor Wilden nur so wimmeln. Bis dahin musste das Standbild dermaßen verunstaltet sein, dass sie entsetzt auf die Knie taumelten, anstatt an einen Angriff auch nur denken zu können.

Das dauerte alles viel zu lange.

Er hämmerte an dem Auge herum, ohne mehr als winzige Segmente abbrechen zu können. Er schaffte lediglich ein Glitzern in das Auge des Falken. Es war geradezu unheimlich, wie lebendig das vorher wie blinde Auge nun durch diese Schadstelle wirkte.

Der Plan des Kommandanten ging nie und nimmer auf.

War da nicht ein Rascheln unten im Geäst? Im Unterholz? Kamen sie schon? Nein, da war nichts zu sehen. Aber sie waren grün bemalt, waren selbst wie Moos und Flechten. Was, wenn er sie von hier oben aus einfach nicht sehen konnte, während unten sich längst eine unüberwindliche Übermacht versammelte? Sechs waren schaffbar, zehn sehr schwierig, zwanzig nicht mehr zu bezwingen.

Er hämmerte und hämmerte. Klick-klick-klick. Klick-klick-klick. Ein Vogel rauschte vorüber. Ein Falke? Gut möglich.

Steinsplitter spritzten ihm ins Gesicht. Zielten nach seinem eigenen Auge, verfehlten es nur knapp. Eine Schramme. Eine winzige Narbe am Augenwinkel.

Das brachte nichts.

Der Wind wurde stärker, rüttelte an ihm.

Das war idiotisch mit den Augen. Er musste den Schnabel angreifen. Den Meißel mitten hineintreiben. Mit Wucht. Vielleicht brach dann der Schnabel ab.

Er begann damit. Seine Hiebe wurden nun viel heftiger. Kruck-kruck-kruck. Kruck-kruck-kruck. Ein ganz anderer Klang. Unten war Bewegung. Nur der Wind? Durch das hohe Gras liefen Böen wie Schlangen. Die Sonne begann ihren Sinkflug. Die Sonne ein Falke auf der Jagd.

Für einen Moment schwindelte ihm. Er hielt sich an dem Seil fest, andernfalls wäre er vielleicht tatsächlich in die Tiefe … gesegelt? Mit gebreiteten Schwingen? War das möglich? Von hier aus? Von keinem anderen Ort der Welt aus als von der Schulter des Falkengottes?

Wie hieß dieser Gott noch mal? Der Name war ihm entfallen. Der Kommandant hatte ihn genannt.

Der Kommandant.

Er dachte an den Drachen. Mit dem war er geflogen. Fliegen war berauschend, selbst wenn man dabei um sein Leben strampelte. Wie schön musste fliegen erst sein, wenn man es unbehindert tat? Frei! Nach allen Seiten, allen Richtungen: einfach nur frei.

Spring!, rief eine Stimme in seinem Kopf. *Probiere es aus!* Es war seine eigene Stimme, wie sie geklungen hatte, als er noch gesprochen hatte. Als Kind. *Spring!*, hatte er damals oft gerufen. Zu seinen Spielkameraden. Seinem Freund. Zu sich selbst. *Spring! Mach es einfach!*

Kreck-kreck-kreck. Kreck-kreck-kreck. Das Geräusch hatte sich abermals verändert. Der Meißel war nun schon fast ganz versenkt im Schnabel. Nun schlug er seitlich gegen das Meißelende. Versuchte, Hebelwirkung zu erzielen. Etwas frei zu brechen. Frei. In alle Richtungen frei.

Es ging noch nicht.

Er musste den Meißel frei rütteln und seitlich frei hämmern, ihn herausziehen und neu beginnen. Ein zweites Loch in der Nähe des ersten. Kreck-kreck-kreck. Kreck-kreck-kreck. Das Geräusch blieb sich jetzt treu. Der Schnabel, von Löchern behelligt, begann rissig und schwächer zu werden.

Weithin hallten die Schläge über den Wald.

Vögel zwitscherten, antworteten. Trillerten. Die Waldmänner? Sehr wahrscheinlich.

Er schwitzte. Diese Arbeit war anstrengend. Er musste sich ja auch noch halten. Stand auf der Schulter eines Riesen. Der sich nur zu schütteln brauchte, und …

War da nicht ein Zittern? Ein beinahe schluchzendes Vibrieren?

Nein. Nur der Wind. Die eigenen Schläge. Der Hall der Schläge über den Bäumen. Sinkflug der Sonne. Schneller jetzt. Ins Blutige spielend.

Die Lichtung rötete sich.

Der Schnabel blutete nicht.

Vier Löcher hatte der Barbar bereits in ihn getrieben, am fünften schuftete er gerade. Inzwischen achtete er schon nicht mehr darauf, wenn unten etwas raschelte. Es gab einfach zu viele Tiere hier. Nur ab und zu warf er noch einen Blick auf die Lichtung, ob sich dort nicht inzwischen Dutzende von Wilden zusammenrotteten. Aber niemand ließ sich blicken. Was nicht bedeutete, dass sie sich nicht vor ihm verbargen.

Das fünfte Schnabelloch brachte den Erfolg. Beim seitlichen Hämmern gegen den Meißel spürte er schon, wie das Gestein barst. Er verstärkte das Hämmern, veränderte noch leicht den Winkel – dann brach der Schnabel endlich ab und polterte in die Tiefe. Ein Klotz von der Größe dreier Männerköpfe, abgehauen, losgerüttelt. Die Bruchstelle machte ein seltsames, vieldeutiges Nichts aus dem Mundbereich des Gottes.

Der Barbar war zufrieden. Das mit den Augen brachte nichts. Er wollte auch weg, sein Glück nicht überdehnen. Die Sonne sank ohnehin. Er glitt am Seil abwärts.

Als er an der Hand vorbeikam, verhielt er noch einmal. Die Hände des Falken waren menschlich, lagen an den Seiten des Körpers an, denn der Gott stand steif da wie zur Achtung ermahnt. Die Hände waren nicht so dick wie der Schnabel. Wenn man den Meißel drei- bis viermal ins Gelenk triebe? Dann rüttelte? Dem Gott die Hand nehmen? Die Rechte?

Den Kommandanten in seinem Häutezelt würde das freuen. Also warum nicht?

Diesmal war es aber schwieriger, der Barbar konnte sich nicht auf eine Schulter stellen, um zu arbeiten, er musste sich ins Seil hängen. Also kletterte er wieder aufwärts, machte aus dem zweiten Seil eine Schlaufe, ließ diese von oben über die Statue abwärtsgleiten und sicherte sich an diesem zweiten Seil um die Hüften, gleichzeitig von oben vom ersten Seil unter den Achseln gehalten. Durch diese Doppelführung erreichte er einen sicheren Halt und machte sich ans Werk.

Es ging schneller als mit dem Schnabel.

Vier Löcher oberhalb der Handfläche, und das Gestein brach. Die Hand rutschte in die Tiefe und klatschte zertrümmernd ins Gras. Alles war jetzt rot. Die Sonne fast versunken. Das hatte wirklich nicht lange gedauert.

Befeuert von seinem Erfolg verlängerte der Barbar das erste Seil, rutschte am zweiten vorm Bauch des Gottes um dessen Leib herum und verhielt an der anderen, der linken Hand. Auch diese durchlöcherte er an ihrem Gelenk.

Kluck-kluck-kluck. Kluck-kluck-kluck. Die Hände klangen wiederum anders als der Schnabel. Sie waren nicht nach vorne gerichtet und kompakt, sondern abwärts und flach. Friedliche Hände. Die friedlich ruhenden Hände eines Falken, der keinerlei Flügel besaß. Weil er das Fliegen aufgegeben hatte zugunsten eines Menschseins? Warum? Wie konnte jemand die Freiheit sämtlicher Richtungen eintauschen gegen ein ewig währendes Strammstehen?

Waren die Götter nicht Herren ihrer Entscheidungen?

Wurden auch sie womöglich beständig in ein Joch gezwungen, wie auch die Sonne, die jeden Tag versinken musste, um am nächsten Morgen mühsam den ganzen Weg wieder emporzusteigen? Was für eine armselige Welt dies doch war: Wer leuchten wollte, musste sich mit Ketten abfinden!

Kurz fiel ihm die Frau in Ionies Haus wieder ein. Diese gebundene Kraft. Von ihm befreit. Vielleicht war das alles ganz richtig gewesen so. Vielleicht hatte er einer Königin auf die Beine geholfen. Einer freien Frau, die eines Tages die ganze Welt mit Rauch und Blut überziehen würde. Und auf einem Schlachtfeld voller Gerippe würde er ihr wieder begegnen. Dereinst.

Er wunderte sich. Normalerweise dachte er nicht über die Zukunft nach.

Wohnte eine Kraft dieser Statue inne, die nun im Begriff war, auch ihre letzte verbliebene Hand zu verlieren? Wohl kaum. Es war nur der Wind. Und die Seile, in denen er hing und die seinem Körper das Blut abschnürten, bis alles in Gärung überging.

Kluck-kluck-kluck. Kluck-kluck-kluck. Dann fiel die Hand.

Diese zerbrach nicht. Aufrecht, mit geschlossenen Fingern, blieb sie im auf dieser Seite wohl weicheren Boden stecken. Wie ein Schlag.

Der Barbar lauschte. Hatte dieser Schlag die Wilden aufgeschreckt? Immer noch war nichts von ihnen zu hören und zu sehen. Die Sonne war beinahe weg. Rot sickerte noch durchs Blattwerk. Am Boden waberten Schatten. Schatten, die alles Mögliche enthalten konnten.

Er schnitt sich mit dem Stutzerschwert aus den Seilen. Sich aus den Schlaufen zu winden war ihm zu mühsam und langwierig. Er rutschte an den steinernen Kleiderfalten der Statue hinab, den Fall mit den Fingern und Füßen bremsend, und landete neben der intakten Hand.

Er trat von dem Standbild zurück. Betrachtete sein Werk.

Es war erstaunlich, was er da geschaffen hatte.

Das Gesicht des Gottes sah nun nicht mehr wie das eines Falken aus, sondern eher wie das eines Menschen, der eine Mund und Nase verhüllende Maske trug. Das eine Auge, das beschädigte, schien zu glitzern, beinahe zu zwinkern. Da beide Hände jedoch fehlten und die Ärmel der Kutte nun leer waren, schienen sich die Arme des Gottes vielleicht rückverwandelt zu haben in Flügel, geschrumpft, nach hinten verlängert, unsichtbar gewuchert in den finster gewordenen Himmel.

Die wallende Nacht entsprach dem Flügelschlag Kelwors.

Jetzt war ihm der Name wieder eingefallen. Der dunkle Wind hatte ihn gehaucht.

»Kellllllwwwwooooorrrrrrr.«

Er blickte sich um. Der Himmel schien sich mit Falken zu füllen. Aber das stimmte nicht. Das waren nur Wolken, denen die Sonne entglitt. Die Bäume raschelten. Tuschelten. Vögel. Raubvögel, überall. Aber auch das stimmte nicht. Es waren nur Blätter mit ädrigen Schnäbeln.

Er begann zu rennen. Nicht aus Furcht. Er wollte schnell sein, schnell wieder hinaus sein aus dem Wald.

Doch zuerst musste er in ihn eintauchen. Aus der

Lichtung ins Dickicht. Es umfing ihn, begrüßte ihn, ließ ihn hindurch. Wie der Kommandant gesagt hatte. Sie ließen ihn passieren.

Sie waren zu sechst.

Es waren entweder dieselben von vorhin oder sechs andere. Der Barbar konnte sie nicht auseinanderhalten. Sie zirpten und rochen alle gleich. Nach Pilzen, Mardern und zerriebenem Moos.

Er war mitten in sie hineingelaufen. Im Dunkel der Nacht. Er hatte sie nicht gehört und nicht gesehen. Dies war *ihr* Revier. *Sie* hörten und sahen *ihn*, nicht umgekehrt.

Er erfuhr nicht, ob es daran lag, dass er ihren Gott geschändet hatte, oder daran, dass er es wagte, mitten in der Nacht ungestüm durch ihren Wald zu rennen. Jedenfalls griffen sie ihn übergangslos an. Das war noch schwieriger als tagsüber, denn ihre Axthände waren kaum auszumachen vor dem Flirren von Sternen und Blattsilhouetten. Er war darauf angewiesen, ihre Schläge zischen zu hören. Ihr Ausholen Atem holen. Ihr Zurückweichen rascheln und ihr Vordringen schnauben. Und auf keinen Fall, auf gar keinen Fall durfte seine lachhafte Zierklinge mit ihren massiven Äxten in Berührung kommen, weder beim Zuschlagen noch beim Abwehren. Sonst war es aus.

Er traf den ersten, den zweiten. Das Ziehen der Klinge aus ihren Leibern schabte über Knochen und fühlte sich im Dunkeln an, als zöge man einen Löffel aus halb festem Grießbrei. Zwei sackten zusammen. Dadurch verringerte sich schon mal die Anzahl der um ihn herumwirbelnden Äxte.

Gut so.

Gut.

»Kellllllwwwwooooorrrrrrr.«

Im Nachtwind. Das Wort. Der Name. Weiterhin im Wind. Als führte er ihn mit sich. Ein Umhang. Ein Umhang aus Falkenfedern.

Einem entging er nur um Haaresbreite. Die Axt berührte ihn sogar, schabte über seinen Brustmuskel, dann abwärts über die Rippen. Seitlich. Harmlos. Er stach zu und verfehlte seinerseits. Gefährlich. Verfehlen. Er stand geöffnet da. Zwei Äxte zischten heran.

Er ließ sich fallen. Schmeckte Gras, möglicherweise sogar einen Wurm. Er rollte weiter. Die Äxte beharkten den Boden. Die Gegner trillerten. Um Verstärkung? Aus Wut? Oder um sich gegenseitig Anweisungen zu geben?

Er rollte. Durchschlug einem Wade und Schienbein, um sich Luft zu verschaffen. Es war wie bei den Laufvögeln. Zu viele auf einmal in ihm unvertrautem Gelände.

Einer passte ihn ab. Zu schnell für ihn. Der Barbar wand sich in die Höhe, aber es ging nicht mehr anders: Er musste den Schlag mit dem Schwert parieren. Das Schwert zerbrach, die Trümmer prasselten um ihn herum wie reißzahniges Laub. Er fasste den Angreifer im Gesicht und drückte dessen Kopf zurück, bis die Halswirbel brachen. Dann tastete er nach der Axt. Fand sie nicht im Dunkeln. Musste einem Hieb ausweichen. Noch einem. Fand die Axt. Ungewohnt. Klobig. Schlug damit zu. Der Gegner parierte, sein parierender Arm wurde jedoch durch die Wucht zurückgebogen. Noch mal. Mehr Wucht. Mehr Wut. Noch mal. Beim dritten Mal verbog sich der parierende Arm so weit, dass die Axt des Barbaren dem Parierenden in den Schädel dringen konnte. Freireißen und weg.

Von unten schlug der Einbeinige nach ihm. Den tötete er nun mit einem Tritt auf den Kopf.

Nur noch einer. Es war vorbei. Alles unter Kontrolle.

»Kellllllwwwwoooorrrrrrr.« Es war wie ein Ein- und Ausatmen. Wenn die Waldmänner des Falken nicht würdig waren, mussten sie sterben, und der Falke half ihnen nicht.

Mit dem Letzten war es nur noch ein kurzer Tanz. Der war nicht ungeschickt und hatte keine Furcht. Aber er war der Wucht und Größe des Barbaren nicht gewachsen. Beide Äxte beschrieben Bögen unter den Sternen. Dreimal klatschten die Schneiden gegeneinander. Dann hebelte der Barbar die Deckung des Gegners auf, schlug ihn mit links und setzte mit rechts mit der Axt nach. Ächzend brach der Waldmann zusammen, röchelte noch kurz und starb.

Kein Trillern mehr.

Heftig atmend richtete der Barbar sich auf.

Es schien keinen Mond zu geben.

Im silbrigen Sternentruglicht betraten sechs weitere Gegner den Kampfplatz. Für einen Moment schienen sie Schwingen zu besitzen, riesige Schwingen, aber das stimmte nicht, das waren nur die Bäume hinter ihnen.

Sechs neue. Oder es waren die sechs, denen er tagsüber begegnet war. Das immerhin war irritierend.

Er lauschte nach dem Wind. Ob er das Wort, den Namen noch hören konnte. Aber sein eigener Atem war nun zu laut.

Es ging wieder von vorne los. Hätten die Toten nicht

immer noch herumgelegen, wäre ihm der Gedanke gekommen, dieselben sechs noch einmal gegen sich zu haben.

Sie drangen auf ihn ein, ein leise trillernder Wirbel aus Äxten. Die Toten störten. In der Dunkelheit konnte man allzu leicht über ihnen zu Fall kommen. Der Barbar wich diesmal zur Seite hin aus, um den Toten zu entgehen, versuchte aber keine Flucht. Er war mit dem Terrain nicht vertraut genug, um den Waldmenschen entkommen zu können. Also rollte er sie von der Seite her auf, attackierte erst den rechten, dann den zweiten von rechts. Die beiden kamen sich bei ihren Ausweichbewegungen in die Quere, weil von hinten ihre Verbündeten nachdrängten. Es bewahrheitete sich wieder, was alle erfahrenen Krieger wussten: Eine Überzahl war kein Vorteil, wenn es dem vermeintlich Unterlegenen gelang, die Übermacht durch unvorhergesehene Bewegungsabläufe in Unordnung zu stürzen. Die vielen behinderten sich gegenseitig, weil sie einander nicht treffen wollten. Der Einzelne jedoch konnte überallhin schlagen und wusste stets, dass es den Richtigen traf.

Er erschlug einen und zog sich zurück.

Als die Traube nachdrängte, sprang er vor, erschlug den zweiten, abermals mit einem krachenden Axthieb auf den dunkel konturierten Kopf, und zog sich abermals zurück.

Die Traube verhielt. Ein unschlüssiges Brodeln mit sternenfunkelnd feuchten Augen.

Dann drängte die Traube erneut vor, diesmal einen Frontalangriff erwartend.

Er lief und rollte sich über den Boden abermals in ihre

rechte Flanke und drosch dort hinein. Dieser Schlag war nicht tödlich, brachte jedoch die Traube dazu, sich umzuformen, sich in sich zu stülpen wie ein Bienen- oder ein Vogelschwarm.

Es gab keine Falkenschwärme.

Er war der Falke.

Sie waren Tauben oder Spatzen oder irgendetwas anderes, das nach Beute schmeckte.

Er drang zwischen sie vor, während sie sich noch neu auszurichten versuchten. Eine Axt knallte ihm gegen die Schulter, eine klatschte ihm gegen den Nacken, aber das machte nichts, das waren nur Prellungen. Er parierte eine dritte mit der eigenen, dann schlug er um sich wie ein gleichzeitig lebendig und wahnsinnig gewordener Dreschflegel. Er brauchte auf niemanden Rücksicht zu nehmen, er hatte ja keine Verbündeten. Er schlug um sich und achtete gar nicht darauf, ob seine Gegner ihrerseits zuschlagen wollten oder nicht. Im Dunkel konnte er das ohnehin nicht erkennen.

Sie kamen einfach nicht dazu. Er schlug und schlug, und den beiden letzten, mit zerschlagenen Lippen bereits Zurückweichenden setzte er noch nach und schlug und schlug und schlug, bis seine Axt von menschlichem Fett und Haaren ganz verklebt und im Umfang auf das Doppelte angewachsen war.

Keiner regte sich mehr.

Keuchend wechselte er seine Axt gegen eine der neuen Toten. Da so viele herumlagen, nahm er sich sogar noch eine zweite. Das hätte er schon an der Statue tun können, unter den Augen des Falkengottes. Sich mit zwei Waldäxten wappnen. Kurze Zeit stand er beidhändig bewaffnet da und versuchte einfach nur, seinen Atem einzuholen.

Dann betraten sechs weitere Gegner den Kampfplatz.

Sie fächerten sich auf. Trillerten. Sie entsprachen den anderen bis auf die Haltungen, die Bewegungen, die an Nester gemahnenden Haare.

So langsam wurde ihm mulmig zumute.

Er dachte wieder über Flucht nach. Seine Schulter und sein Nacken schmerzten jetzt doch, wo die Äxte ihn getroffen hatten. Er würde grün und blau sein bei Tageslicht. Noch mal sechs? Und dann noch mal? Und noch mal? Was brachte das?

In seine Ratlosigkeit mischte sich Zorn. Ratlosigkeit machte ihn immer zornig. Das eine wurde fast immer aus dem anderen geboren.

Wenn er floh, würden sie ihn jagen. Dabei waren nicht sie die Falken, sondern er. Wer jagte eigentlich Falken? *Menschen*? Oder noch größere Raubvögel? Wurden Falken von Adlern erlegt? Aber die neuen sechs waren auch keine Adler. Sie waren weniger als Hasen. Hamster womöglich.

Er warf eine seiner beiden Äxte. Da er ihr Gewicht und Flugverhalten noch nicht kannte, ging der Wurf fehl. Aber er griff sich eine andere und warf auch diese. Es lagen ja genügend herum. Dieser Wurf traf jemanden, der dumpf aufstöhnte. Eine der Gestalten wankte. Eine dritte Axt. Geworfen. Wieder daneben. Eine vierte. Ein Treffer. Eine fünfte. Mehr waren nicht zu finden. Zwei wollte er behalten. Eine in jeder Hand. Ganz anderes Kampfverhalten als zuvor.

Einer von den sechsen war wohl zu Boden gegangen,

jedenfalls waren es jetzt nur noch fünf. Gut so. Sie näherten sich vorsichtig, die fliegenden Äxte hatten ihnen die Gewissheit zerstreut. Sie waren Schatten inmitten von Schatten, aber der Barbar konnte inzwischen den Widerschein der Sterne in den Augen und auf den behauenen Axtklingen seiner Gegner so gut lesen, als handelte es sich um Laternen.

Mit jedem verstreichenden Moment, mit jedem weiteren Erschlagenen vielleicht, gewöhnten sich seine Augen mehr und mehr an die ganz spezifische Nacht dieses schwer umkämpften Waldes.

Schließlich wartete er nicht mehr. Er griff die fünf an, und beide Äxte an den Enden seiner Arme rotierten wie Windmühlenflügel, die bei Berührung den Tod brachten. Verwirrte Versuche, ihm etwas entgegenzuhalten, fegte er einfach beiseite. Seine Kraft und sein Ungestüm verschränkten sich zu einem prasselnden Wirbel aus Hieben. Dabei drehte er sich um sich selbst, wieder und wieder. Die Gegner schlugen, zirpten, wurden getroffen, bäumten sich, wurden erneut getroffen, wurden kleiner, wuchsen in den Boden zurück, vergingen. Einer flüchtete. Das war bislang noch nicht da gewesen, dass einer tatsächlich zu entkommen suchte. Der Barbar setzte ihm nach und ließ es nicht zu.

Er forderte die nächsten sechs. *Mehr. Mehr!* Es konnte endlos so weitergehen. Er war der Falkengott. Kelwor. Er hatte eine Vision von einer engen Straße in einer Stadt. Eine gekenterte Sänfte. Blut hoch bis zu den Ziegeln der Gebäude. Die Vision versank im ungerührten Himmelsteich. Er konnte fliegen, wenn er das wollte, und die Welt von oben betrachten. Die Mauern wichen und gaben ihr Innerstes frei. Die Mauern brachen. Auch ohne Drachen.

Die nächsten sechs kamen. Rannten. Stürmten auf ihn zu. Ihr Trillern vibrierte vor Furcht. Sie mussten etwas unterbinden, was schon längst durch nichts mehr aufzuhalten war.

Aus ihren Mündern rauchte Verzweiflung.

Er hielt stand. Wirbelte seine Äxte. Brach Knochen und Schädel. Zerdrosch Fleisch. Zeit verfloss im Dunkel der Bewegungen. Es war, als würde ein Jahr vergehen, ohne dass die Sterne ein einziges Mal blinzelten.

Und dann veränderte sich etwas. Jetzt war nichts mehr einfach. Etwas war überschritten worden. Diese sechs waren stärker als die anderen oder hatten aus deren Fehlern gelernt. Jede Sechsergruppe beobachtete wahrscheinlich aus sicherer Deckung, was sich auf dem Kampfplatz abspielte. Diese sechs waren unbesiegbar. Oder er wurde müde und alt. Oder mit seinen Waffen stimmte etwas nicht mehr. Jedenfalls wichen sie aus oder parierten, oder es schien ihnen nichts auszumachen, wenn er sie unwiderlegbar traf. Es war, als hätte er sie mit Staubwedeln gestreichelt anstatt mit Äxten aus Stein.

Sie spielten ihn sich zu wie einen Ball. Er spürte etwas in sich aufsteigen, das ihm nicht vertraut war: Verzweiflung. Und mit der Verzweiflung wie auch mit der Ratlosigkeit: Wut. Diese allumfassende Wut, die alles zerschlagen und aus allem ausbrechen wollte.

Er zerschlug ihren Kreis, indem er aufstieg wie ein Falke. Zum Fliegen schien er zu müde und zu schwer, aber er sprang, benutzte dabei die Äxte, um sich wie an in die Finsternis getriebenen Steighaken in die Höhe zu schnellen. Er überwand die Umzingelung. So brach er aus und entkam in den Wald.

Alles war nun Dunkelheit. Das Blut in seinen Ohren rauschte so laut, dass er nicht erkennen konnte, ob die sechs ihm folgten. Vielleicht war es ihnen untersagt, den Kampfplatz zu verlassen. Ein wilder Triumph zerriss ihm beinahe die Brust. Dieses Gefühl zeigte ihm, dass er lebte. Und warum er lebte.

Anfangs war er ohne Richtung. Doch dann holten seine Wildnisinstinkte ihn wieder ein. An den Bäumen konnte er die Himmelsrichtung spüren. An der Strömung der Flüsse den ungefähren Weg, den er gekommen war, nachvollziehen. Einmal benutzte er sogar die Losung eines Hirsches, um an ihr abzulesen, ob die großen Tiere, deren Spuren er auf dem Hinweg gesehen hatte, hier ihr Jagdrevier hatten oder nicht.

Er beneidete den Falken, der den Wald einfach überqueren konnte, ohne dessen Ende jemals aus den Augen zu verlieren.

Je weiter er kam, desto vollständiger vergaß er den Namen Kelwor.

Die Nacht bestand aus Tannennadeln, Windfunken und vorüberstürzenden Stämmen.

Niemand folgte ihm.

In dem Zelt, das aussah, als wäre es aus Menschenhaut genäht, roch es nach Kartoffelsuppe und den Eingeweiden eines Orakelmarders.

Der Kommandant blickte kaum auf. Er kratzte Pickel an seinem Hals, während er eine komplizierte und widersprüchliche Kostenaufstellung studierte. »Ahh! Mein schweigsamer Freund! Und? Erfolg gehabt?«

Der Barbar nickte.

»Der Scheißkerl hat kein Gesicht mehr?«

Der Barbar nickte.

Der Kommandant ächzte und blickte auf. »Kannst du nicht anständig antworten?«

Der Barbar nickte weder, noch schüttelte er den Kopf. Aber er trug in jeder Hand eine blutige, haarige Steinaxt.

Der Kommandant hielt dem durchdringenden Blick des Barbaren stand. Dann entkrampfte er sich ein wenig, rollte in den Schultern. »Was war noch mal dein Lohn?«

Der Barbar hob die linke Axt und deutete auf den Helm.

»Ach, ja. Mein Helm. Verstehe das einer. Nimm ihn dir und pack dich.«

Der Barbar nahm sich den Helm, setzte ihn auf, schnallte den Kinngurt fest und verließ das Zelt.

Nur wenige Tage später trat an seiner statt der Adjutant ein.

»Sie errichten eine neue«, sagte er. »Hat man gerade gemeldet.«

»Eine neue *was*?«

»Götterstatue. Auf einer anderen Lichtung. Sie sind sehr schnell damit.«

Der Kommandant lachte freudlos. »Das war ja zu erwarten. Wieder der Falke?«

»Nein. Diesmal ein Mensch. Nur mit einer Hose bekleidet, mit zwei Äxten, langen Haaren, einem einzelnen Ohrring und einer Feder.«

Der Kommandant brach in Gelächter aus, und nachdem er eine Weile nicht mehr damit aufgehört hatte, wagte der Adjutant es, in höherem Tonfall mit einzustimmen. Doch plötzlich hörte der Kommandant mit dem Lachen auf.

»Hat er einen Namen?«, fragte er hastig.

»Wer?«

»Der neue Gott! Haben sie ihm einen Namen gegeben?«

»Ja. Sie nennen ihn *Kelwor.*«

»Kelwor? Aber das ergibt doch keinen Sinn! Der alte, zerstörte Gott hieß Kelwor!«

»Ich glaube, sie nennen alle ihre Götter Kelwor.«

»Das ist doch verrückt. Vollkommen sinnlos!«

»Es sind Wilde, Kommandant. Was ergibt schon Sinn bei denen?«

Der Kommandant schien in düsterem Brüten zu versinken. Der Adjutant wollte sich schon diskret durch den Zelteingang entfernen, als der Kommandant ihn noch einmal ansprach.

»Und dieser Name ... *Kelwor* ... hat der irgendeine Bedeutung? Kann man den in unsere Sprache übersetzen?«

»Das habe ich vor einigen Wochen mal einen Gelehrten gefragt, der bei uns Station machte. Er sagte, *Kelwor* setzt sich aus zwei Begriffen zusammen: *dienen* und *enden.*«

»*Dienen* und *enden*? Was heißt das? *Diener des Endes*? *Ende des Dienens*?«

»Der Gelehrte übersetzte es mit einem anderen Begriff.«

»Welchem?«

»*Opfer.*«

»Opfer!«

»Ja.«

Der Kommandant nickte. Dann lachte er wieder und winkte seinen Adjutanten hinaus.

Der konnte es noch weithin ins Lager hören, das verzweifelte Gelächter seines Kommandanten.

FReSSeN

(NaCH eiNeR iDee VoN JeNNy-Mai NuyeN)

Dunkel wogte das Land.

Ein Buckliger mit einer Stangenlaterne geleitete eine junge Frau mit flammend roten Haaren, einen bleichen Jüngling mit einer Laute, einen unaufhörlich kichernden Magistraten und einen halb nackten Mann mit einem Kommandantenhelm einen grasigen Hügel hinauf. Oben auf dem Hügel stand trutzig ein Haus, das festlich erleuchtet war. Selbst im umgebenden Garten glommen Lampions, denn der Oligarch gab heute Nacht sein Jahresfest.

Schon von Weitem war Musik zu hören. Blechblasinstrumente, seltsam trötend, beinahe wie das Schreien kleiner Kinder, aber dann, im Zusammenspiel, doch wieder wohltönend.

Der Wind bauschte auf und ließ das Gras in Wellen fließen.

Die Sonne war bereits versunken. Der Mond tauchte alles in Schatten und Metall.

Der Bucklige hatte ihn für einen Kommandanten gehalten.

Der Barbar war sich nicht sicher, ob der Bucklige schwachsinnig war oder sehr schlau. Möglicherweise hatte er ja sogar recht: Jeder, der in der Lage war, einem Kommandanten den Helm abzunehmen, war selbst ein Kommandant oder einem Kommandanten zumindest gleichwertig. Er hatte vorher nicht darüber nachgedacht. Der Helm hatte ihm einfach gefallen, mit dem auffälligen Federbusch obendrauf. Nun war zwar leider sein schöner Ohrring nicht mehr zu sehen, aber der Federbusch wog den Ohrring mehr als auf. Und die Feder hatte er losgeknüpft und weggeworfen. Eine Feder wurde von einem Feder*busch* erst recht übertroffen.

Der Bucklige war auf der Suche gewesen nach hochgestellten, möglichst farbenprächtigen Menschen, die an einem Fest teilnehmen wollten. Einige hatten sich gedrängelt und beworben, waren jedoch abgewiesen worden. Einer hatte sogar gefleht und versucht, den Buckligen zu bestechen. Der Bucklige hatte diesen Verzweifelten zuletzt keines Blickes mehr gewürdigt, offenbar berauscht von seiner eigenen Macht über Aufnahme und Ablehnung. Die Rothaarige, die wohl eine Kartenlegerin war, hatte sich geziert, war aber silberzüngig überredet worden. Der Lautenspieler schien einfach nur neugierig zu sein. Der Magistrat hingegen schien zu wissen, was ihn erwarten würde, er freute sich sehr und brabbelte die ganze Zeit kichernd vor sich hin. Der Barbar war einfach nur hungrig. Ein Fest verhieß gutes Essen. So ging er denn mit, die beiden Steinäxte der Waldmenschen über Kreuz klackernd im Gurt.

Der Wind bauschte auf und ließ das Gras in Wellen fließen.

Das Haus hatte allein auf der Vorderseite mehr als zwanzig Fenster. Sie alle waren erhellt, als wären sie mit Gold ausgeschlagen. Der Barbar sah Gardinen, die nach außen wehten, ein zartes Nichts von unbestimmbarem Nutzen. Er fragte sich, ob die Gardinen durch die Musik nach draußen gepustet wurden.

Ringsherum war weit und breit kein weiteres Anwesen zu sehen. Der Weg herauf verlor sich in der Nacht. Die Zeltstadt, in der der Bucklige sie alle zusammengelesen hatte, war kaum als Widerschein von Lagerfeuern zwischen entfernten Hügeln zu erahnen.

Es roch eigenartig. Nach einer Soße, die sowohl Beeren als auch Kräuter enthielt, fand der Barbar.

Dem Magistrat lief das Wasser im Munde zusammen.

Der Jüngling mit der Laute wandte sich nach dem Barbaren um und sagte lächelnd: »Mich dünkt, am Ende unserer Reise sind wir vielleicht gar selbst die Speise?«

Doch der Barbar reagierte nicht. Er verstand nicht, was der Jüngling umständlich schwatzte.

Das Portal schimmerte im Mondlicht wie ein senkrechter See.

Die Kartenlegerin hatte sich geziert.

»Ich möchte mit dem Oligarchen und seinem Treiben nichts zu schaffen haben.«

»Aber Ihr seid schön! Ihr könnt es dort oben sehr weit bringen! Mein Herr entlohnt sehr gut, er hängt nicht an seinem Golde, sondern vertritt die Auffassung, dass Gold unter die Erde oder unter die Leute gehört.«

»Mir ist Unappetitliches über seine … Gewohnheiten zu Ohren gekommen.«

»Eure Ohren werden dort oben mit nichts anderem belastet werden als mit lieblicher Musik.«

»Aber meine Karten … sie verhießen mir zwar für heute eine Überraschung. Aber dass ich Vorsicht walten lassen muss.«

»Jede Überraschung ist mit Vorsicht zu genießen. Aber *genießen* ist wahrhaftig das Schlüsselwort bei dieser.« Der Bucklige hatte eine Verbeugung angedeutet, die für seinen verwachsenen Leib erstaunlich tief zu Boden reichte.

Sie hatte sich nicht mehr sehr lange geziert.

Das Portal schimmerte im Mondlicht wie ein senkrechter See.

Der Bucklige trat an das doppelflügelige Tor heran und betätigte den riesigen Türklopfer. Der Türklopfer stellte etwas dar, das die anderen noch nicht erkennen konnten.

Von drinnen wurde geöffnet. Gleich beide Flügel schwangen auf, mehrere Diener mit silbern funkelnden Perücken und eng anliegenden dunklen Leibwesten und Strumpfhosen wurden sichtbar und schienen allein für das Portal zuständig zu sein.

Der Bucklige kündigte seine Begleiter an: »Eine Zukunftskundige, einen Sänger und Dichter, einen Ordner und Behüter der Zeltstadt sowie einen Kommandanten des Krieges gegen die Wälder bringe ich euch.«

Kristallines Licht leckte nach draußen wie eine gebrochene Welle, die Musik pustete und fauchte nun deutlicher. Wie volltönende Blasebalge, die ein Feuer anfachten. Tatsächlich schien es drinnen bedeutend wärmer zu sein als draußen.

Beim Eintreten betrachtete der Barbar den Türklopfer noch einmal genauer. Es war ein massiver Eisenring, dessen Rund aus den ineinander verschlungenen Leibern von Menschen gestaltet war. Diese Menschen taten etwas miteinander, auf eine Art und Weise, die sämtliche Leiber zu einem großen Ganzen verband. Der Barbar betrachtete dies mit Interesse, aber die Diener baten ihn nun einzutreten, und der Ring bewegte sich beim Schließen der Tür von ihm weg nach draußen ins Kühle.

Sie standen im silberädrigen Vestibül.

Der Lautenspieler war einfach nur neugierig gewesen.

»Ich habe sogar schon singen hören, wie seine Bälle die Sinne betören!«

»Oh ja, mein Herr hat einen weitgerühmten Geschmack. Und zu jedem seiner Jahresfeste werden ein paar Handverlesene geladen, die noch nicht zum Kreis der Eingeweihten gehören. Die Betonung liegt auf: *noch* nicht.«

»Wird es Tänze geben, Zuckerwerk? Spezereien, getürmt wie ein Berg?«

»All dies und mehr.«

»Tänzer*innen*, leicht gewandet? Davon eine, die unachtsam in meinen Armen landet?«

»Mehrere, wenn euch danach der Sinn steht.«

»Wird es Tränke geben wie sonst nirgends? Geheimen, betörenden, rauschhaften Wirkens?«

»All dies. Und mehr.«

»Und werde ich dann, im Flirren und Mästen, selbst etwas geben dürfen zum Besten?«

»Deshalb wählte ich Euch aus. Weil Euer Gesang mit seiner Zartheit den kunstsinnigen Ohren meines Herren schmeicheln muss.«

»Dann will ich nicht weilen, will ich nicht säumen! Führt mich hinan zu den festlichen Räumen!«

Sie standen im silberädrigen Vestibül.

Die Neuankömmlinge wurden von einem ganzen Schwarm völlig gleich gekleideter Diener und Dienerinnen auf Waffen durchsucht.

Die Kartenlegerin führte einen schmalen Dolch mit sich, um gegen die Zudringlichkeiten männlicher Kunden wehrhaft sein zu können. Dieser wurde ihr abgenommen.

Der Barde hatte in seinem Stiefelchen ein Werkzeug versteckt, das ihm vielleicht, vielleicht aber auch nicht beim Stimmen seines Instrumentes behilflich sein konnte. Das wurde ihm abgenommen, während die Laute selbst nach kurzer Prüfung an ihn zurückgereicht wurde.

Der Magistrat hatte nur eine Schnupftabaksdose dabei. Die durfte er mitnehmen.

Der Barbar trug zwei Steinäxte im Gurt. Man forderte sie von ihm. Er reagierte nicht. Nur zur Verwahrung, erläuterte man. Er reagierte nicht. Er könne sie sich selbstverständlich wieder abholen, wenn er das Fest verließe. Er reagierte nicht. Hier drinnen drohe ihm keine Gefahr. Er reagierte nicht. Es seien keine Waldmenschen eingeladen. Er reagierte nicht.

Der Geruch der süßlich-würzigen Soße erfüllte seine Nüstern. Er schnupperte und händigte die Waffen aus.

Man geleitete sie weiter, zu einem zweiten Portal, das wie zwei ineinandergeschobene Taubenflügel war.

Der Magistrat hatte gewusst, was ihn erwarten würde, er hatte sich sehr gefreut und die ganze Zeit über kichernd vor sich hin gebrabbelt.

Er hatte sich die Hände gerieben.

Das Wasser war ihm im Munde zusammengelaufen.

Er hatte schmatzende Geräusche gemacht. Sich die Zähne gereinigt. Die Blase entleert.

Dann war er mitgekommen.

Kichernd, beinahe hüpfend, die Hände reibend. Vor sich hin brabbelnd.

Schmatzend.

Er wusste, was ihn erwartete.

Man geleitete sie weiter, zu einem zweiten Portal, das wie zwei ineinandergeschobene Taubenflügel war.

Die Flügel schwangen auf, erneut von Dienern betätigt. Dahinter öffnete sich der Festsaal. Das gesamte riesige Haus schien innen ausgeschabt worden zu sein wie ein Kürbis und nur noch aus diesem gigantischen Saal zu bestehen, der drei Stockwerke hoch war und umlaufende Galerien besaß, fast wie ein Theater.

Eine solche **PRACHT** hatte der Barbar noch niemals zuvor in seinem Leben zu Gesicht bekommen.

Purpurn stürzten sich Stoffbahnen von der Decke, glitten in Kaskaden an den Wänden hinunter, kunstvoll drapiert, die Formen und Winkel umschmeichelnd, verbergend, über Borten, Intarsien und Verkleidungen. Es sah aus, als würde der Raum bluten, aber nicht gewaltsam und wild, sondern kontrolliert und in Bahnen, als wäre man im Inneren eines Leibes geborgen.

Reflexe sämtlicher Schattierungen brachen sich in riesigen kristallenen Lüstern, die mit Kerzen besteckt ebenfalls von der Decke hingen wie in der Luft gefrorene Ballungen unwirklich schönen Regens, nein: Hagels! Jede Kerze vervielfachte sich in diesen Edelsteinen, wurde zu hundert Kerzen, zu einem zersplitterten Sonnenreich von dennoch sonnenunähnlicher Mattheit und Melancholie.

An den Wänden fanden sich Spiegel, die weitere Multiplikationen zur Folge hatten. Der gesamte Raum wirkte dadurch nicht nur noch größer, als er ohnehin schon war, sondern er schien auch in unwirkliche Nebenräume auseinanderzufließen, in denen immer wieder dasselbe Geschehen mit denselben handelnden Personen gegeben wurde, bis in alle Ewigkeit. Während die Kristallleuchter das Licht zerbrachen, widerlegten die Spiegel den Raum und die Zeit.

Chrysanthemen mit rosafarbenen Blättern und gelben Zungenblüten steckten in Hunderten von Vasen und obszön geformten Gefäßen. Sie rochen nach nichts, aber erinnerten an Sonnen oder Wunden, an etwas fleischlich Aufplatzendes und dadurch unwiederbringlich Vergehendes. Ihre Struktur war eher ledrig, und dennoch vermittelten sie durch ihre Färbung etwas Fiebriges, Unstetes.

Hinter den mit goldlackiertem Schnitzwerk verzierten Balustraden der oberen Galerieumläufe verbargen sich die Musikanten, die mit ihren Blasinstrumenten – einige davon waren tatsächlich Blase*balg*instrumente – die gesamte Halle in Schwingung und Töne versetzten. Die Musik war mitnichten aufdringlich und laut, sie schien alles Geschehen lediglich zu untermalen und zu akzentuieren. Und sie wirkte zusätzlich darauf hin, dass der Raum seine Grenzen und seine Bedeutung einbüßte, denn Stimmen verloren ihre Richtung, versanken im oberhalb wogenden Meer der Töne, und alles, alles fügte sich wie in einem Schreittanz zu etwas Neuem und in jedem weiteren verstreichenden Moment abermals Neuem zusammen.

Tische unterteilten den Bodenraum, verhängt mit kostbaren, beinahe durchscheinenden Tüchern und in Mustern übersät mit Geschirr aus goldverziertem Porzellan und Besteck aus reinem Silber. Es waren vier längliche Tische um einen mittleren Bereich herum. An jedem dieser Tische saßen fünf Menschen in fliederfarbenen Mönchskutten, insgesamt also zwanzig. Auch Frauen waren darunter, ihre Kleidung unterschied sich in nichts von der der Männer. Die Kapuzen waren zurückgeschlagen, sodass der Barbar aristokratische Gesichter und komplizierte Frisuren erkennen konnte. Die meisten waren schon alt, jenseits der sechzig.

Einer von ihnen erhob sich nun und kam mit gütigem Lächeln auf die Neuankömmlinge zu. Es war der Oligarch höchstpersönlich.

Mehr als der Gastgeber interessierte den Barbaren jedoch der Mittelbereich zwischen den Tischen. Kinder standen dort herum. Fünf an der Zahl. Der Barbar schätzte sie auf zwischen sechs und zwölf Jahre alt. Sie waren nackt, wirkten jedoch keineswegs eingeschüchtert und misshandelt. Alle fünf waren wohlgenährt, und ihre Gesichter glühten vor Vorfreude und Stolz.

Nicht weit von den Kindern entfernt blubberte ein eigenartiges Becken, gefüllt mit Öl oder einer anderen fettig siedenden Flüssigkeit. Schwitzende Diener unterhielten mehrere Feuer unter diesem Becken. Der ganze Raum wurde von dieser Hitze bestrahlt wie von einem blasenwerfenden Kamin.

Der Barbar schaute sich suchend um. Die Kuttenträger hatten hellen Wein in Karaffen und Gläsern stehen, aber nirgends war etwas zu essen aufgetischt. Der peinigende Soßenduft schien allein von dem Becken auszugehen. Gab es keine verborgene Küche, der solche Düfte entströmen konnten? Sein Magen rumorte beinahe vor Hunger.

Der Gastgeber hatte sie nun erreicht. Sein Haar war grau, halblang und wellig. Er roch nach Parfüm wie eine Frau, obwohl sein Gesicht eher grob wirkte, mit wulstigen Lippen und einer höckerigen Nase. Die Fliederkutte verlieh ihm zusätzlich weibliche Eigenschaften. Dem Buckligen, der um die von ihm herbeigeschafften Gäste herumstrich wie ein rolliger Kater, tätschelte er lobend den verwachsenen Rücken. »Ich freue mich sehr, euch vier heute Abend zu meinen Gästen zählen zu können«, sagte der Oligarch mit kaum merklichem Lispeln. »Wie ihr seht, gibt es einen illustren Kreis von Eingeweihten, so manche hochgestellte und beliebte Persönlichkeit des Landes gehört dazu.« Der Barbar kannte niemanden der Fliederfarbenen. »Aber es ist mir auch immer ein ganz besonderes Anliegen, Neuankömmlinge für meinen erlesenen Jahreskreis zu werben. Wer weiß – vielleicht werdet ihr nach den Exklusivitäten, die ich euch heute zu kredenzen beabsichtige, meine Gesellschaften nicht mehr missen wollen?« Er berührte die Kartenlegerin, die von den vieren das mürrischste Gesicht machte, sanft am Kinn, wie um ihr den Kopf aufzurichten, ihr »Nur Mut!« zuzusprechen. »Wisst ihr denn schon, was euch erwartet?«, fragte er in die Runde, wie ein Puppenspieler vor Kindern das auch getan hätte. Der Magistrat nickte, rieb sich die Hände und kicherte mit heraushängender Zunge. Der Oligarch berührte auch ihn, strich ihm über den Kopf wie einem gelehrigen Sohn, obwohl der Magistrat deutlich älter war als der Oligarch. Dann fasste der Oligarch das Instrument des Barden ins Auge und zwinkerte vergnügt. Der Barde straffte sich und seufzte wertgeschätzt. Dann erst befasste sich der Gastgeber so richtig mit dem Barbaren. Und er tat etwas Unerwartetes: Er wandte sich sofort wieder von ihm ab und klatschte in die Hände. Augenblicklich verstummte die Musik, und die miteinander plaudernden Kuttenträger merkten auf.

»Entschuldigt, meine Lieben, dass ich euch bei eurem sicherlich äußerst anregenden Gedankenaustausch unterbrechen muss, aber ich möchte eure Aufmerksamkeit nun doch auf ein besonderes Detail lenken. Dieser tapfere junge Mann hier« – und er deutete auf den Barbaren wie auf einen zum Verkauf stehenden und anzupreisenden Gegenstand – »dient unserem Land in der Wildnis der Wälder! Unter Einsatz seines Lebens schützt er unsere Grenzen und sorgt dafür, dass wir in Sicherheit leben können. Und er ist kein gemeiner Soldat, oh nein! Am Federschmuck seines Helmes könnt ihr erkennen, dass er den Rang eines Kommandanten bekleidet. Ich kannte den einen oder anderen Kommandanten zu meiner Zeit. Ihr wisst, dass einer von ihnen sogar ein hochgeschätztes Mitglied unserer Gemeinschaft war. Aber der Krieg, der schreckliche, schreckliche Krieg fordert seine Opfer. Und es gibt nicht mehr viele Kommandanten. Umso bemerkenswerter, dass heute einer hier erschienen ist, um mit uns zu feiern und zu schmausen. Und ich möchte die Gelegenheit nutzen, ihm stellvertretend für seine mutigen Männer, die selbstlos ihr Blut vergießen, damit wir in Frieden feiern und ausruhen können, zu danken und ihn in unseren Reihen ganz ausdrücklich willkommen zu heißen.« Er klatschte, und die übrigen Kuttenträger fielen in das Klatschen mit ein. Auch der Bucklige, der Barde, der Magistrat und der eine oder andere Diener klatschten. Sogar einige der Musiker auf der Balustrade erhoben sich, sodass sie sichtbar wurden, und klatschten.

Man applaudierte ihm.

Klatschte.

Es klang wie das Prasseln von Regen auf einer ärmlichen Hütte.

Er hatte schon Applaus erlebt. In einem Theater mit derben Schwänken, und auch, wenn Tänzerinnen ihre Darbietung beendet hatten. Aber noch niemals hatte der Applaus ihm gegolten. Er verzog keine Miene, überlegte jedoch, ob dieses Prasseln überhaupt etwas Gutes war oder ob das affektierte Händezusammenschlagen ursprünglich dazu gedient haben mochte, böse Geister zu vertreiben. Die Gesichter der Applaudierenden jedenfalls drückten Wohlwollen und sogar Rührung aus. Sie waren alle wie Frauen jetzt, auch die Männer. Wo war das Essen? Warum roch es nach Soße, aber nirgendwo war Braten? Warum waren die Kinder nackt, aber alle anderen trugen diese beinahe fleischfarbenen Gewänder?

Der Oligarch machte einen gleitenden Halbschritt an ihn heran und raunte ihm ins Ohr: »Mir ist natürlich nicht entgangen, dass Euer Aufzug mit unbekleideter Brust und zerschlissener Hose so ganz und gar nicht den militärischen Gepflogenheiten entspricht. Aber es steht schlecht in dem Krieg, nicht wahr? Die Wälder zu groß. Die Wilden zu zahlreich und fremd. Ich sagte es immer: Lasst ihnen doch einfach ihre Wälder. Wer braucht denn schon Wälder? Wir können doch in den Städten nach unserer Laune selig werden.« Er zwinkerte und berührte nun auch den Barbaren, diesen im Nacken, am unteren Rand des Helms, fast wie vor einer Umarmung. Der Barbar zuckte zusammen, seine Mundwinkel verzogen sich nach unten wie zu einem Grollen. Die Hand des Oligarchen war ausgesprochen kalt.

Die Musikanten wagten einen Tusch.

Der Barde, der als Einziger noch nicht von dem Oligarchen berührt worden war, winselte vor Entbehrung.

Der Oligarch wandte sich nun wieder von seinen Gästen ab und klatschte erneut, ganz Zeremonienmeister, in die Hände. Die Kuttenträger fingen wieder an zu plaudern, während die Musikanten einen zweiten Tusch variierten.

Das Öl in dem Kessel blubberte lauter und lauter.

Den Gästen wurden Sitzplätze an einem der Tische zugewiesen. Die Kartenlegerin saß rechts von einer übergewichtigen Kuttenfrau, rechts von der Kartenlegerin der

Barde, rechts von diesem der Magistrat, rechts von diesem der Barbar, rechts von diesem war der Tisch zu Ende. Die Stühle waren gepolstert. Der Barbar nahm zum ersten Mal in seinem Leben auf einem gepolsterten Sitzmöbel Platz und wippte etwas unbehaglich auf dem Polster auf und ab.

Der Oligarch ging nach ein paar instruktiven Sätzen an die Dienerschaft zu seinem Stuhl, der auch nicht prächtiger war als die der anderen, blieb noch stehen und sagte: »Mögen unsere heutigen Festlichkeiten nunmehr beginnen – ich denke, wir haben uns alle ausreichend in Geduld geübt. Lasset uns die Zukunft miteinander verkosten, meine lieben, teuren Freunde und Weggefährten. Ein Jahr ist wieder um. Es gilt, die Ernte einzufahren.« Man prostete ihm zu, er verneigte sich in gespielter Bescheidenheit, setzte sich und prostete zurück. Der Barbar lehrte sein geschliffenes Kristallglas in einem einzigen Zug. Der Magistrat sabberte die Hälfte aus seinen kichernden Mundwinkeln. Der Barde versuchte einen beherzten Schluck und nickte anschließend mit tränenden Augen anerkennend in die Runde. Die Kartenlegerin nippte nur. Unverzüglich war ein Diener zur Stelle, um das Glas des Barbaren erneut mit hellgelbem, beinahe weißgolden leuchtendem Wein zu füllen. Der Barbar stürzte auch diesen hinunter. Erneut wurde ihm nachgefüllt. Ein drittes Mal leerte er es. Ein drittes Mal füllte der Diener mit ungerührter Miene nach.

Der Barbar lächelte nun beinahe unter dem Helm, der die Zaubermacht besaß, ihm Seltsamkeiten zu bescheren wie ein niemals versiegendes Weinglas. Vielleicht hatte der Kommandant ihn deshalb nur so zögerlich hergeben wollen.

Der Wein breitete sich in seinem Kopf aus wie Gold. Alles war hier golden. Kerzen überschwemmten nicht nur die Kristallleuchter, auch auf den Tischen standen welche, verzerrten ihr Licht zu Sternen, die Spiegel vervielfältigten, die Spiegel warfen hin und her und hin und her, bis in dunkler werdender Verkrümmung Tausende von Kerzen in Reihen schimmerten.

Der Oligarch gab ein Zeichen nach oben, indem er mit einer goldenen Gabel gegen ein Glas schlug. Der Ton hallte nach, als würde er niemals mehr enden können.

Die Musikanten auf der Balustrade stimmten mit verhaltener Lautstärke ein Lied mit einer eingängigen Melodie an.

Durch die fünf nackten Kinder ging ein Ruck. Sie schauten sich gegenseitig an, geschwisterlich leuchtend, mit fröhlichen Augen, fassten sich an den Händen, atmeten ein und sangen gemeinsam:

Nun geh'n wir ein ins Paradies
Weil man uns Treue lieben ließ
Unseren Eltern zum Dank
Für Speise und Trank
Wir haben uns reingehalten
Von allem Schmutzigen und allem Alten
Unseren Eltern zum Dank
Für Speise und Trank
Ihr braucht uns nicht beweinen
Unser Licht wird in euch weiterscheinen
Unseren Eltern zum Dank

Für Speise und Trank
Wir lebten für diese Stunden
Drum lasst Euch unsere Freude munden
Unseren Eltern zum Dank
Fü-ür Spei-hei-se und Traaaaaank

Die Kuttenträger applaudierten. Einige wischten sich verstohlen Tränen aus den Augenwinkeln, lächelten dabei, hielten sich an den Händen, drückten diese, schauten die Kinder aufmunternd an, die unter dem Beifall stolz erglühten, sich verneigten, knicksten, lachten.

Dann löste sich das jüngste der Mädchen, es war allenfalls sechs Jahre alt, von den anderen und sprang in die siedende Ölwanne.

Gewalttätig und begierig prasselte das Öl auf. Das Mädchen stieß einen Laut aus, der wie ein reißendes Seufzen klang, dann platzte schon sein Fleisch auf. Es starb mit merkwürdigen Bewegungen. Diener wendeten es mit langen Stangen im Sud des auslaufenden Körperfetts.

Durch die Kuttenträger ging ein Aufschrei der Freude.

Die Kartenlegerin schrie ebenfalls. Erst nur einmal. Dann noch mehrmals. Laut und schrill.

Durch den Barbaren rann ein Gefühl, als würde man ihm Eiswasser ins Mark pumpen.

Er spürte die Hand des Magistraten auf seiner. Mit Weinatem raunte ihm der Alte kichernd etwas zu. »Sie sind so erzogen worden, ihr ganzes kurzes Leben lang! Die Männer aus dem Kreis zeugen sie auf den Monatsfesten mit jungen Weibern aus der Gegend, und die Frauen aus dem Kreis kümmern sich um Wohlbefinden,

Unterbringung und Erziehung. Ein wunderschönes Beispiel für gelungene, komplexe Planung, und für die Kinder das größte vorstellbare Glück!« Der Barbar konnte nicht jedes Wort verstehen, weil das Schreien der Kartenlegerin vieles überlagerte, aber er verstand »Glück«.

Glück?

Das zweite Kind stieg in die Wanne. Ein Knabe, kaum acht Jahre alt. Einer der Kuttenträger, sein leiblicher Vater womöglich, rief ihm noch etwas zu. »Ich bin stolz auf dich, mein Junge!«

Stolz.

Der Barbar erhob sich. Riss einen Teil der Tischdecke mit sich. Sein gepolsterter Stuhl fiel nach hinten um.

Die Kartenlegerin schrie weiterhin. Pressend. Kuttenträgerinnen kümmerten sich um sie, redeten begütigend, beruhigend, guter Dinge auf sie ein. Auch Diener schwärmten umher.

Der Barde schaute interessiert nach hier und da, nippte am Wein, streichelte zartbitter seine Laute.

Der Magistrat schmatzte, sagte: »In diesem Alter sind sie eine unvorstellbare Köstlichkeit! Sie zergehen förmlich auf der Zunge!« Lachte. Schnalzte.

Durch den Barbaren flutete unvorstellbare Gewalt. Er sah sie alle im Öl, mit den gut gelaunten Gesichtern voran, zappelnd vor Pein. Er sah die Tische zerschmettert. Die Spiegel zersplittert. Wein über allem. Kerzen fraßen sich an Purpurbehängen aufwärts bis zum Weltenbrand.

Er taumelte rückwärts. Hatte keine Waffen. Überhaupt keine Waffen. Außer Messer und Gabeln. Zum Essen.

Glück.

Stolz.

Das dritte Kind, wieder ein Mädchen, ließ sich ins Öl gleiten. Sie schrie dabei in Schüben, so überwältigend tat es weh. Aber sie hielt nicht inne. Tauchte unter. Das erste Mädchen wurde inzwischen, auf Speergabeln gespießt, aus dem Öl gehievt. Kurzgebratenes. Die ungefähren Umrisse eines Menschen.

Die Kartenlegerin verstummte.

Der Barbar war bis an eines der Fenster zurückgewichen. Das kühle Glas. Auch nur ein weiterer Spiegel. Ins Nichts.

Dann floh er. Das war alles zu viel für ihn. Zu viel Glück. Zu viel Stolz. Das Prasseln des Fetts. Die Musik. Die ganze Zeit spielte Musik.

Er tastete sich an der Wand entlang wie ein Geblendeter.

»Haltet ihn!«, rief einer der Diener.

»Ach, lasst ihn gehen.« Die Stimme des Buckligen. »Er ist eben doch nur ein Krieger. Was versteht denn ein Totschläger schon vom *Leben*?«

Er tastete sich von Kerze zu Kerze. Verbrannte sich, um vorwärtszukommen. Hinter ihm ging alles weiter. Er wollte sich nicht umwenden, konnte nicht mehr nach der Kartenlegerin schauen. Was sie mit ihr machten. Wie sie ihr etwas servierten. Er sah den Barden vor sich, wie er neugierig mit Messer und Gabel eine Knabenwade probierte. Um anschließend aufspielen zu können. Reime rülpsend.

Er sah das alles. Das war der Wein. Normalerweise sah er nicht so viel, was noch gar nicht da war.

Eines der Fenster war nicht ganz geschlossen, diente zur Lüftung. Er lehnte sich schwächlich nach draußen, bis er sich in der Gardine verhedderte, hindurchriss, im Kies aufschlug. Keine Waffen mehr. Nur den Helm noch. Weg. Einfach nur weg.

Er arbeitete sich hoch, Kies zwischen den Zähnen. Ein weiterer Schrei. Ein Kind. Gelächter. Applaus. Die Musik. Die alles überlagernde Musik.

Er taumelte durch eine Art Park, verlor den Weg, fand ihn wieder. Der Weg wand sich wie eine Schlange. Die Lampions beleuchteten mehrfarbig das festliche Anwesen von draußen. Niemand folgte ihm. Er erreichte die Nacht.

Die Nacht warf sich um ihn wie eine feuchte Decke. Er fühlte sich beengt. Schlug um sich. Wollte sich den Helm vom Kopf lösen, um atmen zu können und denken ohne Zange. Aber er bekam den Kinnriemen nicht auf. Der Helm saß fest wie eine Hand, in deren Griff sich sein Schädel wand.

Er wollte weiter. Fliehen. Vor den Menschen. Wohin?

In die tiefen und düsteren Wälder. Wo der Falkengott hauste.

Aber den hatte er ja zertrümmert. Er selbst hatte ihn zerstört.

Er konnte nirgendwo mehr hin.

Also beschloss er, Vergessen zu suchen.

Irgendetwas zu tun, um diesen Irrsinn für immer vergessen zu können.

Das Fest.

Die freudigen Kinder.

Die Kerzen.

Die Musik.

Den ganzen Stolz der Väter.

Er wandte sich dorthin, wo die Nacht am allerdunkelsten war.

SauFeN

»Noch einen.«

Er stürzte ihn runter. Wusste schon gar nicht mehr, der Wievielte es war. Vor ihm sammelten sich die Zinnbecher. Es waren nur Becher. Kaum größer als Fingerhüte für Daumen. Aber sie hatten es in sich. Wie hatten sie diesen Schnaps genannt, um den es hier ging?

Moment noch.

Gleich hatte er es.

Irgendwas mit Mund und Tod.

Mundtotmacher.

Sein Gegenüber blickte ihn an, die Augen waren nicht ganz gerade, waren wohl auch in nüchternem Zustand nie ganz gerade, und er fragte sich, wie jemand die Welt sah, der ungerade in sie hineinblickte. Der Gegner nickte dann und trank ebenfalls. Vor ihm türmten sich ebenso viele Becher. Er hielt mit. Der schmächtige Mann mit den fettigen Haaren hielt mit. Die Gesichtsfarbe gelb. Die Augen wie zerborstene Weichtiere. Wund geädert. Krumm geschaut.

»Noch einen.«

Es gab so eine Art Schiedsling. Der hatte auch einen Namen. Einen komplizierten Namen, der aus vielen Silben bestand, die auseinander hervor- und ineinander übergingen wie etwas, das an eine Dornenhecke erinnerte. Er hatte ihn vergessen, den Namen. War auch nicht weiter wichtig.

Der Schnaps hieß *Mundtotmacher*. Mit Mund und mit Tod.

Ein neuer, gefüllter Zinnbecher stand vor ihm.

Die Flüssigkeit darin: beinahe klar, nur ein ganz kleines bisschen milchig. Wie die Augen seines Gegenübers.

Es war, als würde er ungerade Gegenüberaugen schlürfen.

Als die Kinder ins Öl glitten, freiwillig, singend, schmolzen sicherlich auch ihre Augen.

Also noch nicht.

Noch nicht genug.

Er kippte den nächsten.

Mittlerweile brannte kein heilendes Feuer mehr seine Kehle hinunter. Er spürte überhaupt nichts mehr, nicht einmal, ob er schluckte. Alles war taub. *Mundtot*. Nur oben in seinem Schädel breiteten sich Leere und Weite aus und pumpten schmerzend wie ein sehnsüchtiges Herz.

Der Gegner nahm Anlauf, ohne sich zu bewegen. Er nickte und trank. Soff. Nichts ging daneben. Er versuchte nicht zu mogeln. Ein ehrenwerter Kontrahent, immerhin. Trotz seines abgerissenen Aussehens. Trotzdem er ihm in einem Kampf keinen Augenblick lang hätte standhalten können. Im Trinkerwettstreit war er ehrenhaft. Und nickte jedes Mal. Wie um sich einen Ruck zu geben.

Oder um sich selbst zu bestätigen. Er überlegte, ob er zurücknicken sollte. Aber er ließ es. Davon würde ihm nur schwindelig. Keine überflüssigen Spielereien jetzt. Dies war Ernst, obwohl es aussah wie ein Spiel. Es ging, vielleicht, um Leben und Tod. Um Mund und Tod. Es ging, mit Sicherheit, darum, dass er vergaß. Das Vergessen in sich einbrannte als milchigen Sud ungerader Augen.

»Noch einen.«

Die Stimme des Schiedslings erinnerte ihn an irgendetwas. An irgendwen. Er hatte es vergessen. Das Gesicht sagte ihm nichts. Ein vollkommen nichtssagendes Gesicht. Nichtssagend war das Gleiche wie mundtot. Wie stumm. Aber es war noch nicht genug. Das Öl prasselte noch immer. Und das Öl war noch nicht mal das Schlimmste. Die Kinder hatten es ja wenigstens hinter sich. Aber die Eltern. Die stolzen, stolzen Eltern. Sie zeugten weiter und setzten in die Welt, um zu … um zu … *genießen*?

Er griff nach dem nächsten, kaum dass dieser stand. Und weg war er.

Sein Gegenüber blinzelte. Jetzt war er doch ein wenig aus der Fassung. Fragte sich wahrscheinlich, wie es möglich war, sich nach so vielen Bechern noch auf den nächsten zu *freuen*. Aber es war möglich. Es war möglich. Wenn man die richtigen – oder die falschen – Dinge gesehen hatte.

Er nickte.

Er trank.

Gleichstand. Erneut.

»Noch einen.«

Es gab Zuschauer. Die raunten, machten anerkennende Geräusche. Wetteten. Einer von ihnen hatte gefurzt. Einer stank unter den Armen, immer dann, wenn er einem anderen ein Geldsäckel hinhielt, um es zu setzen. Auf wen? Egal. Er kannte niemanden. Wollte niemanden kennen. Das Geld der anderen war ihm egal. Geld war ihm egal. Andere waren ihm egal.

Er wollte vergessen.

Er wollte sich das Hirn, dieses quälende, sinnlose Organ, vernichten. Er wollte sich den Schädel aufreißen und es hinausklauben in die Gosse. Trug er eigentlich noch den Helm? Er tastete danach. Es brauchte eine Weile, bis er erkannte, dass der Federbusch nicht seine Haare waren und die Lederriemen links und rechts nicht seine Ohren. Er trug ihn noch. Er hatte ihn nicht abbekommen. Dieser verfluchte Kinnriemen umschlang ihn wie ein Fluch. Wie hatte das geheißen?

Kommen dann.

Kamm und Dank.

Klammerntand.

Da stand ja schon wieder einer. Ein voller alleine unter vielen leeren. Runter damit.

Sein Gegner griff nach seinem und verfehlte. Dann beugte er sich leicht zur Seite und kotzte. Beinahe durchsichtigen Brei, der sehr stark roch. Kotzte ein paar Schübe. Die Zuschauer wichen zurück. Einige zeterten. Andere lachten schadenfroh. Wischte sich den Mund ab. Grinste. Die Augen nun beinahe gerade. Genau genommen aber traf ihn keines von beiden. Und trank. Mit neuer Kraft.

»Noch einen«, sagte er, bevor der Schiedsling es sagen konnte. Der jedoch ließ sich nicht beirren.

»Noch einen.«

Wieder zwei Becher. Die Becher tanzten. Der Tisch wölbte sich. Wie der Bauch einer schwangeren Frau, höher und höher, bis alles platzte und nach … nach *Mundtotmacher* roch und Erbrochenem.

Komm und tanz.

Er griff und trank.

Kammerntrank.

Der Gegner grinste. Nickte. Trank ebenfalls.

»Noch einen.«

»Noch einen.«

Diesmal wusste er nicht, ob der Gegner es auch gesagt hatte oder der Schiedsling zweimal oder ob er es nur zweimal gehört hatte. Er besaß ja schließlich zwei Ohren, warum also sollte es nicht möglich sein, zweimal zu hören? Er grinste über die Bedeutung seines Mundes.

Sein Gegner grinste ebenfalls.

Weil er betrunken war? Weil sie beide betrunken waren? Weil sie sich näher waren als irgendwelche anderen Menschen auf der Welt, jetzt, in diesen Momenten, weit draußen im milchigen Meer toter Münder?

Zwei neue Becher. Einer vor jedem. Sie leuchteten beinahe.

Wie viele Becher konnten der Schiedsling und sein Fassjunge eigentlich aufbieten? Wie viele Becher gab es auf der Welt? Was, wenn sie sie alle aufbrauchen würden? Sich verbünden, verbrüdern, um gegen alles zu bestehen?

Er trank.

Sein Gegner nickte und trank. Jüngergekotzt.

»Noch einen.«

Runter.

»Noch einen.«

Runter.

»Noch einen.«

Alles drehte sich jetzt. Es gab keinen Sinn. Das Fass und die Becher ließen sich nicht bezwingen. Zwischen den Ohren rauschte es wie Muscheln. War dies das Sterben des Hirns? Ertranken endlich, endlich die Erinnerungen?

Kummertang.

Woran hatte er sich erinnern wollen? Es war weg. Schnell jetzt. Bevor es wiederkam.

»Noch einen.«

»Noch einen.«

»Noch einen.«

»Noch einen.«

Die Zuschauer raunten. Einige bekamen es mit der Angst zu tun, konnten schon kaum noch hinschauen. Ihre Augen wurden ungerade wie die des Gegners, der schon wieder kotzte, einfach so im Sitzen, aus dem Mund und aus der Nase. Er schien es nicht zu bemerken. Es stank grauenhaft. Er nickte jedes Mal, trank, zog nach, erbrach dabei in rülpsenden Schwällen.

Er mogelte.

Das begriff der Barbar nun. Indem der Gegner den Schnaps nicht bei sich behielt, sondern ununterbrochen ausschwemmte, betrog er.

Aber er hatte auch einen Nachteil: Er trug keinen Helm, der den auseinanderberstenden Kopf zusammenhalten konnte. Das war genau genommen nämlich auch ein Mogeln. Der Helm verhinderte, dass das sich im

Sterben windende Hirn zu den Ohren hinaustroff. Dem Gegner blieb nur das Nicken. Das nackte, ungerade Nicken.

Dabei wollte er gar nicht mogeln. Er bekam nur den Kinnriemen nicht auf. Er versuchte es sogar, gerade jetzt, aber er fand nicht mal sein Kinn.

In seinem Inneren war ein hohles Röhren. Wie ein Sturmwind, der sich in einer Ruine oder in vom Blitz zerschmetterten Baumstämmen fängt. Die Zuschauer zerplatzten wie Blasen. Glotzten wie Fische. Schwappten wie Wellen. Schnappten nach Luft.

Kurvendrang.

Krummendamm.

Er kam nicht drauf. Er hatte diesen Rang vergessen, den er nun bekleidete.

Und das siedende Öl war auch beinahe weg. Es war nun eher wie ein Meer, golden schimmernd bei Sonnenuntergang. Die Bewegung keine Zehen, sondern winzige Quallen.

Er trank.

Ertrank.

Der Gegner stierte vor sich hin. Nickte. Schnaufte. Schluckte. Schluckte alles.

»Noch einen.«

Das Fass war ein Füllhorn. Der *Mundtotmacher* eine niemals versiegende Quelle.

Alles drehte sich. Besonders am Himmel bildeten sich Schlieren und Spiralen aus. In Blau. Mit einer weizenfeldfarbenen Sonne darin, die ihre Strahlen von sich sprengte, um alle Welt damit zu durchbohren.

Neben dem Schiedsling stand ein junger Mann, ein

ernster junger Mann, ein Gelehrter womöglich, dem Umhangmantel nach zu urteilen. Er sprach mit dem Schiedsling, drückte Sorge aus. Der Barbar verstand die Worte »Tod« und »Saufen«.

Wo kamen sie nur immer her, diese ganzen Menschen? Er hatte sich doch wegbewegt. Und am Anfang war da nichts weiter gewesen als ein Tisch und ein Fass, mitten auf einem Weg. Und dann waren immer mehr Menschen hinzugeströmt. Auch wie aus einer Quelle oder einem Fass. Gab es irgendwo ein Menschenfass?

»Den beiden passiert schon nichts, Meister Indenkron«, sagte der Schiedsling grinsend zu dem Besorgten. Der Besorgte sprach sehr leise weiter. Eines seiner Worte war »beenden«.

Der Barbar griff und trank.

Sein Gegenüber nickte und trank.

War das Wort »Gegner« eigentlich eine gelallte Kurzform von »Gegenüber«?

»Noch einen.«

Der Barbar griff daneben, tastete suchend herum, kurzzeitig blind geworden, fand und trank.

Sein Gegenüber nickte und trank. Aus seiner Nase floss nun etwas, das wie verdünntes Blut aussah.

Die Menschen. Überboten sich. Überschrien sich. Mit Wetten. Münzen und Säckel machten die Runde. Man lachte. Einer äffte das Kotzen das Gegners nach.

»Noch einen.«

Der Barbar hatte jetzt das Gefühl, nicht mehr zu können. Sein Bauch war dermaßen voller Flüssigkeit, dass er fürchtete, sich nicht mehr erheben zu können. Und das, obwohl die Becher so winzig waren. Das konnte nicht stimmen. Er musste auch nicht pissen. Es war wie eine Illusion. Es war das goldene Meer in ihm.

Er trank und spürte jetzt gar nichts mehr. In seinen Ohren rauschte es nur noch. Seine Augen mochten ungerade sein wie die seines Gegenübers ohnehin. Er sah ihn nicken und schlucken, verwischte Bewegungen, Schlieren unter Fadenscheinigkeit.

»Noch einen.«

Er trank. Niemand sprach mehr.

Der andere nickte. Trank ebenfalls. Nickte noch mal. Das jedenfalls wirkte neu.

»Noch einen.«

Er trank.

Der andere nickte. Nickte noch mal. Trank. Nickte. Rutschte vom Stuhl und blieb liegen.

Man untersuchte ihn.

Er war tot.

Seine Augen waren halb geöffnet.

Er schien zu lächeln.

Im Barbaren wogte das goldene Meer. Der Sonnenuntergang tauchte hinein, wusch sich die Hände und Arme. Es gab eine Brise – und Brandung. Es roch nach erbrochener Gischt. Und heißem Fett. Aber warum, wusste er endlich nicht mehr.

Der ernste junge Mann mit dem Gelehrtenumhangmantel fasste ihn unter den Achseln und half ihm aufzustehen. »Habt keine Furcht. Mein Name ist Welw Indenkron. Ich bin ein Kundiger der Menschwissenschaften. Ich werde Euch in Sicherheit bringen, und alles, um was ich Euch als Gegenleistung bitten werde, ist eine geringfügige Gefälligkeit gegenüber meinen Schülern.«

Er hörte nicht. Verstand nicht. Alles rauschte. Münzen wechselten Besitzer und Wert.

Der andere war tot. Tot. Und lächelte.

Verflucht!

Verflucht!, dachte er schwankend.

Das war ihm nicht gelungen.

BeGaFFeN

Der Saal war voll und wogte bunt.

Die Sitzbänke ähnelten jenem hölzernen Treppenpodest, das bei Hinrichtungen in Städten unweit der Bühne aufgestellt wurde. Vielleicht liehen sich die Hinrichtungen ihre Bestuhlung von den Akademien und hievten die Bänke je nach Bedarf hin und her.

Auf den Bänken drängelten sich Studenten, junge Männer und junge Frauen. Ein paar ältere Gelehrte waren auch darunter. Neugierig waren sie der Einladung Welw Indenkrons gefolgt, der erst im letzten Jahr sein Studium abgeschlossen hatte, um nun selbst im Soldauftrag der Menschwissenschaften Seminare zu geben.

Ein großes Gerüchteköcheln ging der heutigen Veranstaltung voraus. Etwas Besonderes sollte es mal wieder werden. Indenkron würde es dabei nicht leichthaben, sich selbst zu übertreffen, denn seine Hörsaalstunden standen bereits in außergewöhnlichem Ruf. Einmal hatte er zwei Freudenmädchen dazu angehalten, auf der Bühne ihre Geschlechtsteile zu entblößen, damit jeder im Publikum sich von deren erkranktem Zustand überzeugen konnte. »Was schummerige Beleuchtung wettmacht, kann lebenslange Folgen nach sich ziehen«, hatte Indenkron mit mahnender Stimme gesagt. Ein andermal hatte er zwei Ringer gegeneinander kämpfen lassen. Dabei hatte der eine den anderen so fest in den Schwitzkasten genommen, dass dieser mit hochrotem Kopf und ins Weiße verdrehten Augen beinahe zu Tode gekommen war. »Selbst wenn so ein Kampf abgesprochen sein sollte – die Gefahr für Leib und Leben ist zur befriedigenden Unterhaltung der Massen unabdingbar«, hatte Indenkron konstatiert. Und einmal hatte er unten vor versammeltem Hörsaal ein Schwein schlachten lassen. »In den Städten ist man diesen Anblick schon gar nicht mehr gewohnt«, hatte er dabei mit lauter Stimme und ausgebreiteten Armen gerufen, während einigen der empfindlicheren Studenten übel wurde und sogar die Sinne schwanden, »aber so sieht es aus, so riecht es, so schreit es, und *so wehrt es sich*, was wir wohlschmeckende Wurst nennen!«

Indenkron galt als verrückt, als gefährlich für die Akademie, aber auch als genial. Die Studenten wollten keine seiner Veranstaltungen verpassen. Weit und breit war er der einzige Gelehrte mit einem solchen Ruf. Und dabei noch so jung, dass er selbst noch als Student hätte durchgehen können.

Heute war wieder etwas Einzigartiges, vielleicht Schockierendes angekündigt. »Der Mensch der Zukunft!«, hatte es geheißen. »Mannbare Frauen im Hörsaal ausdrücklich erwünscht!«

Letzterer Zusatz auf dem Ankündigungsplakat hatte besonders neugierig gemacht. Ging es um eine erneute geschlechtliche Zurschaustellung? Wollte Indenkron vielleicht, wie einige vermuteten, eine *Geburt* präsentieren? Oder eine *Zeugung*? Um vor den Gefahren für das Leben der Gebärenden zu warnen? Oder wollte er einen besonders abstoßenden Mann vorstellen, einen, der Geld hat, und dann sehen, welche der Frauen im Publikum bereit wäre, allein nur des Geldes wegen einen solchen Unhold zu ehelichen?

Derartige Gerüchte machten die Runde. Und der Hörsaal platzte aus allen Nähten. Man raunte und lachte voller Erwartung. Saß zusammengequetscht viel enger auf den Bänken, als es schicklich war. Übermut tollte im Raum umher und berührte diesen und jenen, sodass sogar Gegenstände nacheinander geworfen wurden und die strebsam sich schon jetzt Notizen Machenden sich gestört fühlten.

Endlich passierte unten etwas.

Helfer der Akademie trugen zwei Holzböcke herein. Dann einen Klotz aus dem Stamm einer Birke. Abblätterndes Schwarz und Weiß. Der Klotz wurde auf die Holzböcke gelegt. Einer brachte eine Axt. Eine schöne Axt, wie alle fanden. Ächzend schlug der Helfer die Axt in den Klotz, ließ sie stecken und verließ die Bühne.

Die Bühne blieb leer.

Man raunte.

Eine Axt und ein Klotz? Eine Holzfällerdarbietung? Eine Art Wettbewerb vielleicht, wie ihn die Bauern auf ihren Festen kannten? Sollten mehrere schwächliche Studenten ihre Kraft unter Beweis stellen, um die Gunst der mannbaren Frauen zu erringen, die tatsächlich in großer Zahl erschienen waren?

Die mannbaren Frauen freuten sich schon. Vergnügt und unruhig raschelten sie mit ihren weit ausgestellten Kleidern, die in der zwangsläufigen Enge des Sitzens zu vorgestülpten ovalen Mündungen zusammengequetscht wurden.

Neue Bewegung unten. Erst nur das Geräusch quietschender Räder. Dann wurde ein mit Vorhängen verhüllter hoher Wagen hereingekarrt, vier Helfer zogen ihn. Etwas Schweres, Aufrechtes. Ein Mensch? Ein Mensch in Ketten? Ein Hinzurichtender? Das konnte es sein. Der Gelehrte Indenkron präsentierte einen schönen Totschläger, dem seinerseits der Tod drohte, und fragte die Frauen, welche von ihnen bereit sei, ihr Leben mit so einem zu teilen. Die Durchschauer weihten die Sichüberraschenlasser ungefragt in ihre Theorien ein. Der Wagen kam zum Stehen. Nichts rührte sich hinter den schweren dunkelroten Vorhängen, die die Ladefläche nach allen Richtungen blickdicht abschirmten.

Dann erschien Indenkron. Welw Indenkron, der bekannteste Gelehrte dieser Niederstadt. Hager, bleich, durchgeistigt, seine Schritte jedoch energisch. Einige der mannbaren Frauen seufzten. Welw Indenkron war ein ansehnlicher, interessanter Mann, der gewiss nicht schlecht verdiente. Seine Ansichten galten als radikal, er selbst beinahe als ein Revolutionärer. Dass ihn der Ruch des Extremen umwehte, machte ihn nur noch anziehender.

Wie immer hatte er seine Rede nicht in schriftlicher Form dabei. Er trug frei vor. Auch dies verlieh seinen Ansprachen im Vergleich zum drögen Abgelese anderer

Gelehrter stets eine besonders unmittelbare, unwiederbringliche und eindrückliche Note.

Ohne sein Publikum zu beachten, schritt er zu dem Wagen hin. Seine Stirn war dabei gerunzelt, sein Gesicht machte den Eindruck, dieser Mann sähe nichts von seiner Umgebung, nur seine eigenen Gedanken stünden ihm vor Augen.

Mit einer herrisch anmutenden Gebärde riss er den roten Vorhang vom Wagen.

Etliche der mannbaren Frauen durchlief es wie ein Stoß.

Auf dem Wagen stand ein Mann, der nicht ganz nackt war, aber da er lediglich ein enges Höschen aus glänzendem Leder trug, zeichnete sich sein Geschlecht darunter noch verheißungsvoller ab, als wenn er einfach nur unbekleidet gewesen wäre.

Sein Körperbau wirkte makellos modelliert. Sämtliche Muskeln kamen zur Geltung. Nur einige Narben zerstörten den Gesamteindruck von Perfektion. Oder zerstörten ihn für einige der im Publikum befindlichen Frauen auch gerade nicht.

Sein Gesicht war kaum zu sehen, so ungebändigt fielen ihm die langen Haare davor. Aber was man erkennen konnte, das Kinn, bartlose Lippen, den geraden Rücken der Nase, sah markant aus und wohlgeraten.

Seine Arme schienen vor Kraft zu strotzen.

Seine gesamte Haltung drückte Trotz aus, eine gewisse Verschlossenheit und Verweigerung, zugleich aber auch in sich ruhenden Hochmut. Etwas in der Art, wie er dastand, wie die Arme leicht vom Körper abgespreizt waren – was vielleicht auch der ausgeprägten Muskulatur von Brust und Schultern geschuldet sein konnte –, bildete das beinahe verächtliche Selbstbewusstsein eines körperlich Überlegenen ab.

Ein Widerspruch in sich: angespannte Gelassenheit. Stets in der Lage, aus der Ruhe heraus Bewegung zu entfesseln.

Welw Indenkron umkreiste diesen Mann einmal.

Zweimal.

Ließ ihn wirken.

Dann begann der Gelehrte zu sprechen.

»Dieser Mann, dieser Mensch hat schon oft Ketten tragen müssen in seinem Leben.

Weil er unsere Gesetze nicht achtet.

Aber niemals war er so gefangen, wie wir es an jedem einzelnen unserer Tage sind.

Wenn wir eine Frau begehren oder ihr, meine Schönen« – hier blickte Indenkron zum ersten Mal auf und betrachtete einige seiner mannbaren weiblichen Zuhörer eingehender –, »einen Mann – dann nehmen wir sie uns nicht einfach. Warum nicht? Weil wir einer anderen versprochen sind. Oder die Begehrte einem anderen. Weil wir uns an diese Regeln halten wollen. Aber wozu? Ist das gut? Macht uns das zu besseren Menschen? Begehren wir nicht *dennoch*? Und ist das, was wir in unseren Gedanken tun, um unserem unerfüllten Begehren Ausdruck zu verleihen, nicht viel niedriger und gemeiner als das, was dieser Mann, dieser Mensch hier in Wirklichkeit tut, wenn er sich seine Befriedigung einfach *nimmt*? In geradezu rechtschaffener Wahrhaftigkeit, während wir lügen und uns selbst betrügen, uns einwärts krümmen in Schande und Scham, nur um nicht empfinden zu müssen, was für diesen Mann selbstverständlich ist?

Wenn wir etwas haben wollen, dann nehmen wir es uns nicht. Weil wir uns an die Regeln und die Gesetze halten. Weil wir uns Zügel anlegen, immer und immer wieder. Wir zügeln uns, bis unsere Kraft erlahmt ist. Weil wir nicht wollen, dass ein anderer uns wegnimmt, was unser ist. Weil wir nicht von unserer Liebsten oder unserem Liebsten betrogen werden wollen. Wir denken, dass wir all dies Unglück vermeiden können, indem wir selbst diese Taten nicht verüben. Dabei hat das gar nichts miteinander zu tun. Du kannst der beste aller Menschen auf Erden sein, und du kannst dennoch betrogen und bestohlen werden. Schlimmer noch: Je besser du bist, desto mehr lädst du die anderen ein, deine Güte auszunutzen.

Dieser Mann, dieser Mensch hier lädt niemanden ein. Er schließt alle anderen aus, indem er sie, ihre Regeln und ihre Gesetze, ihre Zügel, ihre Hemmungen und ihre Lügen geringschätzt. Und er nimmt sich, was er will.

Und warum tut er das? Weil es ihm zusteht!

Kraft seines Mutes, die Regeln zu verletzen und sich auch selbst dabei der Verletzung auszusetzen. Er nimmt das in Kauf. Er schreckt nicht zurück. Und deshalb wird er immer die Oberhand behalten. Die Oberhand über uns Zaghafte, uns Zurückschreckende, uns winselnde, erbärmliche Feiglinge.

Er stellt sich hin, so wie jetzt auf diesem Wagen, und fordert uns heraus. Er spuckt und scheißt auf unsere Werte. Auf unsere künstlich konstruierten Methoden, mit denen wir unsere Leben abzusichern trachten.

Wenn wir IHN überwinden wollen, weil er uns ängstigt in seiner Unerbittlichkeit – was tun wir da? Greifen wir selbst zum Schwert und stellen uns ihm mannhaft in den Weg? Nein. Wir pfeifen nach den Bütteln! Pfeifen wie kleine Küken, die nach ihrer Mami rufen. Und lassen die dann unsere Interessen wahren. Und selbst wenn sie IHN dann bezwingen, wisst ihr eigentlich, was dann geschehen ist? Dann hat ER uns dennoch besiegt. Vernichtet geradezu. Denn wir mussten uns billiger Tricks bedienen, um seiner habhaft werden zu können. Wir mussten wie feige Totenbesinger eine Übermacht heraufbeschwören, um IHN in die Knie zu zwingen.

Wir können nicht stolz sein auf so ein Gebaren. Wir können niemals stolz sein, niemals. Deshalb senken wir den Blick, wenn ER uns auf der Straße begegnet. Wir senken den Blick nicht nur, um keinen Ärger zu bekommen. Sondern auch, um unsere Scham zu verbergen, ihm in keiner Hinsicht gewachsen zu sein.

Unsere Zivilisiertheit ist Schwäche, ist Demütigung, ist Irrweg!«

Diesen Satz hatte er so laut gerufen, dass er von den Rückwänden des Raumes widerzuhallen schien.

»Wir züchten die Menschen zu verzärtelten Pflänzchen heran, und dann kommen er und seinesgleichen wie ein Sturmgebrüll und entwurzeln alles, was wir hegten und pflegten. Sie kommen aus den Wäldern. Sie kommen aus den Wüsten. Sie kommen aus den Steppen. Sie kommen über das Meer. Und wo sind unsere Sicherheit und Überlegenheit, wenn er und seinesgleichen in großer Zahl vor unseren Toren stehen? Was ist dann derjenige von uns, der um sein Hab und Gut, sein Haus, sein

Weib und seine Kinder schlottert, im Vergleich mit IHM, der dem Tod ins Angesicht lacht? Wie lange würden wir standzuhalten vermögen? Ich prophezeie: nicht mal eine einzige Nacht.

Seht euch diesen Körper an.

Diesen Mann.

Diesen Menschen.

Das sind Muskeln. Aber keine Muskeln, um voreinander zu prahlen und zu protzen. Das ist ein Körperbau des *Umsetzens*. Er dient der Schnelligkeit und der Kraft, der Gewandtheit und der reinen, massiven Wucht. Seht euch seine Augen an.« Jetzt stieg der Gelehrte zu dem Mann auf den Wagen und zerteilte ihm die Haare vorm Gesicht mit den Händen, sodass das Gesicht freigelegt wurde wie eine Ausgrabung aus Erdreich. Der Barbar ließ sich diese Berührung gefallen.

»Der Blick ist klar und scharf, auch wenn er jetzt gerade gelangweilt ist von meinem Geschwafel und er sich unter euch allenfalls die Studentinnen herausschaut, deren Brüste am vorwitzigsten aus den Miedern quellen. Dieser Blick gibt ihm Kraft. Er ist unverstellt von Imaginationen. Er sieht, was da ist. Ist einer ein Feind oder ein Opfer? Ich wette, er hat nicht viele Freunde. Also sind alle, auch ich, erst mal Feinde oder Opfer. Und auch dies schärft den Blick.

Sein Mund. Seht ihr seinen Mund?

Den benutzt er niemals.

Jedenfalls nicht zum Sprechen.

Hört ihr mich reden? Die ganze Zeit rede ich. Jeden Tag meines armseligen Daseins stehe ich hier und rede. Und in einem kleinen, offenen Gefecht gegen diesen

Mann, diesen Menschen wäre ich innerhalb weniger Augenblicke hoffnungslos unterlegen.

Ich habe ihn in seinem Element gesehen, oh ja.« Nun stieg Indenkron wieder vom Wagen und ließ das Gesicht seiner Präsentation erneut hinter Haaren verschwinden.

»Ich war einmal zugegen, als er zu Gast bei einer Hinrichtung war. Ich kann euch versichern: Es war ein eindrucksvoller Auftritt. Ich werde ihn mein Leben lang nicht vergessen. Ihm dagegen ist dieser Tag wahrscheinlich schon längst wieder entfallen. Weil er sich nicht besonders unterschied von allen anderen Tagen seines Lebens. Ich müsste mehrere Tafeln übereinandertürmen, um das Gefälle zwischen ihm dort oben und uns hier unten vermittels einer Zeichnung auch nur einigermaßen maßstabsgetreu verdeutlichen zu können.

Er ist der Mensch der Vergangenheit.

Der Mensch des *Vorbewussten.*

Er ist der Mensch in der Kindheitsstufe der Menschheit, wenngleich des Zerschlagens fähig. Das Kind, das über seine gebrechlichen Eltern schon längst hinausgewachsen ist.

Er ist der, den wir in uns zu überwinden trachteten, indem wir uns mit Mauern und Gesetzen umgaben.

Aber seht ihn euch an!

Seht ihn euch an, meine Schülerinnen und Schüler!

Er ist auch der Mensch der Zukunft. Er wird uns überdauern, weil wir an einem Schnupfen zugrunde gehen, während er hohnlachend durch Flammen tanzt.

All unsere Bemühungen, uns gegenseitig mit Bauwerken an Höhe zu übertrumpfen, uns mit gelehrten und gelehrigen Schriften gegenseitig an die Wand zu schreiben, die Schrittfolgen unserer Tänze zu reglementieren, damit wir uns zu eindrucksvollen, immer prahlerischeren Mustern fügen können – all unsere Bemühungen, uns ewiges Leben zu versprechen und ein Fortdauern in unseren Werken, Nachkommen und sonstigen Überlieferungen – all dies wird von ihm in den Staub getreten werden. Dorthin, wohin es gehört.

Denn er wird leben, während wir aussterben.

Und wenn er selbst verlischt, wird es dort, wo er zuletzt stand, dunkler werden, während dort, wo wir krepieren, sich überhaupt nichts ändert, nicht das Geringste.

Ich habe ihn euch heute vorgeführt, nicht, um ihm gegenüber hochmütig zu sein. Sondern um euch selbst das Gesicht und die Statur eures eigenen Untergangs zu zeigen.

Eure unsägliche Zukunft.

Euer düsteres, schweigsames Spiegelebenbild.

Seht die absolut reine Gewissenlosigkeit des Menschenvernichters! Des Menschen*überwinders*. Sogar in sich selbst überwindet er den Menschen.

Alles Schaffen wird aus der Zerstörung geboren. Stillstand ist Stagnation. Und wir, in den Städten, stagnieren, daran kann ja wohl kein Zweifel herrschen.

Deshalb kann der Vernichter unser Erlöser sein, wenn wir seine Botschaft zu verstehen und zu nutzen lernen.

Aber wie ich sehe, habt ihr für heute genug Nachdenkenswertes erfahren, also danke ich euch bis hierhin für eure Aufmerksamkeit.«

Indenkron verbeugte sich wie ein gewiefter Schausteller.

Das Publikum, von der Kürze des Vortrags zuerst verblüfft, vielleicht auch enttäuscht, zögerte. Dann jedoch brachen tosender Applaus und begeistertes Fußgetrappel los. Den Barbaren beunruhigte dieser Lärm. Besonders das Füßetrappeln, das wie das Heranstürmen vieler Feinde klang. Er verlagerte sein Gewicht ein wenig, was den Wagen zum Knarren brachte.

Indenkron warf beide Hände in die Luft und gebot dem Tosen Einhalt. Tatsächlich kehrte wieder Stille ein.

»Ich will euch aber natürlich nicht entlassen, ohne unseren heutigen Gast eine Kostprobe seiner Kraft geben zu lassen. Wie ihr seht, habe ich Entsprechendes vorbereitet. Und jetzt stimmt mit mir ein in den Aufruf *Hack den Klotz! Hack den Klotz! Hack den Klotz!*«

Wie ein Einpeitscher forderte der hagere Gelehrte nun mit schaufelnden Gesten seine Studenten auf, in diesen Schlachtruf mit einzustimmen. Bald dröhnte der gesamte Saal unter dem vielkehligen »Hack den Klotz, hack den Klotz, hack den Klotz!«.

Der Barbar tat, wie ihm geheißen. Es war alles so abgesprochen. Der Gelehrte hatte ihm nicht nur geholfen, den schrecklichen Helm abzunehmen. Er hatte ihm auch Unterkunft und neue Kleidung gewährt. Zur Belohnung sollte er noch Münzen erhalten. Münzen, mit denen man, wie der Gelehrte erklärte, außergewöhnliche Weiber kaufen konnte. Zum Beispiel Chaerea, die bekannteste und kunstfertigste Kurtisane der Stadt.

Langsam stieg er vom Wagen.

Die Begeisterung in den Augen der Frauen wuchs. Aber auch die Männer vereinigten sich in ihrem Geschrei zu einer feiernden, verschworenen Gruppe von Milchbärten.

»Hack den Klotz, hack den Klotz, hack den Klotz!«

Er wusste nicht genau, wie er gehen sollte. Mit dem Gesicht zur jubelnden Menge oder einfach in gerader Richtung hin zur Axt, eher schlendernd, eher stolzierend – so genau hatten sie das nicht vereinbart. Nur hin zur Axt, nehmen und den Klotz zerhacken. Er fühlte sich eigentümlich auf dem Weg dahin. So viel Aufmerksamkeit. Eine Erinnerung flackerte in ihm auf. Ein anderer Applaus. Eine Horde von Menschen mit Kutten. Wo war das gewesen? Wann? War das schon lange her? Und warum? Warum hatte man ihn beklatscht? Das hatte etwas mit der Statue im Wald zu tun gehabt? Und dem Helm?

Er erreichte die Axt, hielt sich beinahe an ihr fest. Sie fühlte sich gut an. Vertraut. Er zog sie aus dem Block und hob sie.

Seine Muskeln spielten. Formten sich aus in all ihren Prägungen bis hoch zum Griff der Waffe.

Die Frauen saßen unruhig. Lackierte Fingernägel spielten auf Stoffen.

»Hack den Klotz, hack den Klotz, hack den Klotz!«

Lachende, schreiende Gesichter, die Münder selbst wie Hackkerben in den Schädeln.

Er schlug zu. Der Stamm und das Gestell erzitterten. *Schauderten*. Das Gestell war kaum ausreichend, um der Wucht seines Schlages standzuhalten.

»Hack den Klotz, hack den Klotz, hack den Klotz!«

Er löste die Schneide, hob die Axt erneut – und runter.

Und hoch. Und runter. Und hoch. Und runter. Und hoch.

»Hack den Klotz, hack den Klotz, hack den Klotz!«

Holz splitterte, sirrte davon. Die Schneide der Axt erwärmte sich, löste sich quietschend. Es war heiß hier drinnen. So viele Menschen. Er begann zu schwitzen. Die Zuschauer begannen zu schwitzen. Indenkron, der Gelehrte, stand halb abgewandt und lächelte. Die Bühnenbretter erzitterten unter den wuchtigen Schlägen des Barbaren.

»Hack den Klotz, hack den Klotz, hack den Klotz!«

Seine Schläge trafen präzise immer wieder die sich bereits verbreiternde Kerbe. Helles, frisches Baumfleisch unter der Rinde. Das Baumfleisch begann seinerseits zu schwitzen. Roch nach Einschlag. Die fordernden Rufe der Zuschauer formierten sich um die Schläge herum im Rhythmus. Oder folgten seine Schläge dem Geschrei? Oder verband sich beides wie von selbst, und es gab gar keine andere Möglichkeit mehr, den Stamm zu zerhauen?

Er drang tiefer und tiefer vor.

In der Klinge der Axt spiegelten sich die Gesichter der Zuschauer, im frohen Geschrei waren sie von furchtverzerrt Brüllenden nicht mehr zu unterscheiden. Die Welt stieg auf und stürzte hinab. Die Welt stieg auf und stürzte hinab.

»Hack den Klotz, hack den Klotz, hack den Klotz!«

Und dann, unter einem letzten Hieb, brach der Stamm, polterte in zwei Teilen inmitten grober Späne zu Boden, das Gestell dabei ruckartig verschiebend. Die Menge jubelte und applaudierte.

Der Barbar lachte verlegen und entblößte eine vorher nicht zu erkennen gewesene Dümmlichkeit seines Gesichtes, die ihrerseits zum Lachen reizte. Er stellte sich posierend auf wie ein Sieger und sagte etwas, seinen Namen vielleicht, aber in dem Tumult und dem Gelächter ging das unter.

Welw Indenkron nahm ihn bei den Schultern und führte ihn hinaus, hinter die Bühne, während der Barbar noch winkte, die Axt in den Händen. Drei, nein, vier schöne junge Frauen winkten zurück. Er wäre gerne geblieben, doch der Gelehrte zerrte an ihm und schien keine Gegenwehr zu dulden.

»Behalt sie meinetwegen. Die Axt meine ich. Du hast alles gut gemacht, aber jetzt musst du weg von hier. Ein paar im Publikum haben dich erkannt, haben sich daran erinnert, dass du in dieser Stadt einst einer Hinrichtung entkamst. Einer ist losgegangen, um Büttel zu holen. Genau, wie ich es in meiner Rede vorhersah. Geh durch diese Tür und halte dich nach rechts, dann kommst du raus aus diesem Viertel. Ach ja, hier ist deine Kleidung, zum Bündel geschnürt. Hier deine Münzen. Chaerea wohnt in der Nähe des silbernen Minaretts, aber vielleicht solltest du dich besser erst mal aus der Stadt entfernen, meinst du nicht auch? Wir wollen ja alle keinen Ärger haben.«

Der Barbar nahm alles an sich. Das Bündel. Die Münzen. Die Axt weiterhin in der Hand.

Der Gelehrte musterte ihn noch einmal von oben bis unten und sagte dann: »Ich wusste gar nicht, dass du sprechen kannst. Aber umso beeindruckender, dass du es niemals tust.« Dann klopfte er ihm aufmunternd auf die Schulter und schob ihn durch eine schmale Holztür hinaus.

Im Hörsaal tobte noch immer das begeisterte Studentenvolk.

Indenkron kehrte zurück in den Saal, um die frisch zerhackten Holzspäne seinen begeisterten Schülern als Andenken zu verkaufen.

auFBeGeHReN

Die Kurtisane Chaerea war eine herbe Enttäuschung.

Sie war spezialisiert auf eine Form der Begattung, die der Barbar nicht mochte, weil ihm der dabei entstehende Geruch zuwider war. Die Kurtisane erklärte ihm sogar noch mit großer Geduld – und durchaus interessiert daran, sich diesen außergewöhnlichen Kunden zu erhalten –, dass die abgestumpften Sinne der Stadtbewohner besonders starke Reize benötigten, um überhaupt noch erregt werden zu können. Aber auch das begriff er nicht. Es klang, als ob die Menschen sich künstlich in Erregung versetzen müssten. Als ob in der Stadt nichts mehr mit rechten Dingen zuginge. Das war für ihn unbegreiflich, und er suchte in der Enge der Minarettviertelgassen das Weite.

Hierbei eckte er an, wie öfters in Städten, und es ereignete sich eine unglückliche Aufschaukelung.

Die Gasse hatte eine Krümmung. Man konnte das Ende und den Anfang nicht sehen.

Der Barbar – in der neuen Kleidung, die der Gelehrte

ihm verschafft hatte: weites Hemd, Hose, sogar Schuhe, die Axt unter dem Hemd, Setepenres Ohrgehänge nun wieder sichtbar, denn den Helm hatte er zurückgelassen, er wusste schon nicht mehr, wo – berührte mit der Schulter mehrere Lampions mit fremdartigen Schriftzeichen, die auf ein Geschäft hinwiesen, in dem die toten, gerupften Leiber von Hühnern im Fenster ausgespreizt waren. Irgendwo voraus war Lärm, ein Marktschreier pries dort durch eine Blechröhre seine Waren an. Menschen kamen ihm entgegen, darunter zwei verschleierte Frauen, die große Tonkrüge auf den Köpfen balancierten. Menschen gingen in seine Richtung und bildeten mit ihm zusammen einen Strom. Einer dieser Menschen – ein edel gekleideter Jüngling mit zu Mustern rasiertem sehr kurzem Haar – war schneller als der Barbar und überholte ihn, indem er, ohne ihn zu berühren, links an ihm vorüberzog. Die Gasse war vielleicht eine gute Abkürzung zwischen wichtigen Straßen, denn es bewegten sich viele Menschen durch sie hindurch.

Der Barbar hielt den Blick leicht gesenkt. Den Akt mit Chaerea hatte er nicht vollzogen. Nachdem er begriffen hatte, was sie ihm anbot, hatte er sich die Hose wieder zugeknöpft. Er war in einer eigenartigen Stimmung. Unbefriedigtheit mischte sich mit dem Stolz auf den Applaus in dem Saal der klugen Leute. Die Enttäuschung über die berühmte Kurtisane ging einher mit dem Hochmut, mehr Münzen zu besitzen als die meisten in den Gassen und sich diese Münzen verdient zu haben durch etwas, das keiner von diesen je besitzen würde: eine Ausstrahlung, die Fremde sich für ihn begeistern ließ. Er dachte an die drei oder vier schönen Studentinnen, die ihm besonders stark gewunken hatten. Er hätte sich an sie halten sollen. Diesbezüglich hatte er einen Fehler gemacht.

Er blieb stehen, um darüber nachzudenken, ob er kehrtmachen und zum Viertel der Akademie zurücklaufen solle. Einer der hinter ihm gehenden Menschen stolperte gegen ihn und entschuldigte sich. Der Barbar beachtete ihn nicht weiter. Mehrere andere gingen an ihm vorüber, ohne ihn zu berühren.

Nun jedoch begann die Aufschaukelung.

Eine Sänfte, getragen von sechs beinahe nackten Männern, bahnte sich von hinter ihm einen Weg durch die Gasse. Eigentlich langsamer als der Barbar, kam sie nun näher, weil er stehen geblieben war. Aus einem bestimmten Winkel der Betrachtung wuchs sie hinter ihm an wie ein herangleitendes Prunkzelt.

Er stand zu weit auf der Gasse und versuchte, sich an den Weg zurück zur Akademie zu erinnern.

Genau genommen stand er im Weg.

Aber die Sänfte hätte anhalten können.

Stattdessen versuchten die beiden vorderen Träger, sich an ihm vorbeizudrängeln. Sie hatten den Befehl, schnell zu machen. Die Besitzerin der Sänfte war eine herrische Person und hatte es eilig.

Der Sänftenträger vorne rechts stieß den Barbaren an und raunzte: »Platz da!«

Der Barbar strauchelte einen Halbschritt nach schräg vorne. Als er sich anschließend zu der Sänfte hin umwandte, waren die beiden vorderen Träger schon an ihm vorbei, und der Träger rechts in der Mitte gab ihm einen zweiten Stoß. »Siehst du denn nicht, dass du im Weg stehst, du Tölpel?«, schnauzte dieser.

Als der Träger hinten rechts den Barbaren passieren wollte, hatte dieser bereits seine Axt gezogen und trieb sie ihm durch den abwehrenden rechten Arm hindurch in Zähne, Gaumen und Gehirn.

Der Träger hinten rechts brach weg. Von immerhin noch fünf weiteren Männern gehalten, kenterte die Sänfte nicht, aber es ging ein deutliches Erbeben durch sie, und die herrische Dame in ihrem Inneren stieß einen Laut des Unmuts aus.

Mehrere Passanten schrien.

Zwischen ihnen lag plötzlich ein Leichnam mit einem grotesk aufklaffenden Gesicht.

Die Sänfte bewegte sich immer noch weiter, doch der Barbar machte zwei Schritte hinterher, wirbelte seine Axt so, dass ein feiner roter Sprühregen weitere stehen gebliebene Passanten benetzte, und hieb die Schneide nun dem Träger hinten links in den Rücken. Dieser schrie wie am Spieß, polterte Blut speiend – denn seine Lunge war zerschnitten – gegen die Sänfte und schrammte tot an ihr herunter.

Noch immer hielten die vier Übrigen die Sänfte, doch das Gewicht verlagerte sich nun ungebührlich auf die vorher mittleren Träger, die beide ächzend in den Knien nachgaben. Beide wandten sich um und sahen den Barbaren. Sie sahen auch, dass ihre Hintermänner tot waren.

Der Träger links in der Mitte schrie auf, ließ die Sänfte im Stich und versuchte, im Strom der auf der anderen Straßenseite entgegenkommenden, nun aber überwiegend stehen gebliebenen Menschen unterzutauchen. Der Träger rechts in der Mitte knurrte etwas und versuchte, die daraufhin nach links wegkippende Sänfte aufrecht zu halten. Vergeblich. Er konnte von seinem Tragholm aus nicht die Leistung dreier Fehlender ersetzen. Die Sänfte kippte, während die Insassin kreischte und sich über und über mit Johannisbeergelee bekleckerte.

Jemand wollte den Barbaren von hinten aufhalten, ihn an der Schulter greifen, am Hemd, aber jemand anders zerrte ihn zurück, eine Frau, vielleicht die Ehefrau dieses beherzten Jemands. Fast alle anderen verhielten sich so ruhig wie die Hühner in dem Fenster. Aus vielen Gesichtern sprach der Wunsch, unsichtbar zu sein. Etliche duckten sich, machten sich kleiner.

Die Sänfte war noch nicht ganz auf dem Boden aufgeschlagen, als der Barbar bereits mit einem reißenden Hieb ihre Rückseite aufbrach. Die Frau in der Sänfte klappte erst nach vorne, ihr Kinn klatschte auf ihren Busen, dann schwappte sie zurück und überschlug sich nach hinten durch das nun aufgespreizte Heck. Der Träger vorne links wurde ebenfalls – entweder schon durch den Sturz der Sänfte, oder erst durch den verstärkenden Hieb des Barbaren – nach hinten umgerissen und geriet unter die Sänfte, die ohne Insassin jedoch nicht besonders schwer war. Den beiden Trägern vorne rechts und rechts in der Mitte gelang ein Loslassen sowie Schritte aus dem unmittelbaren Sturzbereich hinaus. Jedoch blieben sie beide stehen, unschlüssig, ob sie ihre Herrin verlassen durften oder ob sie dann noch sicherer des Todes wären als durch den Angreifer, dessen Gesicht immerhin ganz ruhig war. Diese beiden hatten genau genommen den ganzen Schlamassel angerichtet, waren sich aber keiner Schuld bewusst, weil das Beiseiterempeln von Passanten zu den verbrieften Privilegien von Sänftenträgern hochgestellter Persönlichkeiten gehörte.

Breitbeinig stand der Barbar über der benommenen Dame, die wie ein Küken aus einem zerbrochenen Ei gekullert war.

Nun entstand jedoch Bewegung auf der anderen Seite der Gasse, im Strom der Entgegenkommenden. Zwei klatschende Geräusche ertönten, jemand brüllte vor Schmerz, dann machte der geflüchtete Träger zwei Schritte aus dem Pulk hinaus. Er blutete aus der Nase und betrachtete fassungslos, wie anklagend, den Barbaren.

Aus dem Pulk hinter ihm löste sich ein großer, kräftiger Mann mit rotblonden Zöpfen und buschigem Bart. Er trug einen mit Eisenringen durchwirkten Lederharnisch. »So geht das nicht, Bursche«, sagte er lachend. »Man kann seinen Dienst nicht so einfach quittieren, das ist nicht mannhaft. Jetzt geh und stelle dich dem Gegner deiner Herrin.«

Der Sänftenträger stand starr und verfolgte sein tropfendes Blut, bis der Rotblonde ihm kräftig in den Hintern trat. Der Blutende stürzte über die Sänfte und begrub den darunter gerade Freikommenden zusätzlich.

Der Rotblonde sprach nun die beiden noch stehenden, zaudernden Träger an. Seine Stimme war laut und heiter, seine Augenbrauen jedoch zornig zusammengezogen. »Was ist denn los mit euch? Seid ihr nicht immer noch zu viert, wenn ihr euch zusammentut? Er hat zwei eurer Kameraden getötet und eure Sänfte zerstört! Das werdet ihr ihm doch wohl nicht durchgehen lassen! Ihr habt doch Pflichten, verdammt noch mal, oder etwa nicht? Wollt ihr eure Herrin einfach schutzlos preisgeben?«

Die beiden schauten sich an, furchtsam wie Karnickel. Dann begannen sie beide gleichzeitig zu flüchten, die Gasse hinunter. Mehrere Menschen bewegten sich dort weg vom Geschehen, zogen einander in Sicherheit, wisperten sich Gefahrenworte zu.

Der Rotblonde schüttelte den Kopf. »Unfassbar. Gibt es denn keine Ehre mehr heutzutage? Muss man denn alles selbst erledigen?« Er zog breit grienend ein Schwert.

Der Barbar, dessen Wut schon längst abgekühlt war, hatte von diesem Moment an nur noch Augen für das Schwert. Dies war ein echtes. Keine Zierklinge. Keine Holzfälleraxt.

»Darf ich mich vorstellen, Knabe?«, wandte sich der Rotblonde an ihn. »Man nennt mich *den Stierling*. Muss etwas mit der Art zu tun haben, wie ich freche Nichtsnutze auf die Hörner nehme. Sag, hast du schon von mir gehört?«

Der Barbar reagierte nicht im Mindesten. Die bekleckerte Dame machte ein Geräusch, das wie das Niesen eines Schoßhündchens klang.

»So, also nicht?« Der Stierling ließ sich nicht beirren. »Dann werde ich das jetzt ändern. Dies ist nämlich eine öffentliche Gasse, mein Freund, und du hast soeben zwei Menschen erschlagen. Das zerstört den Eindruck, in dieser Stadt sicher zu sein, weißt du? Bestimmt läuft schon einer nach den Bütteln. Aber wenn alle anderen zu träge oder zu feige sind, dich Unruhestifter zur Rechenschaft zu ziehen, dann werde *ich* das eben tun.« Er stellte sich auf in der Haltung eines geübten Kämpfers. Die beringte

Rüstung knarrte über den sich anspannenden Muskeln. Schaulustige, die sich bislang noch genähert hatten, zogen sich nun wieder zurück. Es roch nach Klingen. Schwert gegen Axt. Weit ausgeholte Schwünge. Fehler. Splitter. Funken gar.

Der Barbar betrachtete die Frau. Die Sänfte, deren gespaltenes Inneres den Flakonduft dieser Frau verströmte. Überall waren rote Flecken. Eine Art Marmelade, die die Frau genascht hatte, während ihre Träger ihn beiseitegestoßen hatten. Er spürte Wut. Die Wut war ein gleichmäßig fließender goldener Strom. Sich dieser Strömung hinzugeben eine Erleichterung.

Er griff der immer noch benommenen Dame ins aufgesteckte Haar und riss sie hoch. Nun machte sie das Geräusch eines Schluckaufs.

»Na, na, na!«, schalt der Stierling verweisend und sprang vor. »Muss man dich Ritterlichkeit lehren, Bursche?« Der Barbar parierte seinen wohlgezielten Hieb mit der Axt. Das Schwert verfing sich beinahe, aber nur beinahe. Beide Waffen glitten schleifend auseinander. Der Barbar betrachtete immer noch die Frau, die nun bibberte. Ihre Haare lösten sich, und ihr Bibbern klang nach »Bittebittebitte …!«.

»Ha!«, machte der Stierling und stieß zu. Der Barbar ließ die Frau los und wich aus, ohne zu parieren. Zwischen ihn und die Frau kam die Klinge des Stierlings. Der Barbar betrachtete kurz die beiden Frauen mit den Tonkrügen auf den Köpfen, die ihn faszinierten, weil ihre Gesichter dunkel und eigenwillig waren. Dann blickte er den Stierling an und schlug zu. Der Stierling parierte und lachte. Dann drang er wieder auf den Barbaren ein, drängte sich dabei vorbildlich zwischen diesen und die Dame und gab dieser dadurch Gelegenheit, sich zu entfernen. Sie konnte aber nicht. Sie kämpfte dagegen an, ohnmächtig zu werden.

Immerhin halfen sich ihre beiden letzten noch verbliebenen Träger unterdessen gegenseitig auf die Beine. Der eine blutete noch immer aus der Nase, der andere fluchte, weil die Sänfte ihn gequetscht hatte.

»Wir müssen ihr helfen …«, näselte der Blutende.

»Bist du lebensmüde? Wir müssen hier weg!«, korrigierte ihn der andere.

Der Stierling machte inzwischen seinem Namen alle Ehre. Schnaufend drang er wider den Barbaren vor, deckte ihn mit einem Hagel unterschiedlichst ausgeführter Hiebe ein, die dieser nur parieren konnte, weil der Axtschaft lang genug war, dass man ihn beidhändig wie einen Kampfstab halten konnte. Die Menge wogte zwischen Fluchtwillen und Faszination. Bald, dachte der Barbar, würden schon wieder die ersten Wetten ausbrechen.

Ganz hinten an der Gassenkrümmung bildete sich ein neuer Aufruhr. Büttel wahrscheinlich. Büttel, die heranstürmten, um für Ruhe und Ordnung zu sorgen.

Der Atem des Stierlings roch, wenn er ihm sehr nahe kam, nach roher Leber. Der Barbar verwandelte eine seiner Paraden in einen Aufwärtsschub mit dem Axtschaft und krachte diesen so hart unter das Kinn seines Gegners, dass dessen Zähne klackten wie geworfene Steine. Den Stierling riss es von den Füßen, und in einem gewaltigen Geschepper stürzte er zwischen berstendem Glas und schlenkernden Hühnerkadavern in das Innere des

Ladens und blieb verschwunden. Der Ladenbesitzer zeterte wie von Sinnen.

Der Barbar blickte sich um. Die Dame stand immer noch in seiner Nähe und schwankte mit rot verschmiertem Mund, aber jetzt nahm sie einer ihrer Träger sanft bei der Hand und zog sie an sich heran. Er barg sie in seinen Armen. Sein Mund war ebenfalls rot verschmiert von seinem eigenen Nasenblut. Er war vollkommen unbewaffnet. Die beiden passten zueinander, fand der Barbar.

Dieser Standort war nachteilig. Die Fenster boten keine Rückendeckung, man konnte durch sie hindurch beworfen werden, ohne dass man das rechtzeitig bemerkte.

Er ging von dem näher kommenden Tumult weg in die andere Richtung der Gasse. Beinahe gelassen sah das aus. Er flüchtete nicht. Schlenderte eher. Dabei kam er an den Frauen mit den Tonkrügen vorbei. Es imponierte ihm, wie die beiden ihre schwere Last nicht abgelegt hatten, als alles zum Stillstand gekommen war. Vielleicht konnte er sie hinterher wiederfinden und ihre unbeeindruckbaren Mienen mit Hilfe seiner Münzen aufhellen. Vielleicht. Aber wahrscheinlich würden sie weg sein, nachdem geschehen war, was nun als Nächstes geschehen musste. Sie würden, wie so viele, zu Erinnerungen verkommen. Und schließlich nicht einmal mehr dazu.

Er musste nicht lange suchen. Schon zwanzig Schritt weiter fand er ein massives Haus mit nur schartenschmalen Fenstern. Dieses im Rücken zu haben erschien ihm einigermaßen günstig.

Die Menschen starrten ihn an wie einen Geist. Viele

drängelten jetzt von hier weg, andere schwärmten von hinten nach, weil sie bislang noch nicht hatten mitbekommen können, was überhaupt los war.

Er fasste seine Axt mit beiden Händen wie ein Kriegsbeil und erwartete die Büttel. Es war schade, dass der Stierling sein prächtiges Schwert mit durchs Fenster genommen hatte.

Die Büttel stießen und rempelten sich voran. Passanten gingen zu Boden. Die Geschichte wiederholte sich, wieder und wieder, und niemand stand dagegen auf. Was waren die Städter bloß für nichtssagende Menschen?

Die Büttel waren zu fünft. Als sie die Sänfte erreichten, hielten sie sich nicht lange auf. Zu viele Schaulustige deuteten mit ihren Fingern auf den Barbaren zwanzig Schritt weiter. Mehrere der Schaulustigen beschrieben sein Ohrgehänge, als wäre dies ein einprägsameres Attribut als seine blutverschmierte Axt. Die Büttel entsicherten ihre lederummantelten Eisenknüppel und Schmalschilde und hetzten zwei vorne, drei dahinter auf den Barbaren zu. Ihre Gesichter waren länglich wie die von Wölfen, ihre Wangen jedoch tadellos rasiert wie die von Lustknäblein.

Er erwartete sie. Hieb dem ersten die Axt in den Schmalschild, zog ihn dadurch an sich heran und benutzte ihn als Deckung gegen die anderen. Nur einer von denen schlug überhaupt zu, die anderen wussten nicht, wohin sie zielen sollten, und kamen in ihren Angriffsbemühungen zum Erliegen. Unterhalb hebelte er seine Axt aus dem Schild, während er seine Deckung erdrosselte, die Speichel sprühend Worte zu formen versuchte. Mit der Axt von unten drang er in einen der Zögernden.

Dann, in der neuerlichen Deckung des Geplärres und Gezappels des Schwerverwundeten, noch in einen zweiten. Zwei wichen zurück. Er wechselte den Griff. Seine Deckung war nun beinahe tot, bald würde das charakteristisch letzte Aufbäumen durch ihn rollen. Der Barbar mochte es, dieses letzte Beben zu spüren. Es beinhaltete Endgültigkeit. Seine Lippen gaben seine Zähne frei, die an den Seiten wie die eines Tieres geformt waren.

Er wartete. Die Verwundeten versprühten Blut und Eingeweide, die umherklatschten wie nasse Schlangen. Das Beben kam und verlosch. Er ließ den Toten los und brachte die Axt ganz nach oben. Der, den er angriff, kreischte wie ein Weib. Er durchhieb ihm den Schädel, sodass Schmalz aus den Ohren sprühte. Der Letzte erinnerte sich wenigstens noch seiner Ausbildung und setzte sich zur Wehr. Dreimal ging es hin und her: Angriff, Abwehr, Gegenangriff, Ausweichen, Angriff, Abwehr. Dann erwischte er ihn im Arm, zerrte daran, riss ihn herum, sich selbst frei, tauchte unter einem Hieb hindurch, schlug zu, und es war vorbei. Jetzt klebten Zähne an der Axtklinge wie Schmuckkiesel. Es war einfach. Gegen mehrere, die sich überschätzten, weil man ihnen beigebracht hatte, dass sie sich gegenseitig beistehen könnten, war es immer einfach.

Die Menge atmete in einem gemeinsamen Zug aus.

Dann entstand Panik. Alles bewegte sich. Selbst die Häuser schienen zurückweichen zu wollen.

Und mitten durch diese Unüberschaubarkeit hindurch stürzte sich der Stierling. Mit wutverzerrtem Gesicht, Fensterglasscherben und Hühnerfett in Gesicht und Bart. Er drosch so rasend schnell auf den Barbaren ein, dass dieser kaum parieren konnte. Und etwas Seltsames ereignete sich, Bestandteil einer jeden Aufschaukelung: Der Gewalttrieb übertrug sich auf die Menge der Schaulustigen. Zwei Männer und eine Frau griffen ebenfalls in den Kampf ein, weil sie eine Chance sahen, den schrecklichen, die Ordnung der Stadt infrage stellenden Barbaren zusammen zu überwältigen. Die Männer hatten eine Gabel und eine Art Nudelholz als Waffen, die Frau immerhin einen richtigen Degen.

Das Nudelholz erwischte den Barbaren an der Schulter, weil er eine solche Waffe nicht gewöhnt war. Schmerzhaft schlug das schwere Holz auf seinen Muskel. Der es führende Mann lachte auf. Auch der Stierling sagte etwas, aber es war unverständlich. Mit einem einzigen reißenden Querschlag tötete der Barbar den Nudelholzmann und die Degenfrau. Aufgrund der Schlagrichtung gingen Teile der Luftröhre des Nudelholzmannes dabei in den Brustkorb der Degenfrau über. Sie starben, obwohl sie sich zu Lebzeiten wahrscheinlich gar nicht gekannt hatten, innig. Der Stierling fluchte und verdoppelte seine Anstrengungen. Dabei wurde er dem Gabelmann beinahe gefährlicher als dem Barbaren, der nach seinem Vorstoß wieder bis an die Mauer zurückwich. Die Mauer war kühl und schattig und stabil. Sie gab allen Bewegungen gleichzeitig Raum und Halt.

Der Stierling stieß zu. Seine Schwertklinge zerschrammte das Mauerwerk. Über dem Knie zerbrach der Barbar ihm den Schwertarm und trieb ihm die Axt durchs Brustbein bis fast ins Herz hinein. Gurgelnd brach der Stierling zusammen. Seine Sprache ähnelte keiner bekannten Sprache mehr.

Der Gabelmann stand nun allein. Selbst im Stehen rutschte er im Blut seiner Mitstreiter aus, und es wirkte, als glitte er über rotes Eis. Dann wandte er sich ab und versuchte zu fliehen, kam erst nicht von der Stelle, spritzte blutigen Matsch hinter sich, fasste dann Grund und rannte davon, die Gabel noch immer in der Hand.

Alle Schaulustigen hatten sich nun zurückgezogen, bis auf ein paar Frauen in den Fenstern der Häuser und ein bleiches schwarzhaariges Mädchen mit ernstem Gesicht. Das Mädchen hatte einen Kohlestift in der Hand und zeichnete etwas auf ein in Holz gespanntes Pergament. Immer wieder blickte sie den Barbaren an und dann auf das Pergament. Sie schien keine Angst vor ihm zu haben. Er bewegte sich auch nicht auf sie zu, sondern lehnte an der Wand und verschnaufte.

Stille kehrte ein, doch es war noch nicht vorüber. Das Scheitern der Büttel musste Folgen nach sich ziehen. Städte funktionierten so. Es gab Nachschub. An allem. Fünf Büttel waren nicht genug, die Stadt würde ihm noch mehr entgegenspeien, und erst wenn er auch durch diese hindurch war, konnte er hier weg.

Der Barbar beugte sich zu dem Stierling hinab und nahm ihm das Schwert aus der Hand des gebrochenen Arms. Es war ein gutes Schwert, dem des Hauptmanns der Heiligenburg vergleichbar. Er wechselte die Axt in die Linke, die Hand dicht an der Schneide, sodass er den Schaft benutzen konnte, um seinen Unterarm damit zu decken. Das Schwert nahm er in die Rechte. Bis auf das Nudelholz war noch nichts an ihn herangekommen, er war unverwundet.

Er sah Blut hoch bis zu den Ziegeln der Gebäude.

Aber noch nicht. Noch war alles ruhig. Die gekenterte Sänfte war verwaist, jemand hatte die verschmierte Dame mit sich geführt.

Er wartete.

Auf dem First eines Daches gegenüber begann ein Vogel zu singen. Niemals zweimal dieselbe Melodie. Er zwitscherte, schnalzte und pfiff mit hohem Einfallsreichtum. Der Barbar hörte ihm zu mit geschlossenen Augen.

Schließlich kam in Hörweite, worauf er wartete. Der Laufschritt einer Truppe. Von der anderen Gassenkrümmung diesmal. Die letzten verbliebenen Passanten lösten sich vor dieser Übermacht auf wie Morgennebel.

Es waren fünfundzwanzig Mann. Einer kommandierte ihnen voraus, die Übrigen konnten sich zu sechs Viererreihen oder acht Dreierreihen oder vier Sechserreihen formieren; wenn die Gasse breiter gewesen wäre, auch zu zwei Zwölferreihen. Ein imposanter Anblick. Mit deckelartigen Helmen und lederverstärkten Holzschilden. Bewaffnet mit Dolchen und Morgenstern. Aber sie hatten keine Bögen oder Armbrüste dabei. Der Barbar fragte sich, warum nicht. Damit hätten sie leichtes Spiel haben können. Oder zumindest *leichteres* Spiel. Aber sie nahmen ihn nicht ernst. Jemand hatte ihnen gemeldet: ein einzelner Mann. Und sie nahmen einen Einzelnen nicht ernst. Durften einen Einzelnen vielleicht auch gar nicht ernst nehmen, weil das sonst die Moral der Truppe untergraben hätte. Vielleicht war es peinlich, einen Einzelnen einfach nur niederzuschießen. Oder jemand hatte ihnen Befehl erteilt, ihn lebend zu fangen. Um eine neuerliche Hinrichtung inszenieren zu können, mit großem Getöse.

Er seufzte.

Er lehnte an der Mauer, mit Axt und Schwert. Ohne Schild. Ohne Helm.

Die kleine Armee näherte sich ihm wie ein einzelnes Wesen mit vielen Segmenten. Es gab keine Gesichter in einer Armee. Alle sahen gleich aus. Das war wohl auch so beabsichtigt.

Damit es einem noch leichter fiel, sie ohne Erinnerungen zu töten.

Sie formierten sich in Sechserreihen, vier hintereinander. Der Kommandeur bellte diesbezügliche Befehle. Dann klappten die vorderen sechs Speere aus, und die zweitvordersten sechs ebenfalls, sodass zwölf Piken nach vorne aus dem Lebewesen ragten. Darauf waren sie wohl ganz besonders stolz. Und begriffen nicht, dass sie sich dadurch erst recht gegenseitig ins Gehege kamen und sich kaum noch bewegen konnten.

Der Barbar schloss wieder kurz die Augen, doch der Vogel war nicht nur verstummt, er war sogar fortgeflogen.

Der Punkt der Übernahme, der Augenblick des Alles-in-eins. Er konnte ihn schon beinahe spüren. Er rumorte in ihm wie ein sich ankündigender Anfall.

Das zwölfspeerige Wesen machte einen Schritt auf ihn zu. Dann noch einen. Der Kommandant linker Hand. Bellte. Kommandos.

Der Punkt der Übernahme.

Jetzt.

Der Barbar sprang nach vorne, genau zwischen die Speere. Sein Leib wurde Wasser, durchlässig, durchsichtig, bildete Arme aus, wo vorher keine gewesen waren.

Er senste mit dem Schwert fünf Speerspitzen ab. Sie trudelten davon, berührten sich im Flug. In das Wesen kam Furcht. Jetzt die Axt. Ein Helm, dann noch einer. Durch den Helm in den Kopf. Die Axt war viel zu schwer, um von Helmen gebremst zu werden. Mit dem Schwert: zwei weitere Speere. Amputiert verirrten sich die Soldaten. Der Kommandant bellte. Statt eines Rüden klang er langsam wie ein Welpe. Der Barbar arbeitete sich an den Schilden entlang. Der Kommandant wich zurück, fuchtelte mit seinem Säbel. Der Barbar kam näher. Speerspitzen trudelten, abgetrennt. Noch ein Helm. Noch einer. Vier stürzten nun schon in den Leib des Wesens zurück, brachten alles in Unordnung, alles in Aufruhr. Der Kommandant. Bellte nun nicht mehr. Winselte. Die Axt und das Schwert sorgten gleichzeitig für Stille. Wie eine übergroße Schere kamen sie zusammen und auseinander, und das Gekläffe war gekappt.

Jetzt sprang er hoch.

Der Augenblick des Alles-in-eins.

Jetzt. Jetzt.

Von oben kam er über das Wesen und jätete.

Blut hoch bis zu den Ziegeln der Gebäude.

Jetzt.

Ein furchtbarer Schrei brach sich Bahn, aus über einem Dutzend Kehlen. Wurde zu einem Ächzen. Dann zu einem Keuchen. Einem Röcheln.

Sie schütteten ihm ihr Blut entgegen, als gälte es, ihn zu salben. Er hackte und schnitt. Fleisch war ein dankbares, formbares Medium. Knochen bereiteten Scherereien, aber dank seiner reichhaltigen Erfahrung gelang es ihm, ein Steckenbleiben, ein Stocken zu vermeiden. Er rührte wie in einem gewaltigen Gericht. Es war einfach. Denn er musste nicht abwägen. Keine Unterschiede machen. Nicht auf Kleinigkeiten achten. Auf Zwischentöne. Er durfte nicht *nichts vom Zaun brechen*. Er zermalmte den Zaun. Und den Garten des Zauns. Und den Himmel über dem Garten gleich mit.

Das Blut der Männer spritzte hoch, bis es die Ziegel der angrenzenden Gebäude benetzte.

Und ihr Schreien war ein Durchschneiden und Hindurchgehen. Und das Dahinter schrie abermals. Und erneut schritt er hindurch. Und alle waren gleich und gleich unbedeutend. Namen- und geschichtenlos. Elternlos. Kinderlos.

Leblos.

Und als es vorbei war und eine bleierne Stille einsetzte, die kein Vogel zu stören gewagt hätte, da wurde der Barbar dann doch noch verwundet. Denn der Stierling war noch nicht vollkommen bezwungen gewesen. Hatte sich hochgearbeitet im Laufe des Kampfes, den Degen der Frau in die Hand genommen, deren Arm wenigstens nicht gebrochen war, und stumm wie ein Vorwurf warf er sich auf den Barbaren und durchstieß ihm mit dem Degen den linken Oberschenkel.

Der Barbar entblößte seine Zähne, die allesamt rot verschmiert waren, weil er auch im Töten den Mund nicht geschlossen genug gehalten hatte.

Dann schlug er zurück, mit Axt und Schwert gleichzeitig, wie bei dem Kommandanten, und der Stierling hauchte fluchend endgültig sein Leben aus. Seine blonden Zöpfe lösten sich im Blut der Soldaten zu gelben und roten Strahlenmustern.

Aus der Gasse schien Rauch aufzusteigen. Es war der Dampf erbrochener Leiber. Sämtliche Fenster waren beschlagen. Niemand mehr wagte hindurchzuschauen.

Es verging Zeit, die klebrig anmutete.

Nur das Mädchen mit dem Kohlestift und dem Pergament war immer noch geblieben. Ihr Bild schien fertig zu sein. Stolz hielt sie es dem Barbaren hin. Ihre Fingerspitzen waren geschwärzt von der Kohle.

Er konnte nichts erkennen. Sein Blick war trüb wie der eines sehr alten Mannes. In seinen Ohren rauschte es wie Wasserfälle.

Langsam machte er zwei hinkende Schritte auf das Mädchen zu, während derer er sich den Degen aus dem Beinmuskel zog. Das Metall glitt durch seinen Muskel wie durch etwas Fremdartiges, sorgfältig Eingeöltes.

Das Mädchen hatte ein Bild gezeichnet. Nicht von dem Kampfgeschehen. Sondern nur von ihm. Er sah sehr ruhig aus auf diesem Bild. Beinahe schön. Seine Augen schauten ganz knapp am Betrachter vorbei, als sähe er etwas in der Ferne, in der Zukunft. Als *hätte* er eine Zukunft. Das Mädchen konnte ausgesprochen gut zeichnen. Jeder würde ihn auf diesem Bild erkennen.

Er brummte etwas und stand noch eine Weile in ihrer Nähe. Sie konnte seinen Schweiß riechen, seine Wut, die an ihm trocknete. Den Schmerz und das Aushauchen der anderen. Aus seinem Schenkel rann nichts. Alles, was rot war, gehörte nicht ihm.

Dann berührte er sie oben auf dem Kopf, wie um sie zu streicheln oder zu segnen, vielleicht aber auch nur, um sich kurz aufzustützen. Er wandte sich ab und hinkte davon, der Krümmung der Gasse hinterher, an der gekenterten Sänfte vorbei, die Frauen mit den Tonkrügen suchend, doch da war niemand mehr, alles war geflohen. Selbst die Gasse wirkte nun breiter, und der Himmel über dem Garten mit dem Zaun hatte eine Farbe, als hätte man etwas aus ihm herausgelöst und versteckt.

Die blutige Spur des Barbaren wurde von Schritt zu Schritt undeutlicher, bis sie auf dem Pflaster nicht mehr zu entziffern war.

üBeRWäLTiGeN

Sein Steckbrief hing jetzt überall.

Die Kohlestiftzeichnung des Mädchens aus der Gasse. Der Barbar staunte darüber, wie das überhaupt möglich war, dass an so vielen Orten ein und dieselbe Zeichnung hing. Immer wieder blieb er mit schief gelegtem Kopf davor stehen und betrachtete sein eigenes Bild.

Jeder Mast war ein Spiegel.

Jedes Anschlagbrett enthielt sein schwarz-weißes Gespenst.

Menschen zogen los, ihn zu erlegen, denn auf seinen Kopf war eine stattliche Prämie ausgesetzt.

Er konnte nicht lesen, aber er konnte spüren, wie sich von überall her etwas zusammenbraute, das ihn sehr wichtig nahm.

Das Wetter verfinsterte sich, als runzelte der Himmel die Stirn.

Der Erste, der es versuchte, war ein seltsamer lila gekleideter Exzentriker, dessen flaumumrahmte Lippen ebenfalls lila glänzten. Er trabte hoch zu Ross, mit einem weiten lilafarbenen Umhang, der hinter ihm das Herbstlaub aufwirbelte, und war mit drei Hunden unterwegs, drei unterschiedlich großen, einem vierschrötigen Aufspürer, einem langbeinigen, schlanken Läufer und Melder und einem großen, schweren Beißer. Diese Hunde waren ein Problem. Ihretwegen gelang es dem Barbaren nämlich nicht, den Lilafarbenen abzuschütteln. Selbst durch zwei Flüsse hindurch war dieser immer noch in der Lage, ihm zu folgen, wohlberitten und damit deutlich schneller als der Barbar zu Fuß. Zusätzlich wurde der Barbar noch durch seine Schenkelwunde behindert. Er hatte sie ganz alleine behandelt. Getan, was in seiner Macht stand, um eine Verschlimmerung zu verhindern. Die Verletzung war auch einigermaßen unter Kontrolle. Aber die andauernde Beanspruchung einer Flucht erschwerte den Heilungsprozess.

Mehrere Tage und Nächte hindurch folgte ihm der lilafarbene Spuk. Der Umhang wie ein fliegender Teppich immer von Gebell umrahmt hinter ihm im Gelände.

Eigentlich mochte der Barbar Hunde. Sie hatten so ehrliche Gesichter. Aber nicht, wenn sie zähnefletschend hinter ihm hergegeifert kamen. Manchmal konnte er ihr Gebell hören, obwohl sie noch Stunden entfernt sein mussten. Es kollerte zwischen den Hügeln umher wie etwas Verselbstständigtes. Wie eine hustende Sprache, die einzig und allein ihm galt.

Er musste sie loswerden.

Die akademische Axt und das Stierlingsschwert erwiesen sich dabei weiterhin als eine wundervoll zu handhabende Kombination. Er empfing die Hunde auf einem mit buntem Laub überspülten Abhang, sodass sie hinaufstürmen mussten und er nach unten austeilen konnte. Der kleine Spürhund starb als Erster, dann der bullige Kämpfer. Der Langbeinige verhielt sich am klügsten und kläffte lieber sein Herrchen herbei, anstatt sein Leben innerhalb der Reichweite dieser allzu wehrhaften Beute zu riskieren.

Das Herrchen preschte heran und war entsetzt über den Verlust seiner beiden Lieblinge. Für einen Moment schlug sein Umhang dramatisch im Windstoß um ihn zusammen wie eine fliederfarbene Flügelkonstruktion. Dann zog er sein Rapier, gab dem Pferd die Sporen und ging in den Angriff über.

Hinterher hatte der Barbar ein Pferd, was seinem verwundeten Bein ausgesprochen zugutekam.

Der Zweite, der es versuchte, war einer der merkwürdigsten Zeitgenossen, die der Barbar jemals gesehen hatte. Sein ganzer Körper war in Eisen geschlagen, aber nicht auf herkömmliche Art und Weise, sondern so, dass die Rüstungsteile vermittels Bolzen und Schrauben in dem Fleisch und vielleicht sogar den Knochen des Trägers verankert waren. Überall eiterten und schorften Wunden. Ältere waren zu Narbenwülsten verwuchert. Sogar der Mund des Merkwürdigen war durch eine Art Schraubzwinge weit aufgesperrt und die Lippen durch Drähte so gespreizt, dass der Merkwürdige fortwährend sabberte und niemand verstehen konnte, was er redete. Selbst in seinem Schädel schienen Nägel zu stecken, die einen Helm befestigten, der vielleicht aber auch eine metallische Schädelplatte war. Man wollte es gar nicht wissen. Die Kinder in den Dörfern hatten furchtbare Angst vor dem triefenden, unverständlich sich erkundigenden Metallmann.

Dieser Verfolger war schwerfällig, aber beharrlich. Da er keinen Schlaf zu benötigen schien, holte er in den Nächten den Vorsprung des berittenen Barbaren jedes Mal wieder auf. Und da er vollkommen schmerzunempfindlich zu sein schien, erwies er sich im Kampf als äußerst unangenehmer Gegner.

Der Barbar schlug mit Axt und Schwert auf ihn ein, traf aber nichts außer Härte. Unnachgiebig bedrängte ihn der Metallmann, seinerseits nur mit seinen vernagelten Fäusten kämpfend. Zweimal traf er den Barbaren und ließ jeweils vier hässliche, im Halbkreis angeordnete Wundmale zurück. Der Barbar wurde wütend und verlor die Übersicht. Schließlich zerbrach das prächtige Schwert am eisenbeschlagenen Schädel des Verfolgers. Der Barbar sägte ihm unverdrossen mit dem splitterigen Schwertheft den Nacken auf, bis die Wirbelsäule freilag, die ebenfalls wie Metall aussah oder mindestens mit Nägeln gespickt war. Es konnte einem beinahe Angst machen.

Der Gegner verblutete im Verlauf der nächsten halben Stunde.

Unaufhaltsam wurden seine Bewegungen langsamer und zielungerichteter, bis er schließlich im Stehen starb. Der Barbar versuchte ihn umzutreten, aber das misslang. So schwerfällig war der Metallmann selbst zuletzt.

Und der Barbar hatte die schönere seiner beiden Waffen eingebüßt.

Die Dritte, die es versuchte, war eine schmächtige, unscheinbare Frau, die mit Gift, Pülverchen und Zerstäubern arbeitete.

Zunächst unterschied sie sich in nichts von den Bewohnern einer kleinen Ortschaft, durch die der Barbar kam. Wahrscheinlich lebte sie auch tatsächlich dort und ging einem Handwerk als Kräuterkundige nach, wenn sie nicht gerade durch den Ort reitende Steckbriefliche zur Strecke brachte, um ihr karges Einkommen aufzubessern.

Jedenfalls pumpte sie ihm übergangslos etwas ins Gesicht, das ihn blind machte.

Anschließend etwas, das ihn taub machte.

Als Drittes etwas, das ihn lähmen sollte, das aber nicht wirkte, da er inzwischen so aufgebracht war, dass es ihn nur zusätzlich berauschte. Er schlug mit seiner Axt alles kurz und klein, was sich in unmittelbarer Reichweite befand, darunter sein Reittier und einen unvorsichtigen Stallknecht. Die Pulverkundige jedenfalls wagte sich vorerst nicht an den Rasenden heran. Sie hatte vielmehr Mühe, sich einer aufgebrachten Menge zu erwehren, die alles andere als begeistert davon war, dass sie ohne nachvollziehbares Motiv einen harmlosen Durchreisenden in einen gemeingefährlichen Irren verwandelt hatte. Sie versuchte alles zu erklären und zu belegen, aber selbst wenn man ihr glaubte, war man doch nicht der Meinung, dass ihre eigenmächtige Vorgehensweise dem Ort irgendwelche Vorteile einbrachte.

Der Barbar zerlegte unterdessen das Stallgebäude so nachhaltig, dass dieses über ihm zusammenstürzte. Aber das hielt ihn nicht davon ab, als strohstacheliges Schreckgespenst weiterhin mitten durch den Ort zu wüten.

Schließlich lieferten die ratlosen Dörfler ihm die schmächtige Frau aus, um ihn zu beschwichtigen. Der Barbar, der nicht verstand, was man von ihm wollte, weil er ja nichts hören konnte, erschlug die Frau und zwei ihrer Aushändiger gleich mit. Daraufhin ergriffen die anderen die Flucht, und einige verließen sogar mit Hab und Gut den Ort, um niemals wiederzukehren.

Die Sinne des Barbaren stellten sich nach einer guten Stunde wieder ein.

Dann besah er sich, was er angerichtet hatte, war recht beeindruckt von seiner Zerstörungskraft und verließ den Ort auf einem anderen Pferd.

Der Barbar verspürte Verunsicherung.

Es gefiel ihm nicht, gejagt zu werden.

Es war schon unangenehm genug, dass hässliche Menschen zu Pferd und mit Hunden oder zu Fuß und mit aufgeschraubten Mündern Tag und Nacht hinter ihm her waren – dass nun aber auch harmlos aussehende Frauen auf ihn losgingen, bereitete ihm Sorgen. Er wollte sich bewegen können, die Freiheit spüren. Nicht von jeder Person, der er begegnete, angefallen werden.

Es musste mit diesen Bildern zu tun haben, die überall hingen.

Also fing er an, diese Bilder zu entfernen oder dort, wo sie zu sorgfältig festgeklebt waren, sie immerhin zu zerstören und unkenntlich zu machen. Dies war ein eigentümlicher Vorgang. Er suchte, fand und zerstörte sein eigenes Bild. Überall. Als wären an allen erdenklichen Orten Teile von ihm verstreut, die er zerfetzen musste, damit sie ihn nicht weiterhin schwächen konnten.

Dadurch fiel er natürlich auf.

Es fiel sogar auf, dass der große Fremde, der ins Dorf kam, um die Bilder zu vernichten, den Bildern glich. Nur dadurch zog er die Aufmerksamkeit seiner nächsten Verfolger auf sich.

Die Vierten, die es versuchten, waren eine heruntergekommene Familiensippe. Sie nannten sich »die Kerils«. Sie trugen alle diesen Nachnamen. Die Männer waren ausgezehrt, hohlwangig, bärtig und wie besessen. Die Frauen hatten buschige Augenbrauen, keifende Stimmen und ungeduldige Gebärden. Sie folgten dem Barbaren als struppiger Schwarm. Und eines Nachts, als er schlief, seine wachsamen Sinne von Erschöpfung betrogen, fielen sie über ihn her und droschen mit Knüppeln auf ihn ein. Er schlug um sich in die Nacht mit seiner Axt, aber er traf niemanden. Wie ein Traum waren die Kerils in das Dunkel zurückgehuscht und erwarteten leise miteinander hadernd ihre nächste Gelegenheit.

So ging das zwei Wochen lang.

Einige Kerils stürzten sich in einem Teich auf ihn, während er badete. Bevor er einen von ihnen richtig zu packen bekam und ertränken konnte, waren sie ihm nass entglitten.

Mehrere ihrer Frauen folgten ihm in ein Gebäude, in dem er einige seiner Münzen in etwas brennendes Trinkbares verwandeln wollte. Zuerst dachte er, sie wollten etwas mit ihm haben. Doch plötzlich stachen sie mit flinken Messern auf ihn ein. Blutend erwehrte er sich. Alles wich vor ihm zurück und erkannte den Mann auf den Bildern. Die Kerilfrauen waren verschwunden.

Der nächste Überfall fand auf einer Steppe statt. Die Kerils schwärmten aus einem stinkenden unterirdischen Gangsystem und bewarfen ihn mit Tierkot und Steinen. Dann tauchten sie wieder dorthin ab, bevor er ihrer habhaft werden konnte.

In einem Geröllfeld kamen sie hinter Felsen hervorgekreischt, malträtierten ihn, bis er beinahe vom Pferd fiel, und zogen sich zurück, laut wie streitende Krähenvögel zwar, aber nichtsdestotrotz flink und sich so aufteilend, dass er nicht wusste, wem er folgen sollte. Sie schienen keinen klar erkennbaren Anführer zu besitzen. Sie waren wie Fische im Meer.

Dann wurde es richtig lästig. Kerilkinder überfielen ihn, während er im Wald seine Notdurft verrichtete. Er sah sie nicht kommen und hörte sie nicht flüchten. Als wirkten noch immer die beiden heimtückischen Pülverchen der Kräuterkundigen in ihm.

Schließlich gelang es ihm jedoch, damit anzufangen, die Kerils auszudünnen.

Bei einem neuerlichen nächtlichen Überfall packte er eine ihrer Frauen am Fußknöchel und hielt sie eisern fest, während man ihn mit Zweigen und Schneidgras verdrosch. Zwei junge struppigbärtige Männer blieben zurück, um die Frau zu befreien. Diese drei fraß seine Axt.

Beim nächsten Mal erwischte er nur einen ältlichen Mann, aber immerhin. Aus den Unberührbaren waren Sterbliche geworden. Die Kerils spürten das und zerstritten sich noch mehr untereinander als ohnehin schon. Ihre Frauen drohten den Männern damit, es mit dem Barbaren zu treiben und *seine* Kinder zur Welt zu bringen, wenn es den Männern nicht bald gelingen würde, ihn zur Strecke zu bringen.

Die Männer verfielen in hohlwangige Raserei.

Die meisten von ihnen stürzten sich auf ihn, als er – selbst als ein Vorüberziehender von freundlich angetrunkenen Bauern auf ihr Hochzeitsfest geladen – zu Tische saß und aß. Diejenigen, die hinterher noch lebten, krochen zu den Frauen zurück und ernteten nichts als Verachtung.

Das Kopfgeld auf den Barbaren stieg und stieg. Nun hatte er auf einer ländlichen Heiratsgesellschaft in einem unübersichtlichen Tumult den Trauzeugen erschlagen. Boten ritten durchs Land, um auf den Steckbriefen die ausgeschriebene Summe durch eine höhere zu überkleben.

Der Barbar, der auch keine Zahlen lesen konnte, kämpfte weiterhin ausschließlich gegen sein Bild.

Den letzten Angriff unternahmen die verbliebenen Kerils – sechs Frauen noch und drei Männer, von denen einer verwundet war – an einem von sturmhohen Wellen gepeitschten Strand. Sie bewarfen ihn und sein Pferd aus allen Richtungen mit scharfkantigen Muscheln und suchten ihn so ins Wasser und ins Ertrinken zu treiben. Doch sein Pferd wurde noch rasender als er, schlug sich mit den Hufen eine Bresche durch die Kerilfrauen und suchte blutend mit dem Barbaren das Weite. Es verendete drei Tage später. Die letzten Kerils fanden keine Kraft mehr, dem Flüchtigen hinterherzusetzen, und versuchten stattdessen vergeblich in einem nahe gelegenen Fischerdorf Arbeit zu finden. Was aus ihnen wurde, ist nirgendwo verzeichnet.

Die Fünfte, die es versuchte, war eine schöne Bogenschützin, die im ganzen Land unter dem Namen Livia bekannt war. Livia war berühmt für ihre elegante Kleidung, ihre Frisuren, ihren Stil. Männer und Frauen verehrten sie und hängten sich Kohlezeichnungen, die Livia in verschiedenen Körperhaltungen darstellten, über ihre Betten.

Livia wollte es nicht zum Kampf kommen lassen. Mit einem einzigen Schuss wollte sie den Barbaren erlegen. Sie war auch bekannt für die Sauberkeit ihrer Vorgehensweisen.

Aber als sie ihn im Visier hatte, an einer Quelle unter bereits kahlen und den Himmel wie mit Rissen segmentierenden Bäumen, und den Pfeil nur noch von der gespannten Sehne zu lassen brauchte, zögerte sie.

Dieser Mann war so weit gekommen. Er musste etwas Besonderes sein, auch wenn er ihr äußerlich nicht sonderlich gefiel. Sie mochte schmalere, lässige Männer mit klugen Gesichtern. An diesem hier störten sie alleine schon seine breitarmigen und breitbeinigen Bewegungen und seine langen, ausgesprochen fettigen Haare.

Aber er hatte etwas an sich, das eigen war.

Sie versuchte sich vorzustellen, wie er in einer Horde rannte oder ritt, und bekam dieses Bild nicht richtig in ihren Kopf. Dieser hier würde sich niemals restlos einpassen lassen. Auch nicht in die Reihe ihrer Beuten. Er wirkte, als sei er der Einzige, der Erste oder der Letzte seiner Art.

Das wunderte sie. Sie hatte schon so viele steckbrieflich Gesuchte erlegt. Sauber und mit Stil. Weshalb zögerte sie jetzt bei diesem? Nur weil dieser sich dem Zugriff sämtlicher Verfolger schon länger entzog, als dies gewöhnlicherweise möglich war? Oder weil er ein Ohrgehänge trug, ohne sich darum zu scheren, dass dies ein Schmuck für Frauen war?

Es kam ihr plötzlich feige vor, ihn einfach so zu erschießen. Dabei war dies ihr Beruf. Sie erschoss immer aus dem Hinterhalt. Es war sauber und schnell. Die Beuten sahen den Tod nicht kommen, litten keinen Schmerz und keine Furcht. Sie hatten Schuld auf sich geladen, deshalb wurden sie gesucht. Und dieser Schuld konnten sie nirgendwohin entkommen. Was Livia ihnen schenkte, war lediglich ein rasches Ende ihrer nutzlosen Bemühungen. Noch niemals zuvor war sie sich dabei feige vorgekommen.

Was bedeutete das? Wurde sie jetzt langsam alt und ihres Wirkens müde?

Sie sah im linken Schulterblatt ihrer sich wie für den bevorstehenden Tod rituell reinigenden Beute eine Narbe, die unverkennbar von einem Bolzen herrührte. Eine Armbrust. Da waren noch weitere Narben, etliche, aber diese eine sagte ihr etwas. Man hatte schon auf ihn geschossen. Von hinten noch dazu. Ein Amateur natürlich. Kläglich in die Schulter statt zwischen die Schulterblätter oder ins Genick am Schädelansatz, wo der Schuss sofort tödlich wirken musste. Diese Beute hatte bereits herhalten müssen als Spielplatz unwürdiger Jäger.

Jetzt hatte sie sein Genick, seinen Schädelansatz vor der Spitze ihres Pfeils. Leicht oberhalb. Sie kannte die ballistische Kurve ihrer Waffe für alle erreichbaren Distanzen in- und auswendig.

Ihre Spannhand zitterte kein bisschen.

Wie wenn man einen Sternenhimmel betrachtet und sich mehr und mehr Sternbilder in ihm abzeichnen, konnte sie mehr und mehr Narben auf dem Rücken des Mannes erkennen. Eine Landkarte der Feindseligkeiten und Verfolgung. Wie viele hatten schon versucht, ihn von hinten zu erlegen!

Livia würde nichts anderes sein als eine weitere unter diesen vielen.

Zwar die eine, die erfolgreich war, aber nichtsdestotrotz nur eine Vorübergehende, die auf ein allzu anerkanntes bewegliches Ziel schoss.

Sie trug niemals Kleider, die andere schon vor ihr getragen hatten.

Seufzend entspannte sie die Bogensehne.

Der Barbar hörte dieses Seufzen und ruckte herum, aber er erfuhr niemals, wer als Fünftes hinter ihm her gewesen war.

Der Sechste, der es versuchte, war Eurese.

»Mir gefällt nicht, dass der Junge immer noch frei herumläuft«, hatte der fette Kaufmann Tleck zu seinem Leibwächter und ständigem Begleiter Eurese gesagt. »Immerhin könnte er, nachdem wir damals versucht haben, ihn im Haus des Stadtmagiers festzusetzen, einen nicht ganz unberechtigten Groll gegen uns hegen. Mir gefällt allerdings, wie sich dadurch, dass er sich beharrlich dem Gefangengenommenwerden verweigert, sein Kopfgeld immer weiter in die Höhe schraubt. Was meinst du, mein guter Freund?«

»Die Kosten würden den Nutzen übersteigen, wenn wir allzu viele Männer auf ihn ansetzten.«

»Meinst du denn, du könntest das alleine versuchen? Und wir machen dann halbe-halbe mit der Prämie?«

Eurese hatte sich ein Grinsen kaum verkneifen können. »Halbe-halbe dafür, dass du nichts tust und ich alles?«

»Oh, ich gab dir die Idee ein, mein guter Freund! Und die arbeitsfreien Tage, um dir etwas dazuzuverdienen!«

»Nun ja. Ich könnte es ja immerhin probieren.«

Und so war Eurese aufgebrochen. Hatte sich ein Pferd aus Tlecks Stall genommen und sich an die Verfolgung des Barbaren gemacht. Zwei Wochen lang. Dann fand er ihn.

Es war nicht besonders schwierig gewesen, ihn aufzuspüren und zu ihm aufzuschließen. Die Menschen erzählten sich inzwischen Wunderdinge über den Barbaren. Dass er einen Metallmann bezwungen hätte, eine Familie bärtiger Weiber, riesige lilafarbene Höllenhunde, einen giftversprühenden Weibsteufel – und dass eine weitgerühmte Bogenschützin namens Livia seinetwegen ihren Beruf an den Nagel gehängt hatte. Jeder schien zu wissen, in welcher Himmelsrichtung der Barbar steckte, und jeder wies jedem Verfolger nur allzu gern die Richtung. Weil sich den Legenden dann bald eine neue hinzugesellen würde, die man sich abends am wärmenden Feuer erzählen konnte.

»Habt ihr dem Burschen eigentlich einen Namen gegeben, wenn ihr dauernd über ihn redet?«, hatte sich Eurese eines Abends bei ein paar abgerissenen Leibeigenen erkundigt.

»Einen Namen?«, hatten sie zurückgefragt. »Wozu

sollte ein freier Mensch einen Namen brauchen? Niemand wird ihn jemals rufen, um ihm einen Befehl zu erteilen!«

»Es ist vielleicht gut, dass ich ihn zur Strecke bringe«, hatte sich Eurese anschließend gesagt. »Die Existenz eines solchen Beunruhigers kann mehr Schwierigkeiten für Tleck und seinesgleichen heraufbeschwören, als ihnen bislang bewusst sein mag.«

Und jetzt hatte er den Beunruhiger gefunden.

Man hatte ihm erzählt, dass der Barbar stets ein Schwert in der einen und eine Fackel in der anderen Hand trug. Das erwies sich als völlig aus der Luft gegriffen. Der Barbar hatte lediglich eine Axt, und selbst die sah noch nicht einmal nach einer richtigen Waffe aus, sondern eher wie etwas, das normalerweise beim Holzeinschlag Verwendung fand. Auch beim Reittier des Barbaren handelte es sich um einen erbarmungswürdigen Klepper, bei dem sämtliche Rippenbögen deutlich sichtbar den aufgeblähten Bauchraum einfassten.

Eurese zog sein Breitschwert, stieg aus dem Sattel und ging auf den Barbaren zu. »Erkennst du mich wieder? Wir hatten schon einmal das Vergnügen. Diesmal jedoch werde ich mich eigenhändig darum kümmern, dich in Fesseln zu legen. Dann kann ich nämlich sicherer sein, dass das auch tatsächlich getan wird.«

Der Barbar verhielt sein Pferd. Dann stieß er ein knurrendes Geräusch aus, stieg ebenfalls ab und nahm seine Axt in beide Hände. Ihn faszinierte die Kerbe in Eureses Schädel. Er fragte sich, wie die dorthin gekommen war. Sie sah aus, wie durch eine Axt verursacht.

Abermals hatte der Barbar eine Art Vision. Er sah sich

selbst als Verursacher dieser Kerbe, jetzt, im nun beginnenden Gefecht. Diesen Kampf dann als Ausgangspunkt seiner Geschichte mit Eurese. Alles, was danach kam, den Auftrag mit der sinnlosen Tonfigur und dem zahnlosen Mädchen, als komplizierte Vergeltung, die der Kerbe folgte. Aber das war natürlich Unfug. Das konnte ja nicht sein.

Seine »Vision« war Narretei.

Er freute sich darüber, endlich wieder einmal so etwas wie einen ebenbürtigen Gegner zu bekommen, und stürzte sich mit Wildheit auf Eurese. Dieser jedoch konterte jeden seiner Angriffe. Beinahe spielerisch sah das aus. Obwohl ein Breitschwert alles andere als eine leichtgewichtige Waffe war, handhabte sie der Kerbenglatzkopf mit großem Geschick und schier schlafwandlerischer Sicherheit. Der Barbar fand nicht die geringste Lücke in Eureses Abwehr.

Er spürte, wie ihm der Schweiß ausbrach, wie damals dem fetten Kaufmann, den Eurese bewacht hatte.

Und dann ging der Glatzkopf seinerseits in Vorstöße über. Das Breitschwert surrte heran von links oben, von rechts unten, genau von vorne, von der mittleren Seite, in Richtung eines Schienbeins, dann schon wieder aufwärts Richtung Hals, von dort aus nach hinten – zog den Barbaren dadurch hinter sich her wie eine von einer Flötenmelodie betörte Kobra – und dann wieder nach vorne zum Bauch, von links unten und rechts oben. Der Barbar parierte schwitzend und wand sich, und dennoch hatte er das Gefühl, dass der Raum um ihn herum immer enger wurde. Das Breitschwert war überall und überall gleichzeitig.

Er wehrte sich. Wehrte sich mit allem, was ihm zu Gebote stand. Versuchte es schließlich über reine Kraft. Schmetterte das Breitschwert beiseite, sodass Eurese offen vor ihm stand. Aber noch bevor er selbst in diese Lücke vordringen konnte, hatte Eurese aus seinem Abgedrängtwerden eine komplette Drehung gemacht und schlug schon wieder aus der entgegengesetzten Richtung zu, in eine Lücke des Barbaren hinein. Der Barbar strauchelte. Ein Hieb hatte ihn voll getroffen. Er spürte, wie wichtige Teile seines Körpers aufklafften.

Er wehrte sich noch weiter. Doch Eurese gestattete ihm keine Initiative mehr. Vielleicht war es sogar die Verzweiflung, die den Barbaren schließlich zu Fall brachte. Noch niemals zuvor hatte er sich in einem Kampf so dermaßen unterlegen gefühlt.

Eurese schmetterte ihm die Breitseite des Schwertes gegen die Schläfe, und der Barbar fiel wie ein Klotz. Behände nahm Eurese sich eine Seilrolle vom Sattel und verschnürte den Barbaren, wie wohl selten zuvor ein Mensch verschnürt worden war. Dabei achtete er sogar darauf, die klaffende Wunde so zuzubinden, dass immerhin die Blutung einigermaßen ins Stocken geriet.

»Mach dir nichts draus«, sagte er dabei. »Du bist sehr gut für dein Alter. Und vor allem bedeutend kräftiger als ich. Aber Erfahrung macht eben doch den Unterschied aus. Mit Erfahrung kann man jede ungestüme Stärke in eine Schwäche verwandeln. Und weißt du eigentlich, welchem Umstand du es zu verdanken hast, dass ich dich *lebend* gefangen nehme?«

Eurese wartete eine Reaktion des Barbaren ab, doch dieser ächzte nur benommen und sabberte dabei.

»Dem Umstand, dass du niemals die Schnauze aufreißt, um irgendwelchen Unsinn zu erzählen.«

Gut gelaunt wuchtete Eurese seinen Gefangenen quer über den abgemagerten Gaul und führte diesen dann am Zügel hinter sich her.

Es bildeten sich Menschenaufläufe, wo immer Eurese mit dem Gefesselten durchkam.

»Das wird Unglück bringen!«, behaupteten einige.

»Er steht mit Falkengöttern im Bunde! Wenn er selbst dich nicht vernichtet, wird es der Zorn geflügelter Götter sein!«

»Töte ihn, wenn du jemals wieder schlafen möchtest.«

Doch Eurese hörte nicht auf das abergläubische Geschwätz. Er war ein praktisch veranlagter Mann, und er schlief ohnehin wenig und zerwühlt. In Tlecks Diensten kam man nicht viel zur Ruhe.

Er übergab den Barbaren an ein Stadtgefängnis, das im Volksmund den ungemütlichen Spitznamen »Der Morast« trug, und kehrte dann mit dem Kopfgeld zu Tleck zurück, um mit diesem zu teilen und zu feiern.

Das hieß: Tleck feierte.

Eurese gab darauf acht, dass der Kaufmann sich dabei nicht übernahm.

uNTeRWaNDeRN

»Sag uns deinen Namen und woher du stammst.«

Sie fragten das immer wieder.

Warum, fragte er sich.

Weil sie nicht nur ihn wollten. Sondern alle, die so waren wie er.

Sie wollten ihn und seinesgleichen auslöschen.

Er bezweifelte, dass es seinesgleichen gab.

Aber er schwieg.

Sie banden ihn an ein Kreuz, das sich drehen ließ. Es gab Flammen und Schürhaken. Die Art, wie man ihn band, war dazu angetan, seine Knochen zu brechen und seine Sehnen zu zerreißen. Das Kreuz konnte verstellt werden. Man probierte die eigenartigsten Stellungen aus.

Doch er schwieg.

Er drehte sich und drehte sich zur Winkligkeit verbogen und schwieg.

Verschiedene Männer befragten ihn, stellten ihm verschiedene Fragen. Sie sahen alle gleich aus. Sie waren alle ein und derselbe schwächliche Mann.

Der Folterknecht schwitzte, war übermüdet, unrasiert, am Ende seiner Kräfte.

Es gab andere Gefangene im *Morast*. Manchmal konnte er sie heulen hören.

Einer war darunter, der spottete immerfort.

»Schafft ihr es nicht, ihn zu brechen, ja? Schafft ihr es nicht? Ihr werdet auch uns nicht kleinkriegen. Wir werden wie dieser sein am Kreuz. Wir werden sein wie sein Kreuz! Hört ihr, meine Brüder und Schwestern? Wir werden uns nicht brechen lassen! Die Zeiten werden über jene hinwegrollen, die jetzt noch wähnen, das Kreuz zu drehen, aber in Wahrheit sind *sie* es, die umherwirbeln, und das Kreuz steht schreckensstarr!«

Danach immer das Klatschen der Peitschenhiebe, aber die Schreie des Spötters klangen manchmal wie Gelächter.

Er schwieg.

Dürstete.

Hungerte.

Schwelte in seinem Zorn.

Warum machten sie kein Ende? Es war ja nicht das erste Mal.

Er war schon an einem Ort wie diesem gewesen. Und von dort aus hatten sie ihn zu einem Richtplatz geführt, um ihn *freizusetzen*.

Der Folterknecht schwitzte. Er sah aus, als würde er bald umkippen.

Der Folterknecht wurde angeschnauzt. Regelrecht zur Sau gemacht. Er krümmte sich schwitzend, versuchte zu gefallen, was schwierig war für einen hässlichen Burschen wie ihn.

Der Folterknecht roch aus dem Mund nach altem Urin.

Einmal vergaßen sie, ihn ganz herumzudrehen, und er blieb über Nacht kopfunter. Sein linker Fuß neben seinem Gesicht. Das Gebäude ergab wenig Sinn so. Um durch eine Tür zu schreiten, musste man eine hohe Schwelle überqueren, und die Fackeln rauchten abwärts, als gäbe es überall Zugluft.

Irgendwann begann seine Nase zu bluten. Es lief ihm zwischen den Augen über die Stirn ins Haar. Es half, den Druck aus seinem Kopf zu nehmen. Es half.

Er erinnerte sich an einen Helm, der ihn zusammengehalten hatte.

Aber auch den Ohrschmuck hatte man ihm abgerissen.

Der Spötter sang ein zotiges Lied, bis man ihn peitschte. Dann lachte er wieder weinend.

Sie peitschten ihn. Drei Kerle peitschten ihn. Er merkte sich ihre Gesichter und ihre stinkenden Arschritzen, um sie eines Tages im Schlaf zu zerquetschen.

Seine Zunge war rau und trocken wie ein harter Schwamm.

Er schwieg nach innen und nach außen. Dachte nichts mehr. Hörte auch nichts mehr.

Der Spötter lachte und schmiedete Reden.

Der Barbar hörte nichts mehr.

Vielleicht blutete er auch aus den Ohren.

Er drehte sich nun so schnell, dass die ganze Welt nur noch ein Wirbel war.

Das Drehen machte beinahe Vergnügen.

Er wollte schneller, noch schneller drehen.

Bis die Welt nur noch Morast war.

»Er spricht einfach nicht. Vielleicht *kann* er gar nicht sprechen.«

Jemand kam und tastete ihn ab. Untersuchte seinen Mund. Es gelang ihm beinahe, diesem Jemand zwei Finger abzubeißen.

»Mit seiner Zunge und seinem Kehlkopf ist alles in Ordnung. Aber ich kann natürlich nicht ausschließen, dass er taubstumm geboren wurde. Hört er denn? Reagiert er auf Geräusche?«

»Ich glaube schon.«

Etwas klirrte ganz laut neben seinem Kopf.

Er zuckte zusammen, unwillkürlich, ein wenig.

»Habt Ihr gesehen? Er hört!«

»Dann weiß ich auch nicht. Schreit er denn? Vor Schmerzen?«

»Nichts. Keinen Laut.«

»Ihr solltet Euren Folterknecht entlassen.«

»Ich weiß. Ich weiß. Wir lassen ihn schon peitschen.«

»Den Folterknecht? Peitschen? Ich könnte Euch meinen leihen.«

»Wirklich? Das wäre uns eine Ehre!«

»Nicht doch, nicht doch. Man tut, was man kann. Jeder tut, was er kann.«

Ein neuer Mensch machte sich an ihm zu schaffen. Dieser roch nach Bier, schien Bier auszuschwitzen, besonders am haarigen Bauch.

Er zwirbelte etwas zusammen und zog daran.

Und der Barbar begann zu brüllen.

Er brüllte so laut, dass seine eigenen Ohren platzen wollten.

Und rüttelte an dem Kreuz.

Schlenkerte hin und her. Drehte sich von selbst. Das Kreuz brach.

Die anderen Gefangenen heulten und kläfften. Der Spötter lachte und predigte.

Der Morast schlug um.

Bewegung überall.

Fackeln, vorbeigerissen. Schlagfeuer. Rauch und Durst.

Der nach Bier Stinkende. Aufgespießt zappelnd unter der gesplitterten Stelle des Kreuzes. Eingeweide quellen glänzend hervor und verstärken den Gestank.

Man springt ihn an. Gegen ihn.

Er wehrt sich. Dreht sich. Windet. Schlägt um sich mit dem Kreuz. Brüllt.

Gefangene sprengen Türen auf. Quellen kläffend nach draußen.

Gänge wimmeln.

Büttel knüppeln. Blut.

Raserei.

Durst.

Wilde Tiere, keifend und jaulend.

Er findet ein Wasserbecken, darin die Folterer sich die Hände waschen. Er rammt sein Gesicht hinein, in kühlen Schmutz und Linderung, und trinkt. Säuft alles leer, leckt hinterdrein.

Man schlägt ihn unterdessen, er achtet nicht darauf.

Man zerrt an dem Kreuz, hängt sich daran. Macht Klimmzüge.

Er kippt. Der Durst ist besser jetzt. Er grinst wie betrunken.

Ein Gefangener wird von Spießen durchbohrt. Weint nach seiner Mutter. Einen anderen zerren sie an den Haaren zurück. Aber sie sind selbst am Ende ihrer Kräfte, die Büttel. Sie machen den Eindruck von Verzweifelten.

Der Spötter lacht und lacht und lacht.

Niemand kann ihn zum Schweigen bringen.

Der Barbar jedoch hat aufgehört zu brüllen.

Er bahnt sich einen Weg, das Kreuz schlägt links und rechts gegen Wände, er schleift sich hindurch. Niemand nimmt ihm die Fesseln ab. Er rennt. Rennt durch einen langen Gang, der sich aufwärtsschraubt. Gefangene kriechen vor und hinter ihm ins Freie. Zum Licht.

Dort jubelt man. Die Akademie applaudiert. Die schlauen Mädchen mit ihren üppigen Brüsten. Sie lachen und winken.

Man krönt ihn.

Man krönt ihn zum König.

Alles lacht.

Setepenre sinkt in seine Arme. Ihr fehlen die Zähne. Sie grimassiert.

Und das ist natürlich Blödsinn.

Er lag unter dem Kreuz, das irgendwie gebrochen war. Der Mann, der nach Bier roch, lag unter ihm und ängstigte sich. Der Barbar fasste mit den Zähnen nach seinem Kehlkopf, beinahe sorgfältig und zärtlich machte er das. Dann biss er durch.

Sprudelndes Gebrüll.

Gelächter.

Man schlug ihn.

Man schlug ihn bewusstlos, während der Spötter lachte.

Es vergingen noch wenige Tage.

Den Spötter brachte man um.

Man fand nicht genug, das man gegen ihn in der Hand hatte, aber man konnte sein Singen und Lachen und Predigen nicht mehr ertragen, also schickte man jemanden mit einem Obstschälmesser zu ihm hinein, und der machte alles still.

Niemand vergriff sich mehr am Barbaren.

Niemand drehte ihn. Das bedauerte er. Die Welt war wieder oben und unten, und er hing irgendwie außerhalb von ihr.

Der Durst kam zurück und war noch stärker als zuvor. Der Blutgeschmack in seinem Mund schien alles nur zu verstärken. Die Erinnerung ans Trinken half auch nichts.

Niemand sprach mehr oder schrie.

Der Morast war verstummt, als hätte der Barbar dem gesamten Ort den Kehlkopf herausgerissen.

Und dann kam man und packte ihn und machte ihm Vorwürfe, und man band ihn los und legte ihm eine Kette an, und man schleifte ihn raus, zum Richtplatz, und sein Kopf nickte dabei wie ein Korken, der auf Wasser tanzt.

VeRWeiGeRN

Was für ein sonniger Herbsttag das war!

Es gab eine neue Bühne, eine neue Menge, neue Buden, ein neues, mit Tüchern verkleidetes Sitzbankgerüst, einen neuen Henker, einen neuen Stadtschreiber, neue Büttel, eine neue Anklageschrift, mit neuer Stimme verlesen. Nur die Kapuze des Delinquenten hatte man diesmal weggelassen. Er war von den Steckbriefen bekannt. Die Menschen sollten sehen können, dass es der Richtige war, dass der Spuk nun ein Ende hatte, dass das Gesetz siegte, die Machthabenden sich nicht lange zum Narren halten ließen und sämtliche Ordnung wiederhergestellt wurde, in jedem Fall, wenn nicht gleich gestern, so doch heute.

Es waren bei Weitem nicht so viele Zuschauer wie beim letzten Mal. Man hatte nämlich noch nicht völlig vergessen, was beim letzten Mal, in einer anderen, wenngleich nahe gelegenen Hochstadt, vorgefallen war. Der Delinquent war entkommen und hatte auf das Schrecklichste gewütet. Frauen, Kinder, Obstverkäufer hatte er niedergetrampelt und -geschlagen, ohne den geringsten

Unterschied zu machen. Es war eine Geschichte, die man sich nur unter Schaudern erzählte.

Diesmal war das ausgeschlossen. Der Delinquent trug eine Kette um Hals und Hände, an der man ihn zuerst zu zehnt führte, eine Kette, die dann an einem großen Eisenring festgemacht wurde, der in der Mitte der Bühne verschraubt war. Diesmal hätte der Delinquent also keinen Auslauf, selbst wenn es ihm gelänge, der Henkersaxt zu entgehen und diese sogar irgendwie an sich zu bringen. Insgesamt acht Armbrustschützen standen sowohl an den vier Ecken der Bühne als auch in der Mitte jeweils zwischen zwei Ecken bereit, den aufbegehrenden Körper eines möglicherweise Widerständigen aus sämtlichen Richtungen gleichzeitig mit Bolzen zu spicken und zum Stillstand zu bringen.

Trotz dieser Sicherheitsvorkehrungen hatten sich allenfalls fünfzig Schaulustige vor der Bühne versammelt. Die Sitztribüne für die Ehrengäste war lediglich zu einem Drittel besetzt. Kaum Damen waren unter den Anwesenden. Einer der Zuschauer bohrte hingebungsvoll in der Nase, zwei andere schmatzten eben erstandene Äpfel. Drei schwatzten angeregt miteinander, ohne dem Geschehen auf der Bühne allzu viel Aufmerksamkeit zu gönnen.

Es war seltsam.

Der Mann, der hier hingerichtet werden sollte, war zweifelsohne eindrucksvoll. Die langen Haare hatte man ihm im Gefängnis geschoren, sodass sein klar geschnittenes Gesicht mit den düsteren Augen jedermann zur Betrachtung freistand. Sein Körper war von Blutergüssen und den unansehnlichen Quetschungen und Überdehnungen der Folter gezeichnet, schien jedoch ansonsten ausschließlich aus vollendet modellierter Muskulatur zu bestehen, keine Knochigkeit, kein Fett, keine Anzeichen von Alter. Narben trug er wie Insignien der Unbeugsamkeit.

Zwei der wenigen anwesenden Frauen tuschelten sich zu, dass der Gefangene »durchaus interessant« sei, wenn auch auf eine »beunruhigende, abstoßende Art und Weise«.

Sein Sterben zog die Massen nicht mehr in Bann.

Es war, als hätte er seiner steckbrieflichen Verfolgung so lange widerstanden, dass die Aufmerksamkeit, welche die Menschen dieses Landes einem derartigen Vorgang entgegenzubringen in der Lage waren, aufgebraucht war.

Es war, als hätte er seinen eigenen Ruhm bereits überlebt.

Und als wäre ihn sterben zu sehen schon beinahe etwas Lästiges. Etwas, das vor geraumer Zeit schon hätte passieren müssen, das nun jedoch sämtlichen Beteiligten eher als etwas Unangenehmes erschien.

Es sprach kein Triumph aus den Gesichtern der Büttel, die zu viele ihresgleichen verloren hatten beim Versuch, dieses einzigen Mannes habhaft zu werden. Es sprach kein Triumph aus dem Gesicht des Stadtschreibers, der mit leiernder Stimme eine schier endlose Liste von Vergehen herunterspulte, dominiert von einer ermüdenden Aufzählung der Namen erschlagener Büttel. Und es sprach kein Triumph aus dem Gesicht des Henkers, denn der trug, wie es neuerdings in Mode gekommen war, die ursprünglich einem einzigen, inzwischen ums Leben gekommenen Berufskollegen vorbehaltene Maske des Gleichgültigen Jünglings.

Dieser Tod war einer, der hinter sich gebracht gehörte.

Weil der Krieg mit den Wäldern sich ausweitete.

Und weil es Wichtigeres gab in den vielfältigen Alltagen der Städte. Deshalb schwatzten die Zuschauer oder popelten und aßen.

Der Barbar betrachtete dieses kümmerliche Szenario und beschloss, dass er so nicht sterben wollte.

Er war schon beinahe bereit gewesen aufzugeben. Die lange Haft hatte ihn zermürbt, das Drehkreuz ihn schwindelig gemacht, die vielen sinnlosen Fragen waren durch seine Ohren einwärts gekrochen wie Käfer, die sich im Hirn einnisten wollen. Seine Muskeln fühlten sich gezerrt, teilweise sogar gerissen an. Mehrere seiner Rippen waren durch Schläge mindestens angeknackst. Zuletzt hatte man ihm nichts zu essen und zu trinken mehr gegeben, aber irgendetwas stimmte auch mit seinem Geruchssinn nicht mehr. Eigentlich hätte ihm angesichts der Marktplatzbuden das Wasser im Mund zusammenlaufen müssen, aber er roch nichts außer dem Bierschweiß eines schon lange verscharrten Folterers.

Er betrachtete die Zuschauer mit ihren dicken Nasen, ihren in Fettwülsten triefenden Augen, ihren Pickeln, dem gezierten Geschnatter, den Wänsten, den Wülsten, den speckigen Ärmchen, den breit gesessenen Ärschen, den nach Mode geschnittenen Haaren, den feinen Gewändern mit frischen Speiseflecken. Er sah hager gaffende Schwächlinge und feiste Witzbolde. Er sah Halbkahle, Flaumbärtige, Segelohren, Hängebrüste, Doppelkinne, Faltenhälse, Plattfüße, Silberblicke, zusammengewachsene Augenbrauen und schiefe oder überlange Zähne. Er sah Mundgeruch und übersatte Magenfäulnis, er brauchte gar nichts riechen zu können.

Er schüttelte langsam den Kopf, auch, um seine ermüdeten Sinne wach zu bekommen.

Diese Menschen waren es nicht wert, dass er von ihnen getötet wurde. Er war keine flüchtige Zerstreuung für Nichtswürdige.

Er war gezeugt und geboren worden in den Wandernden Feuern.

Er musste aus dieser Stadt hinaus, um in den Offenen Ländern etwas Würdigeres zu finden. Einen Kampf, und wenn es ein letzter war.

Noch einmal schüttelte er den Kopf.

Sie hatten sogar vergessen, seine Füße anzuketten. Weil sie das für vernachlässigbar hielten. Weil doch sein Hals und seine Hände angekettet waren. Das musste reichen, dachten sie wohl.

Er schaute hinauf in den Himmel. Der war unvergleichlich wohlgesonnen.

Er konnte Vögel sehen, die überallhin fliegen konnten. Auch er war einmal geflogen und hatte alles von oben gesehen. Die unendliche Wildheit der Welt, in der Städte nichts anderes sein konnten als Schutthaufen, die den Blick beleidigten.

Er atmete. Die Luft fühlte sich an, als glitte sie mit halb warmen Fingern in seinen Kopf und streichelte ihn auch innen. Es roch gewiss nach etwas, aber er wusste nicht, wonach.

Sein Gesicht verzerrte sich. Es war ein Mienenspiel der Sehnsucht.

Er wartete nicht ab, bis man ihn auf den Richtblock zwang.

Er spannte seine schmerzenden Muskeln an und zerrte an der Kette, so jäh und kraftvoll, dass der Eisenring mitsamt seiner Verschraubungsplatte aus dem Holzbühnenboden barst. Splitter loderten umher. Jetzt schwang der Barbar das klirrende Metall, ließ es im Rund rauschen und singen. Am Ende hing eine Metallplatte mit halb gelösten Schrauben darin – eine furchtbarere Waffe hätte sich kein Tüftler ausdenken können. Die Armbrustschützen hatten keine Chance. Er erwischte sie alle, einen nach dem anderen. Der Henker stand dabei unschlüssig im Weg herum. Ihn benutzte er als Deckung, sprang hoch und führte die rasende Kette über die ungerührte Henkersmaske hinweg gegen die drei letzten Schützen.

Der Henker winselte.

Aufruhr.

Menschen flüchteten, andere stürmten heran.

Der Barbar packte die Kette noch fester und ließ sie noch schneller rotieren, ein mächtiges, unheilverkündendes Geräusch, immer im Kreis. Die Köpfe der Getroffenen platzten auf wie zertretene Beeren. Einem zerbarst das Schulterblatt, als bestünde es aus Kalkstein. Blut sprühte. Das Blut der anderen, wie immer.

Der Henker wurde ohnmächtig und sank auf sein hübsches Maskengesicht.

Die vorstürmenden Büttel sahen ihre Kameraden zerrissen werden, zweifelten, verhielten, behinderten sich und wurden ein umso leichterer Fraß der Kette. Sie kaute sich förmlich durch Leiber hindurch. Ein schauerliches, reißendes Geräusch. Hungrig wie ein wildes Tier.

Der Barbar sprang von der Hinrichtungsbühne, beinahe schwebte er unter dem Kreisen der Kette, die ihn hatte binden sollen. Er ließ sie weiter tanzen und bahnte sich so einen Weg durch das kreischende, kriechende, krüppelige Volk. Seine Hände waren noch immer gefesselt, alles schmerzte ihm, der Himmel drehte sich sogar über der Kette, aber das war unwichtig, denn das hinderte ihn nicht am Imschwunghalten des schweren Metalls, das einen Abstand bedeutete, einen todbringenden Abstand zwischen ihm und der Welt. Leichtere Marktbuden zerflatterten unter dem Ansturm der Verschraubungsplatte. Auslagen gingen in Fetzen. Apfelstücke spritzten umher. Kerne, Fleisch und Schalen.

Vom Blut der anderen besprüht wie von einem schamanistischen Ritual ging der Barbar über den Markt. Alles, auch die Aufbauten, wich vor ihm und seiner rasend schnell kreisenden Kette zurück.

Einige Menschen senkten den Blick, um von ihm nicht gesehen zu werden, zwei oder drei ließen sich sogar zu Boden fallen und verharrten im Gestus der Unterwürfigkeit, und er sah sie tatsächlich nicht. Er beachtete sie nicht. Er wollte ganz woandershin.

Er ging eine Straße hinunter, langsamen, gemessenen Schrittes. Sogar Hunde wichen vor ihm in Nebengassen aus. Sie fürchteten das Heulen, selbst das Winseln der Kette.

Fensterscheiben klirrten. Die Kette kam ihnen nahe, berührte sie jedoch nur mit ihrem Hauch.

Mauersteine schienen Funken zu sprühen, aber das konnte eine Widerspiegelung der Sonne sein.

Die Kette schien sich von selbst zu bewegen. Dass er etwas tun musste, um sie am Kreisen zu halten, war kaum noch zu erkennen.

Ein rußiger Schmied am Ortsausgang löste ihm die Hand- und Halsfesseln, um das Leben seines Sohnes zu bewahren.

Der Barbar schüttelte sich und ging, die Kette nun tot hinter sich herschleifend wie eine zerpresste Würgeschlange.

In seinem Rücken kehrte zuerst Stillschweigen ein und dann das Bedürfnis, sämtliche Opfer erkennen und ihren trauernden Familien zuordnen zu können.

Irgendwann ließ er die Kette los, denn er brauchte sie nicht mehr.

Gewunden wie ein Weg blieb sie hinter ihm zurück.

Er rannte einfach querfeldein, bis seine Muskeln das Schmerzen überwunden hatten, sein Körper sich wieder an das Freisein gewöhnte.

Er atmete. Atmete.

Niemand folgte ihm.

Ohnehin schien es kein lohnender Gedanke zu sein, jemanden wie ihn töten zu wollen.